莎士比亚全集

X

人民文学出版社

目　　次

泰特斯·安德洛尼克斯 ………………………………… *1*
奥瑟罗 ………………………………………………… *87*
爱德华三世 …………………………………………… *209*
两位贵亲戚 …………………………………………… *293*

泰特斯·安德洛尼克斯

朱 生 豪 译
方　　重 校

VOL. III.

Act III. Sc. 1.

剧中人物

萨特尼纳斯　罗马前皇之子，后即位称帝
巴西安纳斯　萨特尼纳斯之弟，与拉维妮娅相恋
泰特斯·安德洛尼克斯　征讨哥特人之罗马大将
玛克斯·安德洛尼克斯　护民官，泰特斯之弟
路歇斯 ⎫
昆塔斯 ⎬ 泰特斯·安德洛尼克斯之子
马歇斯 ⎪
缪歇斯 ⎭
小路歇斯　路歇斯之幼子
坡勃律斯　玛克斯·安德洛尼克斯之子
辛普洛涅斯 ⎫
卡　厄　斯 ⎬ 泰特斯之亲族
凡　伦　丁 ⎭
伊米力斯　罗马贵族
阿拉勃斯 ⎫
狄米特律斯 ⎬ 塔摩拉之子
契　　伦 ⎭
艾伦　摩尔人，塔摩拉之嬖奴

哥特将士,罗马将士等

塔摩拉　哥特女王
拉维妮娅　泰特斯·安德洛尼克斯之女
乳媪,黑婴

元老、护民官、将官、兵士、侍从、使者、乡人及罗马人民等

地　　点

罗马及其附近郊野

第 一 幕

第一场 罗 马

安德洛尼克斯家族坟墓遥见。护民官及元老等列坐上方;萨特尼纳斯及其党徒自一门上,巴西安纳斯及其党徒自另一门上,各以旗鼓前导。

萨特尼纳斯　尊贵的卿士们,我的权利的保护人,用武器捍卫我的合法的要求吧;同胞们,我的亲爱的臣僚,用你们的宝剑争取我的继承的名分吧:我是罗马前皇的长子,让我父亲的尊荣在我的身上继续,不要让这时代遭受非礼的侮蔑。

巴西安纳斯　诸位罗马人,朋友们,同志们,我的权利的拥护者,要是巴西安纳斯,恺撒的儿子,曾经在尊贵的罗马眼中邀荷眷注,请你们守卫这一条通往圣殿的大路,不要让耻辱玷污皇座的尊严;这一个天命所集的位置,是应该为秉持正义、淡泊高尚的人所占有的。让功业德行在大公无私的选举中放射它的光辉;罗马人,你们的自由能否保全,在此一举,认清你们的目标而奋斗吧。

玛克斯·安德洛尼克斯捧皇冠自上方上。

玛克斯　两位皇子,你们各拥党羽,雄心勃勃地争取国柄和皇座,我们现在代表民众告诉你们:罗马人民已经众口一词,公举素有忠诚之名的安德洛尼克斯作为统治罗马的君王,因为他曾经为罗马立下许多丰功伟绩,在今日的邦城之内,没有一个比他更高贵的男子,更英勇的战士。他这次奉着元老院的召唤,从征讨野蛮的哥特人的辛苦的战役中回国;凭着他们父子使敌人破胆的声威,已经镇伏了一个强悍善战的民族。自从他为了罗马的光荣开始出征、用武力膺惩我们敌人的骄傲以来,已经费了十年的时间;他曾经五次流着血护送他战死疆场的英勇的儿子们的灵榇回到罗马来;现在这位善良的安德洛尼克斯,雄名远播的泰特斯,终于满载着光荣的战利品,旌旗招展,奏凯班师了。凭着你们所希望克绳遗武的先皇陛下的名义,凭着你们在表面上尊崇的议会的权力,让我们请求你们各自退下,解散你们的随从,用和平而谦卑的态度,根据你们本身的才德,提出你们合法的要求。

萨特尼纳斯　这位护民官说得很好,他使我的心安静下来了!

巴西安纳斯　玛克斯·安德洛尼克斯,我信任你的公平正直;我敬爱你,也敬爱你的高贵的兄长泰特斯和他的英勇的儿子们,我尤其敬爱我所全心倾慕的温柔的拉维妮娅,罗马的贵重的珍饰;我愿意在这儿遣散我的亲爱的朋友们,把我的正当的要求委之于命运和人民的意旨。(巴西安纳斯党羽下。)

萨特尼纳斯　朋友们,谢谢你们为了我的权利而如此出力,现在你们都退下去吧;我把自身的利害、正义的存亡,都信托于祖国的公意了。(萨特尼纳斯党羽下)罗马,正像我对你深信不疑一样,愿你用公平仁爱的精神对待我。开门,让我进来。

巴西安纳斯　各位护民官,也让我这卑微的竞争者进来。(喇叭奏花腔;萨特尼纳斯、巴西安纳斯二人升阶入议会。)

　　　　　一将官上。

将　官　罗马人,让开!善良的安德洛尼克斯,正义的保护者,罗马最好的战士,已经用他的宝剑征服罗马的敌人,带着光荣和幸运,战胜回来了。

　　　　　鼓角齐鸣;马歇斯及缪歇斯前行,二人抬棺,棺上覆黑布,路歇斯及昆塔斯随后。泰特斯·安德洛尼克斯领队,率塔摩拉、阿拉勃斯、契伦、狄米特律斯、艾伦及其他哥特俘虏续上,兵士人民等后随。抬棺者将棺放下,泰特斯发言。

泰特斯　祝福,罗马,在你的丧服之中得到了胜利的光荣!瞧!像一艘满载着珍宝的巨船回到它最初启碇的口岸一样,安德洛尼克斯戴着桂冠,用他的眼泪,因生还罗马而流下的真诚的喜悦之泪,向他的祖国致敬了。这一座圣殿的伟大的保卫者啊,仁慈地鉴临着我们将要举行的仪式吧!罗马人,我曾经有二十五个勇敢的儿子,普里阿摩斯王诸子的半数,瞧,现在活的死的,一共还剩多少!这几个活着的,让罗马用恩宠报答他们;这几个新近战死的,我要把他们葬在祖先的坟地上;哥特人已经允许我把我的宝剑插进鞘里了。泰特斯,你这不慈不爱的父亲,为什么你还不把你的儿子们安葬,害他们在可怕的冥河之滨徘徊?让他们长眠在他们兄弟的身旁吧。(开墓)沉默地会晤你们的亲人,平静地安睡吧,你们是为祖国而捐躯的!啊,埋藏着我所喜爱者的神库,正义和勇敢的美好的巢穴,你已经容纳了我多少个儿子,你是再也不会把他们还给我的了!

路歇斯　把哥特人中间最骄贵的俘虏交给我们,让我们砍下他的四肢,在我们兄弟埋骨的坟墓之前把他烧死,作为献祭亡灵的礼品;让阴魂可以瞑目地下,不至于为祟人间。

泰特斯　我把生存的敌人中间最尊贵的一个交付给你,这位痛苦的女王的长子。

塔摩拉　且慢,罗马的兄弟们!仁慈的征服者,胜利的泰特斯,怜悯我所挥的眼泪,一个母亲为了哀痛她的儿子所挥的眼泪吧!要是你曾经爱过你的儿子,啊!请你想一想我的儿子对于我也是同样亲爱的。我们已经成为你的囚人,屈服于罗马的威力之下,被俘到罗马来,夸耀你的光荣的凯旋了;难道这还不够,还必须把我的儿子们屠戮在市街上,因为他们曾经为他们自己的国家出力吗?啊!要是在你们国中,为君主和国家而战是一件应尽的责任,那么在我们国中也是一样的。安德洛尼克斯,不要用鲜血玷污你的坟墓。你要效法天神吗?你就该效法他们的慈悲;慈悲是高尚人格的真实标记。尊贵的泰特斯,赦免我的长子吧!

泰特斯　您忍耐点儿吧,娘娘,原谅我。这些已死的都是他们的兄弟,你们哥特人曾经看见他们怎样以身殉国;现在他们为了已死的兄弟诚心要求一件祭礼,您的儿子已经被选中了,他必须用一死安慰那些愤懑的幽魂。

路歇斯　把他带下去!立刻生起火来;在一堆木柴之上,让我们用宝剑肢解他的身体,直到烈火把他烧成一堆焦炭。(路歇斯、昆塔斯、马歇斯、缪歇斯牵阿拉勃斯下。)

塔摩拉　啊,残酷的、伤天害理的行为!

契　伦　西徐亚的土人有他们一半野蛮吗?

狄米特律斯　不要把西徐亚和野心的罗马相比。阿拉勃斯去安息了,我们这些未死的囚徒,只有在泰特斯的狰狞的目光下

8

战栗。所以,母亲,我们还是坚决地希望着,那曾经帮助特洛亚王后向色雷斯的暴君复仇①的天神们,也会照顾哥特人的女王塔摩拉,向她的敌人报复血海深仇。

  路歇斯、昆塔斯、马歇斯、缪歇斯各持血剑重上。

路歇斯　瞧,父亲,我们已经举行了我们罗马的祭礼。阿拉勃斯的四肢都被我们割了下来,他的脏腑投在献祭的火焰之中,那烟气像燃烧的香料一样熏彻天空。现在我们只要送我们的兄弟入土,高鸣号角欢迎他们回到罗马来。

泰特斯　很好,让安德洛尼克斯向他们的灵魂作这一次最后的告别。(喇叭吹响,棺材下墓)在平和与光荣之中安息吧,我的孩子们;罗马的最勇敢的战士,这儿你们受不到人世的侵害和意外的损伤,安息吧!这儿没有潜伏的阴谋,没有暗中生长的嫉妒,没有害人的毒药,没有风波,没有喧哗,只有沉默和永久的睡眠;在平和与光荣之中安息吧,我的孩子们!

  拉维妮娅上。

拉维妮娅　愿泰特斯将军在平安与光荣之中安享长年;我的尊贵的父亲,愿你活着受到世人的景仰!瞧!在这坟墓之前,我用一掬哀伤的眼泪向我的兄弟们致献我追思的敬礼;我还要跪在你的足下,用喜悦的眼泪浇洒泥土,因为你已经无恙归来。啊!用你胜利的手为我祝福吧!

泰特斯　仁慈的罗马,感谢你温情的庇护,为我保全了这一个暮年的安慰!拉维妮娅,生存吧;愿你的寿命超过你的父亲,你的贤淑的声名永垂不朽!

---

① 此处系指特洛亚王后赫卡柏之子波吕多洛斯为色雷斯王林涅斯托所谋杀之事;特洛亚城陷后,赫卡柏乃往复仇,抉其双目。

　　　　玛克斯·安德洛尼克斯及众护民官、萨特尼纳斯、巴西安纳斯及余人等重上。

玛克斯　泰特斯将军,我的亲爱的兄长,罗马眼中仁慈的胜利者,愿你长生!

泰特斯　谢谢,善良的护民官,玛克斯贤弟。

玛克斯　欢迎,侄儿们,你们这些奏凯回来的生存的英雄和流芳万世的长眠的壮士!你们为国献身,国家一定会给你们同样隆重的褒赏;可是这庄严的葬礼,却是更肯定的凯旋,他们已经超登极乐,战胜命运的无常,永享不朽的美名了。泰特斯·安德洛尼克斯,你一向就是罗马人民的公正的朋友,他们现在推举我——他们所信托的护民官——把这一件洁白无疵的长袍送给你,并且提出你的名字,和这两位前皇的世子并列,作为罗马皇位的候选人。所以,请你答应参加竞选,披上这件白袍,帮助无主的罗马得到一个元首吧。

泰特斯　罗马的光荣的身体上不该安放一颗老迈衰弱的头颅。为什么我要穿上这件长袍,连累你们呢?也许我今天受到推戴,明天就会撒手长逝,那不是又要害你们多费一番忙碌吗?罗马,我已经做了四十年你的军人,带领你的军队东征西讨,不曾遭过败衄;我已经埋葬了二十一个在战场上建立功名、为了他们高贵的祖国而慷慨捐躯的英勇的儿子。给我一支荣誉的手杖,让我颐养我的晚年;不要给我统治世界的权标,那最后握着它的,各位大人,应该是一位聪明正直的君主。

玛克斯　泰特斯,你可以要求皇位,你的要求将被接受。

萨特尼纳斯　骄傲而野心勃勃的护民官,你有这个把握吗?

泰特斯　不要恼,萨特尼纳斯皇子。

萨特尼纳斯　罗马人,给我合法的权利。贵族们,拔出你们的剑来,直到萨特尼纳斯登上罗马的皇座,再把它们插入鞘中。安德洛尼克斯,我但愿把你送下地狱,要是你想夺取民众对我的信心!

路歇斯　骄傲的萨特尼纳斯,你还不知道光明磊落的泰特斯预备怎样照顾你,就这样口出狂言。

泰特斯　安心吧,皇子;我会使人民放弃他们原来的意见,使你重新得到他们的爱戴。

巴西安纳斯　安德洛尼克斯,我并不谄媚你,我只是尊敬你,我将要尊敬你直到我死去。要是你愿意率领你的友人加强我的阵营,我一定非常感激你;对于心地高尚的人,感谢是无上的酬报。

泰特斯　罗马的人民和各位在座的护民官,我要求你们的同意和赞助:你们愿意接受安德洛尼克斯的建议吗?

众护民官　为了使善良的安德洛尼克斯得到满足,为了庆贺他安返罗马,人民愿意接受他所赞助的人。

泰特斯　诸位护民官,我谢谢你们;我要向你们提出这个要求,请你们推戴你们前皇的长子萨特尼纳斯殿下践履皇位;我希望他的贤德将会普照罗马,就像日光照射大地一样,在这国土之上结成正义的果实。要是你们愿意听从我的建议,就请把皇冠加在他的头上,高呼"吾皇万岁"!

玛克斯　在全国人民不分贵贱一致的推戴拥护之下,我们宣布萨特尼纳斯殿下为罗马伟大的皇帝;萨特尼纳斯吾皇万岁!

(喇叭奏长花腔。)

萨特尼纳斯　泰特斯·安德洛尼克斯,为了你今天推戴的功劳,我不但给你口头的感谢,还要用实际行动报答你的好意。

我要光大你的荣誉和你的家族的盛名,泰特斯,第一步我要使拉维妮娅做我的皇后,罗马的尊严的女主人,我的意中的爱宠;我要在神圣的万神殿中和她举行婚礼。告诉我,安德洛尼克斯,这个建议使你满意吗?

泰特斯　是,陛下;蒙陛下不弃下婚,真是莫大的恩荣。当着罗马人民的面,我把我的宝剑、我的战车和我的俘虏,这些适合于呈奉罗马皇座的礼物,献给萨特尼纳斯,我们全体国民的君王和主帅,统治这一个广大的世界的皇帝。请陛下鉴纳愚诚,接受我这卑微的贡献。

萨特尼纳斯　谢谢你,尊贵的泰特斯,我的生命的父亲!罗马的历史上将要记载我是怎样地欣幸于得到你和你的礼物;要是有一天我会忘记这些无言可喻的伟大的勋绩中的最微细的部分,那时候,罗马人,忘记你们对我应尽的忠诚吧。

泰特斯　(向塔摩拉)现在,娘娘,您是一个皇帝的俘虏了;他将要按照您的尊贵的地位,给您和您的从者们适当的礼遇。

萨特尼纳斯　好一个绝色的佳人;要是让我重新选择,这才是我所要选择的配偶。美貌的王后,扫清你脸上的愁云吧;虽然一时的胜败改变了你的处境,你不会在罗马遭受侮辱,你在各方面都会得到优渥的待遇。相信我的话,不要让懊恼消沉你一切的希望;夫人,那能够使你享受比哥特人的女王更大的荣华的人在安慰你了。拉维妮娅,你听我这样说了,不会生气吗?

拉维妮娅　不,陛下;因为您真正高贵的品格向我保证这些话不过表示高尚的谦恭罢了。

萨特尼纳斯　谢谢,亲爱的拉维妮娅。罗马人,让我们走吧;这些俘虏都一起释放,不要他们的赎金。各位贤卿,吹起喇叭擂起鼓来,宣布我们今天的盛典。(喇叭奏花腔。萨特尼纳斯向塔摩拉做手势求爱。)

巴西安纳斯　泰特斯将军,恕我,这位女郎是属于我的。(夺拉维妮娅。)

泰特斯　怎么,殿下!您不是在开玩笑吗?

巴西安纳斯　不,尊贵的泰特斯;我已经下了决心,坚持我应有的权利。

玛克斯　物各有主,这位皇子夺回他自己的情人并不是非法逾分的行为。

路歇斯　只要路歇斯活在世上,谁也不能阻止他。

泰特斯　好一伙反贼,都给我滚开!皇上的卫队呢?反了,陛下!拉维妮娅被人抢走了。

萨特尼纳斯　抢走了!什么人敢把她抢走?

巴西安纳斯　把她抢走的,是一个有权利把他的未婚妻带到远离人世的地方去的人。(玛克斯及巴西安纳斯挟拉维妮娅下。)

缪歇斯　兄弟们,帮助他们护送她离开这地方,这一扇门归我仗剑把守。(路歇斯、昆塔斯、马歇斯同下。)

泰特斯　跟我走,陛下,我立刻就去把她夺回来。

缪歇斯　父亲,您不能打这儿通过。

泰特斯　什么!逆子,不让我在罗马通行吗?(刺缪歇斯。)

缪歇斯　救命,路歇斯,救命!(死。)

　　　　路歇斯重上。

路歇斯　父亲,您太狠心了;您不该在无理的争吵中杀了您的儿子。

泰特斯　你、他,都不是我的儿子;我的儿子决不会给我这样的羞辱。反贼,快把拉维妮娅还给皇上。

路歇斯　您可以叫她死，却不能叫她放弃原来的婚约另嫁旁人。

（下。）

萨特尼纳斯　不，泰特斯，不；皇帝不需要她；她、你、你家里的人，我一个也用不着。我宁可信任一个曾经嘲笑我的人，可再也不愿相信你，或是你的叛逆傲慢的儿子们，你们都是故意这样串通了来羞辱我的。难道罗马没有别人，只有一个萨特尼纳斯是可以给人玩弄的吗？安德洛尼克斯，像这样的行为也会当着我的面干出来，怪不得你要向人夸口，说我的皇位是从你的手里讨来的了。

泰特斯　嗳哟！这一番责备的话是从哪里说起！

萨特尼纳斯　去吧；去把那朝三暮四的东西给那为了她挥刀舞剑的家伙吧。恭喜你招到一位勇敢的女婿，你的不法的儿子们可以有一个打架的对手，扰乱罗马国境之内的安宁了。

泰特斯　这些话就像刺刀一样，刺痛了我的受伤的心。

萨特尼纳斯　所以，可爱的塔摩拉，哥特人的女王，你像庄严的菲苾卓立在她周遭的女神之间一样，使罗马最美的妇人黯然失色，要是你不嫌唐突，瞧吧，我选择你，塔摩拉，做我的新娘，我将要把你立为罗马的皇后。说，哥特人的女王，你赞同我的选择吗？这儿我指着一切罗马的神明起誓，因为祭司和圣水无需远求，蜡烛点燃得这样光明，一切都已准备着迎迓许门的降临；我要在这儿和我的新娘举行婚礼以后，再和她携手同出，巡行罗马的街道，跨进我的宫门。

塔摩拉　苍天在上，听我向罗马起誓，要是萨特尼纳斯宠纳哥特人的女王，她愿意做一个侍候他的意旨的奴婢，一个温柔体贴的保姆，一个爱护他的青春的慈母。

萨特尼纳斯　美貌的女王，登上万神殿去吧。各位贤卿，陪伴你们的皇帝和他的可爱的新娘一同进来;她是上天赐给萨特尼纳斯皇子的,他的智慧已经征服了她的命运。我们在圣殿之内,将要完成我们的婚礼。(除泰特斯外均下。)

泰特斯　他不曾叫我去侍候这位新娘。泰特斯,你生平什么时候曾经众叛亲离,受到这样的羞辱?

　　　　玛克斯、路歇斯、昆塔斯及马歇斯重上。

玛克斯　啊!泰特斯,瞧!啊!瞧你干了什么事;你已经在一场无理的争吵中杀死了一个贤德的儿子。

泰特斯　不,愚蠢的护民官,不;他不是我的儿子,你也不是我的兄弟,我一个也不认识你们;你们结党同谋,干出这样贻羞家门的事来;不肖的兄弟,不肖的儿子!

路歇斯　可是让我们按照他的身分把他埋了;把缪歇斯跟我们的兄弟们葬在一起吧。

泰特斯　反贼们,滚开!他不能安息在这座坟墓里。这巍峨的丘陇,已经经历了五百年的岁月,我曾经几度把它隆重修建,在这儿光荣地长眠着的,都是军人和罗马的忠仆,没有一个是在口角斗殴之中卑劣地丧命的。随便你们找一个什么地方把他埋葬了吧;这儿没有他的地位。

玛克斯　兄长,你这未免太没有骨肉之情了。我的侄儿缪歇斯的行为可以替他自己辩护;他必须和他的兄弟们葬在一起。

昆塔斯
马歇斯　他必须和他们合葬,否则我们愿意和他同死。

泰特斯　他必须!哪一个混蛋敢说这句话?

昆塔斯　倘不是因为在您的面前,说这句话的人一定要用行动保证这句话的实现。

泰特斯　什么!你们胆敢反抗我的意旨把他埋葬吗?

玛克斯　不,尊贵的泰特斯;我们请求你宽恕缪歇斯,让我们把他葬了。

泰特斯　玛克斯,你竟也向我这样公然顶撞,跟这些孩子们联合起来伤害我的荣誉;我把你们每一个人都看作我的仇敌;不要再跟我纠缠了,一起给我滚吧!

马歇斯　他已经疯了;我们走吧。

昆塔斯　在缪歇斯的尸骨没有安葬以前,我是不走的。(玛克斯及泰特斯诸子下跪。)

玛克斯　哥哥,让兄弟骨肉之情打动你的心——

昆塔斯　爸爸,愿您俯念父子之情——

泰特斯　算了,不要说下去了。

玛克斯　著名的泰特斯,我的心灵的主体所在——

路歇斯　亲爱的爸爸,我们大家的身心的主宰——

玛克斯　让你的兄弟玛克斯把他的英勇的侄儿安葬在这些忠臣义士的中间,因为他是为了拉维妮娅的缘故光荣地死去的。你是一个罗马人,不要像野蛮人一般;当初埃阿斯自杀了,聪明的俄底修斯曾经请求把他隆重入殓,希腊人经过考虑,还是把他依礼入葬了。缪歇斯曾经是你所心爱的孩子,让他进入这一座墓门吧。

泰特斯　起来,玛克斯,起来。今天是我一生中最不幸的日子,在罗马被我的儿子们所羞辱!好,把他葬了,回头再来葬了我吧。(缪歇斯尸身被置入墓中。)

路歇斯　这儿长眠着你的骸骨,亲爱的缪歇斯,和你的亲人们在一起;等候着我们用战利品来装饰你的坟墓吧。

众　人　(跪)没有人为英勇的缪歇斯流泪;他为正义而死,生存在荣誉之中。

玛克斯　把这些伤心的事情先搁在一旁,兄长,那哥特人的狡猾的王后怎么一下子就在罗马得到这样的恩宠?

泰特斯　我不知道,玛克斯;我只知道有这么一回事,天才知道这里头有没有什么诡计。她不是应该感激那使她得到这样极大幸运的人吗?

玛克斯　是的,她一定会重重酬答他的。

　　　　喇叭奏花腔。萨特尼纳斯率侍从及塔摩拉、狄米特律斯、契伦、艾伦等自一方上;巴西安纳斯、拉维妮娅及余人等自另一方重上。

萨特尼纳斯　好,巴西安纳斯,你已经夺到你的锦标;恭喜你得了一位美貌的新娘!

巴西安纳斯　我也要同样恭喜你,陛下!我没有别的话说,愿你快乐;再会。

萨特尼纳斯　反贼,要是罗马还有法律,我还有权力的话,你和你的同党免不了有一天会懊悔这种奸占的行为。

巴西安纳斯　陛下,我夺回明明和我订有婚约的爱人,现在她已成为我的妻子了,你却说这是奸占吗?可是让罗马的法律决定一切吧;我所占有的是属于我自己的。

萨特尼纳斯　很好,你敢在我面前这样放肆,总有一天我要叫你知道我的厉害。

巴西安纳斯　陛下,我所干的事,必须由我自己担当,决不诿卸我的责任。只有这一点是我希望你明白的:这位高贵的骑士,泰特斯将军,是被你误解了,他在名誉上已经横蒙不白之冤;他为了尽忠于你,看见他对你的慷慨的许诺遭到意外的阻挠,在争夺拉维妮娅的过程之中,由于一时的气愤,已经亲手杀死了他的幼子;他已经用他一切的行为,证明他对于你和罗马是一个父亲和一个朋友,萨特尼纳斯,不要错怪他吧。

泰特斯　巴西安纳斯皇子,不要为我的行为辩护;都是你和那一伙人使我遭到这样的羞辱。罗马和公正的天庭可以为我作证,我是多么敬爱萨特尼纳斯!

塔摩拉　陛下,要是塔摩拉曾经在您尊贵的眼中辱蒙见爱,请听我说一句没有偏心的话;亲爱的,听从我的请求,把已成过去的事情忘怀了吧。

萨特尼纳斯　什么,御妻!被人公然侮辱,却卑怯地不知报复,就这样隐忍了事吗?

塔摩拉　不是这样说,陛下;要是我使你做了不名誉的事,罗马的神明也会不容我的!可是我敢凭着我的荣誉担保善良的泰特斯将军在一切事情上都是无罪的,他的真诚的愤怒说明了他的内心的悲痛。所以,听从我的请求,用温和的眼光看待他吧;不要因为无稽的猜测而失去这样一个高贵的朋友,更不要用恼怒的脸色刺痛他的善良的心。(向萨特尼纳斯旁白)陛下,听我的话,不要固执,把你的一切愤恨暂时遮掩一下;你现在即位未久,不要把人民和贵族赶到泰特斯一方去,使他们觉得你是忘恩负义而把你废黜,因为忘恩负义在罗马人看来是一桩极大的罪恶。听从我的请求,一切都包在我的身上;我会有一天杀得他们一个不留,把他们的党羽和宗族剪除干净;那残忍的父亲和他的叛逆的儿子们,我要叫他们抵偿我的爱子的性命,使他们知道让一个王后当街长跪,哀求他们俯赐矜怜而无动于衷,会有些什么报应。(高声)来,来,好皇帝;来,安德洛尼克斯;扶起这位好老人家来,安慰安慰他那在您满脸的怒色中濒于死去的心吧。

萨特尼纳斯　起来，泰特斯，起来；我的皇后已经把我说服了。

泰特斯　谢谢陛下和娘娘的恩典。这些仁慈的言语、温和的颜色，把新的生命注入我的身体之内了。

塔摩拉　泰特斯，我已经和罗马结为一体，现在我也是一个罗马人了，我必须为了皇上的好处，给他忠诚的劝告。从今天起，安德洛尼克斯，一切争执都消灭了。我的好陛下，我已经使你和你的朋友们言归于好，这就算是我的莫大的荣幸吧。至于你，巴西安纳斯皇子，我已经向皇上保证，今后你一定做一个驯良安分的人。不用担心，各位贤卿，还有你，拉维妮娅，大家听我的话，跪下来向皇上陛下求恕吧。

路歇斯　是，我们向上天和陛下起誓，我们刚才所干的事，都是为了我们的姊妹和我们自己的荣誉而不得不采取的行动，我们已经尽力约束了自己，没有过分越出了轨道。

玛克斯　我可以凭着我的名誉起誓。

萨特尼纳斯　去，不要说话了；少向我们烦渎吧。

塔摩拉　不，不，好皇帝，我们大家都要变成好朋友。这位护民官和他的侄儿们都在向您跪求恩恕；您必须听我的话；好人儿，转过脸来吧。

萨特尼纳斯　玛克斯，既然我的可爱的塔摩拉向我这样请求，为了你的缘故，也为了你的兄长的缘故，我赦免了这些少年人的重罪；站起来。拉维妮娅，虽然你把我当作一个村夫似的丢弃了，我已经找到一个爱我的人，我可以确实发誓当我离开祭司的时候，我不会仍然是一个单身的汉子。来，要是皇帝的宫廷里可以欢宴两个新娘，你，拉维妮娅，和你的亲友们都是我的宾客。今天将要成为一个释嫌修好的日子，塔摩拉。

泰特斯　明天陛下要是高兴的话,我愿意追随您出猎,打些豹子
　　　　公鹿玩玩;我们将要用号角和猎犬的吠声向您道早安。
萨特尼纳斯　很好,泰特斯,谢谢你。(喇叭声;同下。)

第 二 幕

第一场　罗马。皇宫前

艾伦上。

艾　伦　现在塔摩拉已经登上了俄林波斯的峰巅,命运的箭镞再也不会伤害她;她高居宝座,不受震雷闪电的袭击,脸色惨白的嫉妒不能用威胁加到她的身上。正像金色的太阳向清晨敬礼,用它的光芒镀染海洋,驾着耀目的云车从黄道上疾驰飞过,高耸云霄的山峰都在它的俯瞰之下;塔摩拉也正是这样,人世的尊荣听候着她的智慧的使唤,正义在她的颦蹙之下屈躬战栗。那么,艾伦,鼓起你的勇气,现在正是你攀龙附凤的机会。你的主后已经长久成为你的俘虏,用色欲的锁链镣铐她自己,被艾伦的魅人的目光紧紧捆束,比缚在高加索山上的普罗密修斯更难脱身;你只要抱着向上的决心,就可以升到和她同样高的位置。脱下奴隶的服装,摈弃卑贱的思想!我要大放光辉,满身戴起耀目的金珠来,侍候这位新膺恩命的皇后。我说侍候吗?不,我要和这位女王,这位女神,这位仙娥,这位妖妇调情;她将要迷惑罗马的萨特尼纳斯,害得他国破身亡。嗳哟!这是一场什么风暴?

狄米特律斯及契伦争吵上。

狄米特律斯　契伦,你年纪太轻,智慧不足,礼貌全无,不要来妨碍我的好事。

契　　伦　狄米特律斯,你总是这样蛮不讲理,想用恐吓的手段压倒我。难道我比你小了一两岁,人家就会把我瞧不上眼,你就会比我更幸运吗?我也和你一样会向我的爱人献殷勤,为什么我就不配得到她的欢心?瞧吧,我的剑将要向你证明我对于拉维妮娅的热情。

艾　　伦　打!打!这些情人们一定要大闹一场哩。

狄米特律斯　嘿,孩子,虽然我们的母亲一时糊涂,给你佩带了一柄跳舞用的小剑,你却会不顾死活,用它来威吓你的兄长吗?算了吧,把你的玩意儿藏在鞘里,等你懂得怎样使剑的时候再拔出来吧。

契　　伦　你不要瞧我没有本领,我要让你看看我的勇气。

狄米特律斯　哦,孩子,你居然变得这样勇敢了吗?(二人拔剑。)

艾　　伦　嗳哟,怎么,两位王子!你们怎么敢在皇宫附近挥刀弄剑,公然争吵起来?你们反目的原因我完全知道;即使有人给我百万黄金,我也不愿让那些对于这件事情最有关系的人知道你们为什么发生争执;你们的母后也决不愿在罗马的宫廷里被人耻笑。真好意思,还不把剑收起来!

狄米特律斯　不,我非得把我的剑插进他的胸膛,把他在这儿侮辱我的不逊之言灌进他自己的咽喉里去,决不罢手。

契　　伦　我已经完全准备好了,你这满口狂言的懦夫,你只会用一条舌头吓人,却不敢使用你的武器。

艾　　伦　快走,别闹了!凭着好战的哥特人所崇拜的神明起誓,这一场无聊的争吵要把我们一起都毁了。唉,哥儿们,你们没有想到侵害一位亲王的权利,是一件多么危险的事吗?嘿!难道拉维妮娅是一个放荡的淫妇,巴西安纳斯是一个下贱的庸夫,会容忍你们这样争风吃醋而恬不为意,不向你们报复问罪吗?少爷们,留心点吧!皇后要是知道了你们争吵的原因,看她不把你们骂得狗血喷头。

契　伦　我不管,让她和全世界都知道,我是什么也不顾的;我爱拉维妮娅胜于整个的世界。

狄米特律斯　小子,你还是去选一个次一点儿的吧;拉维妮娅是你兄长看中的人。

艾　伦　嗳哟,你们都疯了吗?难道你们不知道在罗马,人们是不能容忍情敌存在的吗?我告诉你们,两位王子,你们这样简直是自己找死。

契　伦　艾伦,为了得到我所心爱的人,叫我死一千次都愿意。

艾　伦　得到你所心爱的人!怎么得到?

狄米特律斯　这有什么奇怪!她是个女人,所以可以向她调情;她是个女人,所以可以把她勾搭上手;她是拉维妮娅,所以非爱不可。嘿,朋友!磨夫数不清磨机旁边滚过的流水;从一个切开了的面包里偷去一片是毫不费事的。虽然巴西安纳斯是皇帝的兄弟,比他地位更高的人也曾戴过绿头巾。

艾　伦　(旁白)嗯,这句话正好说在萨特尼纳斯身上。

狄米特律斯　那么一个人只要懂得怎样用美妙的言语、风流的仪表、大量的馈赠,就能猎取女人的心,他为什么还要失望呢?嘿!你不是常常射中了一头母鹿,当着看守人的面前把她捉了去吗?

艾　伦　啊,这样看来,你们还是应该乘人不备,把她抢夺过来

23

的好。

契　伦　嗯,要是这样可以使我们达到目的的话。

狄米特律斯　艾伦,你说得不错。

艾　伦　那么你们为什么要吵个不休呢?听着,听着!你们难道都是傻子,为了这些事情而互相闹起来吗?照我的意思,与其两败俱伤,还不如大家沾些实惠的好。

契　伦　说老实话,那在我倒也无所谓。

狄米特律斯　我也不反对,只要我自己也有一份儿。

艾　伦　真好意思,赶快和和气气的,同心合作,把你们所争夺的人儿拿到手再说吧;为了达到你们的目的,这是唯一的策略;你们必须抱定主意;既然事情不能完全适如你们的愿望,就该在可能的范围以内实现你们的企图。让我贡献你们这一个意见;这一位拉维妮娅,巴西安纳斯的爱妻,是比鲁克丽丝更为贞洁的;与其在无望的相思中熬受着长期的痛苦,不如采取一种干脆爽快的行动。我已经想到一个办法了。两位王子,明天有一场盛大的狩猎,可爱的罗马女郎们都要一显身手;森林中的道路是广阔而宽大的,有许多人迹不到的所在,适宜于暴力和奸谋的活动。你们选定了这么一处地方,就把这头娇美的小鹿诱到那里去,要是不能用言语打动她的心,不妨用暴力满足你们的愿望;只有这一个办法可以有充分的把握。来,来,我们的皇后正在用她天赋的智慧,一心一意地计划着复仇的阴谋,让我们把我们想到的一切告诉她,她是决不容许你们同室操戈的,一定会供给我们一些很好的意见,使你们两人都能如愿以偿。皇帝的宫廷像流言飞语之神的殿堂一样,充满着无数的唇舌耳目,树林却是冷酷无情,不闻不见的;勇敢的孩子们,你们在那里说话,动武,试探你们各人的机会吧,在蔽天的浓荫之下,发泄你们的情欲,从拉维妮娅的肉体上享受销魂的喜悦。

契伦　小子,你的主见很好,不失为一个痛快的办法。

狄米特律斯　不管良心上是不是过得去,我一定要找到这一个清凉我的欲焰的甘泉,这一道镇定我的情热的灵符。哪怕要深入地府,渡过冥河,我也情愿。(同下。)

第二场　森　林

内号角及猎犬吠声。泰特斯·安德洛尼克斯率从猎者及玛克斯、路歇斯、昆塔斯、马歇斯等同上。

泰特斯　猎人已经准备出发,清晨的天空泛出鱼肚色的曙光,田野间播散着芳香,树林是绿沉沉的一片。在这儿放开猎犬,让它们吠叫起来,催醒皇上和他的可爱的新娘,用号角的和鸣把亲王唤起,让整个宫廷都震响着回声。孩子们,你们要小心侍候皇上;昨天晚上我睡梦不安,可是黎明又鼓起我新的欢悦。(猎犬群吠,号角齐鸣。)

萨特尼纳斯、塔摩拉、巴西安纳斯、拉维妮娅、狄米特律斯、契伦及侍从等上。

泰特斯　陛下早安!娘娘早安!我答应陛下用猎人的合奏乐把你们唤醒的。

萨特尼纳斯　你奏得很卖力,将军;可是对于新婚的少妇们,未免早得太煞风景了。

巴西安纳斯　拉维妮娅,你怎么说?

拉维妮娅　我说不;我已经完全清醒两个多时辰了。

萨特尼纳斯　那么来,备起马匹和车子来,我们立刻出发打猎去。(向塔摩拉)御妻,现在你可以看看我们罗马人的打猎了。

玛克斯　陛下,我有几头猛犬,善于搜逐最勇壮的豹子,攀登最峻峭的山崖。

泰特斯　我有几匹好马,能够绝尘飞步,像燕子一样掠过原野,追踪逃走的野兽。

狄米特律斯　(旁白)契伦,我们不用犬马打猎,我们的目的只是要捉住一头娇美的小鹿。(同下。)

第三场　森林中之僻静部分

艾伦持黄金一袋上。

艾　伦　聪明的人看见我把这许多金子埋在一株树下,自己将来永远没有享用它的机会,一定以为我是个没有头脑的傻瓜。让这样瞧不起我的人知道,这一堆金子是要铸出一个计策来的,要是这计策运用得巧妙,可以造成一件非常出色的恶事。躺着,好金子,让那得到这一笔从皇后的宝箱中取得施舍的人不得安宁吧。(埋金。)

塔摩拉上。

塔摩拉　我的可爱的艾伦,万物都在夸耀着它们的欢乐,你为什么郁郁不快呢?小鸟在每一株树上吟唱歌曲;花蛇卷起了身体安眠在温和的阳光之下;青青的树叶因凉风吹过而颤动,在地上织成了纵横交错的影子。在这样清静的树荫底下,艾伦,让我们坐下来;当饶舌的回声仿效着猎犬的长噑,向和鸣的号角发出尖锐的答响,仿佛有两场狩猎正在同时进行的时候,让我们坐着倾听他们嘶叫的声音。正像狄多和她的流浪的王子受到暴风雨的袭击,躲避在一座秘密的山洞里一样,我们也可以彼此拥抱在各人的怀里,在我们的游戏完毕以后,一同进入甜蜜的梦乡;猎犬、号角和婉转清吟的小鸟,合成了一阕催眠的歌曲,抚着我们安然睡去。

艾　伦　娘娘,虽然金星主宰着你的欲望,我的心却为土星所占领①。我的凝止的眼睛、我的静默、我的阴沉的忧郁、我的根根竖起的蓬松的头发,就像展开了身体预备咬人的毒蛇一样,这些都表示着什么呢?不,娘娘,这些不是情欲的征兆;杀人的恶念藏在我的心头,死亡握在我的手里,流血和复仇在我的脑中震荡。听着,塔摩拉,我的灵魂的皇后,你的怀抱便是我的灵魂的归宿,它不希望更有其他的天堂;今天是巴西安纳斯的末日,他的菲罗墨拉②必须失去她的舌头,你的儿子们将要破坏她的贞操,在巴西安纳斯的血泊中洗手。你看见这封信吗?这里面藏着恶毒的阴谋,请你把它收起来交给那皇帝。不要多问,有人看见我们了;这儿来了一双我们安排捕捉的猎物,他们还没有想到他们生命的毁灭就在眼前。

塔摩拉　啊!我的亲爱的摩尔人,你是我的比生命更可爱的人儿。

艾　伦　不要说下去啦,大皇后;巴西安纳斯来了。你先找一些借口,跟他拌起嘴来;我就去找你的儿子来帮你吵架。

---

① 金星照命主多情,土星照命主多愁,这是西方古代星相学的迷信说法。
② 菲罗墨拉(Philomela),是雅典公主,其姊夫忒柔斯涎其美色,奸之而割其舌,菲罗墨拉以其遭遇织为文字,制衣赠其姊普洛克涅,普洛克涅杀子而与菲罗墨拉偕遁;天神闻其吁告,使菲罗墨拉化为夜莺,普洛克涅化为燕子。故事见奥维德《变形记》第六章。

（下。）

    巴西安纳斯及拉维妮娅上。

巴西安纳斯　什么人在这儿？罗马的尊严的皇后,没有一个侍从卫护她吗？或者是狄安娜女神摹仿着她的装束,离开天上的树林,到这里的林中来参观我们的狩猎吗？

塔摩拉　好大胆的狂徒,竟敢窥探我的私人的行动！要是我有像人家所说狄安娜所有的那种力量,我就要立刻叫你的头上长起角来,变成一头鹿,让猎犬把你追逐,你这无礼的莽撞鬼！

拉维妮娅　恕我说句话,好娘娘,人家都在疑心您跟您那摩尔人正在作什么实验,要替什么人安上角去呢。乔武保佑尊夫,让他今天不要被他的猎犬追逐！要是它们把他当作了一头公鹿,那可糟啦。

巴西安纳斯　相信我,娘娘,您那黑奴已经使您的名誉变了颜色,像他身体一样污秽可憎了。为什么您要摈斥您的侍从,降下您的雪白的骏马,让一个野蛮的摩尔人陪伴着您跑到这一个幽僻的所在,倘不是因为受着您的卑劣的欲念的引导？

拉维妮娅　因为你们的好事被我们打散了,无怪您要嗔骂我的丈夫无礼啦。来,我们走吧,让她去和她的乌鸦一般的爱人尽情作乐;这幽谷是一个再适当不过的地方。

巴西安纳斯　我的皇兄必须知道这件事情。

拉维妮娅　啊,这些败行他早该知道的了。好皇帝,竟遭到这样重大的耻辱！

塔摩拉　为什么我要忍受你们这样的侮蔑呢？

    狄米特律斯及契伦上。

狄米特律斯　怎么,亲爱的母后!您的脸上为什么这样惨淡失色?

塔摩拉　你们想想我应不应该脸色惨淡?这两个人把我骗到了这个所在,一个荒凉可憎的幽谷!你们看,虽然是夏天,这些树木却是萧条而枯瘦的,青苔和寄生树侵蚀了它们的生机;这儿从来没有太阳照耀;这儿没有生物繁殖,除了夜枭和不祥的乌鸦。当他们把这个可怕的幽谷指点给我看的时候,他们告诉我,这儿在沉寂的深宵,有一千个妖魔、一千条咝咝作声的蛇、一万只臃肿的蛤蟆、一万只刺猬,同时发出惊人的、杂乱的叫声,无论什么人听见了,不是立刻发疯就要当场吓死。他们告诉了我这样可怕的故事以后,就对我说,他们要把我缚在一株阴森的杉树上,让我在这种恐怖之中死去;于是他们称我为万恶的淫妇,放荡的哥特女人,和一切诸如此类凡是人们耳中所曾经听见过的最恶毒的名字;倘不是神奇的命运使你们到这里来,他们早就向我下这样的毒手了。你们要是爱你们母亲的生命,快替我复仇吧,否则从此以后,你们再也不能算是我的孩子了。

狄米特律斯　这可以证明我是你的儿子。(刺巴西安纳斯。)

契　伦　这一剑直中要害,可以证明我的本领。(刺巴西安纳斯,巴西安纳斯死。)

拉维妮娅　啊,来,妖妇!不,野蛮的塔摩拉,因为只有你自己的名字最能够表现你恶毒的天性。

塔摩拉　把你的短剑给我;你们将要知道,我的孩子们,你们的母亲将要亲手报复仇恨。

狄米特律斯　且慢,母亲,我们还不能就让她这样死了;先把谷粒打出,然后再把稻草烧去。这丫头自负贞洁,胆敢冲撞母

29

后,难道我们就让她带着她的贞洁到她的坟墓里去吗?

契　伦　要是让她这样清清白白地死去,我宁愿自己是一个太监。把她的丈夫拖到一个僻静的洞里,让他的尸体作为我们纵欲的枕垫吧。

塔摩拉　可是当你们采到了你们所需要的蜜汁以后,不要放这黄蜂活命;她的刺会伤害我们的。

契　伦　您放心吧,母亲,我们决不留着她来危害我们。来,娘子,现在我们要用强力欣赏欣赏您那用心保存着的贞洁了。

拉维妮娅　啊,塔摩拉!你生着一张女人的面孔——

塔摩拉　我不要听她说话;把她带下去!

拉维妮娅　两位好王子,求求她听我说一句话。

狄米特律斯　听着,美人儿。母亲,她的流泪便是您的光荣;但愿她的泪点滴在您的心上,就像雨点打在无情的顽石上一样。

拉维妮娅　乳虎也会教训起它的母亲来了吗?啊!不要学她的残暴;是她把你教成这个样子;你从她胸前吮吸的乳汁都变成了石块;当你哺乳的时候,你的凶恶的天性已经锻成了。可是每一个母亲不一定生同样的儿子;(向契伦)你求求她显出一点女人的慈悲来吧!

契　伦　什么!你要我证明我自己是一个异种吗?

拉维妮娅　不错!乌鸦是孵不出云雀来的。可是我听见人家说,狮子受到慈悲心的感动,会容忍它的尊严的脚爪被人剪去;唉!要是果然有这样的事,那就好了。有人说,乌鸦常常抚育被遗弃的孤雏,却让自己的小鸟在巢中挨饿;啊!虽然你的冷酷的心不许你对我这样仁慈,可是请你稍微发一点怜悯吧!

塔摩拉　我不知道怜悯是什么意思；把她带下去！

拉维妮娅　啊，让我劝导你！看在我父亲的面上，他曾经在可以把你杀死的时候宽宥了你的生命，不要固执，张开你的聋了的耳朵吧！

塔摩拉　即使你自己从不曾得罪过我，为了他的缘故，我也不能对你容情。记着，孩子们，我徒然抛掷了滔滔的热泪，想要把你们的哥哥从罗马人的血祭中间拯救出来，却不能使凶恶的安德洛尼克斯改变他的初衷。所以，把她带下去，尽你们的意思蹂躏她；你们越是把她作践得痛快，我越是喜爱你们。

拉维妮娅　塔摩拉啊！愿你被称为一位仁慈的皇后，用你自己的手就在这地方杀了我吧！因为我向你苦苦哀求的并不是生命，当巴西安纳斯死了以后，可怜的我活着也就和死去一般了。

塔摩拉　那么你求些什么呢？傻女人，放了我。

拉维妮娅　我要求立刻就死；我还要求一件女人的羞耻使我不能出口的事。啊！不要让我在他们手里遭受比死还难堪的玷辱；请把我丢在一个污秽的地窟里，永不要让人们的眼睛看见我的身体；做一个慈悲的杀人犯，答应我这一个要求吧！

塔摩拉　那么我就要剥夺我的好儿子们的权利了。不，让他们在你的身上满足他们的欲望吧。

狄米特律斯　快走！你已经使我们在这儿等得太久了。

拉维妮娅　没有慈悲！没有妇道！啊，禽兽不如的东西，全体女性的污点和仇敌！愿地狱——

契　伦　哼，那么我可要塞住你的嘴了。哥哥，你把她丈夫的尸体搬过来；这就是艾伦叫我们把他掩埋的地窟。(狄米特律斯将巴西安纳斯尸体掷入穴内；狄米特律斯、契伦二人拖拉维妮娅同下。)

塔摩拉　再会，我的孩子们；留心不要放她逃走。让我的心头永远不知道有愉快存在，除非安德洛尼克斯全家死得不留一人。现在我要去找我的可爱的摩尔人，让我的暴怒的儿子们去攀折这一枝败柳残花。(下。)

　　　　艾伦率昆塔斯及马歇斯同上。

艾　伦　来，两位公子，看谁走得快，我立刻就可以带领你们到我看见有一头豹子在那儿熟睡的洞口。

昆塔斯　我的眼光十分模糊，不知道是什么预兆。

马歇斯　我也这样。说来惭愧，我真想停止打猎，找个地方睡一会儿。(失足跌入穴内。)

昆塔斯　什么！你跌下去了吗？这是一个什么幽深莫测的地穴，洞口遮满了蔓生的荆棘，那叶子上还染着一滴滴的鲜血，像花瓣上的朝露一样新鲜？看上去这似乎是一处很危险的所在。说呀，兄弟，你跌伤了没有？

马歇斯　啊，哥哥！我碰在一件东西上碰伤了，这东西瞧上去真叫人触目惊心。

艾　伦　(旁白)现在我要去把那皇帝带来，让他看见他们在这里，他一定会猜想是他们两人杀死了他的兄弟。(下。)

马歇斯　你为什么不搭救搭救我，帮助我从这邪恶的血污的地穴里出来？

昆塔斯　一阵无端的恐惧侵袭着我，冷汗湿透了我的战栗的全身；我的眼前虽然一无所见，我的心里却充满了惊疑。

马歇斯　为了证明你有一颗善于预测的心，请你和艾伦两人向这地穴里望一望,就可以看见一幅血与死的可怖的景象。

昆塔斯　艾伦已经走了;我的恻隐之心使我不忍观望那在推测之中已经使我战栗的情状。啊!告诉我是怎么一回事;我从来不曾像现在一样孩子气,害怕着我所不知道的事情。

马歇斯　巴西安纳斯殿下僵卧在这可憎的黑暗的饮血的地穴里,知觉全无,像一头被宰的羔羊。

昆塔斯　地穴既然是黑暗的,你怎么知道是他?

马歇斯　在他的流血的手指上戴着一枚宝石的指环,它的光彩照亮了地窟的全部;正像一支墓穴里的蜡烛一般,它照出了已死者的泥土色的脸,也照见了地窟里凌乱的一切;当皮拉摩斯躺在处女的血泊中的晚上,那月亮的颜色也是这么惨淡的。啊,哥哥!恐惧已经使我失去力气,要是你也是这样,赶快用你无力的手把我拉出这个吃人的洞府,它像一张喷着妖雾的魔口一样可怕。

昆塔斯　把你的手伸上来给我抓住了,好让我拉你出来,否则因为我自己也提不起劲儿,怕会翻下了这个幽深的黑洞,可怜的巴西安纳斯的坟墓里去。我没有力气把你拉上洞口。

马歇斯　没有你的帮助,我也没有力气爬上来。

昆塔斯　再把你的手给我;这回我倘不把你拉出洞外,拼着自己也跌下去,再不松手了。(跌入穴内。)

　　　　艾伦率萨特尼纳斯重上。

萨特尼纳斯　跟我来;我要看看这儿是个什么洞,跳下去的是个什么人。喂,你是什么人,跳到这个地窟里去?

马歇斯　我是老安德洛尼克斯的倒楣的儿子,在一个不幸的时辰被人带到这里来时,发现你的兄弟巴西安纳斯已经死了。

萨特尼纳斯　我的兄弟死了!我知道你在开玩笑。他跟他的夫人都在这猎场北首的茅屋里,我在那里离开他们还不到一小时呢。

马歇斯　我们不知道您在什么地方看见他们好好地活着;可是唉!我们却在这里看见他死了。

　　　　塔摩拉率侍从及泰特斯·安德洛尼克斯、路歇斯同上。

塔摩拉　我的皇上在什么地方?

萨特尼纳斯　这儿,塔摩拉;重大的悲哀使我痛不欲生。

塔摩拉　你的兄弟巴西安纳斯呢?

萨特尼纳斯　你触到了我的心底的创痛;可怜的巴西安纳斯躺在这儿被人谋杀了。

塔摩拉　那么我把这一封致命的书信送来得太迟了,(以一信交萨特尼纳斯)这里面藏着造成这一幕出人意料的悲剧的阴谋;真奇怪,一个人可以用满脸的微笑,遮掩着这种杀人的恶意。

萨特尼纳斯　"万一事情决裂,好猎人,请你替他掘下坟墓;我们说的是巴西安纳斯,你懂得我们的意思。在那覆罩着巴西安纳斯葬身的地穴的一株大树底下,你只要拨开那些荨麻,便可以找到你的酬劳。照我们的话办了,你就是我们永久的朋友。"啊,塔摩拉!你听见过这样的话吗?这就是那个地穴,这就是那株大树。来,你们大家快去给我搜寻那杀死巴西安纳斯的猎人。

艾　伦　启禀陛下,这儿有一袋金子。

萨特尼纳斯　(向泰特斯)都是你生下这一对狼心狗肺的孽畜,把我的兄弟害了。来,把他们从这地穴里拖出来,关在监牢里,等我们想出一些闻所未闻的酷刑来处置他们。

塔摩拉　什么!他们就在这地穴里吗?啊,怪事!杀了人这么容易就被发觉了!

泰特斯　陛下,让我这软弱的双膝向您下跪,用我不轻易抛掷的眼泪请求这一个恩典:要是我这两个罪该万死的逆子果然犯下了这样重大的罪过,要是有确实的证据证明他们的罪状——

萨特尼纳斯　要是有确实的证据!事实还不够明白吗?这封信是谁找到的?塔摩拉,是你吗?

塔摩拉　安德洛尼克斯自己从地上拾起来的。

泰特斯　是我拾起来的,陛下。可是让我做他们的保人吧;凭着我的祖先的坟墓起誓,他们一定随时听候着陛下的传唤,准备用他们的生命洗刷他们的嫌疑。

萨特尼纳斯　你不能保释他们。跟我来;把被害者的尸体抬走,那两个凶手也带了去。不要让他们说一句话;他们的罪状已经很明显了。凭着我的灵魂起誓,要是人间有比死更痛苦的结局,我一定要叫他们尝尝那样的滋味。

塔摩拉　安德洛尼克斯,我会向皇上说情的;不要为你的儿子们担忧,他们一定可以平安无事。

泰特斯　来,路歇斯,来;快走,别跟他们说话了。(各下。)

第四场　森林的另一部分

狄米特律斯、契伦及拉维妮娅上;拉维妮娅已遭奸污,两手及舌均被割去。

狄米特律斯　现在你的舌头要是还会讲话,你去告诉人家谁奸污你的身体,割去你的舌头吧。

契　伦　要是你的断臂还会握笔,把你心里的话写了出来吧。

狄米特律斯　瞧,她还会做手势呢。

契　伦　回家去,叫他们替你拿些香水洗手。

狄米特律斯　她没有舌头可以叫,也没有手可以洗,所以我们还是让她静悄悄地走她的路吧。

契　伦　要是我处于她的地位,我一定去上吊了。

狄米特律斯　那还要看你有没有手可以帮助你在绳上打结。

（狄米特律斯、契伦同下。）

　　玛克斯上。

玛克斯　这是谁,跑得这么快?是我的侄女吗?侄女,跟你说一句话;你的丈夫呢?要是我在做梦,但愿我所有的财富能够把我惊醒!要是我现在醒着,但愿一颗行星毁灭我,让我从此长眠不醒!说,温柔的侄女,哪一只凶狠无情的毒手砍去了你身体上的那双秀枝,那一对可爱的装饰品,它们的柔荫的环抱,是君王们所追求的温柔仙境?为什么不对我说话?嗳哟!一道殷红的血流,像被风激起泡沫的泉水一样,在你的两片蔷薇色的嘴唇之间浮沉起伏,随着你的甘美的呼吸而涨落。一定是哪一个忒柔斯蹂躏了你,因为怕你宣布他的罪恶,才把你的舌头割下。啊!现在你因为羞愧而把你的脸转过去了;虽然你的血从三处同时奔涌,你的面庞仍然像迎着浮云的太阳的酡颜一样绯红。要不要我替你说话?要不要我说,事情果然是这样的?唉!但愿我知道你的心思;但愿我知道那害你的禽兽,那么我也好痛骂他一顿,出出我心头的气愤。郁结不发的悲哀正像闷塞了的火炉一样,会把一颗心烧成灰烬。美丽的菲罗墨拉不过失去了她的舌头,她却会不怕厌烦,一针一线地织出她的悲惨的遭遇;可是,可爱的侄女,你已经拈不起针线来了,你所遇见的是一个更奸恶的忒柔斯,他已经把你那比菲罗墨拉更善于针织的娇美的手指截去了。啊!要是那恶魔曾经看见这双百合花一样的纤手像战栗的白杨叶般弹弄着琵琶,使那一根根丝弦乐于和它们亲吻,他一定不忍伤害它们;要是他曾经听见从那美妙的舌端吐露出来的天乐,他一定会丢下他的刀子,昏昏沉沉地睡去。来,让我们去,使你的父亲成为盲目吧,因为这样的惨状是会使一个父亲的眼睛昏眩的;一小时的暴风雨就会淹没了芬芳的牧场,你父亲的眼睛怎么经得起经年累月的泪涛泛滥呢?不要退后,因为我们将要陪着你悲伤;唉!要是我们的悲伤能够减轻你的痛苦就好了!(同下。)

第 三 幕

第一场　罗马。街道

　　元老、护民官及法警等押马歇斯及昆塔斯绑缚上，向刑场前进；泰特斯前行哀求。

泰特斯　听我说，尊严的父老们！尊贵的护民官们，等一等！可怜我这一把年纪吧！当你们高枕安卧的时候，我曾经在危险的沙场上抛掷我的青春；为了我在罗马伟大的战役中所流的血，为了我枕戈待旦的一切霜露的深宵，为了现在你们所看见的、这些填满在我脸上衰老的皱纹里的苦泪，求求你们向我这两个定了罪的儿子大发慈悲吧，他们的灵魂并不像你们所想像的那样堕落。我已经失去了二十二个儿子，我不曾为他们流一点泪，因为他们是死在光荣的、高贵的眠床上。为了这两个、这两个，各位护民官，（投身地上）我在泥土上写下我的深心的苦痛和我的灵魂的悲哀之泪。让我的眼泪浇息了大地的干渴，我的孩子们的亲爱的血液将会使它羞愧而脸红。（元老、护民官等及二囚犯同下）大地啊！从我这两口古罂之中，我要倾泻出比四月的春天更多的雨水灌溉你；在苦旱的夏天，我要继续向你淋洒；在冬天我要用热泪融化冰雪,让永久的春光留驻在你的脸上,只要你拒绝喝下我的亲爱的孩子们的血液。

  路歇斯拔剑上。

泰特斯 可尊敬的护民官啊!善良的父老们啊!松了我的孩子们的绑缚,撤销死罪的判决吧!让我这从未流泪的人说,我的眼泪现在变成打动人心的辩士了。

路歇斯 父亲啊,您这样哀哭是无济于事的;护民官们听不见您的话,一个人也不在近旁;您在向一块石头诉述您的悲哀。

泰特斯 啊!路歇斯,让我为你的兄弟们哀求。尊严的护民官们,我再向你们作一次求告——

路歇斯 父亲,没有一个护民官在听您说话哩。

泰特斯 嗨,那又有什么关系呢?即使他们听见,他们也不会注意我的话;即使他们注意我的话,他们也不会怜悯我;可是我必须向他们哀求,虽然我的哀求是毫无结果的。所以我向石块们诉述我的悲哀,它们不能解除我的痛苦,可是比起那些护民官来还是略胜一筹,因为它们不会打断我的话头;当我哭泣的时候,它们谦卑地在我的脚边承受我的眼泪,仿佛在陪着我哭泣一般;要是它们也披上了庄严的法服,罗马没有一个护民官可以比得上它们:石块是像蜡一样柔软的,护民官的心肠却比石块更坚硬;石块是沉默而不会侵害他人的,护民官却会掉弄他们的舌头,把无辜的人们宣判死刑。(起立)可是你为什么把你的剑拔出来拿在手里?

路歇斯 我想去把我的两个兄弟劫救出来;那些法官们因为我有这样的企图,已经宣布把我永远放逐了。

泰特斯 幸运的人啊!他们在照顾你哩。嘿,愚笨的路歇斯,你没看见罗马只是一大片猛虎出没的荒野吗?猛虎是一定要饱腹的；罗马除了我和我们一家的人以外，再没有别的猎物可以充塞它们的馋吻了。你现在被放逐他乡，远离这些吃人的野兽，该是多大的幸运啊！可是谁跟着我的兄弟玛克斯来啦？

  玛克斯及拉维妮娅上。

玛克斯 泰特斯，让你的老眼准备流泪，要不然的话，让你高贵的心准备碎裂吧；我带了毁灭你的暮年的悲哀来了。

泰特斯 它会毁灭我吗？那么让我看看。

玛克斯 这是你的过去的女儿。

泰特斯 嗳哟，玛克斯，她现在还是我的女儿呀。

路歇斯 好惨！我可受不了啦。

泰特斯 没有勇气的孩子，起来，瞧着她。说，拉维妮娅，哪一只可咒诅的毒手使你在你父亲的眼前变成一个没有手的人？哪一个傻子挑了水倒在海里，或是向火光烛天的特洛亚城中丢进一束柴去？在你没有来以前，我的悲哀已经达到了顶点，现在它像尼罗河一般，泛滥出一切的界限了。给我一柄剑，我要把我的手也砍下来；因为它们曾经为罗马出过死力，结果却是一无所得；在无益的祈求中，我曾经把它们高高举起，可是它们对我一点没有用处；现在我所要叫它们做的唯一的事，是让这一只手把那一只手砍了。拉维妮娅，你没有手也好，因为曾经为国家出力的手，在罗马是不被重视的。

路歇斯 说，温柔的妹妹，谁害得你这个样子？

玛克斯 啊！那善于用巧妙敏捷的辩才宣达她的思想的可爱的器官，那曾经用柔曼的歌声迷醉世人耳朵的娇鸣的小鸟，已经从那美好的笼子里被抓去了。

路歇斯　啊！你替她说,谁干了这样的事？

玛克斯　啊！我看见她在林子里仓皇奔走,正像现在这样子,想要把自己躲藏起来,就像一头鹿受到了不治的重伤一样。

泰特斯　那是我的爱宠;谁伤害了她,所给我的痛苦甚于杀死我自己。现在我像一个站在一块岩石上的人一样,周围是一片汪洋大海,那海潮愈涨愈高,每一秒钟都会有一阵无情的浪涛把他卷下白茫茫的波心。我的不幸的儿子们已经从这一条路上向死亡走去了;这儿站着我的另一个儿子,一个被放逐的流亡者;这儿站着我的兄弟,为了我的厄运而悲泣;可是那使我的心灵受到最大的打击的,却是亲爱的拉维妮娅,比我的灵魂更亲爱的。我要是看见人家在图画里把你画成这个样子,也会气得发疯;现在我看见你这一副活生生的惨状,我应该怎样才好呢？你没有手可以揩去你的眼泪,也没有舌头可以告诉我谁害了你。你的丈夫,他已经死了,为了他的死,你的兄弟们也被判死罪,这时候也早已没有命了。瞧！玛克斯;啊！路歇斯我儿,瞧着她:当我提起她的兄弟们的时候,新的眼泪又滚下她的脸颊,正像甘露滴在一朵被人攀折的憔悴的百合花上一样。

玛克斯　也许她流泪是因为他们杀死了她的丈夫;也许因为她知道他们是无罪的。

泰特斯　要是他们果然杀死了你的丈夫,那么高兴起来吧,因为法律已经给他们惩罚了。不,不,他们不会干这样卑劣的事;瞧他们的姊妹在流露着多大的伤心。温柔的拉维妮娅,让我吻你的嘴唇,或者指示我怎样可以给你一些安慰。要不要让你的好叔父、你的哥哥路歇斯,还有你、我,大家在一个水池旁边团团坐下,瞧瞧我们映在水中的脸,瞧它们怎样为泪痕所污,正像洪水新退以后,牧场上还残留着许多潮湿的黏土一样?我们要不要向着池水伤心落泪,让那澄澈的流泉失去它的清冽的味道,变成一泓咸水?或者我们要不要也像你一样砍下我们的手?或是咬下我们的舌头,在无言的沉默中消度我们可憎的残生?我们应该怎样做?让我们这些有舌的人商议出一些更多的苦难来加在我们自己身上,留供后世人们嗟叹吧。

路歇斯　好爸爸,别哭了吧;瞧我那可怜的妹妹又被您惹得呜咽痛哭起来了。

玛克斯　宽心点儿,亲爱的侄女。好泰特斯,揩干你的眼睛。

泰特斯　啊!玛克斯,玛克斯,弟弟;我知道你的手帕再也收不进我的一滴眼泪,因为你,可怜的人,已经用你自己的眼泪把它浸透了。

路歇斯　啊!我的拉维妮娅,让我揩干你的脸吧。

泰特斯　瞧,玛克斯,瞧!我懂得她的意思。要是她会讲话,她现在要对她的哥哥这样说:他的手帕已经满揾着他的伤心的眼泪,拭不干她颊上的悲哀了。唉!纵然我们彼此相怜,谁都爱莫能助,正像地狱边缘的幽魂盼不到天堂的幸福一样。

　　　艾伦上。

艾　伦　泰特斯·安德洛尼克斯,我奉皇上之命,向你传达他的旨意:要是你爱你那两个儿子,只要让玛克斯、路歇斯,或是你自己,年老的泰特斯,你们任何一人砍下一只手来,送到皇上面前,他就可以赦免你的儿子们的死罪,把他们送还给你。

泰特斯　啊,仁慈的皇帝!啊,善良的艾伦!乌鸦也会唱出云雀的歌声,报知日出的喜讯吗?很好,我愿意把我的手献给皇上。好艾伦,你肯帮助我把它砍下来吗?

路歇斯　且慢,父亲!您那高贵的手曾经推倒无数的敌人,不能把它砍下,还是让我的手代替了吧。我比您年轻力壮,流一些血还不大要紧,所以应该让我的手去救赎我的兄弟们的生命。

玛克斯　你们两人的手谁不曾保卫罗马,高挥着流血的战斧,在敌人的堡垒上写下了毁灭的命运?啊!你们两人的手都曾建立赫赫的功业,我的手却无所事事,让它去赎免我的侄儿们的死罪吧;那么我总算也叫它干了一件有意义的事了。

艾　伦　来,来,快些决定把哪一个人的手送去,否则也许赦令未下,他们早已死了。

玛克斯　把我的手送去。

路歇斯　凭着上天起誓,这不能。

泰特斯　你们别闹啦;像这样的枯枝败梗,才是适宜于樵夫的刀斧的,还是把我的手送去吧。

路歇斯　好爸爸,要是您承认我是您的儿子,让我把我的兄弟们从死亡之中救赎出来吧。

玛克斯　为了我们去世的父母的缘故,让我现在向你表示一个兄弟的友爱。

泰特斯　那么由你们两人去决定吧!我就保留下我的手。

路歇斯　那么我去找一柄斧头来。

玛克斯　可是那斧头是要让我用的。(路歇斯、玛克斯下。)

泰特斯　过来,艾伦;我要把他们两人都骗了过去。帮我一下,我就把我的手给你。

艾　伦　(旁白)要是那也算是欺骗的话,我宁愿一生一世做个

43

老实人,再也不这样欺骗人家;可是我要用另一种手段欺骗你,不上半小时就可以让你见个分晓。(砍下泰特斯手。)

　　　　路歇斯及玛克斯重上。

泰特斯　现在你们也不用争执了,应该做的事情已经做好。好艾伦,把我的手献给皇上陛下,对他说那是一只曾经替他抵御过一千种危险的手,叫他把它埋了;它应该享受更大的荣宠,这样的要求是不该被拒绝的。至于我的儿子们,你说我认为他们是用低微的代价买来的珍宝,可是因为我用自己的血肉换到他们的生命,所以他们的价值仍然是贵重的。

艾　伦　我去了,安德洛尼克斯;你牺牲了一只手,等着它换来你的两个儿子吧。(旁白)我的意思是说他们的头。啊!我一想到这一场恶计,就觉得浑身通泰。让傻瓜们去行善,让美男子们去向神明献媚吧,艾伦宁愿让他的灵魂黑得像他的脸一样。(下。)

泰特斯　啊!我向天举起这一只手,把这衰老的残躯向大地俯伏:要是哪一尊神明怜悯我这不幸的人所挥的眼泪,我要向他祈求!(向拉维妮娅)什么!你也要陪着我下跪吗?很好,亲爱的,因为上天将要垂听我们的祷告,否则我们要用叹息嘘成浓雾,把天空遮得一片昏沉,使太阳失去它的光辉,正像有时浮云把它拥抱起来一样。

玛克斯　唉!哥哥,不要疯疯癫癫地讲这些无关实际的话了;真叫人摸不着底。

泰特斯　我的悲痛还有什么底可言哪?倒不如让我哀痛到底吧。

玛克斯　也该让理智控制你的悲痛才是。

泰特斯　要是理智可以向我解释这一切灾祸,我就可以约束我的悲痛。当上天哭泣的时候,地上不是要泛滥着大水吗?当狂风怒号的时候,大海不是要发起疯来,鼓起了它的面颊向天空恫吓吗?你要知道我这样叫闹的理由吗?我就是海;听她的叹息在刮着多大的风;她是哭泣的天空,我就是大地;我这海水不能不被她的叹息所激动,我这大地不能不因为她的不断的流泪而泛滥沉没,因为我的肠胃容纳不下她的辛酸,我必须像一个醉汉似的把它们呕吐出来。所以由着我吧,因为失败的人必须得到许可,让他们用愤怒的言辞发泄他们的怨气。

　　一使者持二头一手上。

使　者　尊贵的安德洛尼克斯,你把一只好端端的手砍下来献给皇上,白白作了一次无益的牺牲。这儿是你那两个好儿子的头颅,这儿是你自己的手,为了讥笑你的缘故,他们叫我把它们送还给你。你的悲哀是他们的玩笑,你的决心被他们所揶揄;我一想到你的种种不幸就觉得伤心,简直比回忆我的父亲的死还要难过。(下。)

玛克斯　现在让埃特那火山在西西里冷却,让我的心变成一座永远焚烧的地狱吧!这些灾祸不是人力所能忍受的。陪着哭泣的人流泪,多少会使他感到几分安慰,可是满心的怨苦被人嘲笑,却是双重的死刑。

路歇斯　唉!这样的惨状能够使人心魂摧裂,可憎恶的生命却还是守住这皮囊不肯脱离;生活已经失去了意义,却还要在这世上吞吐着这一口气,做一个活受罪的死鬼。(拉维妮娅吻泰特斯。)

玛克斯　唉,可怜的人儿!这一个吻正像把一块冰送进饿蛇的嘴里,一点不能安慰他。

泰特斯　这可怕的噩梦几时才可以做完呢?

玛克斯　现在再用不着自己欺骗自己了。死吧,安德洛尼克斯;你不是在做梦。瞧,你的两个儿子的头,你的握惯刀剑的手,这儿还有你的被人残害了的女儿;你那一个被放逐的儿子,看着这种残酷的情景,已经面无人色了;你的兄弟,我,也像一座石像一般无言而僵冷。啊!现在我再不劝你抑制你的悲哀了。撕下你的银色的头发,用你的牙齿咬着你那残余的一只手吧;让这凄凉的景象闭住我们生不逢辰的眼睛!现在是掀起风暴来的时候,你为什么一声不响呢?

泰特斯　哈哈哈!

玛克斯　你为什么笑?这在现在是不相宜的。

泰特斯　嘿,我的泪已经流完了;而且这悲哀是一个敌人,它会窃据我的潮润的眼睛,用滔滔的泪雨蒙蔽我的视觉,使我找不到复仇的路径。因为这两颗头颅似乎在向我说话,恐吓我要是我不让那些害苦我们的人亲身遍历我们现在所受的一切惨痛,我将要永远享不到天堂的幸福。来,让我想一想我应该怎样进行我的工作。你们这些忧郁的人,都来聚集在我的周围,我要对着你们每一个人用我的灵魂宣誓,我将要为你们复仇。我的誓已经发下了。来,兄弟,你拿着一颗头;我用这一只手托住那一颗头。拉维妮娅,你也要帮我们做些事情,把我的手衔在你的嘴里,好孩子。至于你,孩子,赶快离开我的眼前吧;你是一个被放逐的人,你不能停留在这里。到哥特人那里去,调集起一支军队来。要是你爱我,让我们一吻而别,因为我们还有许多事情要做哩。(泰特斯、玛克斯、拉维妮娅同下。)

路歇斯　别了,安德洛尼克斯,我的高贵的父亲,罗马最不幸的人！别了,骄傲的罗马！路歇斯舍弃了他的比生命更宝贵的亲人,有一天他将要重新回来。别了,拉维妮娅,我的贤淑的妹妹;啊！但愿你仍旧像从前一样！可是现在路歇斯和拉维妮娅都必须被世人所遗忘,在痛苦的忧愁里度日了。要是路歇斯不死,他一定会为你复仇,叫那骄傲的萨特尼纳斯和他的皇后在罗马城前匍匐乞怜。现在我要到哥特人那里去调集军队,向罗马和萨特尼纳斯报复这天大的冤仇。(下。)

第二场　同前。泰特斯家中一室,桌上餐肴罗列

　　泰特斯、玛克斯、拉维妮娅及小路歇斯上。

泰特斯　好,好,现在坐下来;你们不要吃得太多,只要能够维持我们充分的精力,报复我们的大仇深恨就得啦。玛克斯,放开你那被悲哀纠结着的双手;你的侄女跟我两个人,可怜的东西,都是缺手的人,不能用交叉的手臂表示我们十重的悲伤。我只剩下这一只可怜的右手,在我的胸前逗弄它的威风;当我的心因为载不起如许的苦痛而在我的肉体的囚室里疯狂跳跃的时候,我这手就会把它使劲捶打下去。(向拉维妮娅)你这苦恼的化身,你在用表情向我们说话吗？你的意思是说,当你那可怜的心发狂般跳跃的时候,你不能捶打它叫它静止下来。用叹息刺伤它,孩子,用呻吟杀死它吧;或者你可以用你的牙齿咬起一柄小刀来,对准你的心口划一个洞,让你那可怜的眼睛里流下来的眼泪一起从这洞里滚进去,让这痛哭的愚人在苦涩的泪海里淹死。

玛克斯　嗳,哥哥,嗳!不要教她下这样无情的毒手,摧残她娇嫩的生命。

泰特斯　怎么!悲哀已经使你变得糊涂起来了吗?嗨,玛克斯,除了我一个人之外,别人是谁也不应该发疯的。她能够下什么毒手去摧残她自己的生命?啊!为什么你一定要提起这个"手"字?你要叫埃涅阿斯把特洛亚焚烧的故事从头讲起吗?啊!不要谈到这个题目,不要讲什么手呀手的,使我们永远记得我们是没有手的人。呸!呸!我在说些什么疯话,好像要是玛克斯不提起"手"字,我们就会忘记我们没有手似的。来,大家吃吧;好女儿,吃了这个。这儿酒也没有。听,玛克斯,她在说些什么话;我能够解释她这残废的身体上所作出的种种表示:她说她的唯一的饮料只是那和着悲哀酿就、淋漓在她颊上的眼泪。无言的诉苦者,我要熟习你的思想,像乞食的隐士娴于祷告一般充分了解你的沉默的动作;无论你吐一声叹息,或是把你的断臂向天高举,或是霎一霎眼,点一点头,屈膝下跪,或者作出任何的符号,我都要竭力探究出它的意义,用耐心的学习寻求一个确当的解释。

小路歇斯　好爷爷,不要老是伤心痛哭了;讲一个有趣的故事让我的姑姑快乐快乐吧。

玛克斯　唉!这小小的孩子也受到感动,瞧着他爷爷那种伤心的样子而掉下泪来了。

泰特斯　不要响,小东西;你是用眼泪塑成的,眼泪会把你的生命很快地融化了。(玛克斯以刀击餐盆)玛克斯,你在用刀子砍什么?

玛克斯　一只苍蝇,哥哥;我已经把它打死了。

泰特斯　该死的凶手！你刺中我的心了。我的眼睛已经看饱了凶恶的暴行；杀戮无辜的人是不配做泰特斯的兄弟的。出去，我不要跟你在一起。

玛克斯　唉！哥哥，我不过打死了一只苍蝇。

泰特斯　可是假如那苍蝇也有父亲母亲呢？可怜的善良的苍蝇！它飞到这儿来，用它可爱的嗡嗡的吟诵娱乐我们，你却把它打死了！

玛克斯　恕我，哥哥；那是一只黑色的、丑恶的苍蝇，有点像那皇后身边的摩尔人，所以我才打死它。

泰特斯　哦，哦，哦！那么请你原谅我，我错怪你了，因为你做的是一件好事。把你的刀给我，我要侮辱侮辱它；用虚伪的想像欺骗我自己，就像它是那摩尔人，存心要来毒死我一样。这一刀是给你自己的，这一刀是给塔摩拉的，啊，好小子！可是难道我们已经变得这样卑怯，用两个人的力量去杀死一只苍蝇，只是因为它的形状像一个黑炭似的摩尔人吗？

玛克斯　唉，可怜的人！悲哀已经把他折磨成这个样子，使他把幻影认为真实了。

泰特斯　来，把这些东西撤下去。拉维妮娅，跟我到你的闺房里去；我要陪着你读一些古代悲哀的故事。来，孩子，跟我去；你的眼睛是明亮的，当我的目光昏花的时候，你就接着我读下去。（同下。）

第 四 幕

第一场　罗马。泰特斯家花园

　　　　泰特斯及玛克斯上。小路歇斯后上,拉维妮娅奔随其后。
小路歇斯　救命,爷爷,救命!我的姑姑拉维妮娅到处追着我,不知道为了什么缘故。好玛克斯爷爷,瞧她跑得多么快。唉!好姑姑,我不知道您是什么意思哩。
玛克斯　站在我的身边,路歇斯;不要怕你的姑姑。
泰特斯　她是非常爱你的,孩子,决不会伤害你。
小路歇斯　嗯,当我的爸爸在罗马的时候,她是很爱我的。
玛克斯　我的侄女拉维妮娅这样做,是什么意思呢?
泰特斯　不要怕她,路歇斯。她总有一番意思。瞧,路歇斯,瞧她多么疼你;她是要你跟她到什么地方去哩。唉!孩子,她曾经比一个母亲教导她的儿子还要用心地读给你听那些美妙的诗歌和名人的演说哩。
玛克斯　你猜不出她为什么这样追着你吗?
小路歇斯　爷爷,我不知道,我也猜不出,除非她发疯了;因为我常常听见爷爷说,过分的悲哀会叫人发疯;我也曾在书上读到,特洛亚的赫卡柏王后因为伤心而变得疯狂;所以我有点害怕,虽然我知道我的好姑姑是像我自己的妈妈一般爱我的,倘不是发了疯,决不会把我吓得丢下了书本逃走。可是好姑姑,您不要见怪;要是玛克斯爷爷肯陪着我,我是愿意跟您去的。

玛克斯　路歇斯,我陪着你就是了。(拉维妮娅以足踢路歇斯落下之书。)

泰特斯　怎么,拉维妮娅!玛克斯,这是什么意思?她要看这儿的一本什么书。女儿,你要看哪一本?孩子,你替她翻开来吧。可是这些是小孩子念的书,你是要读高深一点儿的书的;来,到我的书斋里去拣选吧。读书可以帮助你忘记你的悲哀,耐心地等候着上天把恶人的阴谋暴露出来的一日。为什么她接连几次举起她的手臂来?

玛克斯　我想她的意思是说参与这件暴行的不止一个人;嗯,一定不止一人;否则她就是求告上天为她复仇。

泰特斯　路歇斯,她在不断踢动着的是本什么书?

小路歇斯　爷爷,那是奥维德的《变形记》,是我的妈妈给我的。

玛克斯　也许她眷念去世者,特意选择了它。

泰特斯　且慢!瞧她在多么忙碌地翻动着书页!(助拉维妮娅翻书)她要找些什么?拉维妮娅,要不要我读这一段?这是菲罗墨拉的悲惨的故事,讲到忒柔斯怎样用奸计把她奸污;我怕你的遭遇也和她一样呢。

玛克斯　瞧,哥哥,瞧!她在指点着书上的文句。

泰特斯　拉维妮娅,好孩子,你也像菲罗墨拉一样,在冷酷、广大而幽暗的树林里,遭到了强徒的暴力,被他污毁了你的身体吗?瞧,瞧!嗯,在我们打猎的地方,正有这样一个所在——啊!要是我们从来不曾在那地方打猎多好!——就

51

像诗人所描写的一样,这儿天生就是一个让恶徒们杀人行凶的所在。

玛克斯　唉!大自然为什么要设下这样一个罪恶的陷阱?难道天神们也是喜欢悲剧的吗?

泰特斯　好孩子,这儿都是自己人,你用符号告诉我们是哪一个罗马贵人敢做下这样的事;是不是萨特尼纳斯效法往昔的塔昆,偷偷地跑出了自己的营帐,在鲁克丽丝的床上干那罪恶的行为?

玛克斯　坐下来,好侄女;哥哥,你也坐下。阿波罗、帕拉斯、乔武、麦鸠利,求你们启发我的心,让我探出这奸谋的究竟!哥哥,瞧这儿;瞧这儿,拉维妮娅:这是一块平坦的沙地,看我怎样在它上面写字。(以口衔杖,以足拨动,使于沙上写字)我已经不用手的帮助,把我的名字写下来了。该死的恶人,使我们不得不用这种方法传达我们的心思!好侄女,你也照着我的样子把那害你的家伙的名字写出来,我们一定替你复仇。愿上天指导着你的笔,让它表白出你的冤情,使我们知道谁是真正的凶徒!(拉维妮娅衔杖口中,以断臂拨杖成字。)

泰特斯　啊!兄弟,你看见她写些什么吗?"契伦,狄米特律斯"。

玛克斯　什么,什么!塔摩拉的荒淫的儿子们是干下这件惨无人道的行为的罪人吗?

泰特斯　统治万民的伟大的天神,你听见这样的惨事,看见这样的暴行吗?

玛克斯　啊!安静一些,哥哥;虽然我知道写在这地上的这几个字,可以在最驯良的心中激起一场叛乱,使柔弱的婴孩发出

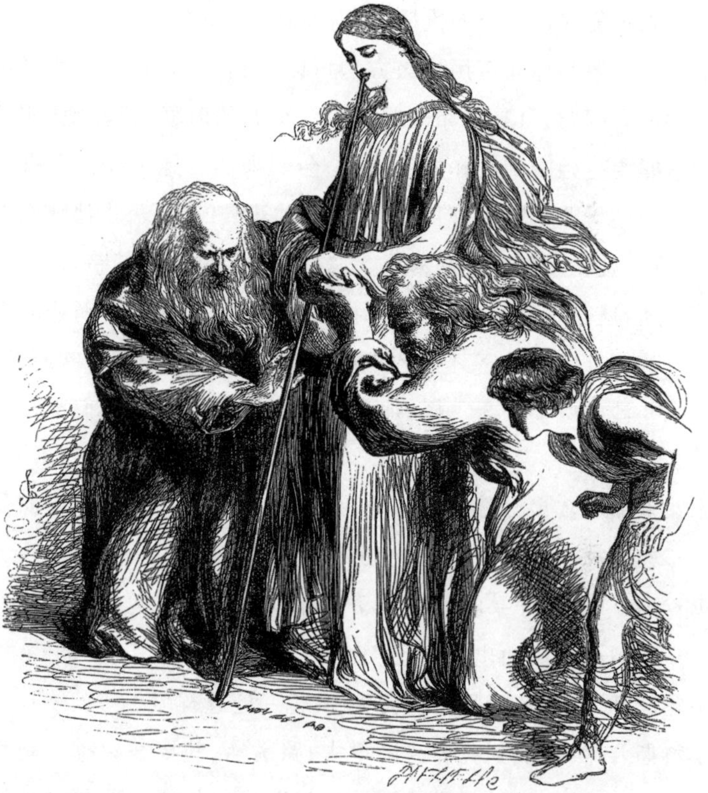

不平的呼声。哥哥,让我们一同跪下;拉维妮娅,你也跪下来;好孩子,罗马未来的勇士,你也跪下来;大家跟着我向天发誓,我们要像当初勃鲁托斯为了鲁克丽丝的受害而立誓报复一样,一定要运用我们的智谋心力,向这些奸恶的哥特人报复我们切身的仇恨,否则到死也不瞑目。

泰特斯　要是你知道用什么方法可以达到我们的目的,那当然没有问题;可是当你追捕这两头小熊的时候,留心吧,那母熊要是她嗅到了你的气息,是会醒来的。她现在正和狮子勾结得非常亲密,向他施展出种种迷人的手段,当他睡熟以后,她就可以为所欲为了。你是一个经验不足的猎人,玛克斯,还是少管闲事吧。来,我要去拿一片铜箔,用钢铁的尖镞把这两个名字刻在上面藏起来;一阵怒号的北风吹起,这些沙土就要漫天飞扬,那时候你到哪儿去找寻它们呢?孩子,你怎样说?

小路歇斯　我说,爷爷,倘然我年纪不是这样小,这些恶奴即使躲在他们母亲的房间里,我也决不放过他们。

玛克斯　嗯,那才是我的好孩子!你的父亲也是常常为了他的忘恩的祖国而出生入死、不顾一切危险的。

小路歇斯　爷爷,要是我长大了,我也一定这样做。

泰特斯　来,跟我到我的武库里去;路歇斯,我要替你拣一副兵器,而且我还要叫我的孩子替我送一些礼物去给那皇后的两个儿子哩。来,来,你愿意替我干这一件差使吗?

小路歇斯　嗯,爷爷,我愿意把我的刀子插进他们的心口里去。

泰特斯　不,孩子,不是这样说;我要教你另外一种办法。拉维妮娅,来。玛克斯,你在我家里看守着;路歇斯跟我要到宫廷里去拼他一拼。嗯,是的,我们要去拼他一拼。(泰特斯、拉维妮娅及小路歇斯下。)

玛克斯　天啊！你能够听见一个好人的呻吟,却对他一点不动怜悯之心吗？悲哀在他心上刻下的创痕,比战士盾牌上的剑痕更多；看他疯疯癫癫的,不知要干出些什么事来,玛克斯,你得留心看着他才是。天啊,为年老的安德洛尼克斯复仇吧！(下。)

第二场　同前。宫中一室

艾伦、狄米特律斯及契伦自一方上；小路歇斯及一侍从持武器一捆及诗笺一卷自另一方上。

契　伦　狄米特律斯,这是路歇斯的儿子,他要来送一个信给我们。

艾　伦　嗯,一定是他的疯爷爷叫他送什么疯信来了。

小路歇斯　两位王子,安德洛尼克斯叫我来向你们致敬。(旁白)愿罗马的神明毁掉你们！

狄米特律斯　谢谢你,可爱的路歇斯；你给我们带些什么消息来了？

小路歇斯　(旁白)你们两个人已经确定是两个强奸命妇的凶徒,这就是消息。(高声)家祖父叫我多多拜上两位王子,他说你们都是英俊的青年,罗马的干城,叫我把他武库里几件最好的武器送给你们,以备不时之需,请两位千万收下了。现在我就向你们告别；(旁白)你们这一对该死的恶棍！(小路歇斯及侍从下。)

狄米特律斯　这是什么？一个纸卷,上面还写着诗句？让我们看看——(读)

55

> 弓伸天讨剑诛贼,
>
> 抉尽神奸巨慝心。

契　伦　哦!这是两句贺拉斯的诗,我早就在文法书上念过了。

艾　伦　嗯,不错,是两句贺拉斯的诗;你说得对。(旁白)嘿,一个人做了蠢驴又有什么办法!这可不是开玩笑的事!那老头儿已经发现了他们的罪恶,把这些兵器送给他们,还题上这样的句子,明明是揭破他们的秘密,他们却还一点没有知觉。要是我们聪明的皇后也在这儿的话,她一定会佩服安德洛尼克斯的才情;可是现在她正不大好过,还是不要惊动她吧。(向狄米特律斯、契伦)两位小王子,那引导我们到罗马来的,不是一颗幸运的星吗?我们本来只是些异邦的俘虏,现在却享受着这样的尊荣,就是我也敢在宫门之前把那护民官辱骂,不怕被他的哥哥听见,好不痛快。

狄米特律斯　可是尤其使我高兴的是这样一位了不得的大人物现在也会卑躬屈节,向我们送礼献媚了。

艾　伦　难道他没有理由吗,狄米特律斯王子?你们不是很看得起他的女儿吗?

狄米特律斯　我希望有一千个罗马女人给我们照样玩弄,轮流做我们泄欲的工具。

契　伦　好一个普度众生的多情宏愿!

艾　伦　可惜你们的母亲不在跟前,少了一个说"阿门"的人。

契　伦　她当然会说的,再有两万个女人她也不会反对。

狄米特律斯　来,让我们去为我们正在生产的苦痛中的亲爱的母亲向诸神祈祷吧。

艾　伦　(旁白)还是去向魔鬼祈祷的好;天神们早已舍弃我们了。(喇叭声。)

狄米特律斯　为什么皇帝的喇叭吹得这样响?

契　伦　恐怕是庆祝皇帝新添了一位太子。

狄米特律斯　且慢!谁来了?

　　　　　　乳媪抱黑婴上。

乳　媪　早安,各位大爷。啊!告诉我,你们看见那摩尔人艾伦吗?

艾　伦　呃,远在天边,近在眼前,艾伦就是我。你找艾伦有什么事?

乳　媪　啊,好艾伦!咱们全完了!快想个办法,否则你的性命也要保不住啦!

艾　伦　嗳哟,你在吵些什么!你抱在手里的是个什么东西?

乳　媪　啊!我但愿把它藏在不见天日的地方,这是我们皇后的羞愧,庄严的罗马的耻辱!她生了,各位爷们,她生了。

艾　伦　她生了谁的气吗?

乳　媪　我是说她生产了。

艾　伦　好,上帝给她安息!她生下个什么来啦?

乳　媪　一个魔鬼。

艾　伦　啊,那么她是魔鬼的老娘了;恭喜恭喜!

乳　媪　一个叫人看见了就丧气的、又黑又丑的孩子。你瞧吧,把他放在我们国家里那些白白胖胖的孩子们的中间,他简直像一只蛤蟆。娘娘叫我把他送给你,因为他身上盖着你的戳印;她吩咐你用你的刀尖替他施洗。

艾　伦　胡说,你这娼妇!难道长得黑一点儿就这样要不得吗?好宝贝,你是一朵美丽的鲜花哩。

狄米特律斯　混蛋,你干了什么事啦?

艾　伦　事情已经干了,又有什么办法?

狄米特律斯　该死的恶狗！你把我们的母亲毁了。也是她有眼无珠,偏会看中你这个丑货,生下了这可咒诅的妖种！

契　　伦　这孽种不能让他留在世上。

艾　　伦　他不能死。

乳　　媪　艾伦,他必须死;这是他母亲的意思。

艾　　伦　什么！他必须死吗,奶妈？那么除了我自己以外,谁也不能动手杀害我的亲生骨肉。

狄米特律斯　我要把这小蝌蚪穿在我的剑头上。奶妈,把他给我;我的剑一下子就可以结果了他。

艾　　伦　你要是敢碰他一碰,这一柄剑就要把你的肚肠一起挑出来。(自乳媪怀中夺儿,拔剑)住手,杀人的凶手们！你们要杀死你们的兄弟吗？你们的母亲在光天化日之下受孕怀胎,生下了这个孩子,现在我就凭着照耀天空的火轮起誓,谁敢碰我这初生的儿子,我一定要叫他死在我的剑锋之下。我告诉你们,哥儿们,无论哪一个三头六臂的天神天将,都不能把我这孩子从他父亲的手里夺下。嘿,嘿,你们这些粉面红唇的不懂事的孩子们！你们这些涂着白垩的泥墙！你们这些酒店里的白漆招牌！黑炭才是最好的颜色,它是不屑于用其他的色彩涂染的;大洋里所有的水不能使天鹅的黑腿变成白色,虽然它每时每刻都在波涛里冲洗。你去替我回复皇后,说我不是一个小孩子了,我自己的儿女应该由我自己抚养,请她随便想个什么方法把这回事情掩饰过去吧。

狄米特律斯　你想这样出卖你的主妇吗？

艾　　伦　我的主妇只是我的主妇,这孩子可就是我自己,他是我青春的活力和影子,我重视他甚于整个世界;我要不顾一切险阻保护他的安全,否则你们中间免不了有人要在罗马流血。

狄米特律斯　那么我们的母亲要从此丢脸了。

契　伦　罗马将要为了她这种丑行而蔑视她。

乳　媪　皇上一发怒,说不定就会把她判处死刑。

契　伦　我一想到这种丑事就要脸红。

艾　伦　嘿,这就是你们的美貌的好处。哼,不可信任的颜色!它会泄漏你们心底的秘密。这儿是一个跟你们不同颜色的孩子;瞧这小黑奴向他的父亲笑得多么迷人;他好像在说,"老家伙,我是你的亲儿子呀。"他是你们的兄弟;你们母亲的血肉养育了你们,也养育了他,大家都是从一个娘胎里出来的;虽然他的脸上盖着我的戳印,他总是你们的兄弟呀。

乳　媪　艾伦,我应该怎样回复娘娘呢?

狄米特律斯　艾伦,你想一个万全的方法,我们愿意接受你的意见;只要大家无事,你尽管保全你的孩子好了。

艾　伦　那么我们坐下来商议商议;我的儿子跟我两人坐在这儿,你们的一举一动都逃不了我们的眼睛;你们坐在那儿别动;现在由你们去讨论你们的万全之计吧。(众就坐。)

狄米特律斯　哪几个女人看见过他这个孩子?

艾　伦　很好,两位勇敢的王子!当我们大家站在一条线上的时候,我是一头羔羊;可是你们倘要撩惹我这摩尔人,那么发怒的野猪、深山的母狮或是汹涌的海洋,都比不上艾伦凶暴。可是说吧,多少人曾经看见了这孩子?

乳　媪　除了娘娘自己以外,只有稳婆科尼利娅跟我两个人看见。

艾　伦　皇后、稳婆和你三个人;两个人是可以保守秘密的,只

59

要把第三个人除去。你去告诉皇后,说我这样说:(挺剑刺乳媪)"喊克喊克!"——头刺上炙叉的母猪是这样叫的。

狄米特律斯　你这是什么意思,艾伦?为什么要杀死她?

艾　伦　嗳哟,我的爷,这是策略上的必要呀;难道我们应该让她留在世上,掉弄我搬弄是非的长舌,泄漏我们的罪恶吗?不,王子们,不。现在我把我的主意完全告诉了你们吧。在不远的地方住着一个名叫牟利的人,他也是个摩尔人;他的妻子昨天晚上生产,生下个白皮肤的孩子,白得就跟你们一样。我们现在可以去跟他掉换一下,给那妇人一些钱,把一切情形告诉他们,对他们说他们的孩子一进宫去,大家只知道他是皇上的小太子,保证享受荣华,后福无穷。这样人不知、鬼不觉地把我的孩子换了出来,让那皇帝抱着一个野种当作自己的骨肉,一场风波不就可以毫无痕迹地消弭了吗?听我说,两位王子;你们瞧我已经给她服下了安眠灵药,(指乳媪)现在就烦你们替她料理葬事;附近有的是空地,你们又是两位胆大气壮的好汉。这事情办好以后,不要耽搁时间,立刻就去叫那稳婆来见我。我们把那稳婆和奶妈收拾出去,随那些娘儿们谈长论短去吧。

契　伦　艾伦,我看你要是有了秘密,真是不会让一丝风把它走漏出去的。

狄米特律斯　塔摩拉一定非常感激你的爱护。(狄米特律斯、契伦抬乳媪尸下。)

艾　伦　现在我要像燕子一般飞到哥特人的地方去,替我这怀抱里的宝贝找一个安身之处;我还要秘密会晤皇后的朋友们。来,你这厚嘴唇的奴才,我要抱着你离开这里,都是你害得我变成了一个亡命之徒。我要给你吃野果和菜根,喝些乳脂乳浆,让山羊供给你乳汁,和你栖息在山洞里,把你抚养长大,做一个指挥大军的战士。(抱婴孩下。)

第三场 同前。广场

泰特斯持箭数支,箭端各系书札,率玛克斯、小路歇斯、坡勃律斯、辛普洛涅斯、卡厄斯及其他军官等各持弓上。

泰特斯　来,玛克斯;来,各位贤侄,到这儿来。哥儿,现在让我瞧瞧你的箭法如何;小心瞄准了,一直向那儿射去。记着,玛克斯,公道女神已经离开了人间,她已经逃走了。来,大家拿起弓来。你们各位替我到海洋里捞捞,把网儿撒下去,也许你们可以在海底找到她,可是海里和陆地上一样,一点公道都没有的。不,坡勃律斯和辛普洛涅斯,我必须麻烦你们一下;你们必须用锄头铁锹一直掘下地心,当你们掘到普路同①境内的时候,请把这封请愿书送给他,要求他主持公道,援助无辜,对他说,这是在忘恩的罗马含冤负屈的年老的安德洛尼克斯写给他的。啊,罗马!都是我害你受苦,我不该怂恿民众拥戴一个暴君,让他把我这样凌辱。去,你们去吧,大家小心一点,每一艘战舰都要仔细搜过,也许这恶皇帝把她运送出去了;那时候,各位贤侄,我们再到什么地方去呼冤呢?

玛克斯　啊,坡勃律斯!你看你的伯父疯得这个样子,好不凄惨!

坡勃律斯　所以,父亲,我们不能不早晚留心,一刻也不离开他

---

① 普路同(Pluto),希腊神话中冥土之神。

61

的身边,什么事情都顺他的意思,等时间慢慢医治他的伤痕。

玛克斯　各位贤侄,他的伤心是无法医治的了。我们还是联合哥特人,用武力征伐忘恩的罗马,向萨特尼纳斯这奸贼复仇吧。

泰特斯　坡勃律斯,怎么!怎么,诸位朋友!你们碰见她了吗?

坡勃律斯　不,我的好伯父;可是普路同有信给您,他说您要是需要差遣复仇女神的话,他可以叫她暂离地狱,听候您的使唤;可是公道女神事情很忙,也许她在天上跟乔武有些公事要接洽,也许她在别的什么地方,您要是一定要借重她的话,只好等些时候再说了。

泰特斯　他不该老是这样拖延时日,耽误了我的事情。我要跳到地狱深处的火湖里去,抓住她的脚把她拉出来。玛克斯,我们不过是些小小的灌木,并不是参天的松柏;我们不是庞大的巨人,玛克斯,可是我们有的是铜筋铁骨,然而我们肩上所负的冤屈,却已经把我们压得快要支持不住了。既然人世和地狱都没有公道存在,我们只好祈求天上的神明,快快把公道降下人间,为我们伸冤雪恨。来,大家拿起弓来。你是一个射箭的好手,玛克斯。(以箭分授众人)你把这一支箭射到乔武那儿去;这一支是给阿波罗的;我自己把这一支射给马斯;这是给帕拉斯的,孩子;这是给麦鸠利的;这是给萨登的,卡厄斯,不要弄错了射到萨特尼纳斯的地方去,那就变成了向风射箭,一点用处都没有了。动手吧,孩子!玛克斯,我吩咐你的时候,你就把箭射出去。这回我写得一点不含糊,每一个天神我都向他请求到了。

玛克斯　各位贤侄,把你们的箭一齐射到皇宫里去,激发激发那皇帝的天良。

泰特斯　现在大家拉弓吧。(众射)啊！很好,路歇斯！好孩子,这一箭要射进帕拉斯女神的怀里。

玛克斯　哥哥,我的箭已经越过月亮一哩之遥;这时候乔武一定可以收到你的信了。

泰特斯　哈！坡勃律斯,坡勃律斯,你干了什么事啦？瞧,瞧！金牛星的一个角儿也给你射掉啦。

玛克斯　怪有趣的,哥哥,当坡勃律斯射箭的时候,那金牛星发起脾气来,向白羊星使劲一撞,把两只羊角都撞下来了,刚巧落在皇宫里,给那皇后所宠爱的摩尔人拾到了;她笑着对他说,他应该把这两只角儿送给皇上做一件礼物。

泰特斯　看,长在他头上了;老天爷给了皇上好大的福气！

　　　一乡人携篮上,篮中有二鸽。

泰特斯　啊！从天上来的消息！玛克斯,天上的报信人来了。喂,你带了什么消息来？有什么信没有？他们答应替我主持公道吗？乔武怎么说？

乡　人　啊！您说的是那个装绞架的家伙吗？他说他已经把绞架拆下来了,因为那个人要在下星期才处决哩。

泰特斯　可是我问你,乔武怎么说？

乡　人　唉！老爷,我不认识什么乔武;我从来不曾跟他在一起喝过酒。

泰特斯　嗨,糊涂虫,那么你不是送信的吗？

乡　人　哎,老爷,我是送鸽子的,不送什么信。

泰特斯　你不是从天上来的吗？

乡　人　从天上来的！唉,老爷,我从来不曾到天上去过。上帝保佑我,我现在年纪轻轻的,还不想上天堂哩。我现在带了鸽子,要到平民法庭去;我的舅舅跟一个皇帝手下的卫士吵了架,我要帮他打官司去。

玛克斯　哥哥,你的呈文叫他送去,倒是再适当没有了;这两只鸽子就算是你的贡物,让他拿去献给那皇帝吧。

泰特斯　告诉我,你能不能好好地求神似的向皇帝递一个呈文哪?

乡　人　不会,老爷,我一生连顿顿饭前也没有好好地向神谢恩过。

泰特斯　喂,过来。你也不用多麻烦,到什么法庭去了;这两只鸽子你就拿去送给皇帝,凭着我的面子,他一定会帮助你打赢这场官司的。等一等,等一等,我还要赏你几个钱哩。把笔墨给我拿来。喂,你会不会按着礼节送一封呈文?

乡　人　是,老爷。

泰特斯　那么这儿有一封呈文,你给我送一送吧。你走到他面前的时候,就向他跪下,跟着就吻他的脚,跟着就把你的鸽子送上去,然后你就可以等他给你赏钱。我要在不远地方看着你,你可要好好地做。

乡　人　您放心吧,老爷;瞧着我就是了。

泰特斯　喂,你有没有一把刀子?来,让我看看。玛克斯,你把它夹在呈文里面。这封呈文送给皇帝以后,你就来敲我的门,告诉我他说什么话。

乡　人　上帝和您同在,老爷;我就给您送去。

泰特斯　来,玛克斯,我们去吧。坡勃律斯,跟我来。(同下。)

第四场　同前。皇宫前

　　萨特尼纳斯、塔摩拉、狄米特律斯、契伦、群臣及余人等上;萨特尼纳斯手握泰特斯所射之箭。

萨特尼纳斯　嘿,诸位,你们瞧,全是些诉冤叫屈的话儿! 哪一个罗马皇帝曾经凭空遭到这样的烦扰和侮蔑? 诸位想都明白,虽然这些破坏我们安宁的家伙到处向人民散播谣言,我们对于老安德洛尼克斯那两个顽劣的儿子所下的判决,完全是一秉至公,以法律为根据的。即使他的悲伤把他的头脑搅糊涂了,难道我必须受他疯狂的侮辱和咒骂吗? 现在他写信到天上呼冤去了:瞧,这是给乔武的,这是给麦鸠利的,这是给阿波罗的,这是给战神马斯的;让这些纸片在罗马满街飞扬,那才够人瞧的! 这不是对元老院的公然诽谤,向全国宣传我们的不公道吗? 这不是大开玩笑吗? 诸位,让人家说,在罗马是没有公道的? 可是我还没有死,我决不容忍他这样装疯装癫地掩饰他的狂妄的行为;我要叫他和他一伙人知道,萨特尼纳斯一天活在世上,公道一天不会死亡,他的正义的怒火一旦燃烧起来,最骄傲的阴谋者也逃不了他的斧钺的严威。

塔摩拉　我的仁慈的皇上,我的亲爱的萨特尼纳斯,我的生命的主人,我的思想的指挥者,不要生气;泰特斯年纪老了,有什么不对的地方,你担待担待他吧;这都是因为他死了两个好儿子,伤透了心,所以才气成这个样子;你应该安慰安慰他的不幸的处境,这种目无君上的行为,也就不必计较了。(旁白)面面讨好是塔摩拉的聪明的计策;可是,泰特斯,我

65

已经刺中你的要害,你的生命的血液已经流尽了。但愿艾伦不要一时懵懂,坏了我的事,那才要谢天谢地呢。

   乡人上。

塔摩拉 啊,好朋友,你要见我们说话吗?

乡 人 正是,请问您这位先生是不是皇帝?

塔摩拉 我是皇后,那里坐着的才是皇帝。

乡 人 正是他。上帝和圣斯蒂芬祝福您!我给您送来了一封信和一对鸽子。(萨特尼纳斯读信。)

萨特尼纳斯 来,把他抓下去,立刻吊死他。

乡 人 我可以得到几个赏钱?

塔摩拉 来,小子,我们要吊死你哩。

乡 人 吊死我!嗳哟,想不到我长了一个脖子,却要得到这样的下场!(卫士押乡人下。)

萨特尼纳斯 可恶的不能容忍的侮辱!我应该宽纵这样重大的奸谋吗?我知道这是谁玩的花样;这也是可以忍受的吗?他那两个奸恶的儿子暗杀了我的兄弟,明明按照法律应该抵命,照他的口气,却好像是我冤杀了他们似的!去,把那老贼揪住了头发抓了来;他的年龄和地位都不能让他沾到一些便宜。为了这样无礼的讥嘲,我要做你的刽子手,狡猾的疯老头儿;你是因为想把我和罗马一手挟制,才把我捧上皇位的。

   伊米力斯上。

萨特尼纳斯 你有些什么消息,伊米力斯?

伊米力斯 武装起来,武装起来,陛下!罗马已经到了最紧急的关头,哥特人已经集合大队人马,一个个抱着坚强的决心,来向我们进攻了;领队的就是路歇斯,老安德洛尼克斯的儿子,他气势汹汹地立誓复仇,要像科利奥兰纳斯一般把罗马踏成平地。

萨特尼纳斯　好战的路歇斯做了哥特人的统帅了吗?这些消息把我吓冷了大半截,使我像一朵霜打的残花、一茎风吹的小草一般垂头丧气。嗯,现在不幸已经向我们开始袭来了。他是平民所喜爱的人;我自己微服私行的时候,常常听见他们说,路歇斯的放逐是不公的,他们希望路歇斯做他们的皇帝。

塔摩拉　为什么你要害怕呢?罗马城不是守卫得很巩固吗?

萨特尼纳斯　嗯,可是民心都向着路歇斯,人们一定会叛变我,帮助他把我推翻。

塔摩拉　你是个皇帝,愿你的思想也像你的名号一样高贵。太阳会因为蚊蚋的飞翔而黯淡了它的光辉吗?鹰隼放任小鸟的歌吟,不去理会它们唱些什么,它知道它的巨翼的黑影,可以随时遏止它们的乐曲;那些反复无常的罗马人,你也可以这样对付他们。所以鼓起你的精神来吧,你这皇帝;你知道我要用一些花言巧语去迷惑那老安德洛尼克斯,那些言语是比引诱鱼儿上钩的香饵或是毒害羊群的肥美的苜蓿更甜蜜更危险的。

萨特尼纳斯　但是他决不会为我们向他的儿子求情。

塔摩拉　要是塔摩拉请求他,他一定不会拒绝;因为我可以用慷慨的许诺灌进他的老迈的耳中;即使他的心坚不可摧,他的耳朵完全聋了,我也会使他的耳朵和他的心受我的舌头的指挥。(向伊米力斯)你先去传达我们的旨意,就说皇上要向勇敢的路歇斯提出和议,请他就在他父亲老安德洛尼克斯家里跟我们相会。

萨特尼纳斯　伊米力斯,希望你此去不辱使命;要是他坚持为了他个人安全起见,我们必须给他一些什么保证,你就对他说无论他提出什么条件,我们都可以照办。

伊米力斯　我一定尽力执行陛下的命令。(下。)

塔摩拉　现在我要去见老安德洛尼克斯,用我的全副手段劝诱他叫那骄傲的路歇斯脱离哥特人的队伍。亲爱的皇帝,快活起来,把你的一切忧虑埋葬在我的妙计之中吧。

萨特尼纳斯　那么你就去求求他看。(同下。)

第 五 幕

第一场　罗马附近平原

　　　　喇叭奏花腔。旗鼓前导,路歇斯及一队哥特战士上。
路歇斯　各位忠勇的战友,我已经从伟大的罗马得到信息,告诉我罗马人民是怎样痛恨他们的皇帝,怎样热切希望我们去拯救他们。所以,诸位将军,愿你们一鼓作气,振起你们复仇的决心;凡是罗马所曾给与你们的伤痕,你们都要从它身上获得三倍的报偿。
哥特人甲　伟大的安德洛尼克斯的勇敢的后人,你的父亲的名字曾经使我们胆裂,现在却成为我们的安慰了,他的丰功伟绩,却被忘恩的罗马用卑劣的轻蔑作为报答;愿你信任我们,我们愿意服从你的领导,像一群盛夏的有刺的蜜蜂跟随它们的君后飞往百花怒放的原野一般,向可咒诅的塔摩拉声讨她的罪恶。
众哥特人　他所说的话,也就是我们大家所要说的。
路歇斯　我深深感激你们各位的好意。可是那里有一个哥特壮士领了个什么人来了。

　　　　一哥特人率艾伦抱婴孩上。

哥特人乙　威名远播的路歇斯,我刚才因为看见路旁有一座毁废了的寺院,一时看得出了神,不知不觉地离开了队伍;当我正在凭吊那颓垣碎瓦的时候,忽然听见在一堵墙下有一个小孩的哭声;我向那哭声走去,就听见有人在对那啼哭的婴儿说话,他说:"别哭,小黑奴,一半是我,一半是你的娘!倘不是你的皮肤的颜色泄漏了你的出身的秘密,要是造化让你生得和你母亲一个模样,小东西,谁说你不会有一天做了皇帝?可是公牛母牛倘然都是白的,决不会生下一头黑炭似的小牛来。别哭!小东西,别哭!"——他这样叱骂着那孩子——"我必须把你交到一个靠得住的哥特人手里;他要是知道了你是皇后的孩子,看在你妈的面上,一定会好好照顾你。"我听他这样说,就把剑拔在手里,出其不意地把他抓住,带到这儿来请你发落。

路歇斯　啊,勇敢的哥特人,这就是那个恶魔的化身,是他害安德洛尼克斯失去了他的手;他是你们女王眼中的明珠,这小孩便是他淫欲的恶果。说,你这眼睛骨碌碌的奴才,你要把你自己这一副鬼脸的模型带到哪里去?你为什么不说话?什么,聋了吗?不说一句话?兵士们,拿一根绳子来!把他吊死在这株树上,把他那私生的贱种也吊在他的旁边。

艾　伦　不要碰这孩子;他是有王族的血液的。

路歇斯　这孩子太像他的父亲了,长大了也不是个好东西。先把孩子吊起来,让他看看他挣扎的情形,叫他心里难受难受。拿一张梯子来。(兵士等携梯至,驱艾伦登梯。)

艾　伦　路歇斯,保全这孩子的生命;替我把他带去送给皇后。你要是答应做到这一件事,我可以告诉你许多惊人的事情,你听了一定可以得益不少。要是你不答应我,那么我就听天由命,什么话都没有,但愿你们全都不得好死!

路歇斯　说吧,要是你讲的话使我听了满意,我就让你的孩子活命,并且一定把他抚养长大。

艾　伦　使你听了满意!哼,老实告诉你吧,路歇斯,我所要说的话是会使你听了痛苦万分的;因为我必须讲到暗杀、强奸、流血、黑夜的秘密、卑污的行动、奸逆的阴谋和种种骇人听闻的恶事;这一切都要因为我的一死而湮灭,除非你向我发誓保全我的孩子的生命。

路歇斯　把你心里的话说出来;我答应让你的孩子活命。

艾　伦　你必须向我发过了誓,我才开始我的叙述。

路歇斯　我应该凭着什么发誓呢?你是不信神明的,那么你怎么会相信别人的誓呢?

艾　伦　我固然是不信神明的,可是那有什么关系呢?我知道你是个敬天畏神的人,你的胸膛里有一件叫做良心的东西,还有一二十种可笑的教规和仪式,我看你是把它们十分看重的,所以我才一定要你发誓;因为我知道一个痴人是会把一件玩意儿当作神明的,他会终生遵守凭着那神明所发的誓,所以你必须凭着你所敬信的无论什么神明发誓保全我的孩子的生命,并且把他抚养长大,否则我就什么也不告诉你。

路歇斯　我就凭着我的神明向你起誓,我一定保全他的生命,并且把他抚养长大。

艾　伦　第一我要告诉你,他是我跟皇后所生的。

路歇斯　啊,好一个荒淫放荡的妇人!

艾　伦　嘿!路歇斯,这比起我将要告诉你的那些事情来,还算是一件好事哩。暗杀巴西安纳斯的就是她的两个儿子;也是他们割去你妹妹的舌头、奸污了她的身体,还把她的两手砍下,把她修剪成像你所看见的那样子。

路歇斯　啊,可恨的恶汉!你还说什么修剪哪?

艾　伦　是呀,洗了,砍了,修剪了!干这事的人大大修整了一番,好不畅心。

路歇斯　啊,野蛮的禽兽一般的恶人,正像你这家伙一样!

艾　伦　不错,我正是教导他们的师傅哩。他们那一副好色的天性是他们的母亲传给他们的,那杀人作恶的心肠,却是从我这儿学去的;他们是风月场中猎艳的能手,也是两条不怕血腥气味的猎犬。好,让我的行为证明我的本领吧。我把你那两个兄弟诱到了躺着巴西安纳斯尸首的洞里;我写下那封被你父亲拾到的信,把那信上提到的金子埋在树下,皇后和她的两个儿子都是我的同谋;凡是你所引为痛心的事情,哪一件没有我在里边捣鬼?我设计诓骗你的父亲,叫他砍去了自己的手,当他的手拿来给我的时候,我躲在一旁,几乎把肚子都笑破了。当他牺牲了一只手,换到了他两个儿子的头颅的时候,我从墙缝里偷看他哭得好不伤心,把我笑个不住,我的眼睛里也像他一样充满眼泪了。后来我把这笑话告诉皇后,她听见这样有趣的故事,简直乐得晕过去了,为了我这好消息,她还赏给我二十个吻哩。

哥特人甲　什么!你好意思讲这些话,一点不觉得羞愧吗?

艾　伦　嗯,就像人家说的,黑狗不会脸红。

路歇斯　你干了这些十恶不赦的事情,不知道后悔吗?

艾　伦　嗯,我只悔恨自己不再多犯下一千件的罪恶,现在我还在咒诅着命运不给我更多的机会哩。可是我想在受到我的咒诅的那些人们中间,没有几个能够逃得过我的恶作剧的播弄:譬如杀死一个人,或是设计谋害他的生命;强奸一个处女,或是阴谋破坏她的贞操;诬陷清白的好人,毁弃亲口发下的誓言;在两个朋友之间挑拨离间,使他们变成势不两立的仇敌;穷人的家畜我会叫它们无端折断了颈项;谷仓和草堆我会叫它们夜间失火,还去吩咐它们的主人用眼泪浇熄它们;我常常从坟墓中间掘起死人的骸骨来,把它们直挺挺地竖立在它们亲友的门前,当他们的哀伤早已冷淡下去的时候;在尸皮上我用刀子刻下一行字句,就像那是一片树皮一样,"虽然我死了,愿你们的悲哀永不消灭"。嘿!我曾经干下一千种可怕的事情,就像一个人打死一只苍蝇一般不当作一回事儿,最使我恼恨的,就是我不能再做一万件这样的恶事了。

路歇斯　把这恶魔带下来;把他干干脆脆地吊死,未免太便宜他了。

艾　伦　假如世上果然有恶魔,我就愿意做一个恶魔,在永生的烈火中受着不死的煎灼;只要地狱里有你陪着我,我要用我的毒舌折磨你的灵魂!

路歇斯　弟兄们,塞住他的嘴,不要让他说下去。

　　　　　一哥特人上。

哥特人　将军,罗马差了一个人来,要求见你一面。

路歇斯　叫他过来。

　　　　　伊米力斯上。

路歇斯　欢迎,伊米力斯!罗马有什么消息?

伊米力斯　路歇斯将军,和各位哥特王子们,罗马皇帝叫我来问候你们;他因为闻知你们兴师远来,要求在令尊家里跟你谈判和平;要是你需要保证的话,我们可以立刻提交你们。

73

哥特人甲　我们的主帅怎样说？

路歇斯　伊米力斯，你去回复你家皇帝，叫他把保证交给我的父亲和我的叔父玛克斯，我们就可以和他会面。整队前进！

（众下。）

第二场　罗马。泰特斯家门前

塔摩拉、狄米特律斯及契伦各化装上。

塔摩拉　我穿着这一身奇异而惨淡的服装，去和安德洛尼克斯相见，对他说我是复仇女神，奉着冥王的差遣来到世上，帮助他伸雪奇冤。听说他一天到晚在他的书斋之内，思索着种种骇人的复仇妙计；现在你们就去敲他的门，告诉他，复仇女神来帮助他铲除他的敌人了。（敲门。）

泰特斯自上方上。

泰特斯　谁在那儿扰乱我的沉思？你们想骗我开了门，让我的郑重的计划书一起飞掉，害我白费一场心思吗？你们打算错了；你们瞧，我已经把我所预备做的事情血淋淋地写了下来；凡是在这儿写下的，我都要把它们全部实行。

塔摩拉　泰特斯，我要来跟你谈谈。

泰特斯　不，一句话也不用谈；我是个缺手的人，怎么能够用手势帮助我谈话的语气呢？我说不过你，所以不用谈了吧。

塔摩拉　要是你知道我是谁，你一定愿意跟我谈话。

泰特斯　我没有发疯；我知道你是谁。这凄惨的断臂，这一道道殷红的血痕，这些被忧虑刻下的凹纹，疲倦的白昼和烦恼的黑夜，一切的悲哀怨恨，都可以为我作证，我认识你是我们骄傲的皇后，不可一世的塔摩拉。你不是来讨我那另一只手的吗？

塔摩拉　告诉你吧，你这不幸的人，我不是塔摩拉；她是你的仇敌，我是你的朋友。我是复仇女神，从下界的冥国中奉派前来，帮助你歼灭仇人，解除那咬啮着你的心的痛苦。下来，欢迎我来到这人世之上；跟我商议商议杀人的方法吧。无论哪一处空洞的岩穴、隐身的幽窟、广大的僻野或是烟雾弥漫的山谷，凡是杀人的凶手和强奸的恶徒因恐惧而躲藏的所在，我都可以把他们找寻出来，在他们的耳边告诉他们我的名字就是可怕的复仇，使那些作恶的罪人心惊胆裂。

泰特斯　你果然是复仇女神吗？你是奉命来帮助我惩罚我的仇敌的吗？

塔摩拉　我正是；所以出来欢迎我吧。

泰特斯　那么在我没有出来以前，先请你替我做一件事。瞧，在你的身旁一边站着强奸，一边站着暗杀；现在你必须向我证明你确是复仇女神，把他们刺杀了吧，或是把他们缚在你的车轮上碾死他们，那么我就下来做你的车夫，跟着你在大地的周围环绕巡行；我会替你备下两匹漆黑的壮健的小马，拖着你的愤怒的云车快步飞奔，在罪恶的巢穴中找出杀人犯的踪迹；当你的车上载满他们的头颅以后，我愿意下车步行，像一个忠顺的脚夫，从太阳升上东方的时候起，一直走到它没下海中；每天每天我愿意做这样劳苦的工作，只要你现在把强奸和暗杀这两个恶魔杀死。

塔摩拉　这两个是我的助手，跟着我一起来的。

泰特斯　他们是你的助手吗？叫什么名字？

塔摩拉　一个就叫强奸，一个就叫暗杀；因为他们的职务就是惩罚这两种恶人。

75

泰特斯　上帝啊,他们多么像那皇后的两个儿子,你多么像那皇后!可是我们这些凡俗之人,虽然生了一双眼睛,往往会混淆黑白,颠倒是非。亲爱的复仇女神啊!现在我出来迎接你了;要是你不嫌我只有一只手臂,我要用这一只手臂拥抱你。(自上方下。)

塔摩拉　这一套鬼话刚巧打进他的疯狂的心坎。现在他已经深信我是复仇女神了,你们在言语之间,留心不要露出破绽;我要利用他这种疯狂的轻信,叫他召唤他的儿子路歇斯来,在宴会席上把他稳住了,我就临时使出一些巧妙的手段,遣散那些心性轻浮的哥特人,或者至少使他们变成他的仇敌。瞧,他来了,我必须继续对他装神扮鬼。

　　　　泰特斯上。

泰特斯　这许多时候我是一个孤立无援的人,渴望着你的到来;欢迎,可怕的复仇女神,欢迎你光临我这凄凉的屋宇!强奸和暗杀,你们两位也是欢迎的!你们多么像那皇后和她的两个儿子!要是再加上一个摩尔人,那就一无欠缺了;难道整个地狱里找不到这样一个魔鬼吗?因为我知道那皇后无论到什么地方,总有一个摩尔人跟随在她的左右;你们要是想装扮我们的皇后,这样一个魔鬼是少不了的。可是你们来了,总是欢迎的。我们应该怎么办呢?

塔摩拉　你要我们干些什么事,安德洛尼克斯?

狄米特律斯　指点一个杀人的凶手给我看,让我处置他。

契伦　指点一个强奸的暴徒给我看,我会惩罚他。

塔摩拉　指点一千个曾经害你受苦的人给我看,我会替你向他们复仇。

泰特斯　你到罗马的罪恶的街道上去访寻,要是找到一个和你一般模样的人,好暗杀啊,你把他刺杀了吧,他是一个杀人的凶手。你也跟着他去,要是你也找得到另一个和你一般模样的人,好强奸啊,你把他刺杀了吧,他是一个强奸妇女的暴徒。你也跟着他们去;在皇帝的宫里,有一个随身带着一个摩尔黑奴的皇后,她是很容易认识的,因为从头到脚,她都活像你自己;请你用残酷的手段处死他们,因为他们曾经用残酷的手段对待我和我的儿女们。

塔摩拉　领教领教,我们一定替你办到就是了。可是,好安德洛尼克斯,听说你那位勇武非常的儿子路歇斯已经带了一大队善战的哥特人打到罗马来了,可不可以请你叫他到你家里来,为他设席洗尘;当他到来的时候,就在隆重的宴会之中,我去把那皇后和她的两个儿子,还有那皇帝自己以及你所有的仇人一起带来,让他们在你的脚下长跪乞怜,你可以向他们痛痛快快地发泄你的愤恨。不知道安德洛尼克斯对于这一个计策有什么意见?

泰特斯　玛克斯,我的兄弟!悲哀的泰特斯在呼喊你。

　　　玛克斯上。

泰特斯　好玛克斯,到你侄儿路歇斯的地方去;你可以在那些哥特人的中间探听他的所在。你对他说我要见见他,叫他把军队就地驻扎,带几位最高贵的哥特王子到我家里来参加宴会;告诉他皇帝和皇后也要出席的。请你看在我们兄弟的情分上,替我走这一遭;要是他关心他的老父的生命,让他赶快来吧。

玛克斯　我就去见他,一会儿就回来的。(下。)

塔摩拉　现在我要带着我的两个助手,替你干事情去了。

泰特斯　不,不,叫强奸和暗杀留在这儿陪伴我;否则我要叫我的兄弟回来,一心一意让路歇斯替我复仇,不敢再有劳你了。

塔摩拉　（向二子旁白）你们怎么说,孩子们？你们愿意暂时留在这儿,让我一个人去告诉皇上,我们怎样开这场玩笑吗？敷衍敷衍他,一切奉承他的意思,用好话把他哄住了,等我回来再说。

泰特斯　（旁白）我全都认识他们,虽然他们以为我疯了；他们想用诡计愚弄我,我就将计就计,把他们摆布一下,这一对该死的恶狗和他们的老母狗！

狄米特律斯　（向塔摩拉旁白）母亲,你去吧；让我们留在这儿。

塔摩拉　再会,安德洛尼克斯；复仇女神现在去安排妙计,把你的仇敌诱下罗网。（下。）

泰特斯　我知道你会替我出力的；亲爱的复仇女神,再会吧！

契伦　告诉我们,老人家,你要我们干些什么事？

泰特斯　嘿！我要叫你们做的事多着呢。坡勃律斯,出来！卡厄斯！凡伦丁！

　　　　坡勃律斯及余人等上。

坡勃律斯　您有什么吩咐？

泰特斯　你们认识这两个人吗？

坡勃律斯　我认识这两个就是皇后的儿子,契伦和狄米特律斯。

泰特斯　不,坡勃律斯,不！你完全弄错了。这一个是暗杀,那一个名叫强奸；所以把他们绑起来吧,好坡勃律斯；卡厄斯和凡伦丁,抓住他们。你们常常听见我说,希望有这一天,现在这一天居然来到了。把他们缚得牢牢的,要是他们嚷叫起来,把他们的嘴也给塞住。（泰特斯下；坡勃律斯等捉契伦、狄米特律斯二人。）

契　伦　混蛋,住手!我们是皇后的儿子。

坡勃律斯　所以我们奉命把你们绑缚起来。塞住他们的嘴,别让他们说一句话。把他绑好了吗?千万把他绑紧了。

　　　　泰特斯率拉维妮娅重上;拉维妮娅捧盆,泰特斯持刀。

泰特斯　来,来,拉维妮娅;瞧你的仇人已经绑住了。侄儿们,塞住他们的嘴,别让他们对我说话,我要叫他们听听我有些什么惊心动魄的话要对他们说。契伦、狄米特律斯,你们这两个恶人啊!这儿站着被你们用污泥搅混了的清泉;她本来是一个美好的夏天,却被你们用严冬的霜雪摧残了她的生机。你们杀死了她的丈夫,为了这一个重大的罪恶,她的两个兄弟含冤负屈地被处了死刑,还要害我砍掉了手,给你们取笑。她的娇好的两手、她的舌头,还有比两手和舌头更宝贵的,她的无瑕的贞操,没有人心的奸贼们,都在你们暴力的侵凌之下失去了。假如我让你们说话,你们还有什么话好说?恶贼!你们还好意思哀求饶命吗?听着,狗东西!听我说我要怎样处死你们,我这一只剩下的手还可以割断你们的咽喉,拉维妮娅用她的断臂捧着的那个盆子,就是预备盛放你们罪恶的血液的。你们知道你们的母亲准备到我家里来赴宴,她自称为复仇女神,她以为我是疯了。听着,恶贼们!我要把你们的骨头磨成灰粉,用你们的血把它调成面糊,再把你们这两颗无耻的头颅捣成了肉泥,裹在拌着骨灰的面皮里面做饼馅;叫那淫妇,你们的猪狗般下贱的母亲,吃下她亲生的骨肉。这就是我请她来享用的美宴,这就是她将要饱餐的盛馔;因为你们对待我的女儿太惨酷了,所以我要用惨酷的手段向你们报复。现在伸出你们的头颈来吧。拉维妮娅,来。(割二人咽喉)让他们的血淋在这盆子里；等他们死了以后，我就去把他们的骨头磨成灰粉，用这可憎的血水把它调和了，再把他们这两颗奸恶的头颅放在那面饼里烘焙。来，来，大家助我一臂之力，安排这一场不平常的盛宴。现在把他们抬了进去，我要亲自下厨，料理好这一道点心，等他们的母亲到来。（众抬二尸下。）

第三场 同前。泰特斯家大厅，桌上罗列酒肴

路歇斯、玛克斯及哥特人等上；艾伦镣铐随上。

路歇斯　玛克斯叔父，既然是我父亲的意思，要我到罗马来，我只好遵从他的命令。

哥特人甲　我们也决心追随你，一切听任命运的安排。

路歇斯　好叔父，请您把这野蛮的摩尔人，这狠恶的饿虎，这可恨的魔鬼，带了进去；不要给他吃什么东西，用镣铐锁住了，等那皇后到来，就提他当面对质，叫他证明她的种种奸恶的图谋。再请您看看我们埋伏的人手够不够，我怕那皇帝对我们不怀好意。

艾　伦　有一个魔鬼在我的耳边低声咒诅，教唆我的舌头向你们倾吐出我的愤怒的心中的怨毒！

路歇斯　滚开，没有人心的狗！污秽的奴才！朋友们，帮我的叔父把他拖进去。（众哥特人推艾伦下；喇叭声）喇叭的声音报知皇帝就要来了。

萨特尼纳斯及塔摩拉率伊米力斯、元老、护民官及余人等上。

萨特尼纳斯　什么！天上可以有两个太阳吗？

路歇斯　你自称为太阳，有什么用处？

玛克斯　罗马的皇帝,侄儿,请你们暂停辩论;我们必须平心静气,解决彼此间的争端。殷勤的泰特斯已经安排好一席盛宴,希望在杯酒之间,两方面重敦盟好,恢复和平,使罗马永享安宁的幸福。所以请你们大家过来,各人就座吧。

萨特尼纳斯　玛克斯,那么我就坐下了。(高音笛吹响。)

　　　　泰特斯作厨夫装束,拉维妮娅戴面幕,小路歇斯及余人等上。
　　　　泰特斯捧面饼一盘置桌上。

泰特斯　欢迎,仁慈的皇上;欢迎,尊严的皇后;欢迎,各位英勇的哥特人;欢迎,路歇斯;欢迎,在座的全体嘉宾。虽然我们的酒食非常粗劣,也可以使你们饱醉而归;请随便吃吧,不要客气。

萨特尼纳斯　你为什么打扮成这个样子,安德洛尼克斯?

泰特斯　因为我怕厨夫粗心,烹煮得不合陛下和娘娘的口味,所以才亲自下厨调度一切。

塔摩拉　那真是多谢你了,好安德洛尼克斯。

泰特斯　但愿娘娘知道我这一片赤心。皇上陛下,我要请您替我解决一个问题:那粗卤的维琪涅斯因为他的女儿被人强行奸污,把她亲手杀死①,这一件事做得对不对?

萨特尼纳斯　对的,安德洛尼克斯。

泰特斯　请问陛下的理由?

萨特尼纳斯　因为那女儿不该忍辱偷生,使她的父亲在每一回看见她的时候勾起他的怨恨。

泰特斯　一个正当、充分而有力的理由;对于我这最不幸的人,

---

① 维琪涅斯(Virginius),公元前五世纪时罗马平民,其女维琪妮娅为执政克劳狄厄斯计陷奸污;维琪涅斯不忍视其忍辱偷生之痛苦,亲手将其杀死。

它是一个可以仿效的成例,一个活生生的榜样。死吧,死吧,拉维妮娅,让你的耻辱和你同时死去;让你父亲的怨恨也和你的耻辱同归于尽吧!(杀拉维妮娅。)

萨特尼纳斯　你干了什么事啦,你这不慈不爱的父亲?

泰特斯　我把她杀了。为了她,我已经把我的眼睛都哭瞎了;我是像维琪涅斯一样伤心的,我有比他多过一千倍的理由,使我下这样的毒手;现在这事情已经干了。

萨特尼纳斯　什么!她也被人奸污了吗?告诉我谁干的事。

泰特斯　请陛下和娘娘吃了这一道粗点。

塔摩拉　为什么你用这样的手段杀死你独生的女儿?

泰特斯　杀死她的不是我,是契伦和狄米特律斯;他们奸污了她,割去了她的舌头;是他们,是他们害她落得这样一个结果。

萨特尼纳斯　快去把他们立刻抓来见我。

泰特斯　嘿,他们就在这盘子里头,那烘烤在这面饼里的就是他们的骨肉;他们的母亲刚才吃得津津有味的,也就是她自己亲生的儿子。这是真的,这是真的;我的锋利的刀尖可以为我作见证。(杀塔摩拉。)

萨特尼纳斯　疯子,你这样的行为死有余辜!(杀泰特斯。)

路歇斯　做儿子的忍心看着他的父亲流血吗?冤冤相报,有命抵命!(杀萨特尼纳斯;大骚乱,众慌乱走散;玛克斯、路歇斯及其党羽登上露台。)

玛克斯　你们这些满面愁容的人们,罗马的人民和子孙,巨大的变乱使你们分裂离散,像一群惊惶的禽鸟,在暴风中四散飞逃;啊!让我教你们怎样把这一束散乱的禾秆重新集合起来,把这些零落的肢体团结为完整的全身;否则罗马将要自招灭亡的灾祸,那曾经为强大的列国所敬礼的名城,将要像一个日暮途穷的破落汉一样,卑怯地结束她自己的生命了。可是我的僵硬的手势和衰老的口才,这些饱经沧桑的真实的见证,倘不能引诱你们倾听我的言语,(向路歇斯)那么说吧,罗马的亲爱的友人,正像当年我们的先祖①用他那严肃的口气,向害着相思的狄多叙述那些狡猾的希腊人偷进特洛亚城那一个悲惨的大火之夜的故事一样;告诉我们是什么奸人迷惑了我们的耳朵,是谁把那致命的祸根引入罗马,使我们的国本受到这样的伤害。我的心不是铁石打成的。我也不能向你们尽情吐露我们全部悲哀的历史,也许就在我最需要你们同情地倾听的时候,滔滔的热泪将会打断我的叙述。这儿是一位大将,让他告诉你们吧;你们听他说了以后,你们的心将要怔忡跳动,你们的眼眶里将要泪如雨下。

路歇斯　那么,高贵的听众,让我告诉你们知道,那万恶的契伦和狄米特律斯便是杀害我们这位皇帝的兄弟的凶手,也就是奸污我的妹妹的暴徒。为了他们重大的罪恶,我的两个兄弟冤遭不白,身首异处;他们不但把我父亲的涕泣陈请置之不顾,而且还用卑鄙的手段,骗诱他砍掉了他那曾经为罗马奋勇作战、把她的敌人送下坟墓去的忠诚的手。最后,我自己也遭到他们无情的放逐,他们把我摈出国门,让我含着满眶的眼泪,向罗马的敌人呼吁求援;我的敌人们被我的真诚的哀泣所感动,捐弃了旧日的嫌恨,伸开他们的两臂拥抱

---

① "我们的先祖"即埃涅阿斯;埃涅阿斯为特洛亚之后人,相传为罗马之建立者。

我,把我认作他们的友人。你们要知道,我这为祖国所不容的人,却曾用热血保卫了她的安全,拼着自己不顾一切的身体,挡开了那对准她的胸前的敌人的兵刃。唉!你们知道我不是一个喜欢自夸的人;我的疤痕虽然不会说话,它们却可以为我证明我的话是真实不虚的。可是且慢!我想我这样称扬自己的不足道的功绩,未免离题太远了;啊!请你们恕我;当没有朋友在他们身旁的时候,人们只好为自己宣传。

玛克斯　现在应该轮到我说话了。瞧这孩子吧,这是塔摩拉跟一个不信宗教的摩尔人私通所生的,那摩尔人也就是策动这些惨剧的罪魁祸首。这恶贼虽然罪该万死,为了留着他作一个见证起见,还留在泰特斯的屋子里,没有把他杀掉。现在请你们评判评判,泰特斯遭到这样无可言喻、超过一切忍耐的限度、任何人所受不了的创巨痛深的损害,是不是应该有今天的报复?你们现在已经听到全部事实的真相了,诸位罗马人,你们怎么说?要是我们有什么事情做错了,请你们指出我们的错误,我们这两个安德洛尼克斯家仅存的硕果,愿意从你们现在看见我们所站的地方,手搀着手纵身跳下,在粗硬的顽石上把我们的脑浆砸碎,终结我们这一家的命运。说吧,罗马人,说吧!要是你们说我们必须如此,瞧哪!路歇斯跟我就可以当着你们的面前倒下。

伊米力斯　下来,下来,可尊敬的罗马人,轻轻地搀着我们的皇上下来;路歇斯是我们的皇帝,因为我知道这是罗马人民一致的呼声。

众罗马人　路歇斯万岁!罗马的尊严的皇帝!

玛克斯　(向从者)到老泰特斯的悲惨的屋子里去,把那不信神明的摩尔人抓来,让我们判决他一个最可怕的死刑,惩罚他那作恶多端的一生。(侍从等下。)

  路歇斯、玛克斯及余人等自露台走下。

众罗马人 路歇斯万岁!罗马的仁慈的统治者!

路歇斯 谢谢你们,善良的罗马人;但愿我即位以后,能够治愈罗马的创伤,拭去她的悲痛的回忆!可是,善良的人民,请你们容我片刻的时间,因为天性之情驱使我履行一件悲哀的任务。大家站远些;可是叔父,您过来吧,让我们向这尸体挥洒我们诀别的眼泪。啊!让这热烈的一吻留在你这惨白冰冷的唇上,(吻泰特斯)让这些悲哀的泪点留在你这血污的脸上吧,这是你的儿子对你的最后敬礼了!

玛克斯 含着满眶的热泪,你的兄弟玛克斯也来吻一吻你的嘴唇;啊!要是我必须给你流不完的泪、无穷尽的吻,我也决不吝惜。

路歇斯 过来,孩子;来,来,学学我们的样子,在泪雨之中融化了吧。你的爷爷是十分爱你的:好多次他抱着你在他的膝上跳跃,唱歌催你入睡,他的慈爱的胸脯做你的枕头;他曾经给你讲许多小孩子所应该知道的事情;所以你要像一个孝顺的孩子似的,从你幼稚的灵泉里洒下几滴小小的泪珠来,因为这是天性的至情所必需的;心心相系的人,在悲哀之中必然会发出同情的共鸣。向他告别,送他下了坟墓;尽了这一次最后的情谊,从此你就和他人天永别了。

小路歇斯 啊,爷爷,爷爷!要是您能够死而复活,我真愿意让自己死去。主啊!我哭得不能向他说话;一张开嘴,我的眼泪就会把我噎住。

  侍从等押艾伦重上。

罗马人甲　安德洛尼克斯家不幸的后人,停止了你们的悲哀吧;这可恶的奸贼一手造成了这些惨事,快把他宣判定罪。

路歇斯　把他齐胸埋在泥土里,让他活活饿死;尽他站在那儿叫骂哭喊,不准给他一点食物;谁要是怜悯他救济他,也要受死刑的处分。这是我们的判决,剩几个人在这儿替他掘下泥坑,放他进去。

艾　伦　啊!为什么把怒气藏在胸头,隐忍不发呢?我不是小孩子,你们以为我会用卑怯的祷告,忏悔我所做的恶事吗?要是我能够随心所欲,我要做一万件比我曾经做过的更恶的恶事;要是在我一生之中,我曾经做过一件善事,我要从心底里深深懊悔。

路歇斯　这位已故的皇帝,请几位他生前的好友把他抬出去,替他埋葬在他父皇的坟墓里。我的父亲和拉维妮娅将要在我们的家墓之中立刻下葬。至于那头狠毒的雌虎塔摩拉,任何葬礼都不准举行,谁也不准为她服丧志哀,也不准为她鸣响丧钟;把她的尸体丢在旷野里,听凭野兽猛禽的咬啄。她的一生像野兽一样不知怜悯,所以她也不应该得到我们的怜悯。那万恶的摩尔人艾伦,必须受到他应得的惩罚,因为他是造成我们这一切惨事的祸根。

　　从今起惩前毖后,把政事重新整顿,

　　不要让女色谗言,动摇了邦基国本。(同下。)

奥瑟罗

朱生豪 译
方 平 校

Act IV, Sc. 2.

剧 中 人 物

威尼斯公爵
勃拉班修　元老
葛莱西安诺　勃拉班修之弟
罗多维科　勃拉班修的亲戚
奥瑟罗　摩尔族贵裔,供职威尼斯政府
凯西奥　奥瑟罗的副将
伊阿古　奥瑟罗的旗官
罗德利哥　威尼斯绅士
蒙太诺　塞浦路斯总督,奥瑟罗的前任者
小丑　奥瑟罗的仆人

苔丝狄蒙娜　勃拉班修之女,奥瑟罗之妻
爱米利娅　伊阿古之妻
比恩卡　凯西奥的情妇

元老、水手、吏役、军官、使者、乐工、传令官、侍从等

地　　点

第一幕在威尼斯；其余各幕在塞浦路斯岛一海口

第 一 幕

第一场　威尼斯。街道

　　罗德利哥及伊阿古上。

罗德利哥　嘿！别对我说，伊阿古；我把我的钱袋交给你支配，让你随意花用，你却做了他们的同谋，这太不够朋友啦。

伊阿古　他妈的！你总不肯听我说下去。要是我做梦会想到这种事情，你不要把我当做一个人。

罗德利哥　你告诉我你恨他。

伊阿古　要是我不恨他，你从此别理我。这城里的三个当道要人亲自向他打招呼，举荐我做他的副将；凭良心说，我知道我自己的价值，难道我就做不得一个副将？可是他眼睛里只有自己没有别人，对于他们的请求，都用一套充满了军事上口头禅的空话回绝了；因为，他说，"我已经选定我的将佐了。"他选中的是个什么人呢？哼，一个算学大家，一个叫做迈克尔·凯西奥的弗罗棱萨人，一个几乎因为娶了娇妻而误了终身的家伙；他从来不曾在战场上领过一队兵，对于布阵作战的知识，懂得简直也不比一个老守空闺的女人多；即使懂得一些书本上的理论，那些身穿宽袍的元老大人们讲起来也会比他更头头是道；只有空谈，不切实际，这就是他的全部的军人资格。可是，老兄，他居然得到了任命；我在罗得斯岛、塞浦路斯岛，以及其他基督徒和异教徒的国土之上，立过多少的军功，都是他亲眼看见的，现在却必须低首下心，受一个市侩的指挥。这位掌柜居然做起他的副将来，而我呢——上帝恕我这样说——却只在这位黑将军的麾下充一名旗官。

罗德利哥　天哪，我宁愿做他的刽子手。

伊阿古　这也是没有办法呀。说来真叫人恼恨，军队里的升迁可以全然不管古来的定法，按照各人的阶级依次递补，只要谁的脚力大，能够得到上官的欢心，就可以越级蹿升。现在，老兄，请你替我评一评，我究竟有什么理由要跟这摩尔人要好。

罗德利哥　假如是我，我就不愿跟随他。

伊阿古　啊，老兄，你放心吧；我所以跟随他，不过是要利用他达到我自己的目的。我们不能每个人都是主人，每个主人也不是都该让仆人忠心地追随他。你可以看到，有一辈天生的奴才，他们卑躬屈节，拚命讨主人的好，甘心受主人的鞭策，像一头驴子似的，为了一些粮草而出卖他们的一生，等到年纪老了，主人就把他们撵走；这种老实的奴才是应该抽一顿鞭子的。还有一种人，表面上尽管装出一副鞠躬如也的样子，骨子里却是为他们自己打算；看上去好像替主人做事，实际却靠着主人发展自己的势力，等捞足了油水，就可以知道他所尊敬的其实是他本人；像这种人还有几分头脑；我承认我自己就属于这一类。因为，老兄，正像你是罗德利哥而不是别人一样，我要是做了那摩尔人，我就不会是伊阿古。同样地没有错,虽说我跟随他,其实还是跟随我自己。上天是我的公证人,我这样对他陪着小心,既不是为了忠心,也不是为了义务,只是为了自己的利益,才装出这一副假脸。要是我表面上的恭而敬之的行为会泄露我内心的活动,那么不久我就要掬出我的心来,让乌鸦们乱啄了。世人所知道的我,并不是实在的我。

罗德利哥　要是那厚嘴唇的家伙也有这么一手,那可让他交上大运了!

伊阿古　叫起她的父亲来;不要放过他,打断他的兴致,在各处街道上宣布他的罪恶;激怒她的亲族。让他虽然住在气候宜人的地方,也免不了受蚊蝇的滋扰,虽然享受着盛大的欢乐,也免不了受烦恼的缠绕。

罗德利哥　这儿就是她父亲的家;我要高声叫喊。

伊阿古　很好,你嚷起来吧,就像在一座人口众多的城里,因为晚间失慎而起火的时候,人们用那种惊骇惶恐的声音呼喊一样。

罗德利哥　喂,喂,勃拉班修!勃拉班修先生,喂!

伊阿古　醒来!喂,喂!勃拉班修!捉贼!捉贼!捉贼!留心你的屋子、你的女儿和你的钱袋!捉贼!捉贼!

　　　　勃拉班修自上方窗口上。

勃拉班修　大惊小怪地叫什么呀?出了什么事?

罗德利哥　先生,您家里的人没有缺少吗?

伊阿古　您的门都锁上了吗?

勃拉班修　咦,你们为什么这样问我?

伊阿古　哼!先生,有人偷了您的东西去啦,还不赶快披上您的袍子!您的心碎了,您的灵魂已经丢掉半个;就在这时候,就在这一刻工夫,一头老黑羊在跟您的白母羊交尾哩。起来,起来!打钟惊醒那些鼾睡的市民,否则魔鬼要让您抱外孙啦。喂,起来!

勃拉班修　什么!你发疯了吗?

罗德利哥　最可敬的老先生,您听得出我的声音吗?

勃拉班修　我听不出;你是谁?

罗德利哥　我的名字是罗德利哥。

勃拉班修　讨厌!我叫你不要在我的门前走动;我已经老老实实、明明白白对你说,我的女儿是不能嫁给你的;现在你吃饱了饭,喝醉了酒,疯疯癫癫,不怀好意,又要来扰乱我的安静了。

罗德利哥　先生,先生,先生!

勃拉班修　可是你必须明白,我不是一个好说话的人,要是你惹我发火,凭着我的地位,只要略微拿出一点力量来,你就要叫苦不迭了。

罗德利哥　好先生,不要生气。

勃拉班修　说什么有贼没有贼?这儿是威尼斯;我的屋子不是一座独家的田庄。

罗德利哥　最尊严的勃拉班修,我是一片诚心来通知您。

伊阿古　嘿,先生,您也是那种因为魔鬼叫他敬奉上帝而把上帝丢在一旁的人。您把我们当作了坏人,所以把我们的好心看成了恶意,宁愿让您的女儿给一头黑马骑了,替您生下一些马子马孙,攀一些马亲马眷。

勃拉班修　你是个什么混账东西,敢这样胡说八道?

伊阿古　先生,我是一个特意来告诉您一个消息的人,您的令嫒现在正在跟那摩尔人干那件禽兽一样的勾当哩。

勃拉班修　你是个混蛋!

伊阿古　您是一位——元老呢。

勃拉班修　你留点儿神吧;罗德利哥,我认识你。

罗德利哥　先生,我愿意负一切责任;可是请您允许我说一句话。要是令嫒因为得到您的明智的同意,所以才会在这样更深人静的午夜,身边并没有一个人保护,让一个下贱的谁都可以雇用的船夫,把她载到一个贪淫的摩尔人的粗野的怀抱里——要是您对于这件事情不但知道,而且默许——照我看来,您至少已经给了她一部分的同意——那么我们的确太放肆、太冒昧了;可是假如您果真不知道这件事,那么从礼貌上说起来,您可不应该对我们恶声相向。难道我会这样一点不懂规矩,敢来戏侮像您这样一位年尊的长者吗?我再说一句,要是令嫒没有得到您的许可,就把她的责任、美貌、智慧和财产,全部委弃在一个到处为家、漂泊流浪的异邦人的身上,那么她的确已经干下了一件重大的逆行了。您可以立刻去调查一个明白,要是她好好地在她的房间里或是在您的宅子里,那么是我欺骗了您,您可以按照国法惩办我。

勃拉班修　喂,点起火来!给我一支蜡烛!把我的仆人全都叫起来!这件事情很像我的噩梦,它的极大的可能性已经重压在我的心头了。喂,拿火来!拿火来!(自上方下。)

伊阿古　再会,我要少陪了;要是我不去,我就要出面跟这摩尔人作对证,那不但不大相宜,而且在我的地位上也很多不便;因为我知道无论他将要因此而受到什么谴责,政府方面现在还不能就把他免职;塞浦路斯的战事正在进行,情势那么紧急,要不是马上派他前去,他们休想找到第二个人有像他那样的才能,可以担当这一个重任。所以虽然我恨他像恨地狱里的刑罚一样,可是为了事实上的必要,我不得不和他假意周旋,那也不过是表面上的敷衍而已。你等他们出来找人的时候,只要领他们到马人旅馆去,一定可以找到他;我也在那边跟他在一起。再见。(下。)

    勃拉班修率众仆持火炬自下方上。

勃拉班修　真有这样的祸事!她去了;只有悲哀怨恨伴着我这衰朽的余年!罗德利哥,你在什么地方看见她的?——啊,不幸的孩子!——你说跟那摩尔人在一起吗?——谁还愿意做一个父亲!——你怎么知道是她?——唉,想不到她会这样欺骗我!——她对你怎么说?——再拿些蜡烛来!唤醒我的所有的亲族!——你想他们有没有结婚?

罗德利哥　说老实话,我想他们已经结了婚啦。

勃拉班修　天哪!她怎么出去的?啊,骨肉的叛逆!做父亲的人啊,从此以后,你们千万留心你们女儿的行动,不要信任她们的心思。世上有没有一种引诱青年少女失去贞操的邪术?罗德利哥,你有没有在书上读到过这一类的事情?

罗德利哥　是的,先生,我的确读到过。

勃拉班修　叫起我的兄弟来!唉,我后悔不让你娶了她去!你们快去给我分头找寻!你知道我们可以在什么地方把她和那摩尔人一起捉到?

罗德利哥　我想我可以找到他的踪迹,要是您愿意多派几个得力的人手跟我前去。

勃拉班修　请你带路。我要到每一个人家去搜寻;大部分的人家都在我的势力之下。喂,多带一些武器!叫起几个巡夜的警吏!去,好罗德利哥,我一定重谢你的辛苦。(同下。)

第二场　另一街道

　　奥瑟罗、伊阿古及侍从等持火炬上。

伊阿古　虽然我在战场上杀过不少的人,可是总觉得有意杀人是违反良心的;缺少作恶的本能,往往使我不能做我所要做的事。好多次我想要把我的剑从他的肋骨下面刺进去。

奥瑟罗　还是随他说去吧。

伊阿古　可是他唠哩唠叨地说了许多难听的话破坏您的名誉,连像我这样一个荒唐的家伙也实在压不住心头的怒火。可是请问主帅,你们有没有完成婚礼?您要注意,这位元老是很得人心的,他的潜势力比公爵还要大上一倍;他会拆散你们的姻缘,尽量运用法律的力量来给您种种压制和迫害。

奥瑟罗　随他怎样发泄他的愤恨吧;我对贵族们所立的功劳,就可以驳倒他的控诉。世人还没有知道——要是夸口是一件荣耀的事,我就要到处宣布——我是高贵的祖先的后裔,我有充分的资格,享受我目前所得到的值得骄傲的幸运。告诉你吧,伊阿古,倘不是我真心恋爱温柔的苔丝狄蒙娜,即使给我大海中所有的珍宝,我也不愿意放弃我的无拘无束的自由生活,来俯就家室的羁缚的。可是瞧!那边举着火把走来的是些什么人?

伊阿古　她的父亲带着他的亲友来找您了;您还是进去躲一躲吧。

奥瑟罗　不,我要让他们看见我;我的人品、我的地位和我的清白的人格可以替我表明一切。是不是他们?

伊阿古　凭二脸神起誓,我想不是。

97

凯西奥及若干吏役持火炬上。

奥瑟罗　原来是公爵手下的人,还有我的副将。晚安,各位朋友!有什么消息?

凯西奥　主帅,公爵向您致意,请您立刻就过去。

奥瑟罗　你知道是为了什么事?

凯西奥　照我猜想起来,大概是塞浦路斯方面的事情,看样子很是紧急。就在这一个晚上,战船上已经连续不断派了十二个使者赶来告急;许多元老都从睡梦中被人叫醒,在公爵府里集合了。他们正在到处找您;因为您不在家里,所以元老院派了三队人出来分头寻访。

奥瑟罗　幸而我给你找到了。让我到这儿屋子里去说一句话,就来跟你同去。(下。)

凯西奥　他到这儿来有什么事?

伊阿古　不瞒你说,他今天夜里登上了一艘陆地上的大船;要是能够证明那是一件合法的战利品,他可以从此成家立业了。

凯西奥　我不懂你的话。

伊阿古　他结了婚啦。

凯西奥　跟谁结婚?

奥瑟罗重上。

伊阿古　呃,跟——来,主帅,我们走吧。

奥瑟罗　好,我跟你走。

凯西奥　又有一队人来找您了。

伊阿古　那是勃拉班修。主帅,请您留心点儿;他来是不怀好意的。

勃拉班修、罗德利哥及吏役等持火炬武器上。

奥瑟罗　喂!站住!

罗德利哥　先生,这就是那摩尔人。

勃拉班修　杀死他,这贼!(双方拔剑。)

伊阿古　你,罗德利哥!来,我们来比个高下。

奥瑟罗　收起你们明晃晃的剑,它们沾了露水会生锈的。老先生,像您这么年高德劭的人,有什么话不可以命令我们,何必动起武来呢?

勃拉班修　啊,你这恶贼!你把我的女儿藏到什么地方去了?你不想想你自己是个什么东西,胆敢用妖法蛊惑她;我们只要凭着情理判断,像她这样一个年轻貌美、娇生惯养的姑娘,多少我们国里有财有势的俊秀子弟她都看不上眼,倘不是中了魔,怎么会不怕人家的笑话,背着尊亲投奔到你这个丑恶的黑鬼的怀里?——那还不早把她吓坏了,岂有什么乐趣可言!世人可以替我评一评,是不是显而易见你用邪恶的符咒欺诱她的娇弱的心灵,用药饵丹方迷惑她的知觉;我要在法庭上叫大家评一评理,这种事情是不是很可能的。所以我现在逮捕你;妨害风化、行使邪术,便是你的罪名。抓住他;要是他敢反抗,你们就用武力制伏他。

奥瑟罗　帮助我的,反对我的,大家放下你们的手!我要是想打架,我自己会知道应该在什么时候动手。您要我到什么地方去答复您的控诉?

勃拉班修　到监牢里去,等法庭上传唤你的时候你再开口。

奥瑟罗　要是我听从您的话去了,那么怎么答复公爵呢?他的使者就在我的身边,因为有紧急的公事,等候着带我去见他。

吏　役　真的,大人;公爵正在举行会议,我相信他已经派人请您去了。

勃拉班修　怎么！公爵在举行会议！在这样夜深的时候！把他带去。我的事情也不是一件等闲小事；公爵和我的同僚们听见了这个消息，一定会感到这种侮辱简直就像加在他们自己身上一般。要是这样的行为可以置之不问，奴隶和异教徒都要来主持我们的国政了。（同下。）

第三场　议事厅

公爵及众元老围桌而坐；吏役等随侍。

公　　爵　这些消息彼此纷歧，令人难以置信。
元老甲　它们真是参差不一；我的信上说是共有船只一百零七艘。
公　　爵　我的信上说是一百四十艘。
元老乙　我的信上又说是二百艘。可是它们所报的数目虽然各各不同，因为根据估计所得的结果，难免多少有些出入，不过它们都证实确有一支土耳其舰队在向塞浦路斯岛进发。
公　　爵　嗯，这种事情推想起来很有可能；即使消息不尽正确，我也并不就此放心；大体上总是有根据的，我们倒不能不担着几分心事。
水　　手　（在内）喂！喂！喂！有人吗？
吏　　役　一个从船上来的使者。

一水手上。

公　　爵　什么事？
水　　手　安哲鲁大人叫我来此禀告殿下，土耳其人调集舰队，正在向罗得斯岛进发。
公　　爵　你们对于这一个变动有什么意见？

元老甲　照常识判断起来,这是不会有的事;它无非是转移我们目标的一种诡计。我们只要想一想塞浦路斯岛对于土耳其人的重要性,远在罗得斯岛以上,而且攻击塞浦路斯岛,也比攻击罗得斯岛容易得多,因为它的防务比较空虚,不像罗得斯岛那样戒备严密;我们只要想到这一点,就可以断定土耳其人决不会那样愚笨,甘心舍本逐末,避轻就重,进行一场无益的冒险。

公　爵　嗯,他们的目标决不是罗得斯岛,这是可以断定的。

吏　役　又有消息来了。

　　　　一使者上。

使　者　公爵和各位大人,向罗得斯岛驶去的土耳其舰队,已经和另外一支殿后的舰队会合了。

元老甲　嗯,果然符合我的预料。照你猜想起来,一共有多少船只?

使　者　三十艘模样;它们现在已经回过头来,显然是要开向塞浦路斯岛去的。蒙太诺大人,您的忠实英勇的仆人,本着他的职责,叫我来向您报告这一个您可以相信的消息。

公　爵　那么一定是到塞浦路斯岛去的了。玛克斯·勒西科斯不在威尼斯吗?

元老甲　他现在到弗罗棱萨去了。

公　爵　替我写一封十万火急的信给他。

元老甲　勃拉班修和那勇敢的摩尔人来了。

　　　　勃拉班修、奥瑟罗、伊阿古、罗德利哥及吏役等上。

公　爵　英勇的奥瑟罗,我们必须立刻派你出去向我们的公敌土耳其人作战。(向勃拉班修)我没有看见你;欢迎,高贵的大人,我们今晚正需要你的指教和帮助呢。

101

勃拉班修　我也同样需要您的指教和帮助。殿下,请您原谅,我并不是因为职责所在,也不是因为听到了什么国家大事而从床上惊起;国家的安危不能引起我的注意,因为我个人的悲哀是那么压倒一切,把其余的忧虑一起吞没了。

公　爵　啊,为了什么事?

勃拉班修　我的女儿!啊,我的女儿!

公　爵
众元老　死了吗?

勃拉班修　嗯,她对于我是死了。她已经被人污辱,人家把她从我的地方拐走,用江湖骗子的符咒药物引诱她堕落;因为一个没有残疾、眼睛明亮、理智健全的人,倘不是中了魔法的蛊惑,决不会犯这样荒唐的错误的。

公　爵　如果有人用这种邪恶的手段引诱你的女儿,使她丧失了自己的本性,使你丧失了她,那么无论他是什么人,你都可以根据无情的法律,照你自己的解释给他应得的严刑;即使他是我的儿子,你也可以照样控诉他。

勃拉班修　感谢殿下。罪人就在这儿,就是这个摩尔人;好像您有重要的公事召他来的。

公　爵
众元老　那我们真是抱憾得很。

公　爵　(向奥瑟罗)你自己对于这件事有什么话要分辩?

勃拉班修　没有,事情就是这样。

奥瑟罗　威严无比、德高望重的各位大人,我的尊贵贤良的主人们,我把这位老人家的女儿带走了,这是完全真实的;我已经和她结了婚,这也是真的;我的最大的罪状仅止于此,别的就不是我所知道的了。我的言语是粗鲁的,一点不懂得那些温文尔雅的辞令；因为自从我这双手臂长了七年的膂力以后，直到最近这九个月以前，它们一直都在战场上发挥它们的本领；对于这一个广大的世界，我除了冲锋陷阵以外，几乎一无所知，所以我也不能用什么动人的字句替我自己辩护。可是你们要是愿意耐心听我说下去，我可以向你们讲述一段质朴无文的、关于我的恋爱的全部经过的故事；告诉你们我用什么药物、什么符咒、什么驱神役鬼的手段、什么神奇玄妙的魔法，骗到了他的女儿，因为这是他所控诉我的罪名。

勃拉班修　一个素来胆小的女孩子，她的生性是那么幽娴贞静，甚至于心里略为动了一点感情，就会满脸羞愧；像她这样的性质，像她这样的年龄，竟会不顾国族的畛域，把名誉和一切作为牺牲，去跟一个她瞧着都感到害怕的人发生恋爱！假如有人说，这样完美的人儿会做下这样不近情理的事，那这个人的判断可太荒唐了；因此怎么也得查究，到底这里使用了什么样阴谋诡计，才会有这种事情？我断定他一定曾经用烈性的药饵或是邪术炼成的毒剂麻醉了她的血液。

公　爵　没有更确实显明的证据，单单凭着这些表面上的猜测和莫须有的武断，是不能使人信服的。

元老甲　奥瑟罗，你说，你有没有用不正当的诡计诱惑这一位年轻的女郎，或是用强暴的手段逼迫她服从你；还是正大光明地对她披肝沥胆，达到你的求爱的目的？

奥瑟罗　请你们差一个人到马人旅馆去把这位小姐接来，让她当着她的父亲的面告诉你们我是怎样一个人。要是你们根据她的报告，认为我是有罪的，你们不但可以撤销你们对我的信任，解除你们给我的职权，并且可以把我判处死刑。

公　　爵　去把苔丝狄蒙娜带来。

奥瑟罗　旗官,你领他们去;你知道她在什么地方。(伊阿古及吏役等下)当她没有到来以前,我要像对天忏悔我的血肉的罪恶一样,把我怎样得到这位美人的爱情和她怎样得到我的爱情的经过情形,忠实地向各位陈诉。

公　　爵　说吧,奥瑟罗。

奥瑟罗　她的父亲很看重我,常常请我到他家里,每次谈话的时候,总是问起我过去的历史,要我讲述我一年又一年所经历的各次战争、围城和意外的遭遇;我就把我的一生事实,从我的童年时代起,直到他叫我讲述的时候为止,原原本本地说了出来。我说起最可怕的灾祸,海上陆上惊人的奇遇,间不容发的脱险,在傲慢的敌人手中被俘为奴,和遇赎脱身的经过,以及旅途中的种种见闻;那些广大的岩窟、荒凉的沙漠、突兀的崖嶂、巍峨的峰岭;接着我又讲到彼此相食的野蛮部落,和肩下生头的化外异民;这些都是我的谈话的题目。苔丝狄蒙娜对于这种故事,总是出神倾听;有时为了家庭中的事务,她不能不离座而起,可是她总是尽力把事情赶紧办好,再回来孜孜不倦地把我所讲的每一个字都听了进去。我注意到她这种情形,有一天在一个适当的时间,从她的嘴里逗出了她的真诚的心愿:她希望我能够把我的一生经历,对她作一次详细的复述,因为她平日所听到的,只是一鳞半爪、残缺不全的片段。我答应了她的要求;当我讲到我在少年时代所遭逢的不幸的打击的时候,她往往忍不住掉下泪来。我的故事讲完以后,她用无数的叹息酬劳我;她发誓说,那是非常奇异而悲惨的;她希望她没有听到这段故事,可是又希望上天为她造下这样一个男子。她向我道谢,对我说,要是我有一个朋友爱上了她,我只要教他怎样讲述我的故事,就可以得到她的爱情。我听了这一个暗示,才向她吐露我的求婚的诚意。她为了我所经历的种种患难而爱我,我为了她对我所抱的同情而爱她:这就是我的惟一的妖术。她来了;让她为我证明吧。

苔丝狄蒙娜、伊阿古及吏役等上。

公　　爵　像这样的故事,我想我的女儿听了也会着迷的。勃拉班修,木已成舟,不必懊恼了。刀剑虽破,比起手无寸铁来,总是略胜一筹。

勃拉班修　请殿下听她说;要是她承认她本来也有爱慕他的意思,而我却还要归咎于他,那就让我不得好死吧。过来,好姑娘,你看这在座的济济众人之间,谁是你所最应该服从的?

苔丝狄蒙娜　我的尊贵的父亲,我在这里所看到的,是我的分歧的义务:对您说起来,我深荷您的生养教育的大恩,您给我的生命和教养使我明白我应该怎样敬重您;您是我的家长和严君,我直到现在都是您的女儿。可是这儿是我的丈夫,正像我的母亲对您克尽一个妻子的义务、把您看得比她的父亲更重一样,我也应该有权利向这位摩尔人,我的夫主,尽我应尽的名分。

勃拉班修　上帝和你同在!我没有话说了。殿下,请您继续处理国家的要务吧。我宁愿抚养一个义子,也不愿自己生男育女。过来,摩尔人。我现在用我的全副诚心,把她给了你;倘不是你早已得到了她,我一定再也不会让她到你手里。为了你的缘故,宝贝,我很高兴我没有别的儿女,否则你的私奔将要使我变成一个虐待儿女的暴君,替他们手脚加上镣铐。我没有话说了,殿下。

公　爵　让我设身处地,说几句话给你听听,也许可以帮助这一对恋人,使他们能够得到你的欢心。

　　　　　眼看希望幻灭,恶运临头,
　　　　　无可挽回,何必满腹牢愁?
　　　　　为了既成的灾祸而痛苦,
　　　　　徒然招惹出更多的灾祸。
　　　　　既不能和命运争强斗胜,
　　　　　还是付之一笑,安心耐忍。
　　　　　聪明人遭盗窃毫不介意;
　　　　　痛哭流涕反而伤害自己。

勃拉班修　让敌人夺去我们的海岛,
　　　　　我们同样可以付之一笑。
　　　　　那感激法官仁慈的囚犯,
　　　　　他可以忘却刑罚的苦难;
　　　　　倘然他怨恨那判决太重,
　　　　　他就要忍受加倍的惨痛。
　　　　　种种譬解虽能给人慰藉,
　　　　　它们也会格外添人悲戚;
　　　　　可是空言毕竟无补实际,
　　　　　好听的话几曾送进心底?
　　　　　请殿下继续进行原来的公事吧。

公　爵　土耳其人正在向塞浦路斯大举进犯;奥瑟罗,那岛上的实力你是知道得十分清楚的;虽然我们派在那边代理总督职务的,是一个公认为很有能力的人,可是谁都不能不尊重大家的意思,大家觉得由你去负责镇守,才可以万无一失;

所以说只得打扰你的新婚的快乐,辛苦你去跑这一趟了。

奥瑟罗　各位尊严的元老们,习惯的暴力已经使我把冷酷无情的战场当作我的温软的眠床,对于艰难困苦,我总是挺身而赴。我愿意接受你们的命令,去和土耳其人作战;可是我要恳求你们念在我替国家尽心出力,给我的妻子一个适当的安置,按照她的身分,供给她一切日常的需要。

公　爵　你要是同意的话,可以让她住在她父亲的家里。

勃拉班修　我不愿意收留她。

奥瑟罗　我也不能同意。

苔丝狄蒙娜　我也不愿住在父亲的家里,让他每天看见我生气。最仁慈的公爵,愿您俯听我的陈请,让我的卑微的衷忱得到您的谅解和赞助。

公　爵　你有什么请求,苔丝狄蒙娜?

苔丝狄蒙娜　我不顾一切跟命运对抗的行动可以代我向世人宣告,我因为爱这摩尔人,所以愿意和他过共同的生活;我的心灵完全为他的高贵的德性所征服;我先认识他那颗心,然后认识他那奇伟的仪表;我已经把我的灵魂和命运一起呈献给他了。所以,各位大人,要是他一个人迢迢出征,把我遗留在和平的后方,过着像蜉蝣一般的生活,我将要因为不能朝夕事奉他,而在镂心刻骨的离情别绪中度日如年了。让我跟他去吧。

奥瑟罗　请你们允许了她吧。上天为我作证,我向你们这样请求,并不是为了贪尝人生的甜头,也不是为了满足我自己的欲望,因为青春的热情在我已成过去了;我的惟一的动机,只是不忍使她失望。请你们千万不要抱着那样的思想,以为她跟我在一起,会使我懈怠了你们所付托给我的重大的使命。不,要是插翅的爱神的风流解数,可以蒙蔽了我的灵明的理智,使我因为贪恋欢娱而误了正事,那么让主妇们把我的战盔当作水罐,让一切的污名都丛集于我的一身吧!

公　爵　她的去留行止,可以由你们自己去决定。事情很是紧急,你必须立刻出发。

元老甲　今天晚上你就得动身。

奥瑟罗　很好。

公　爵　明天早上九点钟,我们还要在这儿聚会一次。奥瑟罗,请你留下一个将佐在这儿,将来政府的委任状好由他转交给你;要是我们随后还有什么决定,可以叫他把训令传达给你。

奥瑟罗　殿下,我的旗官是一个很适当的人物,他的为人是忠实而可靠的;我还要请他负责护送我的妻子,要是此外还有什么必须寄给我的物件,也请殿下一起交给他。

公　爵　很好。各位晚安!(向勃拉班修)尊贵的先生,倘然有德必有貌,说你这位女婿长得黑,远不如说他长得美。

元老甲　再会,勇敢的摩尔人!好好看顾苔丝狄蒙娜。

勃拉班修　留心看着她,摩尔人,不要视而不见;她已经愚弄了她的父亲,她也会把你欺骗。(公爵、众元老、吏役等同下。)

奥瑟罗　我用生命保证她的忠诚!正直的伊阿古,我必须把我的苔丝狄蒙娜托付给你,请你叫你的妻子当心照料她;看什么时候有方便,就烦你护送她们起程。来,苔丝狄蒙娜,我只有一小时的工夫和你诉说衷情,料理庶事了。我们必须服从环境的支配。(奥瑟罗、苔丝狄蒙娜同下。)

罗德利哥　伊阿古!

伊阿古　你怎么说,好人儿?

罗德利哥　你想我该怎么办？

伊阿古　上床睡觉去吧。

罗德利哥　我立刻就投水去。

伊阿古　好,要是你投了水,我从此不喜欢你了。嘿,你这傻大少爷!

罗德利哥　要是活着这样受苦,傻瓜才愿意活下去;一死可以了却烦恼,还是死了的好。

伊阿古　啊,该死!我在这世上也经历过四七二十八个年头了,自从我能够辨别利害以来,我从来不曾看见过什么人知道怎样爱惜他自己。要是我也会为了爱上一个雌儿的缘故而投水自杀,我宁愿变成一头猴子。

罗德利哥　我该怎么办?我承认这样痴心是一件丢脸的事,可是我没有力量把它补救过来呀。

伊阿古　力量!废话!我们变成这样那样,全在于我们自己。我们的身体就像一座园圃,我们的意志是这园圃里的园丁;不论我们插荨麻、种莴苣、栽下牛膝草、拔起百里香,或者单独培植一种草木,或者把全园种得万卉纷披,让它荒废不治也好,把它辛勤耕垦也好,那权力都在于我们的意志。要是在我们的生命之中,理智和情欲不能保持平衡,我们血肉的邪心就会引导我们到一个荒唐的结局;可是我们有的是理智,可以冲淡我们汹涌的热情,肉体的刺激和奔放的淫欲;我认为你所称为"爱情"的,也不过是那样一种东西。

罗德利哥　不,那不是。

伊阿古　那不过是在意志的默许之下一阵情欲的冲动而已。算了,做一个汉子。投水自杀!捉几头大猫小狗投在水里吧!

我曾经声明我是你的朋友，我承认我对你的友谊是用不可摧折的、坚韧的缆索联结起来的；现在正是我应该为你出力的时候。把银钱放在你的钱袋里；跟他们出征去；装上一脸假胡子，遮住了你的本来面目——我说，把银钱放在你的钱袋里。苔丝狄蒙娜爱那摩尔人决不会长久——把银钱放在你的钱袋里——他也不会长久爱她。她一开始就把他爱得这样热烈，他们感情的破裂一定也是很突然的——你只要把银钱放在你的钱袋里。这些摩尔人很容易变心——把你的钱袋装满了钱——现在他吃起来像蝗虫一样美味的食物，不久便要变得像苦瓜柯萝辛一样涩口了。她必须换一个年轻的男子；当他的肉体使她餍足了以后，她就会觉悟她的选择的错误。她必须换换口味，她非换不可；所以把银钱放在你的钱袋里。要是你一定要寻死，也得想一个比投水巧妙一点的死法。尽你的力量搜括一些钱。要是凭着我的计谋和魔鬼们的奸诈，破坏这一个走江湖的蛮子和这一个狡猾的威尼斯女人之间的脆弱的盟誓，还不算是一件难事，那么你一定可以享受她——所以快去设法弄些钱来吧。投水自杀！什么话！那根本就不用提；你宁可因为追求你的快乐而被人吊死，总不要在没有一亲她的香泽以前投水自杀。

罗德利哥　要是我指望着这样的好事，你一定会尽力帮助我达到我的愿望吗？

伊阿古　你可以完全信任我。去，弄一些钱来。我常常对你说，一次一次反复告诉你，我恨那摩尔人；我的怨毒蓄积在心头，你也对他抱着同样深刻的仇恨，让我们同心合力向他复仇；要是你能够替他戴上一顶绿头巾，你固然是如愿以偿，我也可以拍掌称快。无数人事的变化孕育在时间的胚胎里,我们等着看吧。去,预备好你的钱。我们明天再谈这件事吧。再见。

罗德利哥　明天早上我们在什么地方会面?

伊阿古　就在我的寓所里吧。

罗德利哥　我一早就来看你。

伊阿古　好,再会。你听见吗,罗德利哥?

罗德利哥　你说什么?

伊阿古　别再提起投水的话了,你听见没有?

罗德利哥　我已经变了一个人了。我要去把我的田地一起变卖。

伊阿古　好,再会!多往你的钱袋里放些钱。(罗德利哥下)我总是这样让这种傻瓜掏出钱来给我花用;因为倘不是为了替自己解解闷,打算占些便宜,那我浪费时间跟这样一个呆子周旋,那才冤枉哩,那还算得什么有见识的人。我恨那摩尔人;有人说他和我的妻子私通,我不知道这句话是真是假;可是在这种事情上,即使不过是嫌疑,我也要把它当作实有其事一样看待。他对我很有好感,这样可以使我对他实行我的计策的时候格外方便一些。凯西奥是一个俊美的男子;让我想想看:夺到他的位置,实现我的一举两得的阴谋;怎么办?怎么办?让我看:等过了一些时候,在奥瑟罗的耳边捏造一些鬼话,说他跟他的妻子看上去太亲热了;他长得漂亮,性情又温和,天生一种媚惑妇人的魔力,像他这种人是很容易引起疑心的。那摩尔人是一个坦白爽直的人,他看见人家在表面上装出一副忠厚诚实的样子,就以为一定是个好人;我可以把他像一头驴子一般牵着鼻子跑。有了!

我的计策已经产生。地狱和黑夜正酝酿成这空前的罪恶，它必须向世界显露它的面目。（下。）

第 二 幕

第一场　塞浦路斯岛海口一市镇。码头附近的广场

蒙太诺及二军官上。

蒙太诺　你从那海岬望出去,看见海里有什么船只没有?

军官甲　一点望不见。波浪很高,在海天之间,我看不见一片船帆。

蒙太诺　风在陆地上吹得也很厉害;从来不曾有这么大的暴风摇撼过我们的雉堞。要是它在海上也这么猖狂,哪一艘橡树造成的船身支持得住山一样的巨涛迎头倒下?我们将要从这场风暴中间听到什么消息呢?

军官乙　土耳其的舰队一定要被风浪冲散了。你只要站在白沫飞溅的海岸上,就可以看见咆哮的汹涛直冲云霄,被狂风卷起的怒浪奔腾山立,好像要把海水浇向光明的大熊星上,熄灭那照耀北极的永古不移的斗宿一样。我从来没有见过这样可怕的惊涛骇浪。

蒙太诺　要是土耳其舰队没有避进港里,它们一定沉没了;这样的风浪是抵御不了的。

另一军官上。

军官丙　报告消息！咱们的战事已经结束了。土耳其人遭受这场风暴的突击，不得不放弃他们进攻的计划。一艘从威尼斯来的大船一路上看见他们的船只或沉或破，大部分零落不堪。

蒙太诺　啊！这是真的吗？

军官丙　大船已经在这儿进港，是一艘维洛那造的船；迈克尔·凯西奥，那勇武的摩尔人奥瑟罗的副将，已经上岸来了；那摩尔人自己还在海上，他是奉到全权委任，到塞浦路斯这儿来的。

蒙太诺　我很高兴，这是一位很有才能的总督。

军官丙　可是这个凯西奥说起土耳其的损失，虽然兴高采烈，同时却满脸愁容，祈祷着那摩尔人的安全，因为他们是在险恶的大风浪中彼此失散的。

蒙太诺　但愿他平安无恙；因为我曾经在他手下做过事，知道他在治军用兵这方面，的确是一个大将之才。来，让我们到海边去！一方面看看新到的船舶，一方面把我们的眼睛遥望到海天相接的远处，盼候着勇敢的奥瑟罗。

军官丙　来，我们去吧；因为每一分钟都会有更多的人到来。

凯西奥上。

凯西奥　谢谢，你们这座尚武的岛上的各位壮士，因为你们这样褒奖我们的主帅。啊！但愿上天帮助他战胜风浪，因为我是在险恶的波涛之中和他失散的。

蒙太诺　他的船靠得住吗？

凯西奥　船身很坚固，舵师是一个大家公认的很有经验的人，所以我还抱着很大的希望。（内呼声："一条船！一条船！一条船!")

　　　　　—使者上。

凯西奥　什么声音?

使　者　全市的人都出来了;海边站满了人,他们在嚷,"一条船! 一条船!"

凯西奥　我希望那就是我们新任的总督。(炮声。)

军官乙　他们在放礼炮了;即使不是总督,至少也是我们的朋友。

凯西奥　请你去看一看,回来告诉我们究竟是什么人来了。

军官乙　我就去。(下。)

蒙太诺　可是,副将,你们主帅有没有结过婚?

凯西奥　他的婚姻是再幸福不过的。他娶到了一位小姐,她的美貌才德,胜过一切的形容和盛大的名誉;笔墨的赞美不能写尽她的好处,没有一句适当的言语可以充分表出她的天赋的优美。

　　　　　军官乙重上。

凯西奥　啊!谁到来了?

军官乙　是元帅麾下的一个旗官,名叫伊阿古。

凯西奥　他倒一帆风顺地到了。汹涌的怒涛,咆哮的狂风,埋伏在海底、跟往来的船只作对的礁石沙碛,似乎也懂得爱惜美人,收敛了它们凶恶的本性,让神圣的苔丝狄蒙娜安然通过。

蒙太诺　她是谁?

凯西奥　就是我刚才说起的,我们大帅的主帅。勇敢的伊阿古护送她到这儿来,想不到他们路上走得这么快,比我们的预期还早七天。伟大的乔武啊,保佑奥瑟罗,吹一口你的大力的气息在他的船帆上,让他的高大的桅樯在这儿海港里显现它的雄姿,让他跳动着一颗恋人的心投进了苔丝狄蒙娜的怀里,重新燃起我们奄奄欲绝的精神,使整个塞浦路斯充满了兴奋!

    苔丝狄蒙娜、爱米利娅、伊阿古、罗德利哥及侍从等上。

凯西奥 啊!瞧,船上的珍宝到岸上来了。塞浦路斯人啊,向她下跪吧。祝福你,夫人!愿神灵在你前后左右周遭呵护你!

苔丝狄蒙娜 谢谢您,英勇的凯西奥。您知道我丈夫的什么消息吗?

凯西奥 他还没有到来;我只知道他是平安的,大概不久就会到来。

苔丝狄蒙娜 啊!可是我怕——你们怎么会分散的?

凯西奥 天风和海水的猛烈的激战,使我们彼此失散。可是听!有船来了。(内呼声:"一条船!一条船!"炮声。)

军官乙 他们向我们城上放礼炮了;到来的也是我们的朋友。

凯西奥 你去探看探看。(军官乙下。向伊阿古)老总,欢迎!(向爱米利娅)欢迎,嫂子!请你不要恼怒,好伊阿古,我总得讲究个礼貌,按照我的教养,我就得来这么一个大胆的见面礼。(吻爱米利娅。)

伊阿古 老兄,要是她向你掀动她的嘴唇,也像她向我掀动她的舌头一样,那你就要叫苦不迭了。

苔丝狄蒙娜 唉!她又不会多嘴。

伊阿古 真的,她太会多嘴了;每次我想睡觉的时候,总是被她吵得不得安宁。不过,在您夫人的面前,我还要说一句,她有些话是放在心里说的,人家瞧她不开口,她却在心里骂人。

爱米利娅　你没有理由这样冤枉我。

伊阿古　得啦,得啦,你们跑出门来像图画,走进房去像响铃,到了灶下像野猫;害人的时候,面子上装得像个圣徒,人家冒犯了你们,你们便活像夜叉;叫你们管家,你们只会一味胡闹,一上床却又十足像个忙碌的主妇。

苔丝狄蒙娜　啊,啐!你这毁谤女人的家伙!

伊阿古、不,我说的话儿千真万确,
　　　　你们起来游戏,上床工作。

爱米利娅　我再也不要你给我编什么赞美诗了。

伊阿古　好,不要叫我编。

苔丝狄蒙娜　要是叫你赞美我,你要怎么编法呢?

伊阿古　啊,好夫人,别叫我做这件事,因为我的脾气是要吹毛求疵的。

苔丝狄蒙娜　来,试试看。有人到港口去了吗?

伊阿古　是,夫人。

苔丝狄蒙娜　我虽然心里愁闷,姑且强作欢容。来,你怎么赞美我?

伊阿古　我正在想着呢;可是我的诗情粘在我的脑壳里,用力一挤就会把脑浆一起挤出的。我的诗神可在难产呢——有了——好容易把孩子养出来了:
　　　　她要是既漂亮又智慧,
　　　　就不会误用她的娇美。

苔丝狄蒙娜　赞美得好!要是她虽黑丑而聪明呢?

伊阿古　她要是虽黑丑却聪明,
　　　　包她找到一位俊郎君。

苔丝狄蒙娜　不成话。

117

爱米利娅　要是美貌而愚笨呢?

伊阿古　美女人决不是笨冬瓜,
　　　　蠢煞也会抱个小娃娃。

苔丝狄蒙娜　这些都是在酒店里骗傻瓜们笑笑的古老的歪诗。
　　还有一种又丑又笨的女人,你也能够勉强赞美她两句吗?

伊阿古　别嫌她心肠笨相貌丑,
　　　　女人的戏法一样拿手。

苔丝狄蒙娜　啊,岂有此理!你把最好的赞美给了最坏的女人。可是对于一个贤惠的女人——就连天生的坏蛋看见她这么好,也不由得对天起誓,说她真是个好女人——你又怎么赞美她呢?

伊阿古　她长得美,却从不骄傲,
　　　　能说会道,却从不叫嚣;
　　　　有的是钱,但从不妖娆;
　　　　摆脱欲念,嘴里说"我要!"
　　　　她受人气恼,想把仇报,
　　　　却平了气,把烦恼打消;
　　　　明白懂事,不朝三暮四,
　　　　不拿鳕鱼头换鲑鱼翅;[①]
　　　　会动脑筋,却闭紧小嘴,
　　　　有人盯梢,她头也不回;
　　　　要是有这样的女娇娘——

苔丝狄蒙娜　要她干什么呢?

伊阿古　去奶傻孩子,去记油盐账。

[①] 鳕鱼头比喻傻瓜;全句意谓:嫁了傻瓜,并不另找漂亮的相好。

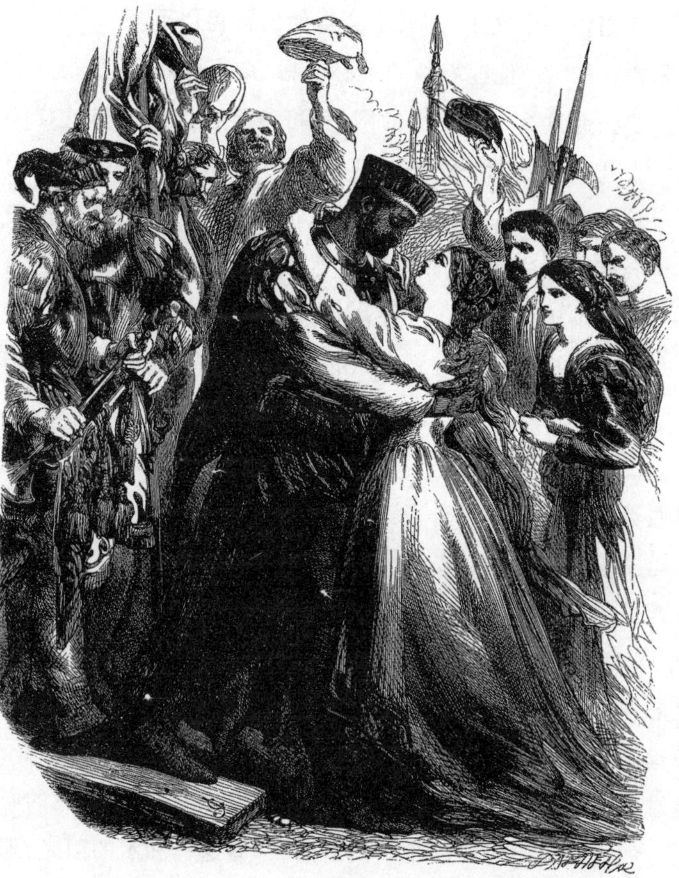

苔丝狄蒙娜　啊,这可真是最蹩脚、最松劲的收梢!爱米利娅,不要听他的话,虽然他是你的丈夫。你怎么说,凯西奥?他不是一个粗俗的、胡说八道的家伙吗?

凯西奥　他说得很直爽,夫人。您要是把他当作一个军人,不把他当作一个文士,您就不会嫌他出言粗俗了。

伊阿古　(旁白)他捏着她的手心。嗯,交头接耳,好得很。我只要张起这么一个小小的网,就可以捉住像凯西奥这样一只大苍蝇。嗯,对她微笑,很好;我要叫你跌翻在你自己的礼貌中间。——您说得对,正是正是。——要是这种鬼殷勤会葬送你的前程,你还是不要老是吻着你的三个指头,表示你的绅士风度吧。很好;吻得不错!绝妙的礼貌!正是正是。又把你的手指放到你的嘴唇上去了吗?让你的手指头变做你的通肠管我才高兴呢。(喇叭声)主帅来了!我听得出他的喇叭声音。

凯西奥　真的是他。

苔丝狄蒙娜　让我们去迎接他。

凯西奥　瞧!他来了。

　　　　　奥瑟罗及侍从等上。

奥瑟罗　啊,我的娇美的战士!

苔丝狄蒙娜　我的亲爱的奥瑟罗!

奥瑟罗　看见你比我先到这里,真使我又惊又喜。啊,我的心爱的人!要是每一次暴风雨之后,都有这样和煦的阳光,那么尽管让狂风肆意地吹,把死亡都吹醒了吧!让那辛苦挣扎的船舶爬上一座座如山的高浪,就像从高高的天上堕下幽深的地狱一般,一泻千丈地跌下来吧!要是我现在死去,那才是最幸福的;因为我怕我的灵魂已经尝到了无上的欢乐,此生此世,再也不会有同样令人欣喜的事情了。

苔丝狄蒙娜　但愿上天眷顾,让我们的爱情和欢乐与日俱增!

奥瑟罗　阿门,慈悲的神明!我不能充分说出我心头的快乐;太多的欢喜憋住了我的呼吸。(吻苔丝狄蒙娜)一个——再来一个——这便是两颗心儿间最大的冲突了。

伊阿古　(旁白)啊,你们现在是琴瑟调和,看我不动声色,就叫你们松了弦线走了音。

奥瑟罗　来,让我们到城堡里去。好消息,朋友们;我们的战事已经结束,土耳其人全都淹死了。我的岛上的旧友,您好?爱人,你在塞浦路斯将要受到众人的宠爱,我觉得他们都是非常热情的。啊,亲爱的,我自己太高兴了,所以会说出这样忘形的话来。好伊阿古,请你到港口去一趟,把我的箱子搬到岸上。带那船长到城堡里来;他是一个很好的家伙,他的才能非常叫人钦佩。来,苔丝狄蒙娜,我们又在塞浦路斯岛团圆了。(除伊阿古、罗德利哥外均下。)

伊阿古　你马上就到港口来会我。过来。人家说,爱情可以刺激懦夫,使他鼓起本来所没有的勇气;要是你果然有胆量,请听我说。副将今晚在卫舍守夜。第一我必须告诉你,苔丝狄蒙娜直截了当地跟他发生了恋爱。

罗德利哥　跟他发生了恋爱!那是不会有的事。

伊阿古　闭住你的嘴,好好听我说。你看她当初不过因为这摩尔人向她吹了些法螺,撒下了一些漫天的大谎,她就爱得他那么热烈;难道她会继续爱他,只是为了他的吹牛的本领吗?你是个聪明人,不要以为世上会有这样的事。她的视觉必须得到满足;她能够从魔鬼脸上感到什么佳趣?情欲在一阵兴奋过了以后而渐生厌倦的时候,必须换一换新鲜的口味,方才可以把它重新刺激起来,或者是容貌的漂亮,或者是年龄的相称,或者是举止的风雅,这些都是这摩尔人所欠缺的;她因为在这些必要的方面不能得到满足,一定会觉得她的青春娇艳所托非人,而开始对这摩尔人由失望而憎恨,由憎恨而厌恶,她的天性就会迫令她再作第二次的选择。这种情形是很自然而可能的;要是承认了这一点,试问哪一个人比凯西奥更有享受这一种福分的便利?一个很会讲话的家伙,为了达到他的秘密的淫邪的欲望,他会恬不为意地装出一副殷勤文雅的外表。哼,谁也比不上他;哼,谁也比不上他!一个狡猾阴险的家伙,惯会乘机取利,无孔不钻——钻得进钻不进他才不管呢。一个鬼一样的家伙!而且,这家伙又漂亮,又年轻,凡是可以使无知妇女醉心的条件,他无一不备;一个十足害人的家伙。这女人已经把他勾上了。

罗德利哥　我不能相信,她是一位圣洁的女人。

伊阿古　他妈的圣洁!她喝的酒也是用葡萄酿成的;她要是圣洁,她就不会爱这摩尔人了。哼,圣洁!你没有看见她捏他的手心吗?你没有看见吗?

罗德利哥　是的,我看见的;可是那不过是礼貌罢了。

伊阿古　我举手为誓,这明明是奸淫!这一段意味深长的楔子,就包括无限淫情欲念的交流。他们的嘴唇那么贴近,他们的呼吸简直互相拥抱了。该死的思想,罗德利哥!这种表面上的亲热一开了端,主要的好戏就会跟着上场,肉体的结合是必然的结论。呸!可是,老兄,你依着我的话做去。我特意把你从威尼斯带来,今晚你去值班守夜,我会给你把命令弄来;凯西奥是不认识你的;我就在离你不远的地方看着你;你见了凯西奥就找一些借口向他挑衅,或者高声辱骂,破坏他的军纪,或者随你的意思用其他无论什么比较适当的方法。

罗德利哥　好。

伊阿古　老兄,他是个性情暴躁、易于发怒的人,也许会向你动武;即使他不动武,你也要激动他和你打起架来;因为借着这一个理由,我就可以在塞浦路斯人中间煽起一场暴动,假如要平息他们的愤怒,除了把凯西奥解职以外没有其他方法。这样你就可以在我的设计协助之下,早日达到你的愿望,你的阻碍也可以从此除去,否则我们的事情是决无成功之望的。

罗德利哥　我愿意这样干,要是我能够找到下手的机会。

伊阿古　那我可以向你保证。等会儿在城门口见我。我现在必须去替他把应用物件搬上岸来。再会。

罗德利哥　再会。(下。)

伊阿古　凯西奥爱她,这一点我是可以充分相信的;她爱凯西奥,这也是一件很自然而可能的事。这摩尔人我虽然气他不过,却有一副坚定、仁爱、正直的性格;我相信他会对苔丝狄蒙娜做一个最多情的丈夫。讲到我自己,我也是爱她的,并不完全出于情欲的冲动——虽然也许我犯的罪名也并不轻一些儿——可是一半是为要报复我的仇恨,因为我疑心这好色的摩尔人已经跳上了我的坐骑。这一种思想像毒药一样腐蚀我的肝肠,什么都不能使我心满意足,除非老婆对老婆,在他身上发泄这一口怨气;即使不能做到这一点,我也要叫这摩尔人心里长起根深蒂固的嫉妒来,没有一种理智的药饵可以把它治疗。为了达到这一个目的,我已经利用这威尼斯的瘟生做我的鹰犬;要是他果然听我的嗾使,我就可以抓住我们那位迈克尔·凯西奥的把柄,在这摩尔人面前大大地诽谤他——因为我疑心凯西奥跟我的妻子也是有些暧昧的。这样我可以让这摩尔人感谢我、喜欢我、报答我,因为我叫他做了一头大大的驴子,用诡计捣乱他的平和安宁,使他因气愤而发疯。方针已经决定,前途未可预料;阴谋的面目直到下手才会揭晓。(下。)

第二场 街　道

传令官持告示上;民众随后。

传令官　我们尊贵英勇的元帅奥瑟罗有令,根据最近接到的消息,土耳其舰队已经全军覆没,全体军民听到这一个捷音,理应同伸庆祝:跳舞的跳舞,燃放焰火的燃放焰火,每一个人都可以随他自己的高兴尽情欢乐;因为除了这些可喜的消息以外,我们同时还要祝贺我们元帅的新婚。公家的酒窖、伙食房,一律开放;从下午五时起,直到深夜十一时,大家可以纵情饮酒宴乐。上天祝福塞浦路斯岛和我们尊贵的元帅奥瑟罗!(同下。)

第三场 城堡中的厅堂

奥瑟罗、苔丝狄蒙娜、凯西奥及侍从等上。

奥瑟罗　好迈克尔,今天请你留心警备;我们必须随时谨慎,免得因为纵乐无度而肇成意外。

凯西奥　我已经吩咐伊阿古怎样办了,我自己也要亲自督察照看。

奥瑟罗　伊阿古是个忠实可靠的汉子。迈克尔,晚安;明天你一早就来见我,我有话要跟你说。(向苔丝狄蒙娜)来,我的爱人,我们已经把彼此心身互相交换,愿今后花开结果,恩情美满。晚安!(奥瑟罗、苔丝狄蒙娜及侍从等下。)

　　　　伊阿古上。

凯西奥　欢迎,伊阿古;我们该守夜去了。

伊阿古　时候还早哪,副将;现在还不到十点钟。咱们主帅因为舍不得他的新夫人,所以这么早就打发我们出去;可是我们也怪不得他,他还没有跟她真个销魂,而她这个人,任是天神见了也要动心的。

凯西奥　她是一位人间无比的佳人。

伊阿古　我可以担保她迷男人的一套功夫可好着呢。

凯西奥　她的确是一个娇艳可爱的女郎。

伊阿古　她的眼睛多么迷人!简直在向人挑战。

凯西奥　一双动人的眼睛;可是却有一种端庄贞静的神气。

伊阿古　她说话的时候,不就是爱情的警报吗?

凯西奥　她真是十全十美。

伊阿古　好,愿他们被窝里快乐!来,副将,我还有一瓶酒;外面有两个塞浦路斯的军官,要想为黑将军祝饮一杯。

凯西奥　今夜可不能奉陪了,好伊阿古。我一喝了酒,头脑就会糊涂起来。我希望有人能够发明在宾客欢会的时候,用另外一种方法招待他们。

伊阿古　啊,他们都是我们的朋友;喝一杯吧——我也可以代你喝。

凯西奥　我今晚只喝了一杯,就是那一杯也被我偷偷地冲了些水,可是你看我这张脸,成个什么样子。我知道自己的弱点,实在不敢再多喝了。

伊阿古　嗳哟,朋友!这是一个狂欢的良夜,不要让那些军官们扫兴吧。

凯西奥　他们在什么地方?

伊阿古　就在这儿门外;请你去叫他们进来吧。

凯西奥　我去就去,可是我心里是不愿意的。(下。)

伊阿古　他今晚已经喝过了一些酒,我只要再灌他一杯下去,他就会像小狗一样到处惹事生非。我们那位为情憔悴的傻瓜罗德利哥今晚为了苔丝狄蒙娜也喝了几大杯的酒,我已经派他守夜了。还有三个心性高傲、重视荣誉的塞浦路斯少年,都是这座尚武的岛上数一数二的人物,我也把他们灌得酩酊大醉;他们今晚也是要守夜的。在这一群醉汉中间,我要叫我们这位凯西奥干出一些可以激动这岛上公愤的事来。可是他们来了。要是结果真就像我所梦想的,我这条顺风船儿顺流而下,前程可远大呢。

　　　　　凯西奥率蒙太诺及军官等重上;众仆持酒后随。

凯西奥　上帝可以作证,他们已经灌了我一满杯啦。

蒙太诺　真的,只是小小的一杯,顶多也不过一品脱的分量;我是一个军人,从来不会说谎的。

伊阿古　喂,酒来!(唱)

　　　一瓶一瓶复一瓶,
　　　饮酒击瓶玎玱鸣。
　　　我为军人岂无情,
　　　人命倏忽如烟云,
　　　聊持杯酒遣浮生。

孩子们,酒来!

凯西奥　好一支歌儿!

伊阿古　这一支歌是我在英国学来的。英国人的酒量才厉害呢;什么丹麦人、德国人、大肚子的荷兰人——酒来!——比起英国人来都算不了什么。

凯西奥　英国人果然这样善于喝酒吗?

伊阿古　嘿,他会不动声色地把丹麦人灌得烂醉如泥,面不流汗地把德国人灌得不省人事,还没有倒满下一杯,那荷兰人已经呕吐狼藉了。

凯西奥　祝我们的主帅健康!

蒙太诺　赞成,副将,您喝我也喝。

伊阿古　啊,可爱的英格兰!(唱)

英明天子斯蒂芬,
做条裤子五百文;
硬说多花钱六个,
就把裁缝骂一顿。
王爷大名天下传,
你这小子是何人?
骄奢虚荣亡了国,
不如旧衣披在身。

喂,酒来!

凯西奥　呃,这支歌比方才唱的那一支更好听了。

伊阿古　你要再听一遍吗?

凯西奥　不,因为我认为他这样地位的人做出这种事来,是有失体统的。好,上帝在我们头上,有的灵魂必须得救,有的灵魂就不能得救。

伊阿古　对了,副将。

凯西奥　讲到我自己——我并没有冒犯我们主帅或是无论哪一位大人物的意思——我是希望能够得救的。

伊阿古　我也这样希望,副将。

凯西奥　嗯,可是,对不起,你不能比我先得救;副将得救了,然后才是旗官得救。咱们别提这种话啦,还是去干我们的公事吧。上帝赦免我们的罪恶!各位先生,我们不要忘记了我们的事情。不要以为我是醉了,各位先生。这是我的旗官;这是我的右手,这是我的左手。我现在并没有醉;我站得很稳,我说话也很清楚。

众　人　非常清楚。

凯西奥　那么很好;你们可不要以为我醉了。(下。)

蒙太诺　各位朋友,来,我们到露台上守望去。

伊阿古　你们看刚才出去的这一个人;讲到指挥三军的才能,他可以和凯撒争一日之雄;可是你们瞧他这一种酗酒的样子,它正好和他的长处互相抵消。我真为他可惜!我怕奥瑟罗对他如此信任,也许有一天会被他误了大事,使全岛大受震动的。

蒙太诺　可是他常常是这样的吗?

伊阿古　他喝醉了酒总要睡觉;要是没有酒替他催眠,他可以一昼夜睡不着觉。

蒙太诺　这种情形应该向元帅提起;也许他没有觉察,也许他秉性仁恕,因为看重凯西奥的才能而忽略了他的短处。这句话对不对?

　　　　罗德利哥上。

伊阿古　(向罗德利哥旁白)怎么,罗德利哥!你快追到那副将后面去吧;去。(罗德利哥下。)

蒙太诺　这高贵的摩尔人竟会让一个染上这种恶癖的人做他的辅佐,真是一件令人抱憾的事。谁能够老实对他这样说,才是一个正直的汉子。

伊阿古　即使把这一座大好的岛送给我,我也不愿意说;我很爱凯西奥,要是有办法,我愿意尽力帮助他除去这一种恶癖。可是听!什么声音?(内呼声:"救命!救命!")

　　　　凯西奥驱罗德利哥重上。

凯西奥　混蛋!狗贼!

蒙太诺　什么事,副将?

凯西奥　一个混蛋竟敢教训起我来!我要把这混蛋打进一只瓶子里去。

罗德利哥　打我!

凯西奥　你还要利嘴吗,狗贼?(打罗德利哥。)

蒙太诺　(拉凯西奥)不,副将,请您住手。

凯西奥　放开我,先生,否则我要一拳打到你的头上来了。

蒙太诺　得啦,得啦,你醉了。

凯西奥　醉了!(与蒙太诺斗。)

伊阿古　(向罗德利哥旁白)快走!到外边去高声嚷叫,说是出了乱子啦。(罗德利哥下)不,副将!天哪,各位!喂,来人!副将!蒙太诺!帮帮忙,各位朋友!这算是守的什么夜呀!(钟鸣)谁在那儿打钟?该死!全市的人都要起来了。天哪!副将,住手!你的脸要从此丢尽啦。

　　　　奥瑟罗及侍从等重上。

奥瑟罗　这儿出了什么事情?

蒙太诺　他妈的!我的血流个不停;我受了重伤啦。

奥瑟罗　要活命的快住手!

伊阿古　喂,住手,副将!蒙太诺!各位!你们忘记你们的地位和责任了吗?住手!主帅在对你们说话;还不住手!

奥瑟罗　怎么,怎么!为什么闹起来的?难道我们都变成野蛮人了吗?上天不许土耳其人来打我们,我们倒自相残杀起来了吗?为了基督徒的面子,停止这场粗暴的争吵;谁要是一味呕气,再敢动一动,他就是看轻他自己的灵魂,他一举手我就叫他死。叫他们不要打那可怕的钟;它会扰乱岛上的人心。各位,究竟是怎么一回事?正直的伊阿古,瞧你懊恼得脸色惨淡,告诉我,谁开始这场争闹的?凭着你的忠心,老实对我说。

伊阿古　我不知道;刚才还是好好的朋友,像正在宽衣解带的新夫妇一般相亲相爱,一下子就好像受到什么星光的刺激,迷失了他们的本性,大家竟然拔出剑来,向彼此的胸前直刺过去,拚个你死我活了。我说不出这场任性的争吵是怎么开始的;只怪我这双腿不曾在光荣的战阵上失去,那么我也不会踏进这种是非中间了!

奥瑟罗　迈克尔,你怎么会这样忘记你自己的身份?

凯西奥　请您原谅我;我没有话可说。

奥瑟罗　尊贵的蒙太诺,您一向是个温文知礼的人,您的少年端庄为举世所钦佩,在贤人君子之间,您有很好的名声;为什么您会这样自贬身价,牺牲您的宝贵的名誉,让人家说您是个在深更半夜里酗酒闹事的家伙?给我一个回答。

蒙太诺　尊贵的奥瑟罗,我伤得很厉害,不能多说话;您的贵部下伊阿古可以告诉您我所知道的一切。其实我也不知道我在今夜说错了什么话或是做错了什么事,除非自重自爱有时会成了过失,在暴力侵凌的时候,自卫是一桩罪恶。

奥瑟罗　苍天在上,我现在可再也遏制不住我的怒气了;我的血气蒙蔽了清明的理性,叫我只知道凭着冲动的感情行事。我只要动一动,或是举一举这一只胳臂,就可以叫你们中间最有本领的人在我的一怒之下丧失了生命。让我知道这一场可耻的骚扰是怎么开始的,谁是最初肇起事端来的人;要是证实了哪一个人是启衅的罪魁,即使他是我的孪生兄弟,我也不能放过他。什么!一个新遭战乱的城市,秩序还没有恢复,人民的心里充满了恐惧,你们却在深更半夜,在全岛治安所系的所在为了私人间的细故争吵起来!岂有此理!伊阿古,谁是肇事的人?

蒙太诺　你要是意存偏袒,或是同僚相护,所说的话和事实不尽符合,你就不是个军人。

伊阿古　不要这样逼我;我宁愿割下自己的舌头,也不愿让它说迈克尔·凯西奥的坏话;可是事已如此,我想说老实话也不算对不起他。是这样的,主帅:蒙太诺跟我正在谈话,忽然跑进一个人来高呼救命,后面跟着凯西奥,杀气腾腾地提着剑,好像一定要杀死他才甘心似的;那时候这位先生就挺身前去拦住凯西奥,请他息怒;我自己追赶那个叫喊的人,因为恐怕他在外边大惊小怪,扰乱人心——后来果然不出我所料;可是他跑得快,我追不上,又听见背后刀剑碰撞和凯西奥高声咒骂的声音,所以就回来了;我从来没有听见他这样骂过人;我本来追得不远,一转身就看见他们在这儿你一刀、我一剑地厮杀得难解难分,正像您到来喝开他们的时候一样。我所能报告的就是这几句话。人总是人,圣贤也有错误的时候;一个人在愤怒之中,就是好朋友也会翻脸不认。虽然凯西奥给了他一点小小的伤害,可是我相信凯西奥一定从那逃走的家伙手里受到什么奇耻大辱,所以才会动起那么大的火性来的。

奥瑟罗　伊阿古,我知道你的忠实和义气,你把这件事情轻描淡写,替凯西奥减轻他的罪名。凯西奥,你是我的好朋友,可是从此以后,你不是我的部属了。

　　　　苔丝狄蒙娜率侍从重上。

奥瑟罗　瞧!我的温柔的爱人也给你们吵醒了!(向凯西奥)我要拿你做一个榜样。

苔丝狄蒙娜　什么事?

奥瑟罗　现在一切都没事了,亲爱的;去睡吧。先生,您受的伤我愿意亲自替您医治。把他扶出去。(侍从扶蒙太诺下)伊阿古,你去巡视市街,安定安定受惊的人心。来,苔丝狄蒙娜;难圆的是军人的好梦,才合眼又被杀声惊动。(除伊阿古、凯西奥外均下。)

伊阿古　什么!副将,你受伤了吗?

凯西奥　嗯,我的伤是无药可救的了。

伊阿古　嗳哟,上天保佑没有这样的事!

凯西奥　名誉,名誉,名誉!啊,我的名誉已经一败涂地了!我已经失去我的生命中不死的一部分,留下来的也就跟畜生没有分别了。我的名誉,伊阿古,我的名誉!

伊阿古　我是个老实人,我还以为你受到了什么身体上的伤害,那是比名誉的损失痛苦得多的。名誉是一件无聊的骗人的东西;得到它的人未必有什么功德,失去它的人也未必有什么过失。你的名誉仍旧是好端端的,除非你自以为它已经扫地了。嘿,朋友,你要恢复主帅对你的欢心,尽有办法呢。

你现在不过一时遭逢他的恼怒；他给你的这一种处分，与其说是表示对你的不满，还不如说是遮掩世人耳目的政策，正像有人为了吓退一头凶恶的狮子而故意鞭打他的驯良的狗一样。你只要向他恳求恳求，他一定会回心转意的。

凯西奥　我宁愿恳求他唾弃我，也不愿蒙蔽他的聪明，让这样一位贤能的主帅手下有这么一个酗酒放荡的不肖将校。纵饮无度！胡言乱道！吵架！吹牛！赌咒！跟自己的影子说些废话！啊，你空虚缥缈的旨酒的精灵，要是你还没有一个名字，让我们叫你做魔鬼吧！

伊阿古　你提着剑追逐不舍的那个人是谁？他怎么冒犯了你？

凯西奥　我不知道。

伊阿古　你怎么会不知道？

凯西奥　我记得一大堆的事情，可是全都是模模糊糊的；我记得跟人家吵起来，可是不知道为了什么。上帝啊！人们居然会把一个仇敌放进自己的嘴里，让它偷去他们的头脑！我们居然会在欢天喜地之中，把自己变成了畜生！

伊阿古　可是你现在已经很清醒了；你怎么会明白过来的？

凯西奥　气鬼一上了身，酒鬼就自动退让；一件过失引起了第二件过失，简直使我自己也瞧不起自己了。

伊阿古　得啦，你也太认真了。照此时此地的环境说起来，我但愿没有这种事情发生；可是既然事已如此，替自己谋算个好办法吧。

凯西奥　我要向他请求恢复我的原职；他会对我说我是一个酒棍！即使我有一百张嘴，这样一个答复也会把它们一起封住。现在还是一个清清楚楚的人，不一会儿就变成个傻子，然后立刻就变成一头畜生！啊，奇怪！每一杯过量的酒都是魔鬼酿成的毒汁。

伊阿古　算了,算了,好酒只要不滥喝,也是一个很好的伙伴;你也不用咒骂它了。副将,我想你一定把我当作一个好朋友看待。

凯西奥　我很信任你的友谊。我醉了!

伊阿古　朋友,一个人有时候多喝了几杯,也是免不了的。让我告诉你一个办法。我们主帅的夫人现在是我们真正的主帅;我可以这样说,因为他心里只念着她的好处,眼睛里只看见她的可爱。你只要在她面前坦白忏悔,恳求恳求她,她一定会帮助你官复原职。她的性情是那么慷慨仁慈,那么体贴人心,人家请她出十分力,她要是没有出到十二分,就觉得好像对不起人似的。你请她替你弥缝弥缝你跟她的丈夫之间的这一道裂痕,我可以拿我的全部财产打赌,你们的交情一定反而会因此格外加强的。

凯西奥　你的主意出得很好。

伊阿古　我发誓这一种意思完全出于一片诚心。

凯西奥　我充分信任你的善意;明天一早我就请求贤德的苔丝狄蒙娜替我尽力说情。要是我在这儿给他们革退了,我的前途也就从此毁了。

伊阿古　你说得对。晚安,副将;我还要守夜去呢。

凯西奥　晚安,正直的伊阿古!(下。)

伊阿古　谁说我作事奸恶?我贡献给他的这番意见,不是光明正大、很合理,而且的确是挽回这摩尔人的心意的最好办法吗?只要是正当的请求,苔丝狄蒙娜总是有求必应的;她的为人是再慷慨、再热心不过的了。至于叫她去说动这摩尔人,更是不费吹灰之力;他的灵魂已经完全成为她的爱情的俘虏,无论她要做什么事,或是把已经做成的事重新推翻,即使叫他抛弃他的信仰和一切得救的希望,他也会惟命是从,让她的喜恶主宰他的无力反抗的身心。我既然凑合着凯西奥的心意,向他指示了这一条对他有利的方策,谁还能说我是个恶人呢?佛面蛇心的鬼魅!恶魔往往用神圣的外表,引诱世人干最恶的罪行,正像我现在所用的手段一样;因为当这个老实的呆子恳求苔丝狄蒙娜为他转圜,当她竭力在那摩尔人面前替他说情的时候,我就要用毒药灌进那摩尔人的耳中,说是她所以要运动凯西奥复职,只是为了恋奸情热的缘故。这样她越是忠于所托,越是会加强那摩尔人的猜疑;我就利用她的善良的心肠污毁她的名誉,让他们一个个都落进了我的罗网之中。

  罗德利哥重上。

伊阿古　啊,罗德利哥!

罗德利哥　我跟着大伙儿赶到这儿来,不像一头追寻狐兔的猎狗,倒像是替你们凑凑热闹的。我的钱也差不多花光了,今夜我还挨了一顿痛打;我想这番教训,大概就是我费去不少辛苦换来的代价了。现在我的钱囊已经空空如也,我的头脑里总算增加了一点智慧,我要回威尼斯去了。

伊阿古　没有耐性的人是多么可怜!什么伤口不是慢慢地平复起来的?你知道我们干事情全赖计谋,并不是用的魔法;用计谋就必须等待时机成熟。一切不是进行得很顺利吗?凯西奥固然把你打了一顿,可是你受了一点小小的痛苦,已经使凯西奥把官职都丢了。虽然在太阳光底下,各种草木都欣欣向荣,可是最先开花的果子总是最先成熟。你安心点儿吧。嗳哟,天已经亮啦;又是喝酒,又是打架,闹哄哄的就让时间飞过去了。你去吧,回到你的宿舍里去;去吧,有什么消息我再来告诉你;去吧。(罗德利哥下)我还要做两件事情:第一是叫我的妻子在她的女主人面前替凯西奥说两句好话;我就去怂恿她;同时我就去设法把那摩尔人骗开,等到凯西奥去向他的妻子请求的时候,再让他亲眼看见这幕把戏。好,言之有理;不要迁延不决,耽误了锦囊妙计。(下。)

第 三 幕

第一场　塞浦路斯。城堡前

　　　　凯西奥及若干乐工上。
凯西奥　列位朋友,就在这儿奏起来吧;我会酬劳你们的。奏一支简短一些的乐曲,敬祝我们的主帅晨安。(音乐。)
　　　　小丑上。
小　丑　怎么,列位朋友,你们的乐器都曾到过那不勒斯,所以会这样嗡咙嗡咙地用鼻音说话吗?
乐工甲　怎么,大哥,怎么?
小　丑　请问这些都是管乐器吗?
乐工甲　正是,大哥。
小　丑　啊,怪不得下面有个那玩艺儿。
乐工甲　怪不得有个什么玩艺儿,大哥?
小　丑　我说,有好多管乐器就都是这么回事。可是,列位朋友,这儿是赏给你们的钱;将军非常喜欢你们的音乐,他请求你们千万不要再奏下去了。
乐工甲　好,大哥,我们不奏就是了。
小　丑　要是你们会奏听不见的音乐,请奏起来吧;可是正像人

137

家说的,将军对于听音乐这件事不大感到兴趣。

乐工甲　我们不会奏那样的音乐。

小　　丑　那么把你们的笛子藏起来,因为我要去了。去,消灭在空气里吧;去!(乐工等下。)

凯西奥　你听没听见,我的好朋友?

小　　丑　不,我没有听见您的好朋友;我只听见您。

凯西奥　少说笑话。这一块小小的金币你拿了去;要是侍候将军夫人的那位奶奶已经起身,你就告诉她有一个凯西奥请她出来说话。你肯不肯?

小　　丑　她已经起身了,先生;要是她愿意出来,我就告诉她。

凯西奥　谢谢你,我的好朋友。(小丑下。)

　　　　　伊阿古上。

凯西奥　来得正好,伊阿古。

伊阿古　你还没有上过床吗?

凯西奥　没有;我们分手的时候,天早就亮了。伊阿古,我已经大胆叫人去请你的妻子出来;我想请她替我设法见一见贤德的苔丝狄蒙娜。

伊阿古　我去叫她立刻出来见你。我还要想一个法子把那摩尔人调开,好让你们谈话方便一些。

凯西奥　多谢你的好意。(伊阿古下)我从来没有认识过一个比他更善良正直的弗罗棱萨人。

　　　　　爱米利娅上。

爱米利娅　早安,副将!听说您误触主帅之怒,真是一件令人懊恼的事;可是一切就会转祸为福的。将军和他的夫人正在谈起此事,夫人竭力替您辩白,将军说,被您伤害的那个人,在塞浦路斯是很有名誉、很有势力的,为了避免受人非难起见,他不得不把您斥革;可是他说他很喜欢您,即使没有别人替您说情,他由于喜欢您,也会留心着一有适当的机会,就让您恢复原职的。

凯西奥　可是我还要请求您一件事:要是您认为没有妨碍,或是可以办得到的话,请您设法让我独自见一见苔丝狄蒙娜,跟她作一次简短的谈话。

爱米利娅　请您进来吧;我可以带您到一处可以让您从容吐露您的心曲的所在。

凯西奥　那真使我感激万分了。(同下。)

第二场　城堡中一室

奥瑟罗、伊阿古及军官等上。

奥瑟罗　伊阿古,这几封信你拿去交给舵师,叫他回去替我呈上元老院。我就在堡垒上走走;你把事情办好以后,就到那边来见我。

伊阿古　是,主帅,我就去。

奥瑟罗　各位,我们要不要去看看这儿的防务?

众　人　我们愿意奉陪。(同下。)

第三场　城堡前

苔丝狄蒙娜、凯西奥及爱米利娅上。

苔丝狄蒙娜　好凯西奥,你放心吧,我一定尽力替你说情就是了。

爱米利娅　好夫人,请您千万出力。不瞒您说,我的丈夫为了这件事情,也懊恼得不得了,就像是他自己身上的事情一般。

苔丝狄蒙娜 啊!你的丈夫是一个好人。放心吧,凯西奥,我一定会设法使我的丈夫对你恢复原来的友谊。

凯西奥 大恩大德的夫人,无论迈克尔·凯西奥将来会有什么成就,他永远是您的忠实的仆人。

苔丝狄蒙娜 我知道;我感谢你的好意。你爱我的丈夫,你又是他的多年的知交;放心吧,他除了表面上因为避免嫌疑而对你略示疏远以外,决不会真把你见外的。

凯西奥 您说得很对,夫人;可是为了这"避嫌",时间可能就要拖得很长,或是为了一些什么细碎小事,再三考虑之后还是不便叫我回来,结果我失去了在帐下供奔走的机会,日久之后,有人代替了我的地位,恐怕主帅就要把我的忠诚和微劳一起忘记了。

苔丝狄蒙娜 那你不用担心;当着爱米利娅的面,我保证你一定可以回复原职。请你相信我,要是我发誓帮助一个朋友,我一定会帮助他到底。我的丈夫将要不得安息,无论睡觉吃饭的时候,我都要在他耳旁聒噪;无论他干什么事,我都要插进嘴去替凯西奥说情。所以高兴起来吧,凯西奥,因为你的辩护人是宁死不愿放弃你的权益的。

奥瑟罗及伊阿古自远处上。

爱米利娅 夫人,将军来了。

凯西奥 夫人,我告辞了。

苔丝狄蒙娜 啊,等一等,听我说。

凯西奥 夫人,改日再谈吧;我现在心里很不自在,见了主帅恐怕反多不便。

苔丝狄蒙娜 好,随您的便。(凯西奥下。)

伊阿古　嘿！我不喜欢那种样子。

奥瑟罗　你说什么？

伊阿古　没有什么，主帅；要是——我不知道。

奥瑟罗　那从我妻子身边走开去的，不是凯西奥吗？

伊阿古　凯西奥，主帅？不，不会有那样的事，我不能够设想，他一看见您来了，就好像做了什么亏心事似的，偷偷地溜走了。

奥瑟罗　我相信是他。

苔丝狄蒙娜　啊，我的主！刚才有人在这儿向我请托，他因为失去了您的欢心，非常抑郁不快呢。

奥瑟罗　你说的是什么人？

苔丝狄蒙娜　就是您的副将凯西奥呀。我的好夫君，要是我还有几分面子，或是几分可以左右您的力量，请您立刻对他恢复原来的恩宠吧；因为他倘不是一个真心爱您的人，他的过失倘不是无心而是有意的，那么我就是看错了人啦。请您叫他回来吧。

奥瑟罗　他刚才从这儿走开吗？

苔丝狄蒙娜　嗯，是的；他是那样满含着羞愧，使我也不禁对他感到同情的悲哀。爱人，叫他回来吧。

奥瑟罗　现在不必，亲爱的苔丝狄蒙娜；慢慢再说吧。

苔丝狄蒙娜　可是那不会太久吗？

奥瑟罗　亲爱的，为了你的缘故，我叫他早一点复职就是了。

苔丝狄蒙娜　能不能在今天晚餐的时候？

奥瑟罗　不，今晚可不能。

苔丝狄蒙娜　那么明天午餐的时候？

奥瑟罗　明天我不在家里午餐；我要跟将领们在营中会面。

苔丝狄蒙娜　那么明天晚上吧；或者星期二早上，星期二中午，晚上，星期三早上，随您指定一个时间，可是不要超过三天以上。他对于自己的行为失检，的确非常悔恨；固然在这种战争的时期，听说必须惩办那最好的人物，给全军立个榜样，可是照我们平常的眼光看来，他的过失实在是微乎其微，不必受什么个人的处分。什么时候让他来？告诉我，奥瑟罗。要是您有什么事情要求我，我想我决不会拒绝您，或是这样吞吞吐吐的。什么！迈克尔·凯西奥，您向我求婚的时候，是他陪着您来的；好多次我表示对您不满意的时候，他总是为您辩护；现在我请您把他重新叙用，却会这样为难！相信我，我可以——

奥瑟罗　好了，不要说下去了。让他随便什么时候来吧；你要什么我总不愿拒绝的。

苔丝狄蒙娜　这并不是一个恩惠，就好像我请求您戴上您的手套，劝您吃些富于营养的菜肴，穿些温暖的衣服，或是叫您做一件对您自己有益的事情一样。不，要是我真的向您提出什么要求，来试探试探您的爱情，那一定是一件非常棘手而难以应允的事。

奥瑟罗　我什么都不愿拒绝你；可是现在你必须答应暂时离开我一会儿。

苔丝狄蒙娜　我会拒绝您的要求吗？不。再会，我的主。

奥瑟罗　再会，我的苔丝狄蒙娜；我马上就来看你。

苔丝狄蒙娜　爱米利娅，来吧。您爱怎么样就怎么样，我总是服从您的。（苔丝狄蒙娜、爱米利娅同下。）

奥瑟罗　可爱的女人！要是我不爱你，愿我的灵魂永堕地狱！当我不爱你的时候，世界也要复归于混沌了。

伊阿古　尊贵的主帅——

奥瑟罗　你说什么,伊阿古?

伊阿古　当您向夫人求婚的时候,迈克尔·凯西奥也知道你们在恋爱吗?

奥瑟罗　他从头到尾都知道。你为什么问起?

伊阿古　不过是为了解释我心头的一个疑惑,并没有其他用意。

奥瑟罗　你有什么疑惑,伊阿古?

伊阿古　我以为他本来跟夫人是不相识的。

奥瑟罗　啊,不,他常常在我们两人之间传递消息。

伊阿古　当真!

奥瑟罗　当真!嗯,当真。你觉得有什么不对吗?他这人不老实吗?

伊阿古　老实,我的主帅?

奥瑟罗　老实!嗯,老实。

伊阿古　主帅,照我所知道的——

奥瑟罗　你有什么意见?

伊阿古　意见,我的主帅!

奥瑟罗　意见,我的主帅!天哪,他在学我的舌,好像在他的思想之中,藏着什么丑恶得不可见人的怪物似的。你的话里含着意思。刚才凯西奥离开我的妻子的时候,我听见你说,你不喜欢那种样子;你不喜欢什么样子呢?当我告诉你在我求婚的全部过程中他都参与我们的秘密的时候,你又喊着说,"当真!"蹙紧了你的眉头,好像在把一个可怕的思想锁在你的脑筋里一样。要是你爱我,把你所想到的事告诉我吧。

伊阿古　主帅,您知道我是爱您的。

奥瑟罗　我相信你的话;因为我知道你是一个忠诚正直的人,从来不让一句没有忖度过的话轻易出口,所以你这种吞吞吐吐的口气格外使我惊疑。在一个奸诈的小人,这些不过是一套玩惯了的戏法;可是在一个正人君子,那就是从心底里不知不觉自然流露出来的秘密的抗议。

伊阿古　讲到迈克尔·凯西奥,我敢发誓我相信他是忠实的。

奥瑟罗　我也这样想。

伊阿古　人们的内心应该跟他们的外表一致,有的人却不是这样;要是他们能够脱下了假面,那就好了!

奥瑟罗　不错,人们的内心应该跟他们的外表一致。

伊阿古　所以我想凯西奥是个忠实的人。

奥瑟罗　不,我看你还有一些别的意思。请你老老实实把你心中的意思告诉我,尽管用最坏的字眼,说出你所想到的最坏的事情。

伊阿古　我的好主帅,请原谅我;凡是我名分上应尽的责任,我当然不敢躲避,可是您不能勉强我做那一切奴隶们也没有那种义务的事。吐露我的思想?也许它们是邪恶而卑劣的;哪一座庄严的宫殿里,不会有时被下贱的东西闯入呢?哪一个人的心胸这样纯洁,没有一些污秽的念头和正大的思想分庭抗礼呢?

奥瑟罗　伊阿古,要是你以为你的朋友受人欺侮了,可是却不让他知道你的思想,这不成合谋卖友了吗?

伊阿古　也许我是以小人之腹度君子之心,因为——我承认我有一种坏毛病,是个秉性多疑的人,常常会无中生有,错怪了人家;所以请您凭着您的见识,还是不要把我的无稽的猜测放在心上,更不要因为我的胡乱的妄言而自寻烦恼。要是我让您知道了我的思想,一则将会破坏您的安宁,对您没有什么好处;二则那会影响我的人格,对我也是一件不智之举。

奥瑟罗　你的话是什么意思?

伊阿古　我的好主帅,无论男人女人,名誉是他们灵魂里面最切身的珍宝。谁偷窃我的钱囊,不过偷窃到一些废物,一些虚无的东西,它只是从我的手里转到他的手里,而它也曾做过千万人的奴隶;可是谁偷去了我的名誉,那么他虽然并不因此而富足,我却因为失去它而成为赤贫了。

奥瑟罗　凭着上天起誓,我一定要知道你的思想。

伊阿古　即使我的心在您的手里,您也不能知道我的思想;当它还在我的保管之下,我更不能让您知道。

奥瑟罗　嘿!

伊阿古　啊,主帅,您要留心嫉妒啊;那是一个绿眼的妖魔,谁做了它的牺牲,就要受它的玩弄。本来并不爱他的妻子的那种丈夫,虽然明知被他的妻子欺骗,算来还是幸福的;可是啊!一方面那样痴心疼爱,一方面又是那样满腹狐疑,这才是活活的受罪!

奥瑟罗　啊,难堪的痛苦!

伊阿古　贫穷而知足,可以赛过富有;有钱的人要是时时刻刻都在担心他会有一天变成穷人,那么即使他有无限的资财,实际上也像冬天一样贫困。天啊,保佑我们不要嫉妒吧!

奥瑟罗　咦,这是什么意思?你以为我会在嫉妒里消磨我的一生,随着每一次月亮的变化,发生一次新的猜疑吗?不,我有一天感到怀疑,就要把它立刻解决。要是我会让这种捕风捉影的猜测支配我的心灵,像你所暗示的那样,我就是一头愚蠢的山羊。谁说我的妻子貌美多姿,爱好交际,口才敏慧,能歌善舞,弹得一手好琴,决不会使我嫉妒;对于一个贤淑的女子,这些是锦上添花的美妙的外饰。我也绝不因为我自己的缺点而担心她会背叛我;她倘不是独具慧眼,决不会选中我的。不,伊阿古,我在没有亲眼目睹以前,决不妄起猜疑;当我感到怀疑的时候,我就要把它证实;果然有了确实的证据,我就一了百了,让爱情和嫉妒同时毁灭。

伊阿古　您这番话使我听了很是高兴,因为我现在可以用更坦白的精神,向您披露我的忠爱之忱了;既然我不能不说,您且听我说吧。我还不能给您确实的证据。注意尊夫人的行动;留心观察她对凯西奥的态度;用冷静的眼光看着他们,不要一味多心,也不要过于大意。我不愿您的慷慨豪迈的天性被人欺罔;留心着吧。我知道我们国里娘儿们的脾气;在威尼斯她们背着丈夫干的风流活剧,是不瞒天地的;她们可以不顾羞耻,干她们所要干的事,只要不让丈夫知道,就可以问心无愧。

奥瑟罗　你真的这样说吗?

伊阿古　她当初跟您结婚,曾经骗过她的父亲;当她好像对您的容貌战栗畏惧的时候,她的心里却在热烈地爱着它。

奥瑟罗　她正是这样。

伊阿古　好,她这样小小的年纪,就有这般能耐,做作得不露一丝破绽,把她父亲的眼睛完全遮掩过去,使他疑心您用妖术把她骗走。——可是我不该说这种话;请您原谅我对您的过分的忠心吧。

奥瑟罗　我永远感激你的好意。

伊阿古　我看这件事情有点儿令您扫兴。

奥瑟罗　一点不,一点不。

伊阿古　真的,我怕您在生气啦。我希望您把我这番话当作善意的警戒。可是我看您真的在动怒啦。我必须请求您不要因为我这么说了,就武断地下了结论;不过是一点嫌疑,还不能就认为是事实哩。

奥瑟罗　我不会的。

伊阿古　您要是这样,主帅,那么我的话就要引起不幸的后果,完全违反我的本意了。凯西奥是我的好朋友——主帅,我看您在动怒啦。

奥瑟罗　不,并不怎么动怒。我怎么也不能不相信苔丝狄蒙娜是贞洁的。

伊阿古　但愿她永远如此!但愿您永远这样想!

奥瑟罗　可是一个人往往容易迷失本性——

伊阿古　嗯,问题就在这儿。说句大胆的话,当初多少跟她同国族、同肤色、同阶级的人向她求婚,照我们看来,要是成功了,那真是天作之合,可是她都置之不理,这明明是违反常情的举动;嘿!从这儿就可以看到一个荒唐的意志、乖僻的习性和不近人情的思想。可是原谅我,我不一定指着她说;虽然我恐怕她因为一时的孟浪跟随了您,也许后来会觉得您在各方面不能符合她自己国中的标准而懊悔她的选择的错误。

奥瑟罗　再会,再会。要是你还观察到什么事,请让我知道;叫你的妻子留心察看。离开我,伊阿古。

伊阿古　主帅,我告辞了。(欲去。)

奥瑟罗　我为什么要结婚呢?这个诚实的汉子所看到、所知道的事情,一定比他向我宣布出来的多得多。

147

伊阿古　（回转）主帅,我想请您最好把这件事情搁一搁,慢慢再说吧。凯西奥虽然应该让他复职,因为他对于这一个职位是非常胜任的;可是您要是愿意对他暂时延宕一下,就可以借此窥探他的真相,看他钻的是哪一条门路。您只要注意尊夫人在您面前是不是着力替他说情;从那上头就可以看出不少情事。现在请您只把我的意见认作无谓的过虑——我相信我的确太多疑了——仍旧把尊夫人看成一个清白无罪的人。

奥瑟罗　你放心吧,我不会失去自制的。

伊阿古　那么我告辞了。（下。）

奥瑟罗　这是一个非常诚实的家伙,对于人情世故是再熟悉不过的了。要是我能够证明她是一头没有驯伏的野鹰,虽然我用自己的心弦把她系住,我也要放她随风远去,追寻她自己的命运。也许因为我生得黑丑,缺少绅士们温柔风雅的谈吐;也许因为我年纪老了点儿——虽然还不算顶老——所以她才会背叛我;我已经自取其辱,只好割断对她这一段痴情。啊,结婚的烦恼！我们可以在名义上把这些可爱的人儿称为我们所有,却不能支配她们的爱憎喜恶！我宁愿做一只蛤蟆,呼吸牢室中的浊气,也不愿占住了自己心爱之物的一角,让别人把它享用。可是那是富贵者也不能幸免的灾祸,他们并不比贫贱者享有更多的特权;那是像死一样不可逃避的命运,我们一生下来就已经在冥冥中注定了要戴那顶倒楣的绿头巾。瞧！她来了。倘然她是不贞的,啊！那么上天在开自己的玩笑了。我不信。

　　　　苔丝狄蒙娜及爱米利娅重上。

苔丝狄蒙娜　啊,我的亲爱的奥瑟罗！您所宴请的那些岛上的贵人们都在等着您去就席哩。

奥瑟罗　是我失礼了。

苔丝狄蒙娜　您怎么说话这样没有劲？您不大舒服吗？

奥瑟罗　我有点儿头痛。

苔丝狄蒙娜　那一定是因为睡少的缘故，不要紧的；让我替您绑紧了，一小时内就可以痊愈。

奥瑟罗　你的手帕太小了。（苔丝狄蒙娜手帕坠地）随它去；来，我跟你一块儿进去。

苔丝狄蒙娜　您身子不舒服，我很懊恼。（奥瑟罗、苔丝狄蒙娜下。）

爱米利娅　我很高兴我拾到了这方手帕；这是她从那摩尔人手里第一次得到的礼物。我那古怪的丈夫向我说过了不知多少好话，要我把它偷出来；可是她非常喜欢这玩意儿，因为他叫她永远保存好，所以她随时带在身边，一个人的时候就拿出来把它亲吻，对它说话。我要去把那花样描下来，再把它送给伊阿古；究竟他拿去有什么用，天才知道，我可不知道。我只不过为了讨他的喜欢。

　　　　伊阿古重上。

伊阿古　啊！你一个人在这儿干吗？

爱米利娅　不要骂；我有一件好东西给你。

伊阿古　一件好东西给我？一件不值钱的东西——

爱米利娅　嘿！

伊阿古　娶了一个愚蠢的老婆。

爱米利娅　啊！只落得这句话吗？要是我现在把那方手帕给了你，你给我什么东西？

伊阿古　什么手帕？

爱米利娅　什么手帕！就是那摩尔人第一次送给苔丝狄蒙娜，

149

你老是叫我偷出来的那方手帕呀。

伊阿古　已经偷来了吗？

爱米利娅　不，不瞒你说，她自己不小心掉了下来，我正在旁边，乘此机会就把它拾起来了。瞧，这不是吗？

伊阿古　好妻子，给我。

爱米利娅　你一定要我偷了它来，究竟有什么用？

伊阿古　哼，那干你什么事？（夺帕。）

爱米利娅　要是没有重要的用途，还是把它还了我吧。可怜的夫人！她失去这方手帕，准要发疯了。

伊阿古　不要说出来；我自有用处。去，离开我。（爱米利娅下）我要把这手帕丢在凯西奥的寓所里，让他找到它。像空气一样轻的小事，对于一个嫉妒的人，也会变成天书一样坚强的确证；也许这就可以引起一场是非。这摩尔人已经中了我的毒药的毒，他的心理上已经发生变化了；危险的思想本来就是一种毒药，虽然在开始的时候尝不到什么苦涩的味道，可是渐渐地在血液里活动起来，就会像硫矿一样轰然爆发。我的话果然不差；瞧，他又来了！

　　　　奥瑟罗重上。

伊阿古　罂粟、曼陀罗或是世上一切使人昏迷的药草，都不能使你得到昨天晚上你还安然享受的酣眠。

奥瑟罗　嘿！嘿！对我不贞？

伊阿古　啊，怎么，主帅！别老想着那件事啦。

奥瑟罗　去！滚开！你害得我好苦。与其知道得不明不白，还是糊里糊涂受人家欺弄的好。

伊阿古　怎么，主帅！

奥瑟罗　她瞒着我跟人家私通，我不是一无知觉吗？我没有看见,没有想到,它对我漠不相干;到了晚上,我还是睡得好好的,逍遥自得,无忧无虑,在她的嘴唇上找不到凯西奥吻过的痕迹。被盗的人要是不知道偷儿盗去了他什么东西,旁人也不去让他知道,他就等于没有被盗一样。

伊阿古　我很抱歉听见您说这样的话。

奥瑟罗　要是全营的将士,从最低微的工兵起,都曾领略过她的肉体的美趣,只要我一无所知,我还是快乐的。啊!从今以后,永别了,宁静的心绪!永别了,平和的幸福!永别了,威武的大军、激发壮志的战争!啊,永别了!永别了,长嘶的骏马、锐厉的号角、惊魂的鼙鼓、刺耳的横笛、庄严的大旗和一切战阵上的威仪!还有你,杀人的巨炮啊,你的残暴的喉管里摹仿着天神乔武的怒吼,永别了!奥瑟罗的事业已经完了。

伊阿古　难道一至于此吗,主帅?

奥瑟罗　恶人,你必须证明我的爱人是一个淫妇,你必须给我目击的证据;否则凭着人类永生的灵魂起誓,我的激起了的怒火将要喷射在你的身上,使你悔恨自己当初不曾投胎做一条狗!

伊阿古　竟会到了这样的地步吗?

奥瑟罗　让我亲眼看见这种事实,或者至少给我无可置疑的切实的证据,不这样可不行;否则我要活活要你的命!

伊阿古　尊贵的主帅——

奥瑟罗　你要是故意捏造谣言,毁坏她的名誉,使我受到难堪的痛苦,那么你再不要祈祷吧;放弃一切恻隐之心,让各种骇人听闻的罪恶丛集于你罪恶的一身,尽管做一些使上天悲泣、使人世惊愕的暴行吧,因为你现在已经罪大恶极,没有什么可以使你在地狱里沉沦得更深的了。

伊阿古　天啊！您是一个汉子吗？您有灵魂吗？您有知觉吗？上帝和您同在！我也不要做这捞什子的旗官了。啊,倒楣的傻瓜！你一生只想做个老实人,人家却把你的老实当作了罪恶！啊,丑恶的世界！注意,注意,世人啊！说老实话,做老实人,是一件危险的事哩。谢谢您给我这一个有益的教训;既然善意反而遭人嗔怪,从此以后,我再也不对什么朋友掬献我的真情了。

奥瑟罗　不,且慢;你应该做一个老实人。

伊阿古　我应该做一个聪明人;因为老实人就是傻瓜,虽然一片好心,结果还是自己吃了亏。

奥瑟罗　我想我的妻子是贞洁的,可是又疑心她不大贞洁;我想你是诚实的,可是又疑心你不大诚实。我一定要得到一些证据。她的名誉本来是像狄安娜的容颜一样皎洁的,现在已经染上污垢,像我自己的脸一样黝黑了。要是这儿有绳子、刀子、毒药、火焰或是使人窒息的河水,我一定不能忍受下去。但愿我能够扫空这一块疑团！

伊阿古　主帅,我看您完全被感情所支配了。我很后悔不该惹起您的疑心。那么您愿意知道究竟吗？

奥瑟罗　愿意！嘿,我一定要知道。

伊阿古　那倒是可以的;可是怎样办呢？怎样才算知道了呢,主帅？您还是眼睁睁地当场看她被人奸污吗？

奥瑟罗　啊！该死该死！

伊阿古　叫他们当场出丑,我想很不容易;他们干这种事,总是要避人眼目的。那么怎么样呢？又怎么办呢？我应该怎么说呢？怎样才可以拿到真凭实据？即使他们像山羊一样风骚,猴子一样好色,豺狼一样贪淫,即使他们是糊涂透顶的傻瓜,您也看不到他们这一幕把戏。可是我说,有了确凿的线索,就可以探出事实的真相;要是这一类间接的旁证可以替您解除疑惑,那倒是不难让你得到的。

奥瑟罗　给我一个充分的理由,证明她已经失节。

伊阿古　我不欢喜这件差使;可是既然愚蠢的忠心已经把我拉进了这一桩纠纷里去,我也不能再保持沉默了。最近我曾经和凯西奥同过榻;我因为牙痛不能入睡;世上有一种人,他们的灵魂是不能保守秘密的,往往会在睡梦之中吐露他们的私事,凯西奥也就是这一种人;我听见他在梦寐中说,"亲爱的苔丝狄蒙娜,我们须要小心,不要让别人窥破了我们的爱情!"于是,主帅,他就紧紧地捏住我的手,嘴里喊,"啊,可爱的人儿!"然后狠狠地吻着我,好像那些吻是长在我的嘴唇上,他恨不得把它们连根拔起一样;然后他又把他的脚搁在我的大腿上,叹一口气,亲一个吻,喊一声"该死的命运,把你给了那摩尔人!"

奥瑟罗　啊,可恶! 可恶!

伊阿古　不,这不过是他的梦。

奥瑟罗　但是过去发生过什么事就可想而知;虽然只是一个梦,怎么能不叫人起疑呢。

伊阿古　本来只是很无谓的事,现在这样一看,也就大有文章了。

奥瑟罗　我要把她碎尸万段。

伊阿古　不,您不能太卤莽了;我们还没有看见实际的行动;也许她还是贞洁的。告诉我这一点:您有没有看见过在尊夫人的手里有一方绣着草莓花样的手帕?

奥瑟罗　我给过她这样一方手帕；那是我第一次送给她的礼物。

伊阿古　那我不知道；可是今天我看见凯西奥用这样一方手帕抹他的胡子，我相信它一定就是尊夫人的。

奥瑟罗　假如就是那一方手帕——

伊阿古　假如就是那一方手帕，或者是其他她所用过的手帕，那么又是一个对她不利的证据了。

奥瑟罗　啊，我但愿那家伙有四万条生命！单单让他死一次是发泄不了我的愤怒的。现在我明白这件事情全然是真的了。瞧，伊阿古，我把我的全部痴情向天空中吹散；它已经随风消失了。黑暗的复仇，从你的幽窟之中升起来吧！爱情啊，把你的王冠和你的心灵深处的宝座让给残暴的憎恨吧！胀起来吧，我的胸膛，因为你已经满载着毒蛇的螫舌了！

伊阿古　请不要生气。

奥瑟罗　啊，血！血！血！

伊阿古　忍耐点儿吧；也许您的意见会改变过来的。

奥瑟罗　决不，伊阿古。正像黑海的寒涛滚滚奔流，奔进马尔马拉海，直冲达达尼尔海峡，永远不会后退一样，我的风驰电掣的流血的思想，在复仇的目的没有充分达到以前，也决不会踟蹰回顾，化为绕指的柔情。（跪）苍天在上，我倘不能报复这奇耻大辱，誓不偷生人世。

伊阿古　且慢起来。（跪）永古炳耀的日月星辰，环抱宇宙的风云雨雾，请你们为我作证：从现在起，伊阿古愿意尽心竭力，为被欺的奥瑟罗效劳；无论他叫我做什么残酷的事，我一切惟命是从。

奥瑟罗　我不用空口的感谢接受你的好意，为了表示我的诚心的嘉纳，我要请你立刻履行你的诺言：在这三天以内，让我听见你说凯西奥已经不在人世。

伊阿古　我的朋友的死已经决定了,因为这是您的意旨;可是放她活命吧。

奥瑟罗　该死的淫妇!啊,咒死她!来,跟我去;我要为这美貌的魔鬼想出一个干脆的死法。现在你是我的副将了。

伊阿古　我永远是您的忠仆。(同下。)

第四场　城　堡　前

苔丝狄蒙娜、爱米利娅及小丑上。

苔丝狄蒙娜　喂,你知道凯西奥副将的家在什么地方吗?

小　丑　我可不敢说他有"家"。

苔丝狄蒙娜　为什么,好人儿?

小　丑　他是个军人,要是说军人心中有"假",那可是性命出入的事儿。

苔丝狄蒙娜　好吧,那么他住在什么地方呢?

小　丑　告诉您他住在什么地方,就是告诉您我在撒谎。

苔丝狄蒙娜　那是什么意思?

小　丑　我不知道他住在什么地方;要是胡乱想出一个地方来,说他"家"住在这儿,"家"住在那儿,那就是我存心说"假"话了。

苔丝狄蒙娜　你可以打听打听他在什么地方呀。

小　丑　好,我就去到处向人家打听——那是说,去盘问人家,看他们怎么回答我。

苔丝狄蒙娜　找到了他,你就叫他到这儿来;对他说我已经替他在将军面前说过情了,大概可以得到圆满的结果。

小　　丑　干这件事是一个人的智力所能及的,所以我愿意去干一下。(下。)

苔丝狄蒙娜　我究竟在什么地方掉了那方手帕呢,爱米利娅?

爱米利娅　我不知道,夫人。

苔丝狄蒙娜　相信我,我宁愿失去我的一满袋金币;倘然我的摩尔人不是这样一个光明磊落的汉子,倘然他也像那些多疑善妒的卑鄙男人一样,这是很可以引起他的疑心的。

爱米利娅　他不会嫉妒吗?

苔丝狄蒙娜　谁!他?我想在他生长的地方,那灼热的阳光已经把这种气质完全从他身上吸去了。

爱米利娅　瞧!他来了。

苔丝狄蒙娜　我在他没有把凯西奥叫到他跟前来以前,决不离开他一步。

奥瑟罗上。

苔丝狄蒙娜　您好吗,我的主?

奥瑟罗　好,我的好夫人。(旁白)啊,装假脸真不容易!——你好,苔丝狄蒙娜?

苔丝狄蒙娜　我好,我的好夫君。

奥瑟罗　把你的手给我。这手很潮润呢,我的夫人。

苔丝狄蒙娜　它还没有感到老年的侵袭,也没有受过忧伤的损害。

奥瑟罗　这一只手表明它的主人是胸襟宽大而心肠慷慨的;这么热,这么潮。奉劝夫人努力克制邪心,常常斋戒祷告,反躬自责,礼拜神明,因为这儿有一个年少风流的魔鬼,惯会在人们血液里捣乱。这是一只好手,一只很慷慨的手。

苔丝狄蒙娜　您真的可以这样说,因为就是这一只手把我的心献给您的。

奥瑟罗　一只慷慨的手。从前的姑娘把手给人,同时把心也一起给了他;现在时世变了,得到一位姑娘的手的,不一定能够得到她的心。

苔丝狄蒙娜　这种话我不会说。来,您答应我的事怎么样啦?

奥瑟罗　我答应你什么,乖乖?

苔丝狄蒙娜　我已经叫人去请凯西奥来跟您谈谈了。

奥瑟罗　我的眼睛有些胀痛,老是淌着眼泪。把你的手帕借给我一用。

苔丝狄蒙娜　这儿,我的主。

奥瑟罗　我给你的那一方呢?

苔丝狄蒙娜　我没有带在身边。

奥瑟罗　没有带?

苔丝狄蒙娜　真的没有带,我的主。

奥瑟罗　那你可错了。那方手帕是一个埃及女人送给我的母亲的;她是一个能够洞察人心的女巫,她对我的母亲说,当她保存着这方手帕的时候,它可以使她得到我的父亲的欢心,享受专房的爱宠,可是她要是失去了它,或是把它送给旁人,我的父亲就要对她发生憎厌,他的心就要另觅新欢了。她在临死的时候把它传给我,叫我有了妻子以后,就把它交给新妇。我遵照她的吩咐给了你,所以你必须格外小心,珍惜它像珍惜你自己宝贵的眼睛一样;万一失去了,或是送给别人,那就难免遭到一场无比的灾祸。

苔丝狄蒙娜　真会有这种事吗?

奥瑟罗　真的,这一方小小的手帕,却有神奇的魔力织在里面;它是一个二百岁的神巫在一阵心血来潮的时候缝就的;它那一缕缕的丝线,也不是世间的凡蚕所吐;织成以后,它曾经在用处女的心炼成的丹液里浸过。

苔丝狄蒙娜　当真!这是真的吗?

奥瑟罗　绝对的真实;所以留心藏好它吧。

苔丝狄蒙娜　上帝啊,但愿我从来没有见过它!

奥瑟罗　嘿!为什么?

苔丝狄蒙娜　您为什么说得这样暴躁?

奥瑟罗　它已经失去了吗?不见了吗?说,它是不是已经丢了?

苔丝狄蒙娜　上天祝福我们!

奥瑟罗　你说。

苔丝狄蒙娜　它没有失去;可是要是失去了,那可怎么办呢?

奥瑟罗　怎么!

苔丝狄蒙娜　我说它没有失去。

奥瑟罗　去把它拿来给我看。

苔丝狄蒙娜　我可以去把它拿来,可是现在我不高兴。这是一个诡计,要想把我的要求赖了过去。请您把凯西奥重新录用了吧。

奥瑟罗　给我把那手帕拿来。我在起疑心了。

苔丝狄蒙娜　得啦,得啦,您再也找不到一个比他更能干的人。

奥瑟罗　手帕!

苔丝狄蒙娜　请您还是跟我谈谈凯西奥的事情吧。

奥瑟罗　手帕!

苔丝狄蒙娜　他一向把自己的前途寄托在您的眷爱上,又跟着您同甘共苦,历尽艰辛——

奥瑟罗　手帕!

苔丝狄蒙娜　凭良心说,您也太不该。

奥瑟罗　去！（下。）

爱米利娅　这个人在嫉妒吗？

苔丝狄蒙娜　我从来没有见过他这样子。这手帕一定有些不可思议的魔力；我真倒楣把它丢了。

爱米利娅　好的男人一两年里头也难得碰见一个。男人是一张胃，我们是一块肉；他们贪馋地把我们吞下去，吃饱了，就把我们呕出来。您瞧！凯西奥跟我的丈夫来啦。

伊阿古及凯西奥上。

伊阿古　没有别的法子，只好央求她出力。瞧！好运气！去求求她吧。

苔丝狄蒙娜　啊，好凯西奥！您有什么见教？

凯西奥　夫人，我还是要向您重提我的原来的请求，希望您发挥鼎力，让我重新作人，能够在我所尊敬的主帅麾下再邀恩眷。我不能这样延宕下去了。假如我果然罪大恶极，无论过去的微劳、现在的悔恨或是将来立功自赎的决心，都不能博取他的矜怜宽谅，那么我也希望得到一个明白的答复，我就死心塌地向别处去乞讨命运的布施了。

苔丝狄蒙娜　唉，善良的凯西奥！我的话已经变成刺耳的烦渎了；我的丈夫已经不是我的丈夫，要是他的面貌也像他的脾气一样变了样，我简直要不认识他了。愿神灵保佑我！我已经尽力替您说话；为了我的言辞的戆拙，我已经遭到他的憎恶。您必须暂时忍耐；只要是我力量所及的事，我都愿意为您一试；请您相信我，倘然那是我自己的事情，我也不会这样热心的。这样，您心里也该满意了吧。

伊阿古　主帅发怒了吗？

爱米利娅　他刚才从这儿走开，他的神气暴躁异常。

伊阿古　他会发怒吗？我曾经看见大炮冲散他的队伍,像魔鬼一样把他的兄弟从他身边轰掉,他仍旧不动声色。他也会发怒吗？那么一定出了什么重大的事情了。我要去看看他。他要是发怒,一定有些缘故。

苔丝狄蒙娜　请你就去吧。(伊阿古下)一定是威尼斯有什么国家大事,或是他在这儿塞浦路斯发现了什么秘密的阴谋,扰乱了他的清明的神志;人们在这种情形之下,往往会为了一些些小事而生气,虽然实际激怒他们的却是其他更大的原因。正是这样,我们一个指头疼痛的时候,全身都会觉得难受。我们不能把男人当作完善的天神,也不能希望他们永远像新婚之夜那样殷勤体贴。爱米利娅,我真该死,我可真是个不体面的"战士",会在心里抱怨他的无情;现在我才觉悟我是收买了假见证,让他受了冤枉。

爱米利娅　谢天谢地,但愿果然像您所想的,是为了些国家的事情,不是因为对您起了疑心。

苔丝狄蒙娜　唉！我从来没有给过他一些可以使他怀疑的理由。

爱米利娅　可是多疑的人是不会因此而满足的;他们往往不是因为有了什么理由而嫉妒,只是为了嫉妒而嫉妒,那是一个凭空而来、自生自长的怪物。

苔丝狄蒙娜　愿上天保佑奥瑟罗,不要让这怪物钻进他的心里！

爱米利娅　阿门,夫人。

苔丝狄蒙娜　我去找他去。凯西奥,您在这儿走走;要是我看见自己可以跟他说几句话,我会向他提起您的请求,尽力给您转圜就是了。

凯西奥　多谢夫人。(苔丝狄蒙娜、爱米利娅下。)

比恩卡上。

比恩卡　你好,凯西奥朋友!

凯西奥　你怎么不在家里?你好,我的最娇美的比恩卡?不骗你,亲爱的,我正要到你家里来呢。

比恩卡　我也是要到你的尊寓去的,凯西奥。什么!一个星期不来看我?七天七夜?一百六十八个小时?在相思里挨过的时辰,比时钟是要慢上一百六十倍的;啊,这一笔算不清的糊涂账!

凯西奥　对不起,比恩卡,这几天来我实在心事太重,改日加倍补报你就是了。亲爱的比恩卡,(以苔丝狄蒙娜手帕授比恩卡)替我把这手帕上的花样描下来。

比恩卡　啊,凯西奥!这是什么地方来的?这一定是哪个新相好送给你的礼物;我现在明白你不来看我的缘故了。有这等事吗?好,好。

凯西奥　得啦,女人!把你这种瞎疑心丢还给魔鬼吧。你在吃醋了,你以为这是什么情人送给我的纪念品;不,凭着我的良心发誓,比恩卡。

比恩卡　那么这是谁的?

凯西奥　我不知道,亲爱的;我在寝室里找到它。那花样我很喜欢,我想乘失主没有来问我讨还以前,把它描了下来。请你拿去给我描一描。现在请你暂时离开我。

比恩卡　离开你!为什么?

凯西奥　我在这儿等候主帅到来;让他看见我有女人陪着,恐怕不大方便,我不愿意这样。

比恩卡　为什么?我倒要请问。

凯西奥　不是因为我不爱你。

比恩卡　只是因为你并不爱我。请你陪我稍为走一段路,告诉我今天晚上你来不来看我。

凯西奥　我只能陪你稍走几步,因为我在这儿等人;可是我就会来看你的。

比恩卡　那很好;我也不能勉强你。(各下。)

第 四 幕

第一场　塞浦路斯。城堡前

　　奥瑟罗及伊阿古上。

伊阿古　您愿意这样想吗？

奥瑟罗　这样想，伊阿古！

伊阿古　什么！背着人接吻？

奥瑟罗　这样的接吻是为礼法所不许的。

伊阿古　脱光了衣服，和她的朋友睡在一床，经过一个多小时，却一点不起邪念？

奥瑟罗　伊阿古，脱光衣服睡在床上，还会不起邪念！这明明是对魔鬼的假意矜持；他们的本心是规矩的，可偏是做出了这种勾当；魔鬼欺骗了这两个规规矩矩的人，而他们就去欺骗上天。

伊阿古　要是他们不及于乱，那还不过是一个小小的过失；可是假如我把一方手帕给了我的妻子——

奥瑟罗　给了她便怎样？

伊阿古　啊，主帅，那时候它就是她的东西了；既然是她的东西，我想她可以把它送给无论什么人的。

奥瑟罗　她的贞操也是她自己的东西,她也可以把它送给无论什么人吗?

伊阿古　她的贞操是一种不可捉摸的品质;世上有几个真正贞洁的妇人?可是讲到那方手帕——

奥瑟罗　天哪,我但愿忘记那句话!你说——啊!它笼罩着我的记忆,就像预兆不祥的乌鸦在染疫人家的屋顶上回旋一样——你说我的手帕在他的手里。

伊阿古　是的,在他手里便怎么样?

奥瑟罗　那可不大好。

伊阿古　什么!要是我说我看见他干那对您不住的事?或是听见他说——世上尽多那种家伙,他们靠着死命的追求征服了一个女人,或者得到什么情妇的自动的垂青,就禁不住到处向人吹嘘——

奥瑟罗　他说过什么话吗?

伊阿古　说过的,主帅;可是您放心吧,他说过的话,他都可以发誓否认的。

奥瑟罗　他说过什么?

伊阿古　他说,他曾经——我不知道他曾经干些什么事。

奥瑟罗　什么?什么?

伊阿古　跟她睡——

奥瑟罗　在一床?

伊阿古　睡在一床,睡在她的身上;随您怎么说吧。

奥瑟罗　跟她睡在一床!睡在她的身上!我们说睡在她身上,岂不是对她人身的污辱——睡在一床!该死,岂有此理!手帕——口供——手帕!叫他招供了,再把他吊死。先把他吊起来,然后叫他招供。我一想起就气得发抖。人们总

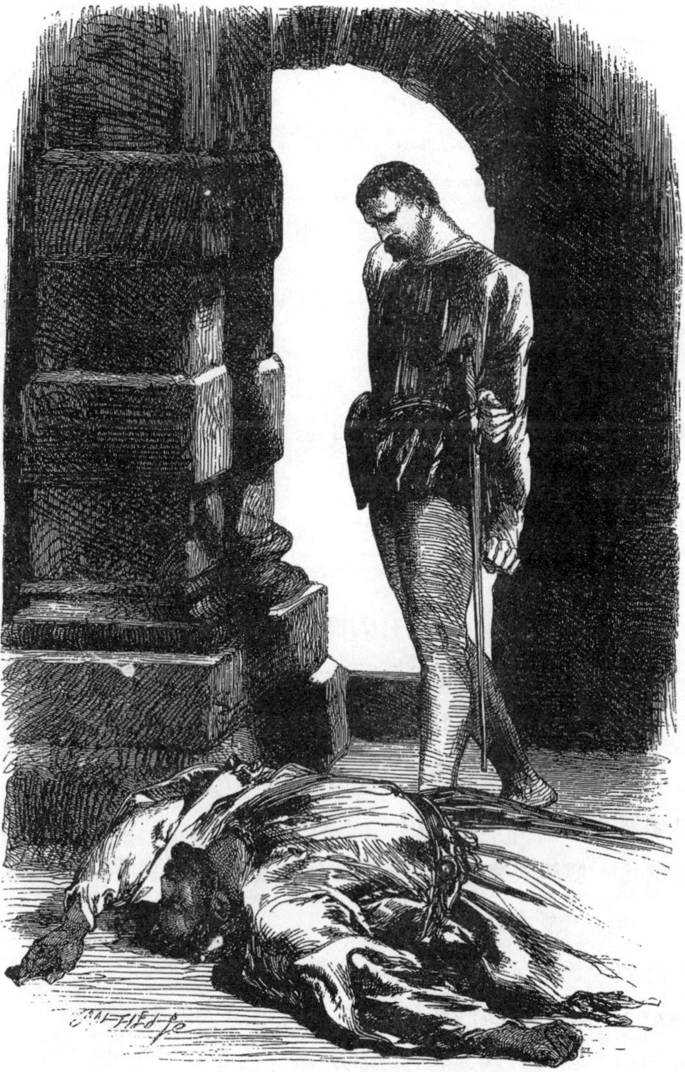

是有了某种感应,阴暗的情绪才会笼罩他的心灵;一两句空洞的话是不能给我这样大的震动的。呸!磨鼻子,咬耳朵,吮嘴唇。会有这样的事吗?口供!——手帕!——啊,魔鬼!(晕倒。)

伊阿古　显出你的效力来吧,我的妙药,显出你的效力来吧!轻信的愚人是这样落进了圈套;许多贞洁贤淑的娘儿们,都是这样蒙上了不白之冤。喂,主帅!主帅!奥瑟罗!

　　　　凯西奥上。

伊阿古　啊,凯西奥!

凯西奥　怎么一回事?

伊阿古　咱们大帅发起癫痫来了。这是他第二次发作;昨天他也发过一次。

凯西奥　在他太阳穴上摩擦摩擦。

伊阿古　不,不行;他这种昏迷状态,必须保持安静;要不然的话,他就要嘴里冒出白沫,慢慢地会发起疯狂来的。瞧!他动了。你暂时走开一下,他就会恢复原状的。等他走了以后,我还有要紧的话跟你说。(凯西奥下)怎么啦,主帅?您没有摔痛您的头吧?

奥瑟罗　你在讥笑我吗?

伊阿古　我讥笑您!不,没有这样的事!我愿您像一个大丈夫似的忍受命运的播弄。

奥瑟罗　顶上了绿头巾,还算一个人吗?

伊阿古　在一座热闹的城市里,这种不算人的人多着呢。

奥瑟罗　他自己公然承认了吗?

伊阿古　主帅,您看破一点吧;您只要想一想,哪一个有家室的须眉男子,没有遭到跟您同样命运的可能;世上不知有多少男人,他们的卧榻上容留过无数素昧生平的人,他们自己还满以为这是一块私人的禁地哩;您的情形还不算顶坏。啊!这是最刻毒的恶作剧,魔鬼的最大的玩笑,让一个男人安安心心地搂着枕边的荡妇亲嘴,还以为她是一个三贞九烈的女人!不,我要睁开眼来,先看清自己成了个什么东西,我也就看准了该拿她怎么办。

奥瑟罗　啊!你是个聪明人;你说得一点不错。

伊阿古　现在请您暂时站在一旁,竭力耐住您的怒气。刚才您恼得昏过去的时候——大人物怎么能这样感情冲动啊——凯西奥曾经到这儿来过;我推说您不省人事是因为一时不舒服,把他打发走了,叫他过一会儿再来跟我谈谈;他已经答应我了。您只要找一处所在躲一躲,就可以看见他满脸得意忘形,冷嘲热讽的神气;因为我要叫他从头叙述他历次跟尊夫人相会的情形,还要问他重温好梦的时间和地点。您留心看看他那副表情吧。可是不要气恼;否则我就要说您一味意气用事,一点没有大丈夫的气概啦。

奥瑟罗　告诉你吧,伊阿古,我会很巧妙地不动声色;可是,你听着,我也会包藏一颗最可怕的杀心。

伊阿古　那很好;可是什么事都要看准时机。您走远一步吧。(奥瑟罗退后)现在我要向凯西奥谈起比恩卡,一个靠着出卖风情维持生活的雌儿;她热恋着凯西奥;这也是娼妓们的报应,往往她们迷惑了多少的男子,结果却被一个男人迷昏了心。他一听见她的名字,就会忍不住捧腹大笑。他来了。

　　　凯西奥重上。

伊阿古　他一笑起来,奥瑟罗就会发疯;可怜的凯西奥的嬉笑的神情和轻狂的举止,在他那充满着无知的嫉妒的心头,一定可以引起严重的误会。——您好,副将?

凯西奥　我因为丢掉了这个头衔,正在懊恼得要死,你却还要这样称呼我。

伊阿古　在苔丝狄蒙娜跟前多说几句央求的话,包你原官起用。(低声)要是这件事情换在比恩卡手里,早就不成问题了。

凯西奥　唉,可怜虫!

奥瑟罗　(旁白)瞧!他已经在笑起来啦!

伊阿古　我从来不知道一个女人会这样爱一个男人。

凯西奥　唉,小东西!我看她倒是真的爱我。

奥瑟罗　(旁白)现在他在含糊否认,想把这事情用一笑搪塞过去。

伊阿古　你听见吗,凯西奥?

奥瑟罗　(旁白)现在他缠住他要他讲一讲经过情形啦。说下去;很好,很好。

伊阿古　她向人家说你将要跟她结婚;你有这个意思吗?

凯西奥　哈哈哈!

奥瑟罗　(旁白)你这样得意吗,好家伙?你这样得意吗?

凯西奥　我跟她结婚!什么?一个卖淫妇?对不起,你不要这样看轻我,我还不至于糊涂到这等地步哩。哈哈哈!

奥瑟罗　(旁白)好,好,好,好。得胜的人才会笑逐颜开。

伊阿古　不骗你,人家都在说你将要跟她结婚。

凯西奥　对不起,别说笑话啦。

伊阿古　我要是骗了你,我就是个大大的混蛋。

奥瑟罗　(旁白)你这算是一报还一报吗?好。

凯西奥　一派胡说!她自己一厢情愿,相信我会跟她结婚;我可没有答应她。

奥瑟罗　（旁白）伊阿古在向我打招呼；现在他开始讲他的故事啦。

凯西奥　她刚才还在这儿；她到处缠着我。前天我正在海边跟几个威尼斯人谈话，那傻东西就来啦；不瞒你说，她这样攀住我的颈项——

奥瑟罗　（旁白）叫一声"啊，亲爱的凯西奥！"我可以从他的表情之间猜得出来。

凯西奥　她这样拉住我的衣服，靠在我的怀里，哭个不了，还这样把我拖来拖去，哈哈哈！

奥瑟罗　（旁白）现在他在讲她怎样把他拖到我的寝室里去啦。啊！我看见你的鼻子，可是不知道应该把它丢给哪一条狗吃。

凯西奥　好，我只好离开她。

伊阿古　啊！瞧，她来了。

凯西奥　好一头抹香粉的臭猫！

　　　　比恩卡上。

凯西奥　你这样到处钉着我不放，是什么意思呀？

比恩卡　让魔鬼跟他的老娘钉着你吧！你刚才给我的那方手帕算是什么意思？我是个大傻瓜，才会把它受了下来。叫我描下那花样！好看的花手帕可真多哪，居然让你在你的寝室里找到它，却不知道谁把它丢在那边！这一定是哪一个贱丫头送给你的东西，却叫我描下它的花样来！拿去，还给你那个相好吧；随你从什么地方得到这方手帕，我可不高兴描下它的花样。

凯西奥　怎么，我的亲爱的比恩卡！怎么！怎么！

奥瑟罗　（旁白）天哪，那该是我的手帕哩！

比恩卡　今天晚上你要是愿意来吃饭,尽管来吧;要是不愿意来,等你下回有兴致的时候再来吧。(下。)

伊阿古　追上去,追上去。

凯西奥　真的,我必须追上去,否则她会沿街谩骂的。

伊阿古　你预备到她家里去吃饭吗?

凯西奥　是的,我想去。

伊阿古　好,也许我会再碰见你;因为我很想跟你谈谈。

凯西奥　请你一定来吧。

伊阿古　得啦,别多说啦。(凯西奥下。)

奥瑟罗　(趋前)伊阿古,我应该怎样杀死他?

伊阿古　您看见他一听到人家提起他的丑事,就笑得多么高兴吗?

奥瑟罗　啊,伊阿古!

伊阿古　您还看见那方手帕吗?

奥瑟罗　那就是我的吗?

伊阿古　我可以举手起誓,那是您的。瞧他多么看得起您那位痴心的太太!她把手帕送给他,他却拿去给了他的娼妇。

奥瑟罗　我要用九年的时间慢慢地磨死她。一个高雅的女人!一个美貌的女人!一个温柔的女人!

伊阿古　不,您必须忘掉那些。

奥瑟罗　嗯,让她今夜腐烂、死亡、堕入地狱吧,因为她不能再活在世上。不,我的心已经变成铁石了;我打它,反而打痛了我的手。啊!世上没有一个比她更可爱的东西;她可以睡在一个皇帝的身边,命令他干无论什么事。

伊阿古　您素来不是这个样子的。

奥瑟罗　让她死吧!我不过说她是怎么样的一个人。她的针线活儿是这样精妙！一个出色的音乐家！啊,她唱起歌来,可以驯服一头野熊的心！她的心思才智,又是这样敏慧多能！

伊阿古　惟其这样多才多艺,干出这种丑事来,才格外叫人气恼。

奥瑟罗　啊！一千倍、一千倍的可恼！而且她的性格又是这样温柔！

伊阿古　嗯,太温柔了。

奥瑟罗　对啦,一点不错。可是,伊阿古,可惜！啊！伊阿古！伊阿古！太可惜啦！

伊阿古　要是您对于一个失节之妇,还是这样恋恋不舍,那么索性采取放任吧;因为既然您自己也不以为意,当然更不干别人的事。

奥瑟罗　我要把她剁成一堆肉酱。叫我当一个忘八！

伊阿古　啊,她太不顾羞耻啦！

奥瑟罗　跟我的部将通奸！

伊阿古　那尤其可恶。

奥瑟罗　给我弄些毒药来,伊阿古;今天晚上。我不想跟她多费唇舌,免得她的肉体和美貌再打动了我的心。今天晚上,伊阿古。

伊阿古　不要用毒药,在她床上扼死她,就在那被她玷污了的床上。

奥瑟罗　好,好;那是一个大快人心的处置,很好。

伊阿古　至于凯西奥,让我去取他的命吧;您在午夜前后,一定可以听到消息。

奥瑟罗　好极了。(内喇叭声)那是什么喇叭的声音？

伊阿古　一定是从威尼斯来了什么人。——是罗多维科奉公爵之命到这儿来了;瞧,您那位太太也跟他在一起。

　　　　罗多维科、苔丝狄蒙娜及侍从等上。

罗多维科　上帝保佑您,尊贵的将军!

奥瑟罗　祝福您,大人。

罗多维科　公爵和威尼斯的元老们问候您安好。(以信交奥瑟罗。)

奥瑟罗　我敬吻他们的恩命。(拆信阅读。)

苔丝狄蒙娜　罗多维科大哥,威尼斯有什么消息?

伊阿古　我很高兴看见您,大人;欢迎您到塞浦路斯来!

罗多维科　谢谢。凯西奥副将好吗?

伊阿古　他还健在,大人。

苔丝狄蒙娜　大哥,他跟我的丈夫闹了点儿别扭;可是您可以使他们言归于好。

奥瑟罗　你有把握吗?

苔丝狄蒙娜　您怎么说,我的主?

奥瑟罗　(读信)"务必照办为要,不得有误。——"

罗多维科　他没有回答;他正在忙着读信。将军跟凯西奥果然有了意见吗?

苔丝狄蒙娜　有了很不幸的意见;为了我对凯西奥所抱的好感,我很愿意尽力调解他们。

奥瑟罗　该死!

苔丝狄蒙娜　您怎么说,我的主?

奥瑟罗　你聪明吗?

苔丝狄蒙娜　什么!他生气了吗?

罗多维科　也许这封信激动了他;因为照我猜想起来,他们是要召他回国,叫凯西奥代理他的职务。

苔丝狄蒙娜　真的吗？那好极了。

奥瑟罗　当真！

苔丝狄蒙娜　您怎么说，我的主？

奥瑟罗　你要是发了疯，我才高兴。

苔丝狄蒙娜　为什么，亲爱的奥瑟罗？

奥瑟罗　魔鬼！（击苔丝狄蒙娜。）

苔丝狄蒙娜　我没有错处，您不该这样对待我。

罗多维科　将军，我要是把这回事情告诉威尼斯人，即使发誓说我亲眼看见，他们也一定不会相信我。这太过分了；向她赔罪吧，她在哭了。

奥瑟罗　啊，魔鬼！魔鬼！要是妇人的眼泪有孳生化育的力量，她的每一滴泪，掉在地上，都会变成一条鳄鱼。走开，不要让我看见你！

苔丝狄蒙娜　我不愿留在这儿害您生气。（欲去。）

罗多维科　真是一位顺从的夫人。将军，请您叫她回来吧。

奥瑟罗　夫人！

苔丝狄蒙娜　我的主？

奥瑟罗　大人，您要跟她说些什么话？

罗多维科　谁？我吗，将军？

奥瑟罗　嗯，您要我叫她转来，现在她转过来了。她会转来转去，走一步路回一个身；她还会哭，大人，她还会哭；她是非常顺从的，正像您所说，非常顺从。尽管流你的眼泪吧。大人，这信上的意思——好一股装腔作势的劲儿！——是要叫我回去——你去吧，等会儿我再叫人来唤你——大人，我服从他们的命令，不日就可以束装上路，回到威尼斯去——去！滚开！（苔丝狄蒙娜下）凯西奥可以接替我的位置。今天晚上,大人,我还要请您赏光便饭。欢迎您到塞浦路斯来!——山羊和猴子!(下。)

罗多维科　这就是为我们整个元老院所同声赞叹、称为全才全德的那位英勇的摩尔人吗?这就是那喜怒之情不能把它震撼的高贵的天性吗?那命运的箭矢不能把它擦伤穿破的坚定的德操吗?

伊阿古　他已经大大变了样子啦。

罗多维科　他的头脑没有毛病吗?他的神经是不是有点错乱?

伊阿古　他就是他那个样子;我实在不敢说他还会变成怎么一个样子;如果他不是像他所应该的那样,那么但愿他也不至于这个样子!

罗多维科　什么!打他的妻子!

伊阿古　真的,那可不大好;可是我但愿知道他对她没有比这更暴虐的行为!

罗多维科　他一向都是这样的吗?还是因为信上的话激怒了他,才会有这种以前所没有的过失?

伊阿古　唉!唉!按着我的地位,我实在不便把我所看见所知道的一切说出口来。您不妨留心注意他,他自己的行动就可以说明一切,用不着我多说了。请您跟上去,看他还会做出什么花样来。

罗多维科　他竟是这样一个人,真使我大失所望啊。(同下。)

第二场　城堡中一室

奥瑟罗及爱米利娅上。

奥瑟罗　那么你没有看见什么吗?

爱米利娅　没有看见，没有听见，也没有疑心到。

奥瑟罗　你不是看见凯西奥跟她在一起吗？

爱米利娅　可是我不知道那有什么不对，而且我听见他们两人所说的每一个字。

奥瑟罗　什么！他们从来不曾低声耳语吗？

爱米利娅　从来没有，将军。

奥瑟罗　也不曾打发你走开吗？

爱米利娅　没有。

奥瑟罗　没有叫你去替她拿扇子、手套、脸罩，或是什么东西吗？

爱米利娅　没有，将军。

奥瑟罗　那可奇怪了。

爱米利娅　将军，我敢用我的灵魂打赌她是贞洁的。要是您疑心她有非礼的行为，赶快除掉这种思想吧，因为那是您心理上的一个污点。要是哪一个混蛋把这种思想放进您的脑袋里，让上天罚他变成一条蛇，受永远的咒诅！假如她不是贞洁、贤淑和忠诚的，那么世上没有一个幸福的男人了；最纯洁的妻子，也会变成最丑恶的淫妇。

奥瑟罗　叫她到这儿来；去。（爱米利娅下）她的话说得很动听；可是这种拉惯皮条的人，都是天生的利嘴。这是一个狡猾的淫妇，一肚子千刁万恶，当着人却会跪下来向天祈祷；我看见过她这一种手段。

　　　爱米利娅偕苔丝狄蒙娜重上。

苔丝狄蒙娜　我的主，您有什么吩咐？

奥瑟罗　过来，乖乖。

苔丝狄蒙娜　您要我怎么样？

奥瑟罗　让我看看你的眼睛；瞧着我的脸。

苔丝狄蒙娜　这是什么古怪的念头？

奥瑟罗　（向爱米利娅）你去留心你的事吧，奶奶；把门关了，让我们两人在这儿谈谈心。要是有人来了，你就在门口咳嗽一声。干你的贵营生去吧；快，快！（爱米利娅下。）

苔丝狄蒙娜　我跪在您的面前，请您告诉我您这些话是什么意思？我知道您在生气，可是我不懂您的话。

奥瑟罗　嘿，你是什么人？

苔丝狄蒙娜　我的主，我是您的妻子，您的忠心不贰的妻子。

奥瑟罗　来，发一个誓，让你自己死后下地狱吧；因为你的外表太像一个天使了，倘不是在不贞之上，再加一重伪誓的罪名，也许魔鬼们会不敢抓你下去；所以发誓说你是贞洁的吧。

苔丝狄蒙娜　天知道我是贞洁的。

奥瑟罗　天知道你是像地狱一样淫邪的。

苔丝狄蒙娜　我的主，我对谁干了欺心的事？我跟哪一个人有不端的行为？我怎么是淫邪的？

奥瑟罗　啊，苔丝狄蒙娜！去！去！去！

苔丝狄蒙娜　唉，不幸的日子！——您为什么哭？您的眼泪是为我而流的吗，我的主？要是您疑心这次奉召回国，是我父亲的主意，请您不要怪我；您固然失去他的好感，我也已经失去他的慈爱了。

奥瑟罗　要是上天的意思，要让我受尽种种的磨折；要是他用诸般的痛苦和耻辱降在我的毫无防卫的头上，把我浸没在贫困的泥沼里，剥夺我的一切自由和希望，我也可以在我的灵魂的一隅之中，找到一滴忍耐的甘露。可是唉！在这尖酸刻薄的世上，做一个被人戟指笑骂的目标！就连这个，我也完全可以容忍;可是我的心灵失去了归宿,我的生命失去了寄托,我的活力的源泉枯竭了,变成了蛤蟆繁育生息的污池!忍耐,你朱唇韶颜的天婴啊,转变你的脸色,让它化成地狱般的狰狞吧!

苔丝狄蒙娜　我希望我在我的尊贵的夫主眼中,是一个贤良贞洁的妻子。

奥瑟罗　啊,是的,就像夏天肉铺里的苍蝇一样贞洁——一边撒它的卵子,一边就在受孕。你这野草闲花啊!你的颜色是这样娇美,你的香气是这样芬芳,人家看见你嗅到你就会心疼;但愿世上从来不曾有过你!

苔丝狄蒙娜　唉!我究竟犯了什么连我自己也不知道的罪恶呢?

奥瑟罗　这一张皎洁的白纸,这一本美丽的书册,是要让人家写上"娼妓"两个字的吗?犯了什么罪恶!啊,你这人尽可夫的娼妇!我只要一说起你所干的事,我的两颊就会变成两座熔炉,把"廉耻"烧为灰烬。犯了什么罪恶!天神见了它要掩鼻而过;月亮看见了要羞得闭上眼睛;碰见什么都要亲吻的淫荡的风,也静悄悄地躲在岩窟里面,不愿听见人家提起它的名字。犯了什么罪恶!不要脸的娼妇!

苔丝狄蒙娜　天啊,您不该这样侮辱我!

奥瑟罗　你不是一个娼妇吗?

苔丝狄蒙娜　不,我发誓我不是,否则我就不是一个基督徒。要是为我的主保持这一个清白的身子,不让淫邪的手把它污毁,要是这样的行为可以使我免去娼妇的恶名,那么我就不是娼妇。

奥瑟罗　什么!你不是一个娼妇吗?

苔丝狄蒙娜　不,否则我死后没有得救的希望。

奥瑟罗　真的吗?

苔丝狄蒙娜　啊!上天饶恕我们!

奥瑟罗　那么我真是多多冒昧了;我还以为你就是那个嫁给奥瑟罗的威尼斯的狡猾的娼妇哩。——喂,你这位刚刚和圣彼得干着相反的差使的,看守地狱门户的奶奶!

　　　　爱米利娅重上。

奥瑟罗　你,你,对了,你!我们已经完事了。这几个钱是给你作为酬劳的;请你开了门上的锁,不要泄漏我们的秘密。(下。)

爱米利娅　唉!这位老爷究竟在转些什么念头呀?您怎么啦,夫人?您怎么啦,我的好夫人?

苔丝狄蒙娜　我是在半醒半睡之中。

爱米利娅　好夫人,我的主到底有些什么心事?

苔丝狄蒙娜　谁?

爱米利娅　我的主呀,夫人。

苔丝狄蒙娜　谁是你的主?

爱米利娅　我的主就是你的丈夫,好夫人。

苔丝狄蒙娜　我没有丈夫。不要对我说话,爱米利娅;我不能哭,我没有话可以回答你,除了我的眼泪。请你今夜把我结婚的被褥铺在我的床上,记好了;再去替我叫你的丈夫来。

爱米利娅　真是变了,变了!(下。)

苔丝狄蒙娜　我应该受到这样的待遇,全然是应该的。我究竟有些什么不检的行为——哪怕只是一丁点儿的错误,才会引起他的猜疑呢?

　　　　爱米利娅率伊阿古重上。

伊阿古　夫人,您有什么吩咐?您怎么啦?

苔丝狄蒙娜　我不知道。小孩子做了错事,做父母的总是用温和的态度,轻微的责罚教训他们;他也可以这样责备我,因为我是一个该受管教的孩子。

伊阿古　怎么一回事,夫人?

爱米利娅　唉!伊阿古,将军口口声声骂她娼妇,用那样难堪的名字加在她的身上,稍有人心的人,谁听见了都不能忍受。

苔丝狄蒙娜　我应该得到那样一个称呼吗,伊阿古?

伊阿古　什么称呼,好夫人?

苔丝狄蒙娜　就像她说我的主称呼我的那种名字。

爱米利娅　他叫她娼妇;一个喝醉了酒的叫化子,也不会把这种名字加在他的姘妇身上。

伊阿古　为什么他要这样?

苔丝狄蒙娜　我不知道;我相信我不是那样的女人。

伊阿古　不要哭,不要哭。唉!

爱米利娅　多少名门贵族向她求婚,她都拒绝了;她抛下了老父,离乡背井,远别亲友,结果却只讨他骂一声娼妇吗?这还不叫人伤心吗?

苔丝狄蒙娜　都是我自己命薄。

伊阿古　他太岂有此理了!他怎么会起这种心思的?

苔丝狄蒙娜　天才知道。

爱米利娅　我可以打赌,一定有一个万劫不复的恶人,一个爱管闲事、鬼讨好的家伙,一个说假话骗人的奴才,因为要想钻求差使,造出这样的谣言来;要是我的话说得不对,我愿意让人家把我吊死。

伊阿古　呸!哪里有这样的人?一定不会的。

苔丝狄蒙娜　要是果然有这样的人,愿上天宽恕他!

爱米利娅　宽恕他!一条绳子箍住他的颈项,地狱里的恶鬼咬碎他的骨头!他为什么叫她娼妇?谁跟她在一起?什么所在?什么时候?什么方式?什么根据?这摩尔人一定是上了不知哪一个千刀万恶的坏人的当,一个下流的大混蛋,一个卑鄙的家伙;天啊!愿你揭破这种家伙的嘴脸,让每一个老实人的手里都拿一根鞭子,把这些混蛋们脱光了衣服抽一顿,从东方一直抽到西方!

伊阿古　别嚷得给外边都听见了。

爱米利娅　哼,可恶的东西!前回弄昏了你的头,使你疑心我跟这摩尔人有暧昧的,也就是这种家伙。

伊阿古　好了,好了;你是个傻瓜。

苔丝狄蒙娜　好伊阿古啊,我应当怎样重新取得我的丈夫的欢心呢?好朋友,替我向他解释解释;因为凭着天上的太阳起誓,我实在不知道我怎么会失去他的宠爱。我对天下跪,要是在思想上、行动上,我曾经有意背弃他的爱情;要是我的眼睛、我的耳朵或是我的任何感觉,曾经对别人发生爱悦;要是我在过去、现在和将来,不是那样始终深深地爱着他,即使他把我弃如敝屣,也不因此而改变我对他的忠诚;要是我果然有那样的过失,愿我终身不能享受快乐的日子!无情可以给人重大的打击;他的无情也许会摧残我的生命,可是永不能毁坏我的爱情。我不愿提起"娼妇"两个字,一说到它就会使我心生憎恶,更不用说亲自去干那博得这种丑名的勾当了;整个世界的荣华也不能诱动我。

伊阿古　请您宽心,这不过是他一时的心绪恶劣,在国家大事方面受了点刺激,所以跟您呕起气来啦。

苔丝狄蒙娜　要是没有别的原因——

伊阿古　只是为了这个原因,我可以保证。(喇叭声)听!喇叭在吹晚餐的信号了;威尼斯的使者在等候进餐。进去,不要哭;一切都会圆满解决的。(苔丝狄蒙娜、爱米利娅下。)

　　　　罗德利哥上。

伊阿古　啊,罗德利哥!

罗德利哥　我看你全然在欺骗我。

伊阿古　我怎么欺骗你?

罗德利哥　伊阿古,你每天在我面前耍手段,把我支吾过去;照我现在看来,你非但不给我开一线方便之门,反而使我的希望一天小似一天。我实在再也忍不住了。为了自己的愚蠢,我已经吃了不少的苦头,这一笔账我也不能就此善罢甘休。

伊阿古　你愿意听我说吗,罗德利哥?

罗德利哥　哼,我已经听得太多了;你的话和行动是不相符合的。

伊阿古　你太冤枉人啦。

罗德利哥　我一点没有冤枉你。我的钱都花光啦。你从我手里拿去送给苔丝狄蒙娜的珠宝,即使一个圣徒也会被它诱惑的;你对我说她已经收下了,告诉我不久就可以听到喜讯,可是到现在还不见一点动静。

伊阿古　好,算了;很好。

罗德利哥　很好!算了!我不能就此算了,朋友;这事情也不很好。我举手起誓,这种手段太卑鄙了;我开始觉得我自己受了骗了。

伊阿古　很好。

罗德利哥　我告诉你这事情不很好。我要亲自去见苔丝狄蒙娜,要是她肯把我的珠宝还我,我愿意死了这片心,忏悔我这种非礼的追求;要不然的话,你留心点儿吧,我一定要跟你算账。

伊阿古　你现在话说完了吧?

罗德利哥　嗯,我的话都是说过就做的。

伊阿古　好,现在我才知道你是一个有骨气的人;从这一刻起,你已经使我比从前加倍看重你了。把你的手给我,罗德利哥。你责备我的话,都非常有理;可是我还要声明一句,我替你干这件事情,的的确确是尽忠竭力,不敢昧一分良心的。

罗德利哥　那还没有事实的证明。

伊阿古　我承认还没有事实的证明,你的疑心不是没有理由的。可是,罗德利哥,要是你果然有决心,有勇气,有胆量——我现在相信你一定有的——今晚你就可以表现出来;要是明天夜里你不能享用苔丝狄蒙娜,你可以用无论什么恶毒的手段、什么阴险的计谋,取去我的生命。

罗德利哥　好,你要我怎么干?是说得通做得到的事吗?

伊阿古　老兄,威尼斯已经派了专使来,叫凯西奥代替奥瑟罗的职位。

罗德利哥　真的吗?那么奥瑟罗和苔丝狄蒙娜都要回到威尼斯去了。

伊阿古　啊,不,他要到毛里塔尼亚去,把那美丽的苔丝狄蒙娜一起带走,除非这儿出了什么事,使他耽搁下来。最好的办法是把凯西奥除掉。

罗德利哥　你说把他除掉是什么意思?

伊阿古　砸碎他的脑袋,让他不能担任奥瑟罗的职位。

罗德利哥　那就是你要我去干的事吗?

伊阿古　嗯,要是你敢做一件对你自己有利益的事。他今晚在一个妓女家里吃饭,我也要到那儿去见他。现在他还没有知道他自己的命运。我可以设法让他在十二点钟到一点钟之间从那儿出来,你只要留心在门口守候,就可以照你的意思把他处置;我就在附近接应你,他在我们两人之间一定逃不了。来,不要发呆,跟我去;我可以告诉你为什么他的死是必要的,你听了就会知道这是你的一件无可推辞的行动。现在正是晚餐的时候,夜过去得很快,准备起来吧。

罗德利哥　我还要听一听你要教我这样做的理由。

伊阿古　我一定可以向你解释明白。(同下。)

第三场　城堡中另一室

奥瑟罗、罗多维科、苔丝狄蒙娜、爱米利娅及侍从等上。

罗多维科　将军请留步吧。

奥瑟罗　啊,没有关系;散散步对我也是很有好处的。

罗多维科　夫人,晚安;谢谢您的盛情。

苔丝狄蒙娜　大驾光临,我们是十分欢迎的。

奥瑟罗　请吧,大人。啊!苔丝狄蒙娜——

苔丝狄蒙娜　我的主?

奥瑟罗　你快进去睡吧;我马上就回来的。把你的侍女们打发开了,不要忘记。

苔丝狄蒙娜　是,我的主。(奥瑟罗、罗多维科及侍从等下。)

爱米利娅　怎么?他现在的脸色温和得多啦。

苔丝狄蒙娜　他说他就会回来的;他叫我去睡,还叫我把你遣开。

爱米利娅　把我遣开!

苔丝狄蒙娜　这是他的吩咐;所以,好爱米利娅,把我的睡衣给我,你去吧,我们现在不能再惹他生气了。

爱米利娅　我希望您当初并不和他相识!

苔丝狄蒙娜　我却不希望这样;我是那么喜欢他,即使他的固执、他的呵斥、他的怒容——请你替我取下衣上的扣针——在我看来也是可爱的。

爱米利娅　我已经照您的吩咐,把那些被褥铺好了。

苔丝狄蒙娜　很好。天哪!我们的思想是多么傻!要是我比你先死,请你就把那些被褥做我的殓衾。

爱米利娅　得啦得啦,您在说呆话。

苔丝狄蒙娜　我的母亲有一个侍女名叫巴巴拉,她跟人家有了恋爱;她的情人发了疯,把她丢了。她有一支《杨柳歌》,那是一支古老的曲调,可是正好说中了她的命运;她到死的时候,嘴里还在唱着它。那支歌今天晚上老是萦回在我的脑际;我的烦乱的心绪,使我禁不住侧下我的头,学着可怜的巴巴拉的样子把它歌唱。请你赶快点儿。

爱米利娅　我要不要就去把您的睡衣拿来?

苔丝狄蒙娜　不,先替我取下这儿的扣针。这个罗多维科是一个俊美的男子。

爱米利娅　一个很漂亮的人。

苔丝狄蒙娜　他的谈吐很高雅。

爱米利娅　我知道威尼斯有一个女郎,愿意赤了脚步行到巴勒斯坦,为了希望碰一碰他的下唇。

苔丝狄蒙娜　（唱）

可怜的她坐在枫树下啜泣,
　　歌唱那青青杨柳;
她手抚着胸膛,她低头靠膝,
　　唱杨柳,杨柳,杨柳。
清澈的流水吐出她的呻吟,
　　唱杨柳,杨柳,杨柳。
她的热泪溶化了顽石的心——

把这些放在一旁。——（唱）

　　唱杨柳,杨柳,杨柳。

快一点,他就要来了。——（唱）

青青的柳枝编成一个翠环;
不要怪他,我甘心受他笑骂——

不,下面一句不是这样的。听！谁在打门？

爱米利娅　是风哩。

苔丝狄蒙娜　（唱）

我叫情哥负心郎,他又怎讲？
　　唱杨柳,杨柳,杨柳。
我见异思迁,由你另换情郎。

你去吧;晚安。我的眼睛在跳,那是哭泣的预兆吗？

爱米利娅　没有这样的事。

苔丝狄蒙娜　我听见人家这样说。啊,这些男人！这些男人！凭你的良心说,爱米利娅,你想世上有没有背着丈夫干这种坏事的女人？

爱米利娅　怎么没有？

苔丝狄蒙娜　你愿意为了整个世界的财富而干这种事吗？

爱米利娅　难道您不愿意吗?

苔丝狄蒙娜　不,我对着明月起誓!

爱米利娅　不,对着光天化日,我也不干这种事;要干也得暗地里干。

苔丝狄蒙娜　难道你愿意为了整个的世界而干这种事吗?

爱米利娅　世界是一个大东西;用一件小小的坏事换得这样大的代价是值得的。

苔丝狄蒙娜　真的,我想你不会。

爱米利娅　真的,我想我应该干的;等干好之后,再想法补救。当然,为了一枚对合的戒指、几丈细麻布或是几件衣服、几件裙子、一两顶帽子,以及诸如此类的小玩意儿而叫我干这种事,我当然不愿意;可是为了整个的世界,谁不愿意出卖自己的贞操,让她的丈夫做一个皇帝呢?我就是因此而下炼狱,也是甘心的。

苔丝狄蒙娜　我要是为了整个的世界,会干出这种丧心病狂的事来,一定不得好死。

爱米利娅　世间的是非本来没有定准;您因为干了一件错事而得到整个的世界,在您自己的世界里,您还不能把是非颠倒过来吗?

苔丝狄蒙娜　我想世上不会有那样的女人的。

爱米利娅　这样的女人不是几个,可多着呢,足够把她们用小小的坏事换来的世界塞满了。照我想来,妻子的堕落总是丈夫的过失;要是他们疏忽了自己的责任,把我们所珍爱的东西浪掷在外人的怀里,或是无缘无故吃起醋来,约束我们行动的自由,或是殴打我们,削减我们的花粉钱,我们也是有脾气的,虽然生就温柔的天性,到了一个时候也是会复仇的。让做丈夫的人们知道,他们的妻子也和他们有同样的感觉:她们的眼睛也能辨别美恶,她们的鼻子也能辨别香臭,她们的舌头也能辨别甜酸,正像她们的丈夫们一样。他们厌弃了我们,别寻新欢,是为了什么缘故呢?是逢场作戏吗?我想是的。是因为爱情的驱使吗?我想也是的。还是因为喜新厌旧的人之常情呢?那也是一个理由。那么难道我们就不会对别人发生爱情,难道我们就没有逢场作戏的欲望,难道我们就不会喜新厌旧,跟男人们一样吗?所以让他们好好地对待我们吧;否则我们要让他们知道,我们所干的坏事都是出于他们的指教。

苔丝狄蒙娜　晚安,晚安!愿上天监视我们的言行;我不愿以恶为师,我只愿鉴非自警!(各下。)

第 五 幕

第一场 塞浦路斯。街道

伊阿古及罗德利哥上。

伊阿古　来,站在这堵披屋后面;他就会来的。把你的宝剑拔出鞘来,看准要害刺过去。快,快;不要怕;我就在你旁边。成功失败,在此一举,你得下定决心。

罗德利哥　不要走开,也许我会失手。

伊阿古　我就在这儿,你的近旁。胆子放大些,站定了。

（退后。）

罗德利哥　我对于这件事情不是顶热心;可是他讲的理由十分充足。反正不过去掉一个人。出来,我的剑;他必须死!

伊阿古　我已经激动这小脓包的心,他居然动起怒来了。不管是他杀死凯西奥,还是凯西奥杀死他,或者两败俱伤,对于我都是有好处的。要是罗德利哥活在世上,他总有一天要问我讨还那许多我从他手里干没下来、说是送给苔丝狄蒙娜的金银珠宝;这可断断不能。要是凯西奥活在世上,他那种翩翩风度,叫我每天都要在他的旁边相形见绌;而且那摩尔人万一向他当面质问起来,我的阴谋就会暴露,那时候我的地位就非常危险了。不,他非死不可。就这样吧。我听见他来了。

    凯西奥上。

罗德利哥　我认识他的走路的姿势;正是他。——恶人,你给我死吧!(挺剑刺凯西奥。)

凯西奥　幸亏我穿着一身好甲,否则那一剑一定会致我的死命。让我也来试一试你的甲牢不牢吧。(拔剑刺伤罗德利哥。)

罗德利哥　啊,我死了!(伊阿古自后刺伤凯西奥腿,下。)

凯西奥　我从此终身残废了!救命啊!杀了人啦!杀了人啦!(倒地。)

    奥瑟罗自远处上。

奥瑟罗　凯西奥的声音。伊阿古果然没有失信。

罗德利哥　啊,我真是个恶人!

奥瑟罗　一点不错。

凯西奥　啊,救命哪!拿火来!找一个医生!

奥瑟罗　正是他。勇敢正直的伊阿古呀,你这样奋不顾身,为你的朋友复仇雪耻,真是难得!你给我一个教训了。贱人,你心爱的人已经死在这儿,你的末日就在眼前;娼妇,我来了!从我的心头抹去你的媚眼的魔力;让淫邪的血溅洒你那被淫邪玷污了的枕席。(下。)

    罗多维科及葛莱西安诺自远处上。

凯西奥　喂!怎么!没有巡夜的逻卒?没有过路的行人?杀了人啦!杀了人啦!

葛莱西安诺　出了什么乱子啦?这叫声很是凄惨。

凯西奥　救命啊!

罗多维科　听!

罗德利哥　啊,该死的恶人!

罗多维科　两三个人在那儿呻吟。这是一个很阴沉的黑夜;也许他们是故意假装出来的,我们人手孤单,冒冒失失过去,恐怕不大安全。

罗德利哥　没有人来吗?那么我要流血而死了!

罗多维科　听!

　　　　伊阿古持火炬重上。

葛莱西安诺　有一个人穿着衬衫、一手拿火、一手举着武器来了。

伊阿古　那边是谁?什么人在那儿喊杀人?

罗多维科　我们不知道。

伊阿古　你们听见一个呼声吗?

凯西奥　这儿,这儿!看在上天的面上,救救我!

伊阿古　怎么一回事?

葛莱西安诺　这个人好像是奥瑟罗麾下的旗官。

罗多维科　正是;一个很勇敢的汉子。

伊阿古　你是什么人,在这儿叫喊得这样凄惨?

凯西奥　伊阿古吗?啊,我被恶人算计,害得我不能做人啦!救救我!

伊阿古　嗳哟,副将!这是什么恶人干的事?

凯西奥　我想有一个暴徒还在这儿;他逃不了。

伊阿古　啊,可恶的奸贼!(向罗多维科、葛莱西安诺)你们是什么人?过来帮帮忙。

罗德利哥　啊,救救我!我在这儿。

凯西奥　他就是恶党中的一人。

伊阿古　好一个杀人的凶徒!啊,恶人!(刺罗德利哥。)

罗德利哥　啊,万恶的伊阿古!没有人心的狗!

伊阿古　在暗地里杀人!这些凶恶的贼党都在哪儿?这地方多么寂静!喂!杀了人啦!杀了人啦!你们是什么人?是好人还是坏人?

罗多维科　请你自己判断我们吧。

伊阿古　罗多维科大人吗?

罗多维科　正是,老总。

伊阿古　恕我失礼了。这儿是凯西奥,被恶人们刺伤,倒在地上。

葛莱西安诺　凯西奥!

伊阿古　怎么样,兄弟?

凯西奥　我的腿断了。

伊阿古　嗳哟,罪过罪过!两位先生,请替我照着亮儿;我要用我的衫子把它包扎起来。

　　　　比恩卡上。

比恩卡　喂,什么事?谁在这儿叫喊?

伊阿古　谁在这儿叫喊!

比恩卡　嗳哟,我的亲爱的凯西奥!我的温柔的凯西奥!啊,凯西奥!凯西奥!凯西奥!

伊阿古　哼,你这声名狼藉的娼妇!凯西奥,照你猜想起来,向你下这样毒手的大概是些什么人?

凯西奥　我不知道。

葛莱西安诺　我正要来找你,谁料你会遭逢这样的祸事,真是恼人!

伊阿古　借给我一条吊袜带。好。啊,要是有一张椅子,让他舒舒服服躺在上面,把他抬去才好!

比恩卡　嗳哟,他晕过去了！啊;凯西奥！凯西奥！凯西奥！

伊阿古　两位先生,我很疑心这个贱人也是那些凶徒们的同党。——忍耐点儿,好凯西奥。——来,来,借我一个火。我们认不认识这一张面孔？嗳哟！是我的同国好友罗德利哥吗？不。唉,果然是他！天哪！罗德利哥！

葛莱西安诺　什么！威尼斯的罗德利哥吗？

伊阿古　正是他,先生。你认识他吗？

葛莱西安诺　认识他！我怎么不认识他？

伊阿古　葛莱西安诺先生吗？请您原谅,这些流血的惨剧,使我礼貌不周,失敬得很。

葛莱西安诺　哪儿的话;我很高兴看见您。

伊阿古　你怎么啦,凯西奥？啊,来一张椅子！来一张椅子！

葛莱西安诺　罗德利哥！

伊阿古　他,他,正是他。(众人携椅上)啊！很好;椅子。几个人把他小心抬走;我就去找军医官来。(向比恩卡)你,奶奶,你也不用装腔作势啦。——凯西奥,死在这儿的这个人是我的好朋友。你们两人有什么仇恨？

凯西奥　一点没有;我根本不认识这个人。

伊阿古　(向比恩卡)什么！你脸色变白了吗？——啊！把他抬进屋子里去。(众人舁凯西奥、罗德利哥二人下)等一等,两位先生。奶奶,你脸色变白了吗？你们看见她眼睛里这一股惊慌的神气吗？哼,要是你这样睁大了眼睛,我们还要等着听一些新鲜的话哩。留心瞧着她;你们瞧;你们看见了吗,两位先生？哼,犯了罪的人,即使舌头僵住了,也会不打自招的。

　　爱米利娅上。

爱米利娅　唉！出了什么事啦？出了什么事啦,丈夫？

伊阿古　凯西奥在这儿黑暗之中,被罗德利哥和几个在逃的同党袭击；他几乎送了性命,罗德利哥已经死了。

爱米利娅　嗳哟,好一位绅士！嗳哟,好凯西奥！

伊阿古　这是他爱嫖的结果。爱米利娅,你去问问凯西奥,他今天晚上在什么地方吃饭的。——什么！你听了这句话就发抖吗？

比恩卡　他在我家里吃饭；可我并不是因为这个而发抖。

伊阿古　噢,他在你家里吃饭？你跟我走！

爱米利娅　呸,呸,你这不要脸的娼妇！

比恩卡　我不是娼妇；我跟你一样清白。

爱米利娅　跟我一样清白！呸！不要脸！

伊阿古　两位好先生,让我们去帮助帮助可怜的凯西奥,替他把伤口扎好。来,奶奶,你必须对我们讲老实话。爱米利娅,你快奔到城堡里去,告诉将军和夫人这儿发生了什么事。你们先请吧。（旁白）今夜是我的命运所寄,倘不能青云直上,就要一败涂地。（同下。）

第二场　城堡中的卧室

苔丝狄蒙娜睡床上,一灯照耀室内；奥瑟罗上。

奥瑟罗　只是为了这一个原因,只是为了这一个原因,我的灵魂！纯洁的星星啊,不要让我向你们说出它的名字！只是为了这一个原因……可是我不愿溅她的血,也不愿毁伤她那比白雪更皎洁、比石膏更腻滑的肌肤。可是她不能不死,否则她将要陷害更多的男子。让我熄灭了这一盏灯,然后我就熄灭你的生命的火焰。融融的灯光啊,我把你吹熄以后,要是我心生后悔,仍旧可以把你重新点亮;可是你,造化最精美的形象啊,你的火焰一旦熄灭,我不知道什么地方有那天上的神火,能够燃起你的原来的光彩!我摘下了蔷薇,就不能再给它已失的生机,只好让它枯萎凋谢;当它还在枝头的时候,我要嗅一嗅它的芳香。(吻苔丝狄蒙娜)啊,甘美的气息!你几乎诱动公道的心,使她折断她的利剑了!再一个吻,再一个吻。愿你到死都是这样;我要杀死你,然后再爱你。再一个吻,这是最后的一吻了;这样销魂,却又是这样无比的惨痛!我必须哭泣,然而这些是无情的眼泪。这一阵阵悲伤是神圣的,因为它要惩罚的正是它最疼爱的。她醒来了。

苔丝狄蒙娜　谁?奥瑟罗吗?

奥瑟罗　嗯,苔丝狄蒙娜。

苔丝狄蒙娜　您要睡了吗,我的主?

奥瑟罗　你今晚有没有祈祷过,苔丝狄蒙娜?

苔丝狄蒙娜　祈祷过了,我的主。

奥瑟罗　要是你想到在你的一生之中,还有什么罪恶不曾为上帝所宽宥,赶快恳求他的恩赦吧。

苔丝狄蒙娜　嗳哟!我的主,您这句话是什么意思?

奥瑟罗　嘿,祈祷吧,干脆点儿;我就在一旁等着你。我不愿杀害你的没有准备的灵魂;不,上天禁止这种罪行!我不愿杀害你的灵魂。

苔丝狄蒙娜　您在说杀人的话吗?

奥瑟罗　嗯,是的。

苔丝狄蒙娜　那么愿上天垂怜于我!

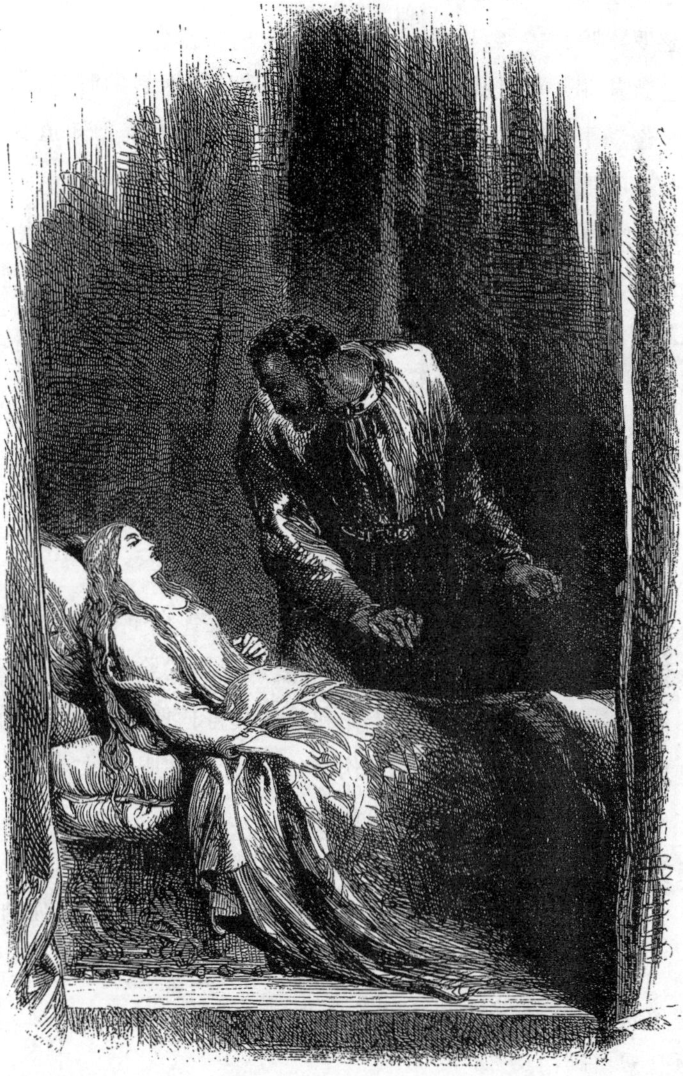

奥瑟罗　阿门,但愿如此!

苔丝狄蒙娜　要是您这样说,我希望您不至于把我杀死。

奥瑟罗　哼!

苔丝狄蒙娜　可是我怕您;因为您的眼珠这样滚转的时候,您已经动了杀机。我不知道我为什么害怕,因为我不知道我有什么罪;可是我觉得害怕。

奥瑟罗　想想你的罪恶吧。

苔丝狄蒙娜　除非我对您的爱是罪恶,我不知道我有什么罪恶。

奥瑟罗　好,你必须因此而死。

苔丝狄蒙娜　为了爱而被杀,那样的死是违反人情的。唉!您为什么这样咬着您的下唇呢?一种饮血的欲念震撼您的全身,这便是它的征兆;可是我希望,我希望您的怒气不是对我而发。

奥瑟罗　闭嘴,不要作声!

苔丝狄蒙娜　是;可是请您告诉我究竟为了什么事?

奥瑟罗　你把我给你的那条我的心爱的手帕送给凯西奥。

苔丝狄蒙娜　不,凭着我的生命和灵魂起誓!您叫他来问好了。

奥瑟罗　好人儿,留心不要发伪誓;你的死已在眼前了。

苔丝狄蒙娜　不,我现在还不能死。

奥瑟罗　你必须立刻死,所以赶快坦白招认你的罪恶吧;即使你发誓否认每一件事实,也不能除去那使我痛心的坚强的确信。你必须死。

苔丝狄蒙娜　那么愿上帝垂怜于我!

奥瑟罗　阿门。

苔丝狄蒙娜　愿您也大发慈悲!我生平从不曾得罪过您,也从不曾用上天所不容的非分的爱情滥施在凯西奥的身上;我没有给过他什么东西。

奥瑟罗　苍天在上,我亲眼看见我的手帕在他的手里。欺罔神明的妇人!你使我的心变成坚硬;我本来想把你作为献祭的牺牲,现在却被你激起我的屠夫的恶念来了。我明明看见那手帕的。

苔丝狄蒙娜　那么是他在什么地方拾到的;我没有给他。叫他到这儿来,让他供认事实的真相。

奥瑟罗　他已经承认了。

苔丝狄蒙娜　承认什么,我的主?

奥瑟罗　承认他已经和你发生关系。

苔丝狄蒙娜　怎么?非法的关系吗?

奥瑟罗　嗯。

苔丝狄蒙娜　他不会这样说的。

奥瑟罗　是的,他的嘴已经闭住,正直的伊阿古已经把他解决了。

苔丝狄蒙娜　啊,我的恐惧叫我明白过来了!什么!他死了吗?

奥瑟罗　即使他每一根头发里都有生命,我的复仇的怒火也会把它们一起吞下。

苔丝狄蒙娜　唉!他被人陷害,我的一生也从此断送了!

奥瑟罗　不要脸的娼妇!你当着我的面为他哭泣吗?

苔丝狄蒙娜　啊,我的主,把我放逐,可是不要杀我!

奥瑟罗　倒下,娼妇!

苔丝狄蒙娜　明天杀我,让我活过今天!

奥瑟罗　不,要是你想挣扎——

苔丝狄蒙娜　给我半点钟的时间!

奥瑟罗　已经决定了,没有挽回的余地。

苔丝狄蒙娜　可是让我作一次祷告吧！

奥瑟罗　太迟了。(扼苔丝狄蒙娜咽喉。)

爱米利娅　(在内)将军，将军！喂！将军，将军！

奥瑟罗　这是什么声音？没有死吗？还没有完全死去吗？我虽然狠心，却还有几分慈悲；我不愿你多挨受一刻痛苦。好，好。(刺苔丝狄蒙娜。)

爱米利娅　(在内)喂！将军，将军！

奥瑟罗　哪一个？

爱米利娅　(在内)啊，将军！我要跟您说句话儿。

奥瑟罗　是的，这是爱米利娅。——等一等。——她死了。她多半要来说起凯西奥的死。外边已经听得见嘈杂的声音。嘿！一动也不动了吗？像坟墓一样沉寂。要不要让她进来？妥当不妥当？我想她又在动了，不，怎么办呢？要是她进来，她一定要跟我的妻子说话。我的妻子！我的妻子！什么妻子？我没有妻子。啊，难堪！啊，不幸的时辰！我想现在日月应该晦暗不明，受惊的地球看见这种非常的灾变，也要吓得目瞪口呆。

爱米利娅　(在内)啊，好将军！请您让我进来对您说句话儿。

奥瑟罗　我忘记了。啊，进来，爱米利娅。慢点儿，等一等。让我把帐幕拉下来。你在哪儿？(启锁开门。)

　　　　爱米利娅上。

奥瑟罗　什么事？

爱米利娅　啊，好将军！那边出了杀人命案啦！

奥瑟罗　什么！现在？

爱米利娅　就是刚才，将军。

奥瑟罗　那都是因为月亮走错了轨道，比平常更近地球，所以人们都发起疯来了。

爱米利娅　将军,凯西奥杀死了一个名叫罗德利哥的威尼斯青年。

奥瑟罗　罗德利哥被杀了!凯西奥也被杀了吗?

爱米利娅　不,凯西奥没有死。

奥瑟罗　凯西奥没有死!那么杀人认错了对象,痛快的复仇又有了变卦啦。

苔丝狄蒙娜　啊,死得好冤枉呀!

爱米利娅　嗳哟!那是什么呼声?

奥瑟罗　那!什么?

爱米利娅　嗳哟!那是夫人的声音。救命!救命啊!救命!啊,夫人,再说一声话儿!亲爱的苔丝狄蒙娜!啊,亲爱的夫人,说呀!

苔丝狄蒙娜　我是无罪而死的。

爱米利娅　啊!这是谁干的事?

苔丝狄蒙娜　谁也没有干;是我自己。再会吧;替我向我的仁慈的夫君致意。啊,再会吧!(死。)

奥瑟罗　啊!她怎么会被人杀死的?

爱米利娅　唉!谁知道?

奥瑟罗　你听见她说是她自己,我没有杀死她。

爱米利娅　她是这样说;我只好按照事实去报告。

奥瑟罗　她到地狱的火焰里去,还不愿说一句真话。杀死她的是我。

爱米利娅　啊,那么她尤其是一个天使,你尤其是一个黑心的魔鬼了!

奥瑟罗　她干了无耻的事,她是个淫妇。

爱米利娅　你冤枉她,你是个魔鬼。

奥瑟罗　她像水一样轻浮。

爱米利娅　你说她轻浮,你自己才像火一样粗暴。啊,她是圣洁而忠贞的!

奥瑟罗　凯西奥和她通奸,不信你去问你的丈夫吧。啊,要是我采取这种极端的手段,并没有正当的理由,死后就要永远堕入地狱的底层!你的丈夫一切全都知道。

爱米利娅　我的丈夫!

奥瑟罗　你的丈夫。

爱米利娅　他知道她不守贞节吗?

奥瑟罗　嗯,他知道她跟凯西奥有暧昧。嘿,要是她是个贞洁的妇人,即使上帝为我用一颗完整的宝石另外造一个世界,我也不愿用她去交换。

爱米利娅　我的丈夫!

奥瑟罗　嗯,他最初告诉我这件事。他是个正人君子,他痛恨卑鄙龌龊的行为。

爱米利娅　我的丈夫!

奥瑟罗　妇人,为什么把这句话说了又说呢?我是说你的丈夫。

爱米利娅　啊,夫人!你因为多情,受了奸人的愚弄了!我的丈夫说她不贞!

奥瑟罗　正是他,妇人;我说你的丈夫;你懂得这句话吗?我的朋友,你的丈夫,正直的、正直的伊阿古。

爱米利娅　要是他果然说了这样的话,愿他恶毒的灵魂每天一分一寸地糜烂!他全然胡说;她对于她的最卑鄙的男人是太痴心了。

奥瑟罗　嘿!

爱米利娅　随你把我怎么样吧。你配不上这样的好妻子,你这种行为是上天所不容的。

奥瑟罗　还不闭嘴!

爱米利娅　你没有半分力量可以伤害我;我的心碎了,还怕你什么!啊,笨伯!傻瓜!泥土一样蠢的家伙!你已经做了一件大大不该的事——我不怕你的剑;我要宣布你的罪恶,即使我将要因此而丧失二十条生命。救命!救命啊!救命!摩尔人杀死了夫人啦!杀了人啦!杀了人啦!

　　　蒙太诺、葛莱西安诺、伊阿古及余人等上。

蒙太诺　什么事?怎么,将军!

爱米利娅　啊!你来了吗,伊阿古?你做得好事,人家都把杀人的罪名架在你头上啦!

葛莱西安诺　什么事?

爱米利娅　你倘是个汉子,赶快否认这恶人所说的话吧;他说你告诉他他的妻子不贞。我知道你不会说这种话,你还不会是这样一个恶人。说吧,我的心都要胀破了。

伊阿古　我不过把我自己的意思告诉他;我对他所说的话,已经由他自己证实了。

爱米利娅　可是你有没有对他说她是不贞的?

伊阿古　我对他说过。

爱米利娅　你说谎,一个可憎的、万恶不赦的谎!凭着我的灵魂起誓,一个谎,一个罪恶的谎!她跟凯西奥私通!你说她跟凯西奥私通吗?

伊阿古　跟凯西奥私通,太太。好了好了,收住你的舌头吧。

爱米利娅　我不愿收住我的舌头;我必须说话。夫人在这儿床上给人谋杀了。

众　人　啊,哪会有这样的事!

爱米利娅　都是你造的谣言,引起这场血案。

奥瑟罗　各位不必惊慌;这事情是真的。

葛莱西安诺　真有这样的事,那可奇了!

蒙太诺　啊,骇人的行为!

爱米利娅　诡计!诡计!诡计!我现在想起来了;啊,诡计!那时候我就有些怀疑;我要伤心死了!啊,诡计!诡计!

伊阿古　什么!你疯了吗?快给我回家去!

爱米利娅　各位先生,让我有一个说话的机会。照理我应该服从他,可是现在却不能服从他。也许,伊阿古,我永远不再回家了。

奥瑟罗　啊!啊!啊!(扑卧床上。)

爱米利娅　哼,你躺下来哭叫吧;因为你已经杀死一个世间最温柔纯洁的人。

奥瑟罗　啊,她是淫污的!我简直不认识您啦,叔父。那边躺着您的侄女,她的呼吸刚才被我这双手扼断;我知道这件行为在世人眼中看起来是惊人而惨酷的。

葛莱西安诺　可怜的苔丝狄蒙娜!幸亏你父亲已经死了;你的婚事是他的致死的原因,悲伤摧折了他的衰老的生命。要是他现在还活着,看见这种惨状,一定会干出一些疯狂的事情来的;他会咒天骂地,赶走了身边的守护神,毁灭了自己的灵魂。

奥瑟罗　这诚然是一件伤心的事;可是伊阿古知道她曾经跟凯西奥干过许多回无耻的勾当,凯西奥自己也承认了。她还把我的定情礼物送给凯西奥,作为他殷勤献媚的酬劳。我看见它在他的手里;那是一方手帕,我的父亲给我母亲的一件古老的纪念品。

爱米利娅　天啊！天上的神明啊！

伊阿古　算了,闭住你的嘴!

爱米利娅　事情总会暴露的,事情总会暴露的。闭住我的嘴? 不,不,我要像北风一样自由地说话;让天神、世人和魔鬼全都把我嘲骂羞辱,我也要说我的话。

伊阿古　放明白一些,回家去吧。

爱米利娅　我不愿回家。(伊阿古拔剑欲刺爱米利娅。)

葛莱西安诺　呸!你向一个妇人动武吗?

爱米利娅　你这愚笨的摩尔人啊!你所说起的那方手帕,是我偶然拾到,把它给了我的丈夫的;虽然那只是一件小小的东西,他却几次三番恳求我替他偷出来。

伊阿古　长舌的淫妇!

爱米利娅　她送给凯西奥!唉!不,是我拾到了,把它交给我的丈夫的。

伊阿古　贱人,你说谎!

爱米利娅　苍天在上,我没有说谎;我没有说谎,各位先生。杀人的傻瓜啊!像你这样一个蠢才,怎么配得上这样好的一位妻子呢?

奥瑟罗　天上没有石块,可以像雷霆一样打下来吗?好一个奸贼!(向伊阿古扑奔;伊阿古刺爱米利娅逃下。)

葛莱西安诺　这妇人倒下来了;他把他的妻子杀死了。

爱米利娅　是,是;啊!把我放在夫人的身旁吧!

葛莱西安诺　他走了,他的妻子给他杀了。

蒙太诺　这是一个罪大恶极的凶徒。你拿着我从这摩尔人手里夺下来的剑。来,在门外看守好了,别让他出去;他要是想

203

逃走,尽管把他杀死。我要去追那恶人,那是一个不可宽恕的家伙。(蒙太诺、葛莱西安诺下。)

奥瑟罗　我的勇气也离我而去了,每一个孱弱的懦夫都可以夺下我的剑来。可是奸恶既然战胜了正直,哪里还会有荣誉存在呢?让一切都归于幻灭吧!

爱米利娅　你的歌儿是一个谶兆吗,夫人?听,你听没听见我的声音?我要像天鹅一般在歌声中死去①。(唱)

　　　　杨柳,杨柳,杨柳……

摩尔人,她是贞洁的;她爱你,狠心的摩尔人。我说的是真话,愿我的灵魂享受天福;我的话是跟我的思想一致的。我死了,我死了。(死。)

奥瑟罗　我还有一柄剑在这屋子里,那是一柄用冰泉的水所浸炼的西班牙宝剑。啊,在这儿!叔父,我一定要出来。

葛莱西安诺　(在内)你要是敢试一试,就得付重大的代价;你没有武器,只好屈服。

奥瑟罗　那么进来瞧瞧我吧,我有话对你说;否则我虽然没有武器,也只好不顾一切跟你拼一下了。

　　　　葛莱西安诺重上。

葛莱西安诺　什么事?

奥瑟罗　瞧!我有一柄剑;从来没有一个战士佩带过比这更好的剑;凭着这一条小小的胳臂和这一柄利剑,我曾经冲破二十倍于你们这样人数的包围;可是,无聊的夸口啊!谁能主宰他自己的命运呢?现在我已经没有那样的本领了。虽然你看我拿着武器,可是不用害怕,这儿是我的旅途的终点,

---

① 据说天鹅在临终时为自己唱起挽歌。

我的航程的最后的目标。你吓得退走了吗？这是不必要的惊恐；谁只要拿一根灯草向奥瑟罗的胸前刺去，他也会向后退缩的。奥瑟罗应该到什么地方去呢？——啊，让我再看看你的脸吧，薄命的女郎！像你的衬衣一样惨白！我们在天庭对簿的时候，你这一副脸色就可以把我的灵魂赶下天堂，让魔鬼把它抓去。你的全身冰冷，我的恋人！正像你的贞洁一样凛若寒霜。啊，该死的、该死的奴才！魔鬼啊，把我从这天仙一样美人的面前鞭逐出去吧！让狂风把我吹卷、硫磺把我熏烤、沸汤的深渊把我沉浸吧！啊，苔丝狄蒙娜！苔丝狄蒙娜！死了！啊！啊！啊！

　　　　罗多维科、蒙太诺、二侍从以卧椅抬凯西奥及吏役等押伊阿古同上。

罗多维科　这卤莽而不幸的人在哪儿？
奥瑟罗　那就是从前的奥瑟罗；我在这儿。
罗多维科　那条毒蛇呢？把这恶人带上来。
奥瑟罗　据说魔鬼的脚是分趾的，让我看看他的脚是不是这样。要是你真的是一个魔鬼，我也不能杀死你。（刺伤伊阿古。）
罗多维科　把他手里的剑夺下来。
伊阿古　我不过流了点儿血，还没有给他杀死。
奥瑟罗　那也好，我要你留着活命；因为在我看来，死倒是一桩幸福。
罗多维科　啊，奥瑟罗！你本来是一个很好的汉子，却会中一个万恶的奸人的诡计，我们该说你什么呢？
奥瑟罗　随便你们怎么说吧；要是你们愿意，不妨说我是一个正直的凶手，因为我所干的事，都是出于荣誉的观念，不是出于猜嫌的私恨。

罗多维科　这恶人已经承认了一部分他的奸谋;杀死凯西奥是你跟他同谋的吗?

奥瑟罗　是的。

凯西奥　主帅,我从来不曾得罪过您。

奥瑟罗　我相信你的话;愿你原谅我吧。你们问一问那个顶着人头的恶魔,为什么他要这样陷害我的灵魂和肉体?

伊阿古　什么也不要问我;你们所知道的,你们已经知道了;从这一刻起,我不再说一句话。

罗多维科　什么!你也不要祈祷吗?

葛莱西安诺　酷刑可以逼你开口。

奥瑟罗　嘿,你这是最好的办法。

罗多维科　将军,一切经过,你将会明白的,我相信你现在还一点也不知道。这是从已死的罗德利哥衣袋里搜到的一封信;这儿还有一封;其中一封信里说到杀死凯西奥的事情由罗德利哥动手执行。

奥瑟罗　啊,奸贼!

凯西奥　野蛮残忍的阴谋!

罗多维科　这儿还有从他的衣袋里找到的一封充满怨言的信,看来好像是罗德利哥预备寄给这个万恶的奸人的;可是信还没有寄出,伊阿古就给了他回答了。

奥瑟罗　啊,恶毒的奸贼!凯西奥,我的妻子的手帕怎么会到你手里的?

凯西奥　我在我的房间里找到它;他刚才已经亲口承认是他有意把它丢在那里的,借此可以达到他自己的图谋。

奥瑟罗　啊,傻瓜!傻瓜!傻瓜!

凯西奥　在罗德利哥的信里,他又埋怨伊阿古不该撺掇他在我值夜的时候向我寻事;我就是为了那一回事情而去职的。就在刚才,他从长时间的昏迷中醒了过来,还说起他一切都受伊阿古的指使,结果却是伊阿古伤了他的生命。

罗多维科　你必须离开这所屋子,跟我们去;你的军队和兵权必须全部交卸,让凯西奥主持塞浦路斯的军政重务。对于这一个家伙,我们将要用一切巧妙的酷刑加在他的身上,使他遍受种种的痛苦,而不至于立刻死去。我们还要把你严密监禁,等候威尼斯政府判决你的罪状。来,把他带下去。

奥瑟罗　且慢,在你们未走以前,再听我说一两句话。我对于国家曾经立过相当的功劳,这是执政诸公所知道的;那些话现在也不用说了。当你们把这种不幸的事实报告他们的时候,请你们在公文上老老实实照我本来的样子叙述,不要徇情回护,也不要恶意构陷;你们应当说我是一个在恋爱上不智而过于深情的人;一个不容易发生嫉妒的人,可是一旦被人煽动以后,就会糊涂到极点;一个像印度人一样糊涂的人,会把一颗比他整个部落所有的财产更贵重的珍珠随手抛弃;一个不惯于流妇人之泪的人,可是当他被感情征服的时候,也会像涌流着胶液的阿拉伯胶树一般两眼泛滥。请你们把这些话记下,再补充一句说:在阿勒坡地方,曾经有一个裹着头巾的敌意的土耳其人殴打一个威尼斯人,诽谤我们的国家,那时候我就一把抓住这受割礼的狗子的咽喉,就这样把他杀了。(以剑自刎。)

罗多维科　啊,惨酷的结局!

葛莱西安诺　一切说过的话,现在又要颠倒过来了。

奥瑟罗　我在杀死你以前,曾经用一吻和你诀别;现在我自己的生命也在一吻里终结。(倒扑在苔丝狄蒙娜身上,死。)

凯西奥　我早就担心会有这样的事发生,可是我还以为他没有武器;他的心地是光明正大的。

罗多维科　(向伊阿古)你这比痛苦、饥饿和大海更凶暴的猛犬啊!瞧瞧这床上一双浴血的尸身吧;这是你干的好事。这样伤心惨目的景象,赶快把它遮盖起来吧。葛莱西安诺,请您接收这一座屋子;这摩尔人的全部家产,都应该归您继承。总督大人,怎样处置这一个恶魔般的奸徒,什么时候,什么地点,用怎样的刑法,都要请您全权办理,千万不要宽纵他!我现在就要上船回去禀明政府,用一颗悲哀的心报告这一段悲哀的事故。(同下。)

爱德华三世

绿 原译

剧 中 人 物

爱德华三世　简称"爱德华王"
威尔士亲王　爱德华三世之子,又称"爱德华王子",
　　绰号"黑王子"
沃里克伯爵
德比伯爵
索尔兹贝里伯爵
奥德利勋爵
珀西勋爵
洛德威克　爱德华王之心腹
威廉·蒙塔古爵士
约翰·科普兰爵士
罗伯特　阿尔托瓦伯爵
蒙德福伯爵
两位英国乡绅
一位英国传令官
戈本·德·格雷
约翰二世　法兰西国王
查　理　诺曼底公爵,约翰二世之子

腓力　约翰二世之次子

洛林公爵

维利叶　一位法国领主

波希米亚国王

一位波兰将领

六位加莱商人

六位加莱贫民

两位加莱市民

两位法国将领

另一位将领

一位法国水兵

三位法国传令官

另四位法国人

大卫二世　苏格兰国王

道格拉斯伯爵

两位苏格兰信使

菲利帕　英格兰王后

索尔兹贝里伯爵夫人

一位法国妇人

侍从们,士兵们

地　点

英国,弗兰德斯,法国

第 一 幕

第一场　伦敦。宫内议事厅

　　爱德华王,德比,爱德华王子,奥德利,沃里克和阿尔托瓦上。

爱德华王[1]　阿尔托瓦的罗伯特[2],你虽然从你的故土法国被流放,可跟我们在一起,你还是一位伟大的领主,因为我们这里封你为里奇蒙伯爵。现在继续谈谈我们的家谱吧,请问是谁继承了"花花公子腓力"[3]?

---

[1] 爱德华王,即本剧主角爱德华三世(1312—1377),爱德华二世之子,在位50年(1327—1377)。1330年起摆脱其母伊莎贝拉的控制,独立执政。1333年和1346年两次打败苏格兰。1337年开始与法国进行"百年战争",在斯路易斯击败法国舰队(1340);继而与其子"黑王子"进攻法国本土,在克雷西(1346)、加莱(1347)、普瓦捷(1356)等地大获全胜;按布列塔尼条约,攫取卢瓦尔省以南的法国大半国土。同时,由于数次黑死病蔓延(1348,1361,1368),全国经济转趋凋敝。1369年重向法国开战,到1375年失去除加莱、波尔多、巴约讷、布雷斯特等地以外的法国领土。晚年移政于其四子约翰·冈特,"黑王子"之弟,即兰开斯特公爵。

[2] 罗伯特·阿尔托瓦,法王腓力六世的姻亲,因索取阿尔托瓦伯爵领地继承权,与法王反目成仇。1334年前往英国离间英法关系,导致1337年由爱德华三世发动的"百年战争"。

[3] "花花公子腓力",即法王腓力四世,又称"美男子腓力"(1268—1314)。爱德华三世的外祖父。

阿尔托瓦　他的三个儿子①相继登上了他们父王的宝座,可都死掉了,没有留下一个后嗣。

爱德华王　我的母亲可是他们的姊妹吧?

阿尔托瓦　她是的,陛下,这位腓力就只有伊莎贝尔②这个女儿,后来你的父王娶她为妻,从她芬芳的子宫花园里,才生下仁慈的陛下您,欧洲的希望之花,理当成为法国王位的继承人。但是,请注意反叛分子头脑里的怨恨吧,当花花公子的血统告终时,法国人便抹煞了你母亲的特权,她虽然是第二继承人,他们却宣布伐洛瓦王室③的约翰为他们的国王。理由是,据他们说,法国国土上多的是出身高贵的王孙公子,不应让任何人来主宰,除非他是一个男性后裔,这也正是他们轻视您并借以剥夺您的继承权的特殊根据;但是,他们将会发现,他们捏造的这番理由不过是几堆易碎的尘沙。我是个法国人,竟来泄露这一点,也许别人会觉得是件滔天罪行,但我祈求上苍证实我的誓言:不是仇恨,也不是什么私人过失,而是对我的国家和权利的爱,才使我这样向您饶舌。您是我们的太平盛世的嫡系守护人,而伐洛瓦的约翰却诡计多端地一味钻营,老百姓除拥护他们的王,还能干什么呢?哦,除了努力制止一个暴君的傲慢,推戴我们邦国的

---

① "三个儿子",即刘易斯十世、腓力五世和查理四世,依次登位为法王和纳瓦拉国王。

② 伊莎贝尔,即伊莎贝拉,法王腓力四世之女(1292—1358),爱德华三世之母。1308年嫁英王爱德华二世,因不堪虐待,于1325年返法,旋与其情夫马奇伯爵罗杰·德·摩蒂默举兵攻英,废黜爱德华二世,立其子爱德华三世,并与摩蒂默共同摄政。1330年与莫蒂默一同被囚禁,莫被处决后被迫隐居。晚年加入女修会。

③ 伐洛瓦王室,法国一王室(1328—1589),从腓力六世(1328即位)到亨利三世(1589逝世)历261年,王冠后转入波旁王室之手。

214

真正牧人,还能在哪儿看得见我们的职责呢?

爱德华王　你的这番忠告如充沛的阵雨,助长了我的尊严感,由于你的话语如火如荼的活力,我的心胸才升起了炽热的勇气,这股勇气以前一直给蒙在鼓里,现今才展开了荣誉的金翼,使美丽的伊莎贝尔的后裔得以将他们顽强的颈项套上钢铁,好把我的君权踢回法国去。(号角长鸣)一位信使来了!奥德利勋爵,请去瞧瞧是从哪儿来的。

　　　　奥德利下,又上。

奥德利　洛林公爵①跨海而来,请求与陛下会谈。

爱德华王　各位勋爵,请让他进来,我们好听听新闻。(勋爵们下,旋即偕带有随从的洛林公爵上)洛林公爵,请问来此有何贵干?

洛　林　最可敬的君主,法国国王约翰②,向你,爱德华,问好,并派我传达命令:吉燕公国③将作为他的慷慨的礼品赐给你,你应为此向他致敬效忠;为了这个目的,我劝你在近四十天内赶赴法国,以便在那里按照惯例向我们的国王宣誓,表示臣服,否则你在那个省份的爵位将会消失,他本人将会重新占有那片土地。

爱德华王　请看幸运怎样向我微笑吧!我还没有想到去法国,

---

① 洛林公爵,指古老法兰克公国的领主,下属梅斯、土尔、凡尔登三个主教区。
② 法王约翰,即约翰二世,绰号"好人约翰"(1319—1364),腓力六世之子。1356年,"百年战争"期间,为爱德华三世所败,被俘;滞英期间,国内由其子查理五世摄政;1360年按布列塔尼条约付赎金获释;1364年因无力筹办全部赎金,重返英国,客死异域。
③ 吉燕,又译"圭亚那",古代法国西南部一省,或称"阿基坦"。法王约翰以此作为"礼品"赠与姻亲爱德华三世,被后者拒绝,并引发战争;战后为爱德华三世之子威尔士亲王所接管(参阅第五幕末尾注文);1453年重归法国。

马上就被邀请了,不,是拿惩罚来威胁我,命令我去。要对他说"不!"未免有点孩子气。那么,洛林,给你的主子带去这样的回答吧:我打算应邀前往拜访他,但是怎样前往呢?可不是奴颜婢膝地点头哈腰,而是像个征服者让他向我鞠躬。他蹩脚的拙劣的花招露馅了,真理已揭下他脸上掩饰傲慢的面罩。他竟敢命令我臣服吗?告诉他,他篡夺的王冠是我的,在他驻足的处所,他本应当下跪。我所要求的不是一个小小的公国,而是王国的整个领地,如果他胆敢拒绝呈献,我就把他身上那些借来的羽毛拔光,把他赤裸裸地送到荒野里去。

洛　林　那么,爱德华,尽管你的勋爵们都在这里,我仍然要当面向你挑战!

爱德华王子　挑战吗,法国佬!我们把它给你扔回去,扔到你主子的嗓子眼里去;为了对国王,我仁慈的父亲,以及其他这些勋爵表示敬意,我把你的这番口信只当做胡说八道,把派你来的那个人当作懒惰的公蜂,偷偷爬上了鹰巢①,我们将用一场狂风暴雨把它从那儿摇撼下来,好拿他的下场来警告他人。

沃里克　叫他把他披着的狮皮脱下来,免得在战场上遇见真狮子,它会为了自尊把他撕得粉碎。

阿尔托瓦　我对他阁下所能给的最可靠的忠告,就是在山穷水尽之前趁早投降。一场自愿接受的灾祸要比被迫受辱少受人嘲笑。

洛　林　堕落的叛徒,还在吸奶就弑母的毒蛇,你在这里可参加

---

① 鹰为鸟类之王。"鹰巢"暗喻王位。

了这项阴谋？(拔剑)

爱德华王　(拔剑)洛林，瞧瞧这柄钢剑的利刃吧！压在我心头的炽烈欲望要比这道剑刃更其伤人，所以我一歇下来，常常就像夜莺一样受伤①，直到我的旌旗在法国招展起来。这就是我最后的回答；滚吧。

洛　林　不是那个，也不是任何英国式的咋唬，像看见他这条毒蛇一样令我难过，原来最虚伪的东西竟然是最真实的。

　　　　洛林及随从下。

爱德华王　勋爵们，你们的快舰扬帆了，手套已经扔下②，战争就要开始，不会很快结束。(威廉·蒙塔古上)威廉·蒙塔古爵士，是什么风把你吹来？苏格兰人和我们之间的盟约如何了？

蒙塔古　吹了，崩了，我尊敬的君王。那个狡诈的国王一听说你撤回了军队，马上就把昔日的誓言抛到脑后，向边境城镇发动了进攻。贝里克被拿下，纽卡尔被抢走，现在暴君包围了罗克斯巴勒城堡，索尔兹贝里伯爵③夫人给困在里面，岌岌不可终日。

爱德华王　她不是你的女儿吗，沃里克？她的丈夫不是在布列塔尼④效劳很久，要在那儿把蒙德福勋爵扶植起来吗？

---

① 传说夜莺为了夜间保持清醒，以便唱歌求偶，常挺胸扑向尖刺。
② 按照西方贵族风习，扔下手套即表示要求或同意决斗。
③ 索尔兹贝里伯爵，系中世纪后期英国显赫家族，萨默塞特大地主蒙塔古的德洛戈的后裔。此处指威廉·蒙塔古(1328—1397)，曾帮助爱德华三世摆脱其母控制，1337年被封为索尔兹贝里伯爵；1346年参加爱德华三世进攻克雷西、普瓦捷等战役。其妻伯爵夫人在后场称之为"侄儿"的，是与伯爵同名的威廉·蒙塔古爵士。
④ 布列塔尼，即"不列颠"的罗马称法。

沃里克　是的,陛下。

爱德华王　卑鄙的大卫①,难道除了手无寸铁的妇女,你吓人的武器就没有人可以折磨吗?但我要让你缩起你的蜗牛犄角来。所以,首先是奥德利听命,你的任务是:去为我们的征法战争招募步兵;内德②去检阅一下我们的战斗人员,各郡建立一个小分队,让他们个个成为精神饱满的士兵,除了蒙受耻辱,什么也不怕。所以,一定要谨慎从事,既然我们开始了一场驰名天下的战争,而且是和如此强大的一个国家作战。德比,你为我们当一趟特使,到我们的丈人海瑙尔特伯爵③那儿去,让他了解一下我们的事业,而且如果他愿意,还可以和我们弗兰德斯的盟友们一起,以我们的名义向德意志皇帝请求援助。至于我个人,在你们分工合作的同时,我将率领我手下的军队前进,再一次把背信弃义的苏格兰人击退。但是,先生们,痛下决心吧,我们将在四面八方作战:内德,现在你必须开始忘却你的学业和书本,让你的肩膀习惯铠甲的重量。

爱德华王子　作为对于我的青春血性的愉快的试探,这场骚动不断发出战争的喧嚣,就像在一个国王的加冕典礼上,人们兴高采烈地大喊大叫一样,"皇帝万岁!"之声响彻云霄。

---

① "卑鄙的大卫",指苏格兰国王大卫二世(1324—1371)。1328年四岁时,与爱德华三世之妹乔安娜成婚;1329年即位,被流放与监禁达18年之久,1334年流亡法国,受法王腓力六世优遇,并参加后者对爱德华三世的战争;1346年被俘;1357年以交纳赎金为条件获释。
② 内德,即爱德华的昵称。此处指爱德华三世之子"黑王子"。
③ 海瑙尔特伯爵,指神圣罗马帝国西端、里尔以南、阿尔托瓦以东一片领土的领主。该地现为比利时西南部一省,法语作"埃诺"。"丈人"(或"继父")似系玩笑式尊称。

在这个关乎荣誉的学校里,我将学习或者把我的敌人作为牺牲,或者在一场正义的斗争中战死。那么,勇往直前吧,每人按照各自的方式!在伟大的事件中,延宕总是有害的。(同下。)

第二场 罗克斯巴勒。城堡前面

索尔兹贝里伯爵夫人上,靠着城墙。

伯爵夫人 唉,我可怜的眼睛,真是望穿秋水,也望不见我的君王派来援军。哦蒙塔古侄儿,我担心你缺乏足够的勇气,代表我向国王强烈地请求援救。你没有告诉他,给苏格兰人当卑贱的俘虏,是怎样一种滋味:或者被他们用苏格兰土语中的下流誓言纠缠,或者为他们粗鲁的暴行所逼迫。你没有告诉他,如果他①在这里占了上风,他们将在北方怎样嘲弄我们,用他们恶俗的不文明的轻薄玩笑,叫嚷他们的征服和我们的瓦解,即使是在荒凉、凛冽、寸草不生的空气里。(大卫王和道格拉斯、洛林及其他人上)我得退下去,那个死敌到城墙边来了。我将偷偷躲到一旁去,记下他们粗鲁而傲慢的胡言乱语。(退到防御工事后面。)

大卫王 我的洛林大人,请作为基督教徒代我们向我们的法国兄弟致意,就说我们一定充满敬畏,全心全意地爱。至于你的使节职能,请回去说,我们不会跟英国议和,决不会好言好语地停战,只会烧掉他们邻近的城镇,一直猛冲猛打到他们的约克城那边去:我们英俊的骑兵决不会休息,决不会让

---

① 指大卫王。

腐蚀的铁锈有时间吞噬他们轻松的嚼子和灵活的靴刺,决不会抛开他们连环铠甲的战袍,决不会把他们带有苏格兰粒状尘埃的棍棒按和平方式悬挂在他们的城墙上,决不会从他们紧扣着的茶色皮带上解下他们的利剑,直到你的国王喊道:"够了!为了怜悯,饶了英国吧。"一路顺风,去告诉他,你是在这座城堡前面离开我们的,对他说你是从我们这里来的,甚至是在我们已经使它向我们投降的时候。

洛　林　就此告辞,一定把你令人满意的问候转达给我的国王。(下。)

大卫王　道格拉斯,再来谈谈我们原先的任务,看怎样来瓜分这笔可靠的战利品。

道格拉斯　我的主子,我只想要那位夫人,别的什么也不想。

大卫王　稍安毋躁,先生,先得让我来选择,我已把她预订下来了。

道格拉斯　嗯,那么让我享受她的珍宝吧,我的主子。

大卫王　那些都是她自己的,仍然属于她,继承她的那个人将连同那些珍宝一起占有。

　　　　　一名苏格兰人作为信使匆上。

信　使　陛下,我们正在山上捡拾战利品,向这边策马而来时,远远发现一大队人马。反射在铠板上的阳光照出了盔甲遍野,枪矛如林,在前进。陛下赶快考虑一下:轻轻松松行军四小时,最后的行列都会开到这个地方来了。

大卫王　快走,快走,这是英格兰国王!

道格拉斯　杰米,我的仆人,快给我的黑色骏马备鞍!

大卫王　你想打吗,道格拉斯,我们太弱了。

道格拉斯　我很知道这一点,陛下,所以我飞跑。

伯爵夫人　（现身上前）苏格兰的大人们,你们可愿歇下来饮一杯?

大卫王　她在嘲弄我们,道格拉斯,我受不了。

伯爵夫人　请问大人,占有夫人的是哪一位,占有她的珍宝的又是哪一位?我相信,大人们没有分到赃物,是决不会走开的。

大卫王　她听到信使讲话,也听到我们的话;而今援军到了,使她能够嘲弄我们。

　　　　另一名信使上。

信使二　拿起武器吧,大人!我们遭突袭了!

伯爵夫人　跟着法国特使去吧,陛下,去告诉他,你不敢骑马到约克去。就借口说,你的骏马跛了吧。

大卫王　她也听到那句话。真是糟透了!娘儿们,再见。虽然我不会停下来——

　　　　苏格兰人下。

伯爵夫人　这不是为了害怕,可你们还是逃走了。——哦来得及时的援军,欢迎到我们家里来!那些不可一世的、吵吵嚷嚷、自吹自擂的苏格兰人,曾经在我的城墙面前发过誓,尽管来了这个国家的武装力量,他们都不会后退;可一听说有情况,一提到拿起武器,就吓得把脸一抹,顶着凛冽的东北风,从这里开了小差!

　　　　蒙塔古及其他人上。

哦多么美妙的一天!瞧我的侄儿来了!

蒙塔古　婶婶可好?我们不是苏格兰人,你怎么关起城门不让你的朋友们进来?

伯爵夫人　我会欢迎你们的,侄儿,因为你们来得正好,把我的敌人从这儿赶跑了。

蒙塔古　国王亲自来到了这儿。下来吧,亲爱的婶婶,向陛下道贺吧。

伯爵夫人　我该怎样招待陛下,以表示我的本分和他的尊严?

（从城头下。）

号角齐鸣。爱德华王,沃里克,阿尔托瓦及余人上。

爱德华王　怎么回事,我们还没放犬追猎,偷偷摸摸的狐狸们就跑光了?

沃里克　他们跑光了,陛下,可急躁的猎犬欢叫了一声,追踪而去。

索尔兹贝里伯爵夫人带随从上。

爱德华王　这是伯爵夫人,是不是,沃里克?

沃里克　陛下,暴君害怕她的美貌,便用毒风把她像五月花一样给糟蹋了,给枯萎了,掩盖了,踩躏了。

爱德华王　难道她曾经比现在更漂亮吗,沃里克?

沃里克　我仁慈的王,她根本不漂亮了,不像她当年保持本色时我看见的那样,如果她的那个本色被她自己玷污了的话。

爱德华王　（旁白）多么奇怪的魅力藏在她的那双眼睛里,想它们当年一定比现在更其卓越不凡;她目前虽微见衰颓,仍有力量使我着迷的眼睛摆脱凛然的威风,而以溺爱的倾慕去注视她。

伯爵夫人　（下跪）我以比土地更低下的本分跪下来,我迟钝的膝盖代表我多情的心弯了下来,来证明我对于陛下的臣服,以一个臣民的无限谢意感谢陛下的光宠,是御驾亲临才把战争与危险从我门前驱走的。

爱德华王　夫人,平身。我为你带来了和平,尽管我这一来,却把战争惹上了身。

伯爵夫人　对你没有战争,陛下。苏格兰人走了,带着仇恨奔回苏格兰老家了。

爱德华王　免得我在这里萎靡于可耻的爱情,来吧,我们去追苏格兰人。——阿尔托瓦,走!

伯爵夫人　等一会儿,我仁慈的君主,停留一下,让一位伟大国王的权威光宠一下我的屋顶吧。我的丈夫在战火中,听到这件幸事,将会喜得捷报频传了。敬爱的陛下,请勿吝惜你的身份,到了城门口,就请进寒舍吧。

爱德华王　原谅我,伯爵夫人,我不想走得更近,今夜我梦见了叛逆,我害怕。

伯爵夫人　让丑恶的叛逆远离这个地方!

爱德华王　（旁白）离她的共谋的眼睛①不能更近了,它正把染毒的光芒射进我心中,是任何心智或医术都无从挽救的。现在,只有在日光下面,它才不至于用光刺瞎凡人的眼睛;因为这里有两个我的眼睛想看见的白昼星辰,比太阳更甚地从我这里偷走了我自己的光。沉思默想的欲望②啊!经不起推敲的单相思——沃里克,阿尔托瓦,上马,咱们走!

伯爵夫人　该说些什么才能让我的君主留下来呢?

爱德华王　这样一双会说话的眼睛,比动人的讲坛更能说服人,它还需要什么舌头呢?

伯爵夫人　别让你的风采像四月的太阳,奉承一下我们的地球

---

① "共谋的眼睛",即勾引异性的眼睛。后文的"白昼星辰"也是指那双"眼睛",它们已把"我"刺瞎了。
② "沉思默想的欲望",通过矛盾修饰法,表明为了获得欲望目标（指伯爵夫人）而不得不思前想后的矛盾心理。

又突然落山了。别让我们的外墙更幸运,希望你也使我们的内屋增增光。陛下,我们的房屋像一个乡村的情人,她的服装粗拙,态度直率而平凡,并未预示什么贵重价值,但她内心由于丰富的慷慨和潜藏的豪华而变得美丽;须知在埋有金矿的地方,土地不为自然的花毯所覆盖,也会显得贫瘠、枯槁、不肥美、不富饶而又干巴巴;而在土地表层草皮夸耀美观、芬芳与五颜六色的财富之处,从那儿挖掘下去,就会发现这样的结果,原来它们的豪华不过是从粪便与腐败之中生长出来的。但是,为了补足我的冗长的比较,这些粗糙的城墙根本不能证明里面的一切,它们不过是一件斗篷掩藏着内秀的豪华,免遭风吹雨打而已。愿陛下比我的话语更仁慈,能说服自己停下来跟我一起待一会儿。

爱德华王　既漂亮又聪明!当智慧作为美的卫士守住大门之际,什么可笑的疑虑值得倾听呢?伯爵夫人,虽然我军务缠身,我侍候你的时候,它也会等待的。跟我来,大人们,我今晚在此做客。(同下。)

第二幕

第一场　罗克斯巴勒。城堡花园

洛德威克上。

洛德威克　我注意到,他的眼睛盯着她的眼睛,他的耳朵在啜饮她的妙舌的倾吐,而变换着的激情如无常的浮云随风飘荡,起伏在他的不安的脸颊上。瞧,她脸一红,他就显得苍白,仿佛她的脸颊由于某种魔力,从他脸上吸走了鲜红的血;她一变得苍白,他的脸颊则由于敬畏,随即披上了深红的装饰,但不像她那种艳若朝阳的鲜红,不过有如砖瓦之于珊瑚,活物之于死者而已。为什么他要那样仿造她的脸色呢?她脸红,是在神圣君王面前感到的温柔、谦卑的羞愧,而他脸红,则是身为国王而低眉顺眼,显得尴尬,不免感到失礼的羞愧;她脸色苍白,是匹妇面见国王的畏惧表现,而他显得苍白,则是身为伟大国王而拈花惹草,不免有所内疚的恐惧感。跟苏格兰人不再打仗了,我却担心,一场恶作剧的桃色事件将旷日持久地围攻英国。陛下来了,一个人独自漫步。(站在一旁。)

爱德华王上。

爱德华王　自从我来到这儿,她长得更加漂亮了,她的声音一个字比一个字更加清亮,她的如珠妙语也更加流畅。谈到大卫和他的苏格兰人,她发挥了多么奇特的一篇宏论!她说,"他甚至这样说话",——然后用苏格兰人的措辞和腔调讲起低地土话来,但讲得比苏格兰人更好;"这个样子,"她说,然后自己回答自己,除了她自己,谁还能像她那样讲话呢?她在城头用上天守护神的纶音,向她的野蛮的仇敌,轻轻发出甘美的蔑视。她谈到和平时,我想她的舌头在向监狱指挥作战;谈到战争,则把恺撒从他的罗马墓穴中惊醒,来倾听她的长篇大论,把战争美化。智慧是愚蠢,除非在她的口中;美丽是诽谤,除非在她的娇容上;天下没有夏天,除非她面露喜色;也没有严冬,除非在她的轻蔑中。我不能责怪苏格兰人把她围困,因为她是我国至高无上的宝贝;但是,本来有如此充分而美妙的理由停留下来,他们却逃走了,就不能不喊他们为胆小鬼了。——是你吗,洛德威克?
(洛德威克上前)给我拿墨水和纸来。

洛德威克　我就去拿,陛下。

爱德华王　请大人们继续下棋吧,我要独自走一走,想一想。

洛德威克　我就去说,陛下。(下。)

爱德华王　这家伙精通诗文,性格活泼,嘴巴灵巧。我要把我的热情告诉他,命他用一块细麻布把它遮起来,好让美神之王由此得知她本人就是我所以憔悴的缘故。(洛德威克上)笔墨纸张齐备了吗,洛德威克?

洛德威克　齐备了,陛下。

爱德华王　那么到凉亭去,坐在我身旁,把它当作议事厅或者小密室,既然我们的思想内容是绿的,我们在这里倾吐衷肠,发泄郁积,这个秘密会址也应该是绿的。洛德威克,现在祈求某位金色缪斯,给你送来一支魔笔,可以为叹息留下真正的叹息,谈到忧伤能使你立刻呻吟起来;当你写到眼泪,请在字前字后嵌进如此甜美的挽歌,足以在鞑靼人的眼中掬出同情泪,并使冷酷无情的塞西亚人①柔肠寸断,只因诗人之笔具有如此动人的力量。那么,如果你是一位诗人,就请这样动笔吧,并用你的君王的爱情把自己丰富起来:因为如果优美和弦的弹奏能够迫使地狱的耳朵②倾听,诗人智慧的歌曲岂不更可诱惑和驰荡柔弱而仁慈的心灵?

洛德威克　我的笔调是对谁的呢?

爱德华王　对一个使美人蒙羞、为智者抹黑的人,她的本体是一个抽象或者一个缩影,包含着世上每一种普遍的美德。你必须找出一个比"美丽"更好的开头,为漂亮创造出一个比漂亮更漂亮的字眼,而你所要颂扬的每一种风致,都得达到颂扬所能达到的最高点;只要你不怕被说成谄媚,那么如果你的倾慕是十倍于颂词本身的价值,你所要颂扬的对象的价值则将超出一万个十倍。动笔吧,我要去沉思一会儿。别忘记写下,她的美色使我多么动情,多么愁苦,多么憔悴啊。

洛德威克　我是给一个女人写吗?

爱德华王　还有什么美色能够征服我,或者除了女人还有谁值得我们送上恋歌?怎么,难道你认为我在请你歌颂一匹马么?

---

① 塞西亚系黑海与里海间东北部一古地名,该地居民好战,善射。
② "地狱的耳朵",指希腊神话中色雷斯音乐家俄耳甫斯能以竖琴迷醉树木与野兽,曾下地狱说服冥王准其接引其亡妻欧律狄克还阳的故事。

洛德威克　她是什么社会身份,这是我非知道不可的,陛下。

爱德华王　是这样一种身份:如果她的等级好比一个宝座,那么我的则是她踏脚的脚凳:你可以从她的尊贵的比例来判定她的身份了。写下去吧,我且在沉思默想中来精读她:她的声音好比音乐,好比夜莺——每个夏季欢蹦乱跳的乡下情郎,当他的晒黑了的情人讲话时,便把她比作音乐;为什么我还要说到夜莺呢?夜莺歌唱私通的过失①,用它来打比喻未免太挖苦人了;因为过失虽然是过失,却不愿这样被判断。倒不如说,德行宁愿被看做过失,过失宁愿被看做德行。她的头发远比蚕丝更柔软,好比一面讨好的镜子,使黄色琥珀显得更美丽。——"好比一面讨好的镜子",比得太早了;因为要描写她的眼睛,我该说,它们就像一块玻璃,抓住了阳光,把炽热的反光从那儿弹回到我的胸中,再在里面把我的心燃烧起来。哦多么丰富而和谐的曲调使我的灵魂唱出了爱情这支即兴的素歌。——喂,洛德威克,你把墨水变成了金子吗?如果没有,就用大写字母来写我的情妇的名字,它会使你的稿纸光彩夺目。念吧,洛德威克,念吧,以你的诗歌所引起的甜美听觉填补我的耳朵的空洞吧。

洛德威克　我还没有为她的颂词打上句号呢。

爱德华王　她的颂词跟我的爱情一样,两者都是无限的,说不定都走向如此激烈的极端,甚至鄙视一个完结的句号。她的美貌只有我的爱慕才配得上:她的美貌比最美还更美,我的爱慕比最爱还更爱,比更爱还更爱;她的美歌颂起来,比按

---

① "夜莺歌唱私通的过失",指希腊神话中雅典国王之女菲洛米拉被其姊普罗克尼之夫、色雷斯国王特鲁斯强暴,并被扯出舌头来,后由众神将她变成夜莺、将其姊变成燕子的故事。

水滴来数大海还要多;不,比按沙粒来量大地还要多。那么,对于需要无穷无尽倾慕的对象,何必要说什么句号呢?念吧,让我们听听。

洛德威克　"比夜后①更其漂亮而贞洁"——

爱德华王　这一句有两点错误,粗俗而露骨。你把她比作苍白的夜后么,摆在黑暗中,似乎有光?当太阳抬起了头,她又是什么呢,不过像一支快灭的细烛,朦胧而死寂?我的情人却不顾正午的天眼,敢于露出真容,来同金色的太阳比亮。

洛德威克　另一个错误是什么呢,我的君主?

爱德华王　把这一句再念一遍。

洛德威克　"……更其漂亮而贞洁"——

爱德华王　我没有叫你说什么贞洁,来检查她品德上的财富,因为我宁愿她被人追求,而不是保持贞操。去他妈的月光诗行!我一个字也不要;让我把她比作太阳吧:比如说,她的光华三倍于太阳,她的才艺赛太阳,她提供的赏心乐事多如太阳,她化解寒冬像太阳,她鼓舞初夏像太阳,她使凝视者眼花缭乱像太阳,把她这样比喻太阳,就让她慷慨大方也像太阳吧,太阳对于生长起来的最卑微的野草,像对芬芳的玫瑰同样慈爱地微笑。——让我们瞧瞧那句月光诗行后面是什么。

洛德威克　"比夜后更其美丽而贞洁,……在忠实方面更大胆"——

爱德华王　忠实!比谁?

---

① "夜后",指月神。

洛德威克　——"比朱迪丝①。"

爱德华王　胡说八道！等于接着塞进一把剑，好在我求爱时，砍掉我的脑袋。删掉，删掉，好洛德威克。让我们听下文吧。

洛德威克　就只写了这几行。

爱德华王　我还是感谢你，你写得并不坏，但写出来的比坏更糟，更糟。不，让将领去谈狂暴的战争，让战俘去谈黑暗的禁闭，病人最会讲死亡的痛苦，饿汉最会讲筵席的丰盛，冻僵的人最会讲火的好处，每种灾难最会讲它幸福的对立面。爱情是讲不好的，除非在情人的口舌中。把纸笔给我吧，我来写——（伯爵夫人上）轻一点！我的心灵的宝贝来了。——洛德威克，你不知道怎样策划一场战役；这些侧翼，这些边卫，这些方阵在劝你放弃这不完善的操练：你应当把这个放在这里，把另一个放在这里。

伯爵夫人　请宽恕我的冒失，我的三倍仁慈的君主：请把我到这儿来的打扰看做我的本分，我有责任来看看我的君主起居如何。

爱德华王　（对洛德威克）去吧，去策划那一场战役，按照我告诉你的方式。②

洛德威克　我就去。

伯爵夫人　看见陛下如此不快，我很难过。你的臣民该干点什么，才可把你阴沉的伴侣、昏暗的忧郁从你身边赶开呢？

爱德华王　哦，夫人，我很迟钝，不能给羞愧的原由撒上慰藉的花朵。自从我来到这里，伯爵夫人，我就被委屈了。

---

① 朱迪丝，犹太抵抗巴比伦战争中斩杀敌将的女英雄。
② 前文爱德华三世说到洛德威克不懂"策划战役"，系实指；此处命令他去"策划战役"，系指撰写情诗，以便"围攻"伯爵夫人。

伯爵夫人　上帝不准许我屋内任何人对我的君主心怀恶意！三倍仁慈的国王,请把你不高兴的原故告诉我。

爱德华王　我将怎样才能有所补偿呢?

伯爵夫人　陛下,我将尽我全部的女性力量来争取你的补偿。

爱德华王　如果你说话当真,我便松了一口气:请尽你的力量恢复我的欢乐吧,我要欢乐,伯爵夫人;否则不如死去。

伯爵夫人　我愿效劳,陛下。

爱德华王　请发誓你愿意,伯爵夫人。

伯爵夫人　凭天发誓,我愿意。

爱德华王　那么,请稍微站开点,告诉你自己,一个国王迷上你了:就说你有力量使他快乐,说你曾经发誓要在你的力量范围内给他一切快乐。就做这个吧,告诉我什么时候我才会快乐。

伯爵夫人　这个都做到了,我三倍敬畏的君主。我有能力给予的爱情分量,你已连同全部虔敬的恭顺一并有了:为了证明这一点,请随意使用我吧。

爱德华王　你听见我说,我迷上你了。

伯爵夫人　如果迷上我的美貌,你能拿就拿去吧,虽然算不了什么,我更十倍地轻视它;如果迷上了我的美德,你能拿就拿去吧,因为美德越给越大;随你迷上什么,我都能给,你都能拿去,能继承它们。

爱德华王　我愿享有的,是你的美貌。

伯爵夫人　哦,如果它是涂上去的胭脂花粉,我就把它揩掉,从我身上剥夺下来,再交你;但是,陛下,它是同我的生命焊接在一起的:要拿一件,就得把两件一起拿走,因为它好像一

231

个卑微的影子,离不开我夏日生命的阳光。①

爱德华王　你可以把它借给我玩玩嘛。

伯爵夫人　我的心灵可以借出去,我的肉体还活着;同样,把我的肉体,我的灵魂的邸宅,借出去,还留住了我的灵魂。我的肉体是她的闺阁,她的宫廷,她的修道院,而她则是一个纯洁、神圣、一尘不染的天使。如果我把她的房屋借给了你,陛下,我就杀了我可怜的灵魂,我可怜的灵魂也就杀了我。

爱德华王　你不是发过誓,我要什么你就给我什么吗?

伯爵夫人　我是发过誓,陛下,只要你所要的是我能给的。

爱德华王　我不再想要你不会给的,我也不乞求,我宁愿购买。那就是说,买你的爱;为了买到你的爱,我将以高价交易,把我的爱偿付给你。

伯爵夫人　除非你的嘴唇真是神圣的,陛下,你这样说,将亵渎爱情这个圣洁的名称。你向我供奉的那种爱,你可不能给,因为罗马皇帝是把那件贡品赐给他的皇后的②;你向我乞求的那种爱,我也不能给,因为撒拉是把那份敬意献给她的丈夫的。③ 剪掉或仿造你的戳记的人都该死,陛下:难道你神圣的本人愿意犯下背叛天主的滔天大罪,把他的图像压

---

① 意即她的生命已是夏日,并非青春年少,其美貌故而产生"影子",无从"剥夺"。

② "罗马皇帝",此处暗喻国王,即爱德华三世。参阅《新约·马太福音》第二十二章第十七至二十一节:"……该撒的物当归给该撒,神的物当归给神。"伯爵夫人以这个暗喻警告爱德华三世。

③ 撒拉,系犹太民族祖先亚伯拉罕的妻子。"……古时仰赖神的圣洁妇人,正是以此为妆饰,顺服自己的丈夫,就如撒拉听从亚伯拉罕,称他为主。"(《新约·彼得前书》第3章)所谓"妆饰",即前文说的"里面存着长久温柔安静的心"。

印在被禁止的金属上,忘却你的忠节和誓言吗?违反了婚姻的圣律,你就破坏了比你自身更伟大的荣誉。当国王的世系要比婚姻世系晚得多:你的祖先,宇宙间第一男子汉亚当,是由于上帝的恩宠而成为已婚男子,但是当国王却不是由他抹的圣油。破坏你的法令,即使它不是陛下亲手制订的,都得受到惩罚;侵犯由上帝亲口制订、由他亲手盖印的神圣律条,又该受到多大的惩罚呢!我的丈夫现在正在战场为王室服务,我知道我的君主出于对他的眷爱,不过想试验一下索尔兹贝里的妻子,看她会不会听信一个荡妇的故事;免得留下来惹出瓜田李下之嫌,我还是离开这里为妙,但不是离开陛下。(下。)

爱德华王　是她的美貌因她的言词而神妙,还是她的言词成了她的美貌的随军教士?恰像风美化了帆,帆适应了看不见的风一样,她的言词增强了她的美貌,她的美貌适应了她的言词。哦,唯愿我是一只采蜜的蜂,从这朵花长出德行的蜂房,而不是一只吸毒的嫉妒的蜘蛛,把我所采的蜜汁变成致命的毒液!宗教是严峻的,而美是柔和的;对于如此美丽的一个受监护人,她的监护人是太严格了。哦,她过去和现在对我都像空气一样!可不是吗,她就是空气,我一抱她,就抱住了空气——什么也没抓到,除了我自己。我一定要把她弄到手,我不能用理智和谴责把痴迷的爱情赶走。(沃里克上)她的父亲来了:我要跟他合作,在这个爱情战场上举起我的军旗。

沃里克　我的君主怎么如此忧愁?请原谅,我可否了解一下陛下的苦楚?如果老臣能努力解除它,将不会让陛下久久等候。

233

爱德华王　你献了一份亲切而自愿的礼物,那正是我急于向你乞求的。但是,哦,你世故老人,谄媚的伟大培育者,你为什么拿黄金般的言词包装人们的舌头,却用重铅压住他们的行为,以致好事跟不上诺言呢?哦,唯愿一个人控制住心灵的秘本,堵住放肆的舌头,当它要说出那些言不由衷的谎话的时候!

沃里克　凭我这一大把年纪,我决不会拖欠灿烂的黄金而拿出铅块。年龄是愤世嫉俗者,可不是马屁精。我再说一遍,如果我知道你的苦楚,并且它可因我而减轻,那么我宁愿自己受害,也要为陛下买到好处。

爱德华王　这些话是骗子们常标出的价格,他们从没偿付过他们话语的义务。你毫不踌躇地为你所说的一切赌咒发誓,但你一旦知道我的苦楚的真相,你又会把你胡诌出来的话语重新吞掉,让我依然一筹莫展。

沃里克　凭天发誓,我决不食言,哪怕陛下命我撞上你的剑头死去。

爱德华王　要是我的苦楚无药可医,除非损害和破坏你的荣誉呢?

沃里克　如果只有那种损害于你有利,我也愿意损害我的利益。

爱德华王　你认为你能重新取消你的誓言吗?

沃里克　我不能,即使我能,我也不肯。

爱德华王　但如果你取消了,我将对你说什么呢?

沃里克　对任何发假誓的、破坏誓言的神圣保证的恶棍该说什么,就给我说什么吧。

爱德华王　你对一个破坏誓言的人会说什么呢?

沃里克　他既背叛了对上帝和人的信仰,就该沦为不齿于二者的狗屎堆。

爱德华王　暗示一个人破坏对人和对上帝的誓约,这是什么行为?

沃里克　是魔鬼的行为,不是人的行为。

爱德华王　你得为我完成一件魔鬼的行为,或者破坏你的誓言,或者取消爱情与你我之间义务的一切联系:所以,沃里克,如果你真是你自己,是你的话语和誓言的主人,那就去找你的女儿,缠着她,想方设法劝说她成为我的情妇和外室。我不想等着听你回答:要么你的誓言破坏她的誓言,要么让你的君主死去。(下。)

沃里克　哦,色迷心窍的国王!哦,让人恶心的任务!他以上帝的名义使我发誓,去破坏一个以上帝的名义许下的誓约,我就只好说服自己来侮辱自己了。如果我用我的这只右手发誓,来砍掉这只右手,又将如之何?与其砸掉一个玩偶,还不如玷污它的好。但两者我都不肯干:我要遵守我的誓言,到我的女儿那里去,撤销我向她宣讲过的所有贞节:我要说,她得忘掉她的丈夫索尔兹贝里,如果她记得去搂抱国王的话;我要说,一个誓言很容易破坏掉,但给破坏了,却不容易得到宽恕;我要说,爱是真正的施舍,但施舍到这个地步,却不是真正的爱;我要说,他的伟大禁得起羞耻,他的王国却买不起这桩罪过;我要说,我的职责是劝说,但她如果同意,就与她的贞节对不上茬儿。(伯爵夫人上)瞧她来了!从来没有父亲肩负过如此坏的一个对付女儿的使命。

伯爵夫人　父亲大人,我曾请求母亲和同族们督促你,要向陛下遵守诺言,尽力使他快乐。

沃里克　(旁白)我将怎样着手这件缺德的差使呢?我决不可称

她为孩子,因为哪有父亲以这样一种请求方式勾引自己的孩子的呢?那么,我可不可以用"索尔兹贝里太太"开头?不行,他是我的朋友,哪里有朋友这样损害友谊的呢?(对伯爵夫人)你既不是我的女儿,也不是我的亲密友人的妻子;我更不是沃里克,如你所认为,我不过是地府的一名代理人,把自己的灵魂安装在他的皮囊里,来向你转达国王的一个口信:伟大的英格兰国王爱上了你,他有权力夺取你的生命,也有权力夺取你的荣誉,看来还是同意拿你的荣誉,而不是你的生命,作赌注吧。荣誉往往失而复得,而生命则是一去不复返。太阳晒枯干草,却滋养青草;国王会玷污你,也会抬举你。诗人们都写道,伟大的阿喀琉斯的长矛①能治愈它所造成的创伤:寓意就是,伟大人物能够补救他们所干的一切坏事。狮子诚然以其血腥利爪而显威风,而当奴性恐惧在它脚下颤抖时,它却显得温和起来,反而使其猎手本色增光;国王将以他的光荣掩盖他的羞耻,那些想揭发你却看见他的人们将因凝望太阳而丧失目力。大海烟波浩渺,能消化邪恶,使之丧失效力,试问一滴毒液又如何为害于它呢?国王的伟大令名会减轻你的罪过,并给谴责的苦药赋予一种饴糖似的美味;此外,这件事未可厚非②,不能扔下不做,做做也没有害处。这样,我代表国王陛下,以正当的训导装扮罪恶,并等待你对他的请求的回答。

伯爵夫人　不通人情的围攻!我真倒楣,躲脱了敌人的危险,又

---

① 阿喀琉斯是古希腊特洛伊战争中最伟大的英雄。据说他的长矛如在它所伤的伤口擦一下,即可将这伤口治愈。"阿喀琉斯的长矛",即具有杀伤和治疗两种性能的武器。

② 因为性交是人类得以存续的唯一手段,故云"未可厚非"。

糟糕十倍地为朋友们所围困！难道他没有办法污染我贞洁的血液，便要腐化我的血液的创造者，成为他的卑鄙可耻的撮合者？当毒药包围了根部，难怪枝桠会受到传染；严母毒化了乳头，难怪麻风患儿会死去。那么，就发放一份犯罪的许可证吧，并把危险的放荡缰绳交给青年手里；抹掉严格的法律禁令吧，取消每项规定以耻辱对不贞、以苦行对犯罪的准则。不，我宁可死去，也不会同意在他的堕落的肉欲中扮演一个角色，如果他的不可一世的意志一定要这样做。

沃里克　怎么你说话像我希望你说的一样呢，注意我又要收回我的话了：一座体面的坟墓要比一个国王秽亵的密室更可敬；人越是伟大，他所干的事不论好坏，也越是伟大；一粒渺不足道的尘埃飞舞在阳光里，要比它的实体显得更伟大；最新鲜的夏日会最快地毒化它似乎吻到的令人恶心的腐尸；一柄巨斧所造成的伤害是深刻的；在圣地犯下的罪过要比它本身严重十倍；按指示所做的坏事，就是教唆犯罪；用金缕玉衣打扮一个猢狲，穿着的华丽只会给那畜生增添更多的嘲笑。在他的光荣和你的耻辱之间，女儿，我认为应有一个广阔的理智领域：毒药在金杯里显得最坏；黑夜由于电闪而更暗；溃烂的百合花比野草更臭；而每种迁就犯罪的光荣，都因其反面而三倍地可耻。所以，我在你的胸怀留下我的祝福，它将变成最沉重的诅咒，当你从荣誉的金色名字转入黑色的团伙，陷入玷污婚床的耻辱。

伯爵夫人　我会听从你；如果我转向那个念头，让我的肉体把我的灵魂沉入无底的深渊！

全体下。

第二场　罗克斯巴勒。城堡一室

　　　　　从法国来的德比由一门上；奥德利偕一名鼓手由另一门上。

德　比　三倍高贵的奥德利,幸会幸会! 陛下和贵族大人们近况如何?

奥德利　我是整整半个月以前见过陛下,那时他派我去征募新兵,我完成了这个任务,把他们带到这儿来了,整整齐齐排列起来,供陛下检阅。德比大人,皇帝①那里有什么消息?

德　比　恰如所愿:皇帝已为陛下提供了友好的援助,让我们的国王在他所有的国土和庞大领地当陆军中将。走吧,到法国广阔的边境去。

奥德利　陛下听见这些消息,不是会喜得跳起来吗?

德　比　我还没来得及宣布它们。国王在他的密室里烦躁不安;不知为了什么,可他下命令,任何人不得打扰他,直到午餐以后。索尔兹贝里伯爵夫人,她的父亲沃里克,阿尔托瓦,大家都显得愁眉苦脸。

奥德利　无疑出了什么差错。

　　　　　幕后喇叭声。

德　比　喇叭响了:国王启驾了。

　　　　　国王上。

奥德利　陛下来了。

德　比　愿吾王万事如意!

---

① "皇帝"指神圣罗马帝国的皇帝;按本剧剧情推断,当为由德意志国王兼任的"皇帝"路易四世。"陛下"则指英王爱德华三世。

爱德华王　咳,你要是个巫师才做得到!

德　比　皇帝向陛下致意。(呈上信件。)

爱德华王　(旁白)唯愿是伯爵夫人来的!

德　比　还答应了陛下的请求。

爱德华王　(旁白)你撒谎。她没有答应,但我会要她答应。

奥德利　一切爱与忠义归于吾王!

爱德华王　除非那个人的,一切都是废话。——你带来什么消息?

奥德利　我遵照陛下的谕示,征集了马匹和步兵,并把他们带来了。

爱德华王　那就让那些步兵跟在马匹后面,按照我们的开拔令,马上起程吧。德比,我要马上了解伯爵夫人的想法。

德　比　伯爵夫人的想法吗,陛下?

爱德华王　我是说皇帝。让我一个人待会儿。

奥德利　他的想法是什么?

德　比　让他一个人生闷气去吧。

　　　　德比和奥德利同下。

爱德华王　心事重重,就由舌头露了出来:把皇帝说成了伯爵夫人;可又有什么不对呢?她就是我头上的元首,我要像一个奴才跪在她面前,察看她眉宇间的喜怒。(洛德威克上)是不是比克莉奥帕特拉和恺撒①配对更富于魅力?

洛德威克　今晚以前她就会回答你的,陛下。

　　　　幕后鼓声。

————————

① 克莉奥帕特拉,古埃及七女王的通称。最著名的是克莉奥帕特拉七世(公元前69—前30),先后为罗马将军恺撒和安东尼的情妇。与屋大维战,兵败,以蝮蛇自尽。

爱德华王　哪儿来的鼓声,敲起了进行曲,像打雷一样,把我胸中温柔的丘比特①吓了一大跳?可怜的羊皮!鼓手那么敲打它,它会痛骂的。去吧,去把那张打雷的羊皮鼓底揭下来,我要教它演奏美妙少女心中的甜美诗行;我要用它作为写字纸,好把它从一面骂人的鼓变成一位女神和一位伟大国王之间的信使和传情人。去吧,去叫鼓手学着弹琵琶,否则把他吊死在他的皮鼓索上,因为我们认为,拿这样刺耳的轰响来扰乱乐园,是件野蛮的行为。滚吧!(洛德威克下)我吵起架来,可不需要武器,我的武器要以带有刺耳呻吟的低沉进行曲迎接敌人;我的眼睛就是我的箭矢,我的叹息可以用来作为一阵顺风,刮走我最甜美的大炮;唉,唉,她有太阳,就占了我的便宜,因为太阳就是她本人,从此诗人们便把放荡的战士②称为盲童;但是,爱情却有眼睛,可以引导他的脚步,直到过分被爱的荣宠晃得它们看不见。(洛德威克上)又怎么样了!

洛德威克　陛下,那狂敲进行曲的战鼓,是你三倍英勇的儿子、爱德华王子让敲的。

　　　　　爱德华王子上。

爱德华王　我看见那孩子了。(洛德威克下)(旁白)哦,他妈妈的面孔就跟他的一模一样,正在纠正我堕落的欲望,在谴责我的心,在痛骂我的贼眉贼眼,一面向别处瞅,一面把她瞧个够;最卑鄙的盗窃也不能借口贫穷原谅自己。——孩子,有什么消息?

---

① 丘比特,爱神,形象为美童,背生双翼,手持弓箭。
② "放荡的战士",即指丘比特。

爱德华王子　父王,为了我们对法国有事,我聚合了我们英国血统最精选的青年;我们来到这里,接受陛下的指挥。

爱德华王　(旁白)我还在他身上看出,他妈妈的容貌给勾画出来了:他那双眼睛就是她的,动也不动地凝视着我,使我脸红,因为那些对它们不起的过失露馅儿了:欲望是一团火,而人像灯笼,甚至通过他们自身,显示了他们体内反复无常的情欲。滚开吧,三心二意的虚荣,放荡的丝穗!美丽不列颠的辽阔领土都被我征服了,难道我还主宰不了我自己的这座小公馆?给我一件永远不坏的钢甲,我能征服所有的国王;难道我就不能征服我自己,以致成为我的敌人的朋友吗?一定不可这样。——喂,孩子,前进,向前进!让我们的军旗在法国的天空高高飘扬!

　　　　　洛德威克上。

洛德威克　陛下,伯爵夫人笑容满面地请求晋见。

爱德华王　哈,成了!她的一笑赎买了被俘的法国,把法国国王、王太子和贵族们都释放掉吧。——去吧,奈德,离开我,去跟你的朋友们寻欢作乐吧。(爱德华王子下)(旁白)你妈妈黑不溜秋,你就像她,使我想起她多么丑。——去用你的手把伯爵夫人搀到这儿来,让她来驱散这些冻云吧,她能使天地美化起来!(洛德威克下)说起罪过来,砍杀贫民比在非婚床上拥抱稀世宝典①,可要大得多:从赤身裸体的亚当直到此时此刻,历来如此。(伯爵夫人由洛德威克陪上)去吧,洛德威克,把你的手伸进我的钱袋里去;去玩吧,花吧,给吧,闹吧,扔吧;想干啥就干啥吧,你且走开一会儿,让我待在这

---

①　"稀世宝典",借喻"伯爵夫人",意谓其全身汇聚一切希世珍宝。

241

儿。(洛德威克下)现在,我灵魂的耍伴,你可来了,是来向我对你的美妙爱情所提的请求,不止说声"可以"这个纶音般的答词吧。

伯爵夫人　我的父亲以他的祝福命令——
爱德华王　命令你答应我。
伯爵夫人　是的,陛下,答应你当然的权利。
爱德华王　而且是,亲爱的,以公道报公道,以爱报爱。
伯爵夫人　然后就是以怨报怨,永远以恨报恨了。但是,既然我看见你是如此铁心,尽管我不愿意,我已享有丈夫的爱,陛下更有崇高的身份,你却毫无顾忌,吓得我别无考虑,只好委曲求全,不愿意也得强迫自己说"愿意",只要陛下清除了你的爱和我的爱之间的障碍。
爱德华王　说说看,美丽的伯爵夫人,凭天发誓,我一定清除。
伯爵夫人　那就是他们的生命,堵在我们的爱情之间,我恨不得把它们掐死,我的君主。
爱德华王　谁的生命呢,夫人?
伯爵夫人　我三倍爱慕的陛下,就是你的王后和索尔兹贝里,我的明媒正配的丈夫,他们活着就有权要求我们的爱,我们不能给予,就只有让他们死掉。
爱德华王　这个反建议可不合法啊。
伯爵夫人　你的情欲也不合法。如果法律妨碍你执行这一个,就让它禁止你试图另一个吧。我不认为你会像你说的那样爱我,除非你实现了你的誓言。
爱德华王　别再说了,你的丈夫和王后都得死去。你远比希罗更漂亮,没长胡子的利安德也没有我强壮:他为了爱泅过一条平缓的河,我可要泅过一条血的赫利斯彭,抵达我的希罗

242

所在的塞斯托斯①。

伯爵夫人　不,你将做得更多;你还得拿他们的鲜血流成那条河,那些把我们的爱分开,却把我的丈夫和你的妻子连在一起的鲜血。

爱德华王　你的美貌使他们罪有应得,提供了他们该死的证据;我作为他们的法官,就可根据这个裁决,宣判他们死刑。

伯爵夫人　(旁白)哦,发伪誓的美人!更其腐化的法官!一旦面临我们头顶的星室法庭②,末日审判就要求交代这罪恶的阴谋,我们两人将为此而发抖。

爱德华王　我的美人说什么?她下决心了吗?

伯爵夫人　下决心毁灭,所以才这样:伟大的国王,遵守你的诺言,我才是你的。站在那儿别动:我稍微离开你一点——瞧我怎样把自己交给你手里。(突然转向他,露出两柄匕首)我身旁这里挂着我的婚刀③:你拿一把,用它杀你的王后,照我的办法学着到她躺的地方去找她④;我将用另一把去处决我的爱,它现在正熟睡在我心里。等他们都死了,我才同意和你相爱。别动,好色的国王,别阻拦我:我的决心比你的阻拦更敏捷,你怎么也救不了我;你一动,我就刺;所以,站着别动,听我安排你来选择:(跪下)要么发誓放弃你最邪恶的求爱,从此不再纠缠我;要么,老天在上,这把尖刀就会

---

① 希罗,希腊美神阿芙罗狄蒂的女祭司。据说其情人利安德每夜泅过赫利斯彭海峡与之幽会。一夜,利安德溺毙,希罗痛不欲生,投水自尽。"赫利斯彭"即达达尼尔海峡。
② 星室法庭,英国十四、十五世纪设于宫殿内的法庭,以滥刑专断著称。此处借喻天庭。
③ "婚刀",新娘随身携带的家用小刀。
④ "她躺的地方",指爱德华三世的心中。

用你要玷污的、我可怜的贞洁的血,来污染你的土地。发誓吧,爱德华,否则我就刺下去,死在你的眼前。

爱德华王　我发誓,甚至以我现在有力量为我自己羞愧的力量发誓,从此决不再开口说任何近乎求爱的话。起来吧,真正的英国夫人,我们岛国为你而自豪,可能超过当年罗马人为多少文人歌颂不完的被强暴的贞女①而自豪。起来吧,让我的错误成为你的荣誉,千秋万代也不减色。我已从这个荒唐梦中醒过来了。——沃里克,我的儿子,德比,阿尔托瓦,和奥德利,英勇的武士们,这会儿你们都在哪儿?(众人上)沃里克,我封你为北方的摄政:——你,威尔士亲王②,还有奥德利,一直赶到海边去;赶到纽哈芬去;待在那儿等我;——我本人,阿尔托瓦,和德比将游历弗兰德斯,问候一下我们在那里的朋友,并请求他们的援助。今夜我还来不及透露我对于一位忠实情人的愚蠢的围攻;因为在太阳辉耀东方天空以前,我们将用军乐惊醒她。

全体下。

---

① 原文为"被强暴的珍宝",实指罗马一贞女鲁克丽丝,她被第七任、亦即最后一任罗马国王塔尔昆尼乌斯·苏帕伯斯(公元前534—前510)之子强暴后自尽。此事激发民愤,导致昏君被勃鲁图斯撵出罗马。除莎士比亚的《鲁克丽丝受辱记》外,该故事还见于其他作者笔下,如威廉·佩因特的《快乐的宫殿》,其中并收有爱德华三世和伯爵夫人的这段轶事。
② 威尔士亲王,即爱德华王子。爱德华王以这个正式爵名称呼他的儿子,表示他此时的心理变化。

第 三 幕

第一场　弗兰德斯。法国军营

　　　　　法国约翰王,其二子,诺曼底的查理和腓力,和洛林公爵上。
约翰王　就在这里,让我们安营扎寨,等待我们的千帆海军平安抵达,直到他们从海上为我们的敌人做好一顿早餐。——洛林,爱德华准备得怎么样了?你可曾听说,他为这次远征筹措了足够的军需?

洛　林　抛开不必要的逢迎奉承,也不花时间闲聊细说,显然到处沸沸扬扬,陛下,说他的防御固若金汤。他的臣民踊跃参战,仿佛准备迎接一次凯旋。

查理王子　英国惯于心怀不满,那些嗜血的闹事的卡蒂利列们①,败家子们,以及一心只想改变、更迭政权的家伙们;难道他们在自己内部都可能那么忠诚吗?

洛　林　像我以前向你禀告过的那样,除了苏格兰人②,几乎人

---

① 卡蒂利列(公元前109—前62),反对元老院的罗马阴谋家,西塞罗曾公开演说加以揭露。
② "苏格兰人",指大卫王,参阅前注。

人都庄严声明,决不让剑入鞘,宣布停战。

约翰王　哦,这还可以寄托一点希望;可是,另一方面,想想爱德华王在尼特兰德①,在那些好酒贪杯的享乐主义者、那些给浓啤酒灌得起泡的荷兰佬中间,结交了怎样一些朋友,他们不论到哪儿都狂喝痛饮,实在让我不少生气;此外,我们还听说,皇帝参加进来了,以他自己的名义授予他以指挥权。但是,谁人数越多,荣誉越大,谁就会获胜。除了国内的军力,我们还有一些朋友:凶狠的波兰人,好战的丹麦人,波希米亚和西西里国王②,都成了我们的同盟者,我想,他们正在快步开到这里来。(幕后鼓声)别嚷嚷,我听见了他们的鼓乐,我猜他们就要到了。

　　波希米亚王带丹麦人上,一名波兰将领带其他士兵,若干莫斯科人从另一方上。

波希米亚王　法兰西的约翰王,我们的盟友和邻居,朋友有难,我带领我国军队来援助你啦。

波兰将领　从土耳其人害怕的莫斯科,从高尚的波兰,勇士们的保姆,我带领这些随从们来为你打仗啦,他们都甘心为你的事业大显身手。

约翰王　欢迎,波希米亚王,欢迎大家!你们这番伟大的情意,我不会忘记。除了从我们的国库里,你们可以得到按克朗③计的丰厚的报酬外,还有一个浮躁的国家大模大样地来了,打败了它更可以得到三倍的收获。现在,我满怀希

---

① 尼特兰德,今指荷兰,此处指弗兰德斯,尼特兰德一部分。
② 波希米亚国王,指"盲人约翰",阵亡于克雷西战役;西西里国王,指彼得王,弗里德里克三世之子。
③ 克朗,印有王冠的硬币,欧洲某些国家的货币单位。

望,十分高兴:在海上,我们强大到有如阿伽门农①的军队在特洛伊港;在陆地,我们可以同薛西斯②较量实力,他的士兵口渴了能够喝干江河。而盲目、冒失的奈德则会像查理曼大帝的神马③一样,妄图攫取我们的王冠,要是不被海浪所吞没,那么一上岸就会给砍成肉酱。

　　一名水兵上。

水　兵　陛下,我正忙于守望任务时,在海岸不远处发现了爱德华王的傲慢的舰队,我远远望见它们,开头仿佛一片枯萎的松林,等靠近了,便露出了它们显赫的气派,它们用彩绸制成的飘扬的舰旗,好比一片百花齐放的草原,装饰着大地赤裸的胸膛;它们的行列井然有序,威风凛凛,形成一个新月形的包围圈;而在旗舰的上桅上,像它所率领的侍女,英国和法国的纹章合并在一起,公平地按照纹章学画在盾牌一角上;它们就这样乘风破浪,向这里全速开过来了。

约翰王　他竟胆敢来收割鸢尾花④吗?我倒希望,同时从那里采集到蜂蜜,他后来带着蜘蛛光临,就得从叶子吸取致命的毒液。我们的海军在哪儿?它们准备怎样起飞抵抗这些飞来的乌鸦?

---

① 阿伽门农,古希腊进攻特洛伊的主帅;剧中用作类比,应指爱德华三世,而约翰王以此自称,适得其反。
② 薛西斯,波斯国王(公元前485—前465),大流士一世之子,进攻希腊,打败斯巴达人,最后海战,全军溃退本土。剧中约翰王以此自比,是又一次反向吹嘘。
③ "查理曼大帝的神马":据中世纪传奇,查理曼有一匹迅如追风的神马,一人骑它时大小如凡马,多人骑则随需要而变大,后被赐予其部下骁将林纳多。此处"奈德"应为爱德华三世,约翰喻他为那匹神马,系讽刺他轻率、鲁莽。
④ 鸢尾花,法国国花。

水　兵　它们已经得到斥候带来的情报,无不义愤填膺,立即起锚开动,正当空腹的苍鹰飞扑而来,想满足它那饿得要命的胃时,它们便都乘风扬帆前进了。

约翰王　这是你报信的酬劳。(给钱)回到你的船上去吧,如果你躲脱战火的血腥打击,经受这场战斗还活着,那就再来吧,让我们听听当时的战况。——(水兵下)这时分,大人们,最好我们分散到几个地方去,免得他们乘机登陆:首先是你,大人,请带领你的波希米亚部队,到低地去打几仗;我的长子,诺曼底公爵,和这支莫斯科援军一起,从另一条路爬到高地去;我的次子,腓力,和我将在这里,在中间位置,在你们二位之间,驻扎下来。大人们,去吧,去照料你们的任务:你们代表法兰西,一个美丽而庞大的帝国。(查理皇太子,洛林,波希米亚王及其他部队下)现在告诉我,腓力,你对英国人的挑战怎么看?

腓力王子　我说,陛下,不管爱德华要求什么,他都拿不出清清楚楚的一个家谱,须知是你占有了王冠,这可是一切法律最可靠的一点;如果不是这样,那么趁他还没得势,我愿流尽我的鲜血,把那些七零八落的暴发户赶回家去。

约翰王　说得好,小腓力!叫人拿面包和酒来,我们吃点东西,慰劳一下我们的胃,好更严厉地迎击我们的敌人。

　　　　搬进一张餐桌等等。约翰王和腓力王子就座。远处鏖战声可闻。

海上见真章儿的一天来到了。战斗吧,法国人,战斗吧!像在洞里保卫幼崽的熊一样战斗吧。愤怒的复仇女神,掌稳幸福的舵柄,用你激烈战斗的硝烟,让英国舰队溃散下沉吧。

248

　　　　枪炮声可闻。

腓力王子　哦,父王,这些轰鸣的炮声像甜美的音乐消化着我的食物!

约翰王　孩子,你听,为一个王国的主权而战,是多么惊天动地的恐怖啊:大地摇晃起来,便颤抖得晕头转向;空中的流弹准备发泄膨胀心胸的仇恨,便以电闪的强度甚至打碎、吓倒了一个个国王。(吹响退却号)退却号吹响了;不知哪一方倒了楣。哦,如果是法国,那么亲切的幸运女神,请转身吧,你一转身,就会刮起顺风来,我们的将士好利用晴朗的天气击败对方,对方也好溜之大吉。(水兵上)瞧他一脸死相!我不得不担心了——说吧,今天的荣誉属于谁?等你缓过这口气,请把这次溃败的悲惨经过讲一讲。

水　兵　遵命,陛下。我仁慈的君主,法国已经打败了,自命不凡的爱德华在欢庆胜利。那些铁石心肠的海军官兵,我上次向陛下报告的时候,双方都已怒气冲冲,充满希望和恐惧,匆匆忙忙赶去对峙起来,终于交上了火,他们的旗舰使我们的旗舰挨了许多炮弹;另外的舰只由此看出,这两艘旗舰肯定会制造进一步的破坏,便也像火龙一样傲然翱翔起来;这样一交锋,从它们烟雾腾腾的船体内部,送出了许多残忍的死亡使节。于是,白昼开始变成阴惨的黑夜,黑暗包围着活人,像包围新近的死者一样。朋友们都来不及告别,即使来得及,那骇人听闻的噪音让每人觉得对方仿佛又聋又哑。大海变成紫红色,海面充满从伤口流出的血液,快得像它喷涌的水分渗进被射穿的船板的缝隙。这里飞起一个从身躯斩落的头颅;那儿是砍断的手臂和腿部被抛得老高,仿佛一阵旋风刮起夏日的尘埃,并把它撒向半空中。然后,你可以看见摇摇晃晃的船只断裂开来,颠簸着沉入了无情的波涛,直到它们的顶端再也看不见。所有手段都尝试过了,既为了保卫自己,也为了伤害别人;现在,关于勇敢和恐惧、果断和懦怯的效果,我们可以生动地描述如下:一方为了扬名而战,另一方则是迫不得已而迎战。"无敌号",那英勇的兵舰,干得很漂亮;布伦的"黑蛇号"干得同样漂亮,出海的船只没有一艘赶得上它。但是,一切枉费工夫:太阳、气流和潮水都倾向了我们的敌方,我们不得不给他们让路;于是,他们登陆了。我的故事也讲完了:我们终于失败了,他们打赢了。

约翰王　那么什么也别停顿,马上把我们几支部队拉到一起,叫他们再接再厉,别让他们走得太远——喂,好腓力,我们动身去吧:这个水兵的话刺穿了为父的心。

全体下。

第二场　匹卡蒂。克雷西附近战场

两个法国人、一个妇人和两个小孩上;另一个法国公民和他们相遇。

第三个法国人　幸会,幸会,先生们。有什么新闻吗?为什么你们载着这些家什?怎么,是结账日到了,你们要搬家,才带着大包小包?

第一个法国人　唉,什么结账日,只怕是"送葬日"呢。你没听见新闻满天飞吗?

第三个法国人　什么新闻呢?

第二个法国人　法国海军完蛋了,英国军队上岸了。

第三个法国人　那又怎么样?

第一个法国人　你还说,那又怎么样?哼,灾祸和毁灭就在眼前,还不赶快逃走吗?

第三个法国人　放心吧,伙计:他们离这儿还远着呢;我保证,他们要想深入内地,还得付出代价的。

第一个法国人　唉,蚱蜢在冬天到来之前,总会逍遥自在一番,可等严寒掐断它无忧无虑的脑袋,它再想补救就太迟了。一瞧天要下雨,最好马上准备一件蓑衣,否则粗心大意,觉得它不会下,说不定会淋成落汤鸡。我们责任在身,拖家带口,还跟着一大帮左邻右舍,不得不及时为他们和我们自己瞻前顾后,免得临时想自救也来不及。

第三个法国人　看来你认为注定要失败,你的国家就要投降了。

第二个法国人　那可说不准;最好还是作最坏的打算。

第三个法国人　你们要打才是,可不应该像些私生子,把你的双亲抛弃在灾难里啊。

第一个法国人　啐,那些已经拿起武器的人,比起我们一小撮敌人来,可是成千上万的可怕人物;何况到处还在正正当当地发牢骚:爱德华是我们先王的姊妹的儿子,约翰·伐洛瓦可隔了三个亲等①。

妇　人　此外,还流传着一个预言,是一个当过修士的人传出来的,他的神谕多次应验过;现在他又说了,"马上就会发生,

---

① 亲等,法律名词,表示亲属关系远近之等级。约翰·伐洛瓦(即约翰二世,在位1350—1364)和爱德华三世的外祖父腓力四世(在位1285—1314)相隔三个亲等,即腓力五世(在位1316—1322),查尔士四世(1322—1328)和腓力六世(1328—1350)。

一头狮子①在西方跳了起来,将从这里把法国的国花抢走。"我告诉你们,这些话,还有这类猜测,让许多法国人心寒透了。

第四个法国人匆上。

第四个法国人　快跑吧,同胞们,法国公民们,欣欣向荣的和平,幸福生活的根本,已经被抛弃了,从这个国土给撵走了;取而代之的是不得不抢劫和摧毁的战争,像乌鸦一样蹲在你的屋顶上;屠杀和灾祸在你们的街头昂首阔步,所到之处就是肆无忌惮的浩劫,现在我还看得见它在我所出生的美丽山乡肆虐的痕迹;极目一望,就可看见五座城池着火了,麦田和葡萄园烧得像火炉;风中的烟雾稍微吹开一点,我同样可以看出,可怜的居民虽然逃脱了火焰,却有无数个栽在士兵们的矛头上。这些可怕的惩罚代理人踏着拍子走来了,从三路来完成他们的悲剧的行程:从右方来了那攻无不克的国王,从左方来了他的急躁的无法无天的儿子,在中央则是我们民族的服饰华丽的主人;他们虽然都还遥远,却正协力共谋在所到之处留下一片废墟。公民们,你们要是聪明一点,就请快跑吧,到远处去找栖身之地吧;要是待在这儿,你们的妻子将会受辱,你们的财富将会在你们泪眼面前被瓜分掉。快躲起来吧,暴风雨就要来了。去吧,去吧!我想我听见了他们的鼓声。哦,倒楣的法兰西,我真担心你会覆灭;你的荣耀在晃动,像一堵摇摇欲坠的墙。

全体下。

---

① 狮为百兽之王,此处暗喻爱德华三世。

第三场 匹卡蒂。克雷西附近战场

    爱德华王,带兵的德比伯爵,和戈本·德·格雷上。

爱德华王　靠那个法国人老练的引导,我们才找到这条索莫河的浅滩,知道登陆的窍门:他现在在哪儿呢?

戈　本　我在这儿,大人。

爱德华王　你叫什么名字? 告诉我。

戈　本　我叫戈本·德·格雷,如果阁下高兴的话。

爱德华王　戈本,为了你所提供的服务,我准备释放你,给你自由;为了回报你,除了这点好处,你还可以得到五百金马克①。——不知是怎么回事,我早就应当碰见我的儿子,我现在衷心希望看见他。

    阿尔托瓦上。

阿尔托瓦　好消息,陛下:王子就要到了,跟他一起来的,还有奥德利勋爵和别的一些人,自从登陆以来,我们一直没有碰见他们。

    鼓声。爱德华王子,奥德利勋爵和士兵们上。

爱德华王　欢迎,漂亮的王子! 你登上法国海岸以来,可是一路顺风?

爱德华王子　感谢上天保佑,真是一帆风顺。他们几个最坚固的城市,如阿弗鲁、洛、克罗泰和卡兰蒂涅②,都给我们攻下了,别的一些被打得乱七八糟,给抛在我们身后,简直是一

---

① 金马克,中世纪欧洲大陆货币,通常为八盎司。
② 阿弗鲁……卡兰蒂涅,法国西北部城市。

253

片路断人稀的废墟。凡是肯投降的人们,我们都仁慈地加以宽恕。至于轻蔑拒绝我们所提和平的人们,一律严惩不贷。

爱德华王　唉,法兰西,你为什么如此固执,竟然拒绝你的朋友们亲切的拥抱呢?我们曾经多么慷慨地认为,会抚摸到你的胸脯,会把我们的脚放在你温柔的土地上,想不到你桀骜不驯,目中无人,像一匹顽劣而易惊的小马驹,跳到一旁,用你的后跟踢我们。——告诉我,奈德,在你整个征战过程中,可曾见到那个窃国篡权的法国国王?

爱德华王子　见到过,父王,不到两小时以前,他带领十万人马,在河岸这一边,我在那一边;我原担心他会用大军切断我们这支小部队;想不到他发觉我们来了,却撤退到克雷西平原去了,从他摆好的阵势看,好像他马上就想跟我们打一仗。

爱德华王　不胜欢迎:这正是我们求之不得的。

　　　鼓声。约翰王,诺曼底公爵和洛林,波希米亚王,小腓力王子,和士兵们上。

约翰王　爱德华,要知道约翰我,法兰西真正的国王,一想到你竟然侵占我的国土,在你的残暴进军中屠杀我忠顺的臣民,毁坏我的城镇,就恨不得朝你脸上直吐唾沫;接着还由于你傲慢的入侵,要痛斥你一顿:首先,我谴责你是个亡命之徒,偷偷摸摸的海盗,一个穷小子,或者身无立锥之地,或者住在五谷不生的荒野,完全靠小偷小摸为生;其次,既然你违背了你的信仰,破坏了跟我所订的盟约和神圣协议,我就把你当作一个不老实的恶毒的坏蛋;最后,我虽不屑于与一个比我低三下四的人对抗,但考虑到你一心渴求金银,你的苦劳与其说让人爱,不如说让人怕,为了满足你这两方面的欲望,我来到这里,随身带有大量的财宝,珍珠和金币。因此,别再去摧残弱者,而是拿起武器,和拿起武器的大打一场,也好让大家瞧瞧,你除了小偷小摸,还能够光明正大地赢得这些战利品。

爱德华王　如果说胆汁或苦艾有什么美味,那么你的问候便像蜜一样甜;可是前者并没有这样的性质,后者更是莫大的讽刺。我却知道怎样来看待你这无聊的奚落:如果你说这一大堆,是想挫败我的令名,或者模糊我的出身的信誉,那么要知道你的犬吠狼嗥根本伤不了人;如果暗中想讨好世人,并用娼妓的做作手段来粉饰你邪恶而丑陋的目标,那么要相信虚有其表总归会褪色,你令人作呕的缺点总归会暴露;如果你这样做,是为了激怒我,就像有人说我不过是胆小怕事,或者粗心大意,冷酷无情,需要狠狠刺一下,那么请你想想,我在海上是多么稳健;自我登陆以来,我没有夺取一个城镇,也没有深入到海岸线以远,此后一直睡得安安稳稳;但是,如果我没有从事别的活动,那么,伐洛瓦,请想一下,我会不会有意小小地打一仗,不是为了战利品,而是为了你头上戴着的王冠;我发誓要得到它,否则你我总有一个要跌进坟墓里去。

爱德华王子　别在这里讨我们的对骂或者仇恨的诅咒。让躲在空洞河畔的爬行毒蛇用它们的舌头刺人吧,我们有无情的刀剑,用来为我们和我们的事务答辩。但是,请父王允许,让我说得痛快点:既然你喉咙里蛮横的毒汁尽是可耻的臭名昭著的谎言,而我们的所谓争吵又确实是公正的,那么我们今天相遇,就此结束战斗吧;愿我们双方或者成功而兴旺,或者受到不幸的诅咒,落得永远蒙羞。

爱德华王　那是再也用不着怀疑的。我知道他的良知会证明我的公道。——所以,伐洛瓦,请你说吧,你是愿在镰刀插进麦秆以前投降呢,还是让着燃的怒火变成火焰?

约翰王　爱德华,我知道你在法国有过什么公道,在我卑屈地放弃王冠以前,这片旷野将要血流成河,我们满眼所见将是一座屠宰坊。

爱德华王子　唉,这恰好证明你是一个暴君:根本不是你的王国的父亲、国王或牧人,而是一个亲手对它掏肠挖肚的人,像一只渴虎,在喝它的血。

奥德利　法国的贵族大人们,你们为什么还要跟随他,这个对你们如此草菅人命的人?

查理皇太子　除了他们那位天生的君主,他们应当跟随谁呢,老浑蛋?

爱德华王子　你骂他,是因为时间在他脸上刻下了深深的皱纹吗?要知道这些饱经风霜的严肃学者,像挺拔的橡树一样,当旋风很快把幼树摇得直晃,他却站着动也不动。

德　比　在这之前,你的父系中除了你本人,还有哪一个当过国王呢?① 可爱德华的伟大血统,就母方而论,五百年来却一直掌握着权杖。那么,判断一下吧,阴谋家们,按出身来说,究竟哪一位是天生的君主呢,是这一位还是那一位?

腓力王子　父王,摆开阵势吧,别再跟他们闲扯了。这些英国佬想用废话消磨时间,一到夜晚就会溜之大吉。

约翰王　大人们和亲爱的臣民们,现在是一试身手的时候了。

---

① 就伐洛瓦王室而言,此话不确,因为该王室是从约翰王的父亲腓力六世开始的。

我的朋友们,请简单地想一想:你们为之战斗的,是你们天然的国王;你们所抵抗的,是个外国佬;你们为之战斗的国王仁慈地统治着,用温和的笼头驾驭你们;你们所抵抗的那个人,如果得了势,马上就会登基成为暴君,奴役你们,用高压手段削减并限制你们最美好的自由。那么,为了捍卫你们的国家和你们的王,让你们心中崇高的勇气配合你们许许多多能干的双手吧,我们会很快赶走这些亡命之徒;这个爱德华是个什么东西,不过是个饕餮者,一个软弱而好色的淫棍,前些时还几乎为爱而死。我问你们,他的漂亮的卫队又算得了什么?不过是些断了脊梁骨的家伙,把他们的羽绒床搬走,他们马上就会瘫痪下来,仿佛是些给骑累了的老马。法国人啊,可别让他们成为你们的主子,用奴役的枷锁囚禁你们。

全体法国人　国王万岁![1]　上帝保佑法国的约翰王!

约翰王　现在就请在这片克雷西平原上摆开阵势:爱德华,你要是敢,就开始打吧。

　　　　约翰王、他的随从和士兵全下。

爱德华王　我们马上会跟你交手的,法国的约翰:——英国的贵族大人们,今天让我们下定决心,或者摆脱我们可耻的罪过,或者清白无辜地被埋葬掉。——奈德,因为这一仗是你在正规战场打的第一仗,按照古代的军事惯例,本应授予你骑士的标记,我们庄严地赐给你武器。那么,传令官,让勤务兵给王子,我的儿子,拿一套坚固的装备来。

　　　　花腔演奏。四名传令官捧进一副铠甲,一顶头盔,一柄长矛

---

[1]　原文为法语。

和一面盾牌。第一名传令官把铠甲呈交给爱德华王,他再把它披在他儿子身上。

不兰他日奈王朝的爱德华①,我以上帝的名义,用这件铠甲护住你的胸膛,好把你高贵的坚韧的心脏以燧石般无比刚毅的精神包围起来,决不让卑劣的情操窜入:勇敢地战斗吧,要无往而不克!——跟他去吧,大人们,还要给他带来荣誉。

德　比　(从第二名传令官手中接过头盔)不兰他日奈王朝的爱德华,威尔士亲王,我把这顶头盔戴在你头上,用它来围护你的脑袋,愿你的太阳穴还由战神之手装饰起胜利的桂冠:勇敢地战斗吧,要无往而不克!

奥德利　(从第三名传令官手中接过长矛)不兰他日奈王朝的爱德华,威尔士亲王,请用你男子汉的手握住这柄长矛;用它作为一支黄铜般坚硬的巨笔,在法国引出血腥的谋略,把你的武功印在光荣簿上:勇敢地战斗吧,要无往而不克!

阿尔托瓦　(从第四名传令官手中接过盾牌)不兰他日奈王朝的爱德华,威尔士亲王,拿住这个小圆盾,把它挂在你的手臂上,愿它像帕修斯的盾②,让你的敌人一看见它,就吓得目瞪口呆,变成粗陋死亡的不省人事的形象:勇敢地战斗吧,要无往而不克!

---

① 不兰他日奈王朝,又名"金雀花王朝",包括十二世纪亨利二世即位至十五世纪理查三世去世这段历史时期,统治英国本土和法国西部三百余年。爱德华三世及其子"黑王子"正逢该王朝盛世。
② "帕修斯的盾":希腊神话中的著名英雄帕修斯,杀死蛇发女妖墨杜萨后,把她的头颅割下来,放在他的盾牌上;任何人一见到这面盾牌,便会变成石头。

爱德华王　现在除了你迟迟尚未显示、直到在战场上才赢得的骑士风度,什么也不缺少了。

爱德华王子　仁慈的父王,热心的贵族大人们,你们赠给我的这番荣誉,无异于老雅各向儿子们祝福的话语①,以令人欣慰的吉兆,激发了并鼓舞了我很少显露的青春膂力。你们这些神圣的礼物,如果有朝一日我亵渎了它们,或者不是为了荣耀我的上帝而使用它们,不是用来保护孤儿和贫民,不是为了有助于英格兰的安宁,那么就让我的肢体麻木,我的双手瘫痪吧!让我的心脏凋残吧!让我像一株枯树,永远成为耻辱的图像!

爱德华王　那么,我们的硬仗就这样安排:率领前沿部队,奈德,是你的任务;为了更其美化他的英武精神,奥德利,我们要用你的庄重来调节它,以便勇气与经验合而为一,你的运筹帷幄无与伦比;至于大队人马,将由我亲自领导;德比,请到主力后卫去。就这样严整军容,列阵以待,让我们上马,愿上帝助我成功!

全体下。

第四场　匹卡蒂。克雷西附近战场

一片惊惶。许多法国人飞跑而上;后面追奔着爱德华王子和英国士兵。然后,约翰王和洛林公爵上。

约翰王　洛林,你说说,我们的人为什么要逃呢,我们的人数可比我们的敌人多得多啊?

---

① "老雅各向儿子们祝福的话语",见《旧约·创世记》第四十九章。

洛　　林　　是热那亚的部队①,陛下。他们都从巴黎来,走得人困马乏,不愿突然上阵,在前线还没站住脚,马上就撤退,这样就使别的部队也灰心丧气,跟着逃之夭夭,为了抢先逃到安全地带,挤成一团,挤死的比被敌人杀死的多一千倍。

约翰王　　哦,真倒楣!让我们试一试,看能不能叫他们停下来。

　　　　　全体下。

第五场　匹卡蒂。克雷西附近战场

　　　　　鼓声。爱德华王和奥德利上。

爱德华王　　奥德利大人,我的儿子在追赶敌军,且把我们的队伍撤到这座小山头去,让我们在这儿喘口气吧。

奥德利　　遵命,陛下。

爱德华王　　公平判决的上苍,他的深谋远虑对于我们浅陋的见识,实在不可思议,我们不得不这样歌颂你的神功,今天它已经指出了人间的正道,并使邪恶者终于搬起石头砸了自己的脚。

　　　　　阿尔托瓦上。

阿尔托瓦　　快救人,爱德华王!快救你的儿子!

爱德华王　　救人吗,阿尔托瓦?怎么,他被俘了,还是被打下马来?

阿尔托瓦　　都不是,陛下,而是他正在追赶法军,想不到他们回过头来,把他紧紧围住了;现在他可逃不脱了,除非陛下马

---

① 热那亚,意大利主要港口。据法国百年战争编年史,当时有一万五千名热那亚(?)石弓手参战,不战而退。

260

上去营救。

爱德华王　啧,啧!让他打吧:我们今天给了他武器,他正在为一个骑士称号苦干呢,伙计。

　　　　　德比上。

德　比　陛下,快去,快去救王子!他实在凶多吉少。

爱德华王　如果他有勇气挽回颓势,他就会赢得天大的荣誉;如果不能,又有什么办法呢?要说伴我们安度晚年,我们的儿子可不止一个。

　　　　　奥德利上。

奥德利　声誉卓著的爱德华,请允许我率领我的士卒,去把令郎从被杀的危险中拯救出来:法国佬设下种种圈套,像河畔的蚂蚁,麇集在他周围,而他像狮子一样,给缠在他们袭击的罗网中,疯狂地撕着、咬着那织成的圈套;可是一切白费,他没法解脱自己。

爱德华王　奥德利,这倒很好;我不会派人去救他,违者处死。这是命运注定的日子,要用那些危急的思想磨练他的勇气;要是他逃得脱,活到内斯特①那样一把年纪,就会使他永远享有这份功勋。

德　比　哦,他可活不到能看见那些日子。

爱德华王　咳,他的墓志铭就是永垂不朽的颂词。

奥德利　可是,仁慈的陛下,他的鲜血本可以挽救,偏让它溅出来,这未免太任性了吧。

爱德华王　别再嚷嚷,你们谁也说不准,别人的援救究竟管用不

---

① 内斯特,希腊神话中皮罗斯国老王,特洛伊战争中的英雄,以口才、智慧与长寿著称。

管用。说不定他已经被杀或者被俘:一只猎鹰在飞翔中如果给耀花了眼,此后就会变得难以驯服了。如果爱德华由我们出手解救出来,将来遇到危险,他仍然会指望我们;但要是他自己解救自己,他便会愉愉快快地征服死亡和恐惧,此后再也不怕它们的压力,简直把它们视若婴儿或者俘获的奴隶。

奥德利　(旁白)哦,残忍的父亲!——那么,一路平安,爱德华!
德　比　一路平安,可爱的亲王,骑士精神的希望!
阿尔托瓦　哦,我愿拿我的生命来为他向死神赎身!

　　　　退却号吹响。

爱德华王　且慢,我想听见了号角在吹凄凉的退却号。我希望,跟他一道去的人并没有死光,总有几个会带消息回来,不管是好是坏。

　　　　花腔吹奏。爱德华王子凯旋而上,手握破碎的长矛;他的剑和稀烂的铠甲在他身前由人拿着,波希米亚王的尸体裹在军旗中。人们跑上前去拥抱他。

奥德利　赏心悦目的壮观!胜利的爱德华还活着!
德　比　欢迎,勇敢的亲王!
爱德华王　欢迎,不兰他日奈!
爱德华王子　(跪下,吻父手)首先,我体面地完成了我的本分,重新以衷心的谢意问候各位大人。现在,请看,我在经历了冬日的艰辛和喧腾大海上的痛苦航程,目击了充满战争的噬人漩涡和坚硬岩石之后,终于把我的货物带到了所向往的港口,我夏日的希望,我的苦役之甜蜜的奖赏;我在这里以卑微的敬意呈献出这份贡品,我的刀剑甚至是在死亡门前采摘下来的第一枚果实,父王,它就是我所杀的波希米亚王,他的成千上万的士兵曾经盘踞在我周围,拿他们沉重的阔剑接连不停地砍在我被打得稀烂的头盔上,就像砍一座铁砧一样;但是,大理石般的勇气仍然支撑得住;而当我的疲惫的双臂由于再三挥击,便像不停劳动的、需要砍倒许多橡树的樵夫的斧头,开始摇摇晃晃了,这时我立即记起你给我的赠言和我的热诚的誓约:于是我身上重新产生了新的勇气,以至一怒之下,如九牛二虎般杀出一条血路,把大批敌军赶得逃之夭夭。你瞧,爱德华就这样亲手实现了你的要求,我希望,也完成了一个骑士的任务。

爱德华王　是的,你配有一个骑士的称号,奈德;那么,请拿着你的剑——(他的剑原由一个士兵拿着;国王接过去,并封他为骑士)它仍因战死在你手上的那些人的鲜血而热气腾腾,站起来吧,爱德华亲王,忠实可靠的武装骑士。今天你使我喜出望外,证明你是国王的合适的继承人。

爱德华王子　仁慈的父王,这是敌军在这次作战中全部阵亡者的一份清单:十一位尊贵亲王,八十位男爵,一百二十位骑士和三万名普通士兵;我们的人牺牲了一千名。

爱德华王　赞美上帝!——现在,法国的约翰,我希望你知道,爱德华王可不是荒淫的浪子,不是害相思病的孬种,他的将士也不是什么老马。——可那胆小怕事的国王朝哪条路上逃走了?

爱德华王子　朝普瓦捷①,尊贵的父亲和儿子们在一起。

爱德华王　奈德,你和奥德利还得去追他们;我本人和德比马上

---

①　普瓦捷、加莱和前文中的克雷西,是英军在法国境内作战的三个著名战场。

到加利斯①,去包围那个港口城镇。要看结果如何:且出击吧,猎物在跑,紧紧跟上。这是什么图像?

爱德华王子 （指着军旗)陛下,是一只用自己的弯喙啄伤自己胸脯的鹈鹕,她拿从心中流出的血滴哺养她窠里的雏儿②;箴言是,Sic et vos:"你也应当这样。"

全体下。

---

① "加利斯"是"加莱"的英语发音。
② 鹈鹕以血哺雏,曾屡见于莎剧,如《哈姆莱特》(第四幕第五场)、《理查二世》(第二幕第一场)。此处出现这个图像,似可与爱德华三世刚才的"残忍"表现相对照。

第 四 幕

第一场 布列塔尼。英国军营

  蒙德福勋爵①手持小王冠上；索尔兹贝里伯爵同上。

蒙德福　我的索尔兹贝里大人,既然你帮助我杀掉我的敌人布洛瓦的查理爵士②,使我又一次安居布列塔尼公国,那么,为了你的国王和你的仁慈的支援,我决心效忠于陛下:为了表示这点诚意,请接受这顶小王冠③,把它连同我的誓言一并转交给他,我永远是爱德华的忠实的朋友。

索尔兹贝里　我接受它,蒙德福:我希望,不久的将来,法兰西整个领土都将向他的攻无不克的巨手投降。(蒙德福下)现在,我要是知道怎样安全到达,很高兴在加利斯与陛下相晤,我通过书

---

① 蒙德福勋爵,即蒙德福伯爵,原名约翰,蒙德福(布列塔尼一部分)的女继承人约兰达和布列塔尼公爵阿瑟二世之子。与爱德华三世联盟,从布洛瓦的查理爵士索回布列塔尼公国全部领土。
② 布洛瓦的查理,又称"沙蒂雍的查理"(1319—1364),自1341年起称"布列塔尼公爵",曾与约翰·蒙德福为布列塔尼公国继承权开战;因与爱德华三世相涉,被囚于伦敦塔九年。
③ 小王冠,仅适于公爵爵位的王冠。蒙德福将它献给爱德华三世,表示臣仆对于封建主的忠诚。

信获悉,他意图将他的部队调到那儿去。一定是这样:这条策略很管用。——嗬,谁在里面?把维利叶给我带上来。(维利叶上)维利叶,你知道,你是我的俘虏,只要我愿意,你可以拿十万法郎来赎身,否则我还得把你关下去;不过也可以这样:如果你愿意,只花一小笔代价,就可以走人,那就是,给我弄一张诺曼底公爵查理的护照,我好自由地通过他所统治的地区,去向加利斯求助;我想,你会很容易地弄到它,因为我常听你说,他和你一度同过学;那么,你一定可以恢复自由了。你意下如何?可愿意做这笔买卖?①

维利叶　我愿意,大人,可我得跟他谈谈。

索尔兹贝里　唔,你可以去谈;上马吧,赶紧去。不过,你走之前,要用你的信用发誓,你如不能完成我的愿望,就得回来再当我的俘虏;一定要这样,为我作足够的保证。

维利叶　我同意这个条件,大人,我一定老老实实做到这一点。

索尔兹贝里　一路顺风,维利叶。(维利叶下)就这样考验一次法国人的信用吧。

全体下。

第二场　匹卡蒂。加莱城下的英国军营

爱德华王和德比带兵上。

爱德华王　既然他们拒绝我们提出的条约,不肯开城让我们进去,我们就得四面挖上壕沟,不让任何粮食或供应来救援这

---

① 维利叶,这段轶事系据弗瓦撒的百年战争编年史改编,其中索尔兹贝里伯爵原为曼尼·高蒂叶爵士;维利叶系假名,原为无名骑士。

个可恶的城镇:我们的刀剑不到之处,就让饥荒去战斗吧。

德　比　答应来的援军曾经使他们满不在乎,现在从另一条路撤退了:这将让他们为他们的顽固意志后悔不迭了。(六个萎靡的法国人上)这些可怜的破烂的苦力是些什么人,陛下?

爱德华王　问问他们吧;好像他们是加利斯人。

德　比　你们这副绝望和悲伤的倒楣相!你们是些什么人?是活人,还是从坟墓里爬出来、在地面游荡的鬼魂?

萎靡的法国人　不是鬼魂,大人,是还有一口气的活人,但比长眠的死人更糟糕:我们是落难的贫苦居民,长久生病,病病歪歪,站不住脚;现在,因为没有用了,镇长便把我们撵了出来,免得浪费粮食。

爱德华王　无疑这是一桩慈善行为,值得赞美!那么,你们想怎样过生活呢?我们是你们的敌人:在这种情况下,我们也只好把你们置于刀剑之下,既然我们提出停战,遭到了你们拒绝。

萎靡的法国人　如果阁下不肯另有赐予,我们宁愿死,我们视死如生。

爱德华王　可怜的蠢货,真是冤枉受罪!德比,去救济他们一下,叫人把口粮分给他们,另外每人各给五克朗。(德比和法国人同下)狮子不屑伤害投降的猎物,爱德华的剑必须在倔强不服的家伙身上尝尝血味。(珀西勋爵上)珀西勋爵,欢迎欢迎!英格兰有什么新闻?

珀　西　陛下,王后向你致意,我从她和摄政官①那里带来了胜

---

① 摄政官,指沃里克。爱德华三世曾封他为"北方的摄政",见第二幕第二场末段。

利的佳音:苏格兰的大卫最近武装来犯,大概以为陛下不在境内,他会很快得逞,亏得各位贵族大人的有效勤务和王后本人的千辛万苦,她有孕在身,仍每天参加战斗,终于把大卫击败了,降服了,俘获了。

爱德华王　珀西,为了你的佳音,我衷心向你道谢。是哪一位显贵在战场上俘获他的呢?

珀　西　是一位乡绅,他名叫约翰·科普兰;尽管王后一直恳求,他却拒绝向任何人交出他的战利品,除非交给陛下本人:王后为此很不高兴。

爱德华王　好吧,我们就派一位王使,传唤科普兰立即前来;他得将那个俘虏国王一并带来。

珀　西　陛下,王后本人此刻已在海上,一有顺风,她打算在加利斯登陆来谒见你。

爱德华王　欢迎王后;我将在沙滩上安营扎寨,等候她的来临。

　　一位法国将领上。

法国将领　伟大的国王,加莱的议员们开会决议,自愿宣布将城镇和城堡献给陛下,只要陛下同意保全他们的生命和财产。

爱德华王　他们居然自愿宣布!说不定他们还可以指挥、处置、选举和统治,如果他们愿意的话。不,先生,告诉他们,既然他们拒绝了我们最初宣布的仁政,现在他们就得不到它了,尽管他们想要;除了火与剑,我什么也不接受,除非在两天之内,城内六名最殷实的商人除了穿件麻布衬衫,几乎赤身裸体来到这儿,每人颈子上挂一根绞索,五体投地地向我投降,要罚要绞,随我高兴:你就这样去通报他们那些主子吧。

　　爱德华王、珀西,和士兵们全体下。

法国将领　什么话!这简直是依靠一根断拐棍。要不是我们给劝服了,我们的约翰王就会带兵来解救这个城镇,我们就不会非接受这种挑战不可;可现在时机错过了,再也无法挽回,让几个人去倒楣,总比全城覆灭要好些。(下。)

第三场　普瓦捷。普瓦捷附近战场。法国军营:诺曼底公爵的营帐

　　诺曼底的查理和维利叶上。

查理亲王　维利叶,我真不懂,你怎么会为我们的一个死敌来求我。

维利叶　不是为了他,我仁慈的阁下,我所以这样热心地为他说话,只为了清偿我的赎金。

查理亲王　你的赎金,伙计!你怎么要这样说?你不是自由的吗?一切按照我们对于敌人的优势所发生的机遇,不是都加以利用了吗?

维利叶　不,阁下,除非那些机遇是公正的;因为利益必须和荣誉结合在一起,否则我们的行为就是可耻的。且不谈这些错综复杂的障碍,阁下究竟是同意还是不同意?

查理亲王　维利叶,我不同意,我也不能这样做;索尔兹贝里可不能随意申请一张护照。

维利叶　咳,我就知道会是这个结果,阁下:我只得回到我从那儿出来的监狱里去。

查理亲王　回去?我希望你别回去。从捕鸟者的罗网里逃脱出来的鸟儿,哪一个会不当心再次被绊住呢?好不容易跨过危险鸿沟的人,哪一个会糊里糊涂,粗心大意,重新让自己陷于危险呢?

269

维利叶　唉,可我有誓言,阁下,我凭良心是不能违反的,否则一个王国也不会把我从这儿拖走。

查理亲王　你的誓言?哼,你非遵守不可,可你不也发过誓,要效忠于你的亲王吗?

维利叶　他堂堂正正命令我做的一切,我都会忠实执行;但是,劝说我或者威胁我,不去履行我亲口答应的誓约,却是非法的,我一定不服从。

查理亲王　哼,一个人去杀人,却不违反对敌人的诺言,难道是合法的吗?

维利叶　战争一旦宣布,我们就去杀人,只要我们是为了反对邪恶,阁下,无疑这是法律允许的;但是,对于誓言,我们却必须深思熟虑;一旦我们发了誓,即使我们为之而死,也不能破坏:所以,阁下,我情愿回到监狱去,仿佛飞升到天国一样。(欲下。)

查理亲王　且慢,我的维利叶!你的高尚的见解永远值得钦佩。你的请求不会再拖延:把纸给我,我来签名;从前我把你作为维利叶来爱,今后我将把你当作我自己来拥抱。留下吧,永远享受你的亲王的宠信。

维利叶　我向阁下表示谦卑的谢意。我得赶快走,先把这份护照送给伯爵,然后再来随侍左右。

查理亲王　就这样办,维利叶;一旦查理有事,愿他的士兵个个都像维利叶一样,不管他胜负如何。

　　　　　维利叶下。约翰王上。

约翰王　喂,查理,拿起武器吧;爱德华中计了,威尔士亲王落到我们手里了,我们包围了他;他逃不掉了。

查理亲王　但陛下今天就要打吗?

约翰王　怎么不打,孩子?他连八千壮丁都没有,我们至少有六万。

查理亲王　仁慈的父王,我有一本预言书,是在克雷西战场上,那里一位年老的隐士送我的,上面写着我们在这场残酷的战争中,将会遇到怎样的结果。(念)"飞鸟使你的大军震颤,燧石飞扬把阵脚打乱,须知他并非佯装假扮,只因可怕的凶日已经不远;终归你会迈步前进,进到英国一如你的敌人在法国国境。"①

约翰王　按照这个预言,我们似乎吉星高照,因为石头从不会飞起来打乱阵脚,飞鸟也不会使武装战士动摇,看来我们不至于失败;或者说,法国可能失败,但最后他既答应我们会把他撵走,并且去劫掠他们的国家,像他们劫掠过我们一样,像这样报复一下,那损失就似乎小多了。但一切都是无聊的幻想,玩笑和梦呓;一旦我们确定绊住了儿子,我们总会想办法逮住父亲的。

全体下。

第四场　普瓦捷。普瓦捷附近战场。英国军营

爱德华王子,奥德利及其他人上。

爱德华王子　奥德利,死神的双臂抱住我们了,除了死,我们一点指望也没有,为了甜蜜的生命,得付出酸苦的定金了。在克雷西战场上,我们战火的烟云曾经堵塞过那些法国佬的嘴巴,把他们分割成几块,而今他们的百万大军掩蔽起来,

---

① 预言都是模棱两可的。约翰王果然进入英国,不过是作为俘虏。

仿佛遮住了美丽的燃烧的太阳,除了阴沉的黑暗和万物死寂的夜晚什么也看不见的恐怖,没有给我们留下任何希望。

奥德利　他们这样突然大规模地迅速挺进,好亲王,实在是很奇怪。法王藏在我们前面的山谷里,占尽了天时地利,他的先遣队比我们的全军还强;他的儿子,那个自命不凡的诺曼底公爵,在我们右边山头布满了闪亮的锁金甲,那座高山现在看来就像一个银烛台或者王冠上一颗宝珠,上面的大旗、小旗和新添的尖角旗为了炫耀而迎风招展;我们左边藏着法王的小儿子腓力,他在另一座山上摆下了阵势,只见所有高举的镀金矛头,好似挺拔的金树,尖角旗好似叶子,它们古代纹章的图案用五颜六色描画出来,好似各种各样的果实,使这座山变成赫斯帕瑞狄兹姊妹①的果园。我们后面也是一座山,它巍然高耸,宛如一轮半月,只开放一条路,把我们包围在里面;在我们背后,存放着致命的石弓,那里的战役是由粗野的沙蒂雍指挥的。于是,出现这样的形势:可供我们逃遁的山谷,由法王封锁住;两旁的高山由他的儿子们控制着;而山后则是沙蒂雍安排下来的某种死亡。

爱德华王子　死亡的名义比它的实际要强大得多:你把这股力量分成几部分,就使它更其强大。像这许多沙粒,只要我的双手能捧住,也不过是一捧沙而已;那么,全世界的沙,姑且称它为一股力量,很容易抓住,也可以很快扔掉;要我一粒沙一粒沙来数它们,那个数目便会把我的记忆搞得狼狈不

---

① 赫斯帕瑞狄兹姊妹,即希腊神话中看守金苹果园的四姊妹。她们依仗一条永不睡眠的巨龙保卫园中的金苹果,赫库利斯却凭神力夺取了其中几枚。奥德利用这个典故来描述英军在普瓦捷的战斗环境,系暗喻爱德华亲王像赫库利斯一样神勇。

堪,上万上亿也数不尽,实在是一项艰苦的工作,但是简单说来,它也不过只是一项。这些排队,连队和团队,在我们前面后面,在我们左右两旁,也不过只是一股力量;我们来说一个人,他的手、脚、脑袋各有各的膂力,但也不过是一同发挥作用的膂力而已,唔,是的,所有这许多,奥德利,也不过是一种,我们称之为一个人的膂力。他有很远的路要走,只能以英里计;如果让他数步子,那可吓坏了他;构成一场洪水的水滴是无限的,但你知道,我们管它只称为一场雨。只有一个法兰西,一个法兰西国王,法国没有更多的国王;这个国王也只有一个国王的强大军团;我们也有一个:那么,别在乎那些鸡零狗碎,一对一才是公平的均等。(一名由约翰王派来的传令官上)有什么信息,传令官?说简单些。

传令官　法兰西国王,我的陛下和君主,派我向他的敌人、威尔士亲王①致意:如果你派出一百个名人,贵族,骑士,乡绅,和英国绅士,连同你本人,一起跪在他的脚下,他会马上卷起他染血的军旗,让赎金赎回被没收的生命;如果不,今天就得流出比从前埋在我们的布列塔尼土地上的更多的英国血液。对于他所提出的慈悲措施,你将如何回答?

爱德华王子　只有覆盖法国的这片上天,才有使我屈服祈祷的慈悲;要我向一个人祈求慈悲,这样卑贱的话语不会出自我的口,上帝不容!回去告诉那个国王,我的舌头是钢铁做的,它得在他这个懦夫的头盔上祈求我的慈悲;告诉他,我的军旗跟他的一样红,我的士兵一样英勇,我们英国的武装一样强壮:回去把我的蔑视扔在他脸上。

---

① 威尔士亲王,即爱德华王子,"黑王子"。

传令官　我走。(下。)

　　　　　另一名传令官上。

爱德华王子　你带来什么信息?

传令官　诺曼底公爵,我的主公,可怜你年幼无知而又危机四伏,派我给你送来一匹四肢灵活的小马,你骑上去,它就飞快地跑,因此他劝你赶快开溜逃掉,否则死神发誓,一定让你死去。

爱德华王子　把这匹畜生带回去,还给那个把它送来的畜生!告诉他,我不能骑一个懦夫的马;让他今天自己去骑这匹劣马吧,因为我要用血把我的马浑身染透,用双倍的血涂饰我的踢马刺,我还要逮住他。就这样告诉那个神气十足的小子,叫他快滚。

　　　　　传令官下。另一名传令官上。

传令官　威尔士的爱德华:腓力,法国最强大的基督徒国王的次子,看见你的寿命行将告罄,他满怀慈悲心肠和基督徒的爱,叫我把这本载满祈祷文的经书送到你手上来;为了你残剩的生存时刻,请你用它来反省一下,为了你上天的长远旅程,武装一下你的灵魂。我已经完成他的吩咐,就要回去了。

爱德华王子　腓力的传令官,请为我向你的主公致意:他送我的一切好东西,我都能收下;可你不知道,那个鲁莽的小伙子竟然送我这本书,却亏待了他自己。说不定他没有这本书,就不会祈祷;我想他决不是个即席祷告的牧师;那么,就把这本日用祈祷书还给他吧,以便他在患难中有点用处。此外,他并不知道我的罪过的性质,因此也不知道什么祷词于我有益。夜晚以前,他的祷告可能是,祈求上帝把它放在我的心里去听他的祈祷。就这样告诉那个被朝廷宠坏的家伙,走吧。①

传令官　我走。(下。)

爱德华王子　他们的力量和人数使他们何等自信!——现在,奥德利,让你的那些银翅响起来吧,且让时间的那些奶白的信使在这危险的时间显示你的时间的学识吧②。你很忙,并为许多争吵而烦恼,过去的谋略用铁笔写在你的体面的脸上:你在这场灾难中是个已婚的男子,但是危险却向我这个害羞的少女求爱。请教我该如何对付危难的时刻。

奥德利　去死对于一切人像活着一样普通:我们选择了一个,同时追逐着另一个;因为从我们开始生活的瞬间起,我们就在追逐死亡的时刻:我们先发芽,后开花,然后结子;然后我们立刻凋落,正如影子跟随身躯,我们跟随着死亡。那么,如果我们追逐死亡,我们为什么惧怕它呢?如果我们惧怕它,我们为什么要跟随它呢?如果我们真正惧怕,我们又怎么能躲开它呢?如果我们真正惧怕,我们不过是用惧怕帮助我们所惧怕的东西更快地抓住我们;如果我们不怕,那么任何坚决的努力都不能推翻我们的命运的限制:因为无论是成熟还是腐烂,我们都会落下来,如果我们抽中了毁灭的彩票。

爱德华王子　啊,好老头,你这番话给我披上了千万层铠甲。

---

① 以上三位信使轮番向爱德华王子传达嘲讽性的信息和爱德华的回答,可参阅《亨利五世》(第一幕第二场)中法国皇太子向年轻的亨利王赠送网球和亨利王的回答。

② "银翅"含义模糊,或指盔甲,或指奥德利由于白发而显示的经验、智慧与口才。全句连用三个"时间":第一个指年纪("奶白的信使"指白发),第二个指时刻,第三个指经验或世故。

啊,你把生命说成怎样一个白痴,它竟去追求它所惧怕的东西;屠杀成性的死亡的特大胜利又是何等丢丑啊,既然它无往不克的箭矢所射中的一切生命都在追求它,而它并不追求它们。我不愿花一便士来买一个生命,也不愿花半便士来躲避可怕的死亡,既然生存不过是寻求死亡,而死去不过是新生命的开端。上帝愿意是什么时刻,就让什么时刻来临吧,是生是死我毫不在乎。

全体下。

第五场　普瓦捷。普瓦捷附近战场。法国军营

约翰王和查理亲王上。

约翰王　一片突如其来的黑暗蒙蔽了天空,风吓得躲进了洞穴,叶子动也不动,世界哑静下来,鸟儿不再歌唱,漫游的溪流不再像平时那样向堤岸潺潺致意;沉默在倾听某种奇迹,预料上苍会说出某种预言。这一阵沉默是从哪儿、是由谁发出来的,查理?

查理亲王　我们的士兵都目瞪口呆,面面相觑,没有一个人讲话;张口结舌的恐怖造成一个夜半时刻,所有醒着的地带都是无语的睡眠。

约翰王　可是刚才,华丽的太阳还豪迈地从它黄金的车辆望着世界,突然间却把自己隐藏起来,现在下界却像一座坟墓,黑暗,死寂,沉默,不安。(一片鸦噪)听呀! 是怎样一阵要命的叫喊?

查理亲王　我的腓力兄弟来了。

约翰王　人人心惊胆颤。(腓力王子上)你的脸色预示了你会说

出怎样可怕的话。

腓力王子　飞来一大群！一大群！

约翰王　胆小鬼,什么一大群！你撒谎,根本没有什么一大群。

腓力王子　飞来一大群！

约翰王　振奋一下你那畏畏缩缩的精神,讲讲印在你脸上那种吓死人的恐惧内容,到底是怎么回事？

腓力王子　一大群丑恶的乌鸦①,哇哇盘旋在我们士兵的头上,排成三角形和有棱有角的四方形,恰似我们作战的方阵。它们一来,就突然起了这场大雾,把太阳这天空之花都隐没了,正午间就给这动摇的沮丧的世界带来一个反常的黑夜；总而言之,我们的士兵们都放下了武器,一个个变成了石像,冷淡而苍白,彼此凝望着。

约翰王　(旁白)唉,我记起了那个预言,可我决不恐惧。——回去吧,把那些脆弱的心灵振作起来。告诉他们,那些乌鸦看见他们全副武装,那么多壮士对付几个饿鬼,不过是来趁火打劫,攫食他们所杀的尸体的；我们看见一匹马倒下要死,虽然还没死,贪吃的鸟类都会停在那儿守候它断气；这些乌鸦也是这样,它们看见那些就快死去的英国佬的尸体,也会飞来飞去；如果它们向我们聒噪,那不过是等待我们把那些敌人杀掉好喂它们。去吧,去鼓舞我们的士兵,吹起号来,立即戳穿这场愚蠢的小骗局。

　　　腓力王子下。另一阵喧闹。索尔兹贝里由一名法国将领带上。

---

① 乌鸦在世界各地表示凶兆,预告死亡。它们追随部队,据说是为了抢食尸体。参阅《麦克白》(第一幕第五场)："报告邓肯走进我这堡门来送死的乌鸦,它的叫声是嘶哑的。"

法国将领　请瞧,陛下,这名骑士和四十多名士兵,大部分被杀了和逃掉了,他们原来竭力想冲破我们的防线,去同那个被围困的亲王会合。请陛下随意处置他吧。

约翰王　去吧,士兵,马上把他的尸体挂在你看见的另一根树枝上,让它也丢丢脸;因为我认为,一株法国树也不屑于充当一名英国小偷的绞颈架。

索尔兹贝里　诺曼底勋爵,我可有你的通行证,保证我安全通过这片国土。

查理亲王　维利叶为你弄的,是吗?

索尔兹贝里　是的。

查理亲王　那么它通用,你可以自由通过。

约翰王　哼,自由地到绞颈架去挨吊吧,没有谁否认也没有谁留难。滚吧!

查理亲王　我希望陛下不要这样羞辱我,不要粉碎我的军章的功效。既然他提到了我的决不食言的令名,显示了我作为亲王所签署的笔迹,那么宁可不让我当亲王,也不要破坏一个亲王坚定不移的诺言。我请求你,让他平安地过去吧。

约翰王　你和你的诺言都得听我的支配:你能允诺什么,是我不能破坏的呢?违抗你的父亲,还是违抗你自己,这两样哪一样是更大的丑行?你的诺言可能力不从心,任何人的诺言莫不如此;任何人即使竭力遵守他的诺言,也未必不会破坏它。失信在于心灵的同意,如果你本人不同意而破坏了它,那就不能指责你失信。——去吊死他吧,因为你的同意与否取决于我,我的强制抵得上你的宽恕。

查理亲王　什么,我难道不是一个言而有信的士兵吗?那么,再见吧武器,谁愿打仗就让他们去打吧。即使没有一个监督者在旁,会说我不该扔掉我的东西,难道我就不能把我的武装带从我腰间解下来吗?的的确确,假如威尔士亲王爱德华遵守他用高贵的手写下的诺言,让你所有的骑士通过他父亲的国土,那位王爷为了宠幸他的尚武的儿子,不仅会让他们平安地通过,而且还会丰盛地宴请他们和他们的随从。

约翰王　你在援引先例吗?那就这样吧。——说说看,英国人,你是什么爵位?

索尔兹贝里　在英国是一位伯爵,虽然在这里是一名俘虏,认识我的人都管我叫索尔兹贝里。

约翰王　那么,索尔兹贝里,说说你要往哪儿去。

索尔兹贝里　到加利斯去,我的陛下爱德华王在那儿。

约翰王　到加莱去吗,索尔兹贝里?那就动身到加莱去吧,叫你的国王准备一座高贵的坟墓,好埋葬他的王子黑鬼爱德华。你从这个地方向西走,大约离这儿两里路,有一座高山,似乎看不见顶,因为总揽一切的天空把它的峰巅藏在它蔚蓝色的怀抱里;在它的高峰上,如果你的脚能达到,且向下面的低谷回顾一下(直到最近它还很低微,可现在却以武装而自豪),再从那儿瞧瞧倒楣的威尔士亲王,被一道铁箍给紧紧箍住了。然后,快马加鞭赶到加莱去,就说亲王还没有被杀,但却给窒息住了;告诉你的国王,这还不是他的全部灾难,因为我在他没想到之前还会光顾他的。去吧,快走!我们的子弹即使没有击中敌人,它们的烟雾也会把他们呛死。

全体下。

第六场　普瓦捷。战场一部分

　　警报。爱德华王子和阿尔托瓦上。

阿尔托瓦　殿下好吗？你没给打中吧？

爱德华王子　没有，亲爱的阿尔托瓦，可给烟雾噎得要死，才挪到一旁喘口气，吸点新鲜空气。

阿尔托瓦　先歇一下再上吧。惊慌失措的法国佬盯着那群乌鸦吓得不得了；要是我们的箭袋装满了箭杆，殿下今天又会大显身手了。哦，更多更多的箭，上帝！我们正需要。

爱德华王子　勇敢些，阿尔托瓦！既然长羽毛的飞鸟在我们一边作战，长羽毛的箭杆又有什么了不起。我们何必要打，要流汗，要这样折腾呢，既然破口大骂的乌鸦把我们的对手骂了个痛快？起来，起来，阿尔托瓦！大地本身就武装着火星四溅的燧石；命令我们的弓箭手拉满他们彩色的弓，把石弹射出去。① 去吧，阿尔托瓦，去吧！我的心灵有预感，我们今天一定会打赢。

　　全体下。

第七场　场景同前

　　警报。约翰王上。

约翰王　我们的大军还没动手，先就惊慌失措，灰心丧气，心神

---

① 英军把箭射完了，便拾起脚下的卵石作子弹打击法军，由此应验了前幕查理亲王所念的预言。

错乱。突如其来的恐怖事物向我们全军传遍了一阵冰冷的惊愕,每次小小的失利使得心惊胆战的人们纷纷逃跑。至于我本人,同他们的钝铅相比,我的精神本来坚如钢铁;但一想到那个预言,想到我们故乡的石头竟然从英国人手里扔向了我们①,便发现自己也受到了软弱恐惧的意外袭击。

    查理亲王上。

查理亲王　快走吧,父王,快走!法国人在杀法国人了!一些继续战斗的在狠揍一些逃跑的;我们的战鼓只会让人泄气,我们的号角只会吹可耻的退却号;士气只是怕死的恐惧情绪,胆小鬼们给自己吓得一塌糊涂。

    腓力王子上。

腓力王子　抠掉我的眼珠吧,免得瞧见今天的耻辱!一只手臂打垮一支军队:一个可怜的大卫用一块石头挫败了二十个身强力壮的歌利亚②;大约二十个赤身裸体的饿鬼用些小小的燧石赶跑了一大股全副武装的壮士。

约翰王　上帝该死!他们给我扔石弹,把我们杀光了;至少有四万名恶长老今天把四十名瘦奴隶用石头砸死了。③

查理亲王　哦,唯愿我是个异国人!今天可让法国人丢够了丑,全世界都要嘘我们,嘲笑我们。

约翰王　怎么,再没有希望了吗?

腓力王子　除了死,没有任何希望来埋葬我们的耻辱。

约翰王　重新向我靠拢:只要活人的二十分之一,就足以打退一

---

① 法军本善于石弓,想不到英军反其道还治其人之身,愈加使约翰王恐惧。
② 歌利亚,非利士勇士,被大卫用机弦甩石击毙,见《旧约·撒母耳记上》第十七章。
③ 可能借用《经外书》中苏珊娜被恶长老诬控而被判死刑的典故。

281

小撮虚弱的敌人。

查理亲王　那么,再下命令吧:如果老天爷不反对,我们今天不会失败。

约翰王　前进! 去吧!

　　　　全体下。

第八场　场景同前

　　　　警报。奥德利,受伤,由两名乡绅所营救,上。

第一位乡绅　大人觉得好点吗?

奥德利　甚至像一个常人一样,参加了这场血腥的宴会。

第二位乡绅　希望大人的伤口不太严重。

奥德利　严重也没关系:总账已经结清,最坏的下场也不过是个要死的人。好朋友,请代我向爱德华亲王说,我以血染的英勇风采向他致敬;我将微笑着告诉他,这块张开的创伤是他的奥德利的戎马生涯的最后收获。

　　　　吹响退却号。全体下。

第九场　波瓦托。英国军营

　　　　爱德华王子率领他的士兵和若干法国士兵凯旋而上,人人展示着军旗;约翰王和查理亲王作为俘虏上。

爱德华王子　得啦,前不久还属于法国的约翰,你现在虽然还在法国,可你的染血的军旗成了我的战利品了;而你,诺曼底自吹自擂的查理,今天曾经送我一匹马让我逃走,现在可成了我的仁慈统治下的臣民。呸,大人们! 瞧英国小伙子们,年轻得还没长胡子,就在你们王国的中心,以一当二十,把你们打得落花流水,这难道不是奇耻大辱吗?

约翰王　征服我们的,是你的幸运,不是你的力量。

爱德华王子　俗话说得好,上天助正义。(阿尔托瓦带腓力王子上)看哪,看哪!阿尔托瓦把他带来了,他从前给我的灵魂进过忠告。——欢迎,阿尔托瓦;欢迎,腓力:现在你和我,究竟是哪个需要祈祷呢?现在恰巧在你身上证实了这句谚语:早晴必有晚阴。(喇叭长鸣。奥德利由两位乡绅引上)快说,发生了什么可怕的丧气事儿?天哪,多少成千上万的法国军人在奥德利的脸上画下了死亡的标记?你以漫不经心的微笑追求死亡,那么高兴地望着你的坟墓,仿佛你醉心于你的末日,那么请说明白,是什么饥饿的刀剑掠夺了你的脸,从我忠实的灵魂砍掉一个真正的朋友?

奥德利　哦,亲王,你亲切的悼词之于我,宛如一阵悲伤的丧钟之于一个垂死的人。

爱德华王子　亲爱的奥德利,如果我的舌头给你送终,我的双臂就是你的坟墓了。我该干些什么,才可赢得你的生命,或者为你的死亡复仇?如果你想喝被俘国王们的血,或者王血是滋补的,那就拿王血来祝贺健康吧,我为你干杯。如果荣誉可以免你一死,那么今天不朽的荣誉全部属于你,奥德利,活下去吧。

奥德利　无往不胜的亲王——你果真如此,就请注意,恺撒正是俘虏了一个国王而名闻遐迩的[①]——如果我能遏制住暗淡

[①] 被恺撒俘获处死的国王,或指庞贝大帝之长子格纳乌斯·庞贝·马格鲁斯(公元前75—前45),其父兵败逃往埃及被暗害后,他在亚德里亚海域继续与恺撒作战,在蒙达被俘并被处死。

的死亡,直到我看见我的陛下,你的父王,我的灵魂将心甘情愿地把我的肉体这座城堡,这件鳞伤的贡品,奉献给黑暗、终结、尘土和蛆虫。

爱德华王子　振作起来,勇士!你的灵魂豪放自尊,决不屑于为小小挫折而放弃它的城池,但也可能被一个法国人的钝剑夺走它尘世的配偶①。瞧吧,为了补偿你的生命,我将在英国国土给你三千马克的年俸。

爱德利　为了偿还我所欠的债务,我接受你的馈赠:这两位乡绅冒着九死一生的危险,把我从法国人手里救了出来:你给我的一切,我将转赠给他们;既然你爱我,亲王,就请恩准我的遗嘱中的这笔遗赠吧。

爱德华王子　德高望重的奥德利,活下去吧,我将拿出双倍的赏赐,一份给这两位,一份给你。但无论你是活着还是死去,你给他们和他们的家属的一切,将永远归他们所有。喂,先生们,我愿看见我的朋友躺在一张舒适的担架上;然后,我们以凯旋的步伐,意气风发地向加利斯前进,去晋谒我的父王;并把我的战利品、美丽的法兰西的国王一起带去。

全体下。

---

① (灵魂的)"尘世的配偶",指肉体。

第 五 幕

第一场 匹加蒂。加莱城下的英国军营

  爱德华王,菲利帕王后,德比,士兵上。

爱德华王　别,别再,菲利帕王后,安静点。除非科普兰能够辩白他的过失,他将看不到我们的好脸色。现在,对这个傲慢、顽抗的城镇,士兵们,进攻啊!我不再被他们的虚伪拖延欺骗了;都拔出刀剑来,去获取你们的战利品。

  吹冲锋号。六位加莱市民着单衫,赤足,颈带绞索上。

全体市民　发发慈悲,爱德华王!发发慈悲,仁慈的陛下!

爱德华王　卑鄙的恶棍!你们现在请求停战吗?我的耳朵听不见你们徒劳的叫喊。击鼓吧,击警鼓!(*警鼓声*)抽出令敌胆寒的刀剑!

市民甲　哦,高贵的亲王,可怜可怜这座城镇,请听听我们的声音,伟大的国王!我们祈求实现陛下所许的诺言;两天的缓刑期还没有过完,我们心甘情愿前来承受磨人的死亡或者你所高兴的刑罚,但求诚惶诚恐的民众得救。

爱德华王　我的诺言么?是的,我确实许诺过;但我要求最主要的市民、最有价值的头面人物来投降。你们也许不过是低

三下四的仆役,或者海边几个凶恶的盗贼,给逮住了,法律即将加以处决,虽然我们还不至于那么严厉。不,不,你们不能对我们作非分的妄想。

市民乙　可敬畏的陛下,现在日薄西山,照着我们破衣烂衫,惨不忍睹,可当初我们个个都有头有脸,辉煌的朝霞曾为我们的出行喝彩致敬;我要说了假话,就让我们的命运落在万恶的魔鬼手中。

爱德华王　如果是这样,就让我们的协议生效吧:我们将和平占领这座城市;除了你们自己,你们没有什么可后悔的,但是正如皇家法庭所颁布的,你们的尸体将围着城墙给拖曳着示众,然后尝尝肢解罪犯的铡刀:今天是你们的末日。——去吧,士兵们,立即执行。

菲利帕王后　啊,对这些投降的人更宽大些吧!建立和平是件盛事壮举,国王们给人以生命和安全,就最接近上帝了。你既然有意成为法兰西的王,那就让她的人民活着称你为王吧;因为刀剑砍倒的一切,或者战火摧毁的一切,对我们每个人不会有任何光彩可言。

爱德华王　虽然经验教导我们,所有弊端恶习大部分被控制时,和平的安宁会带来最大的欢乐,这一点是真实的,但是,还必须知道,我们既能凭借刀剑征服别人,也应当可以主宰自己的情感;因此,我答应你的请求,菲利帕,你说服了我。让这些人活着夸耀仁政也好;而暴政,你就自己吓唬自己去吧。

市民乙　陛下万岁!愿你的王朝繁荣昌盛!

爱德华王　去吧,离开这儿;回到城里去;如果这份仁慈值得你们爱戴,那么学着把爱德华尊为你的王吧。(市民们下)现在可以听听我们各处的军务,在严冬过完之前,我们要把我们的驻防部队安排一下。——是谁来了?

    科普兰和大卫王上。

德 比 是科普兰和苏格兰王大卫①。

爱德华王 是那个飞扬跋扈到不肯把他的俘虏交给王后的北方乡绅吗?

科普兰 陛下,我的确是个北方乡绅,可既不飞扬,也不跋扈,我相信。

爱德华王 那么,是什么使你如此顽固,以致违抗我们王后的欲望呢?

科普兰 决不是任性违抗,伟大的陛下,而是我的功劳和战士的公共准则;我是单枪匹马一个人擒住这个国王的,像一个士兵那样,我不愿丧失我所赢得的哪怕一点点功勋;而且,科普兰是直接奉陛下之命来到法国,低声下气地脱下了他的胜利的无边圆帽②。威严的陛下,请接受我的货物的关税③,我勤劳双手的丰富贡品,它早就应当呈献上来,如果陛下曾经驻跸该处。

菲利帕王后 可是,科普兰,你曾经嘲笑过国王的命令,忽视我们以他的名义所承担的委托。

科普兰 我尊敬他的名义,但更尊敬他的本人。他的名义仍会使我忠心耿耿,但对他本人我愿跪了下来。

---

① 苏格兰大卫王被带到法国,并非史实。参阅《亨利五世》(第一幕第二场)的类似说法,是为了"拿帝王们做俘房,来替爱德华增光,好使她(英格兰)的史册连篇累牍载满着歌颂"。
② 无边圆帽,苏格兰男子所常戴。
③ "货物的关税",指他带到法国来的俘虏。

爱德华王　我请求你,菲利帕,让不快过去。这个人令我高兴,我欢喜听他的话:因为一个人想做大事,却又丧失事后的光荣,他又是个什么人呢?万流归海,科普兰的信仰同样归于他的王。——那么,跪下吧;再站起来,爱德华王的骑士:为了支持你的地位,我慷慨地赏赐你和你的部属每年五百马克。(索尔兹贝里上)欢迎,索尔兹贝里勋爵,英国有什么消息?

索尔兹贝里　这个,伟大的国王:这个国家我们已经赢得了;那地方的摄政,查理·德·蒙德福①,向陛下呈献这顶小王冠,发誓向陛下表示忠诚。

爱德华王　我们感谢你的功劳,英勇的伯爵;请认领我们的恩宠,我们欠你的。

索尔兹贝里　陛下,这是佳音;现在,我必须重发悲调,来歌唱不幸的事故。

爱德华王　什么,我们的部队在普瓦捷吃了败仗?还是我的儿子遇上太多的麻烦?

索尔兹贝里　是他遇上了麻烦,陛下;当我带领区区另外四十名能干的武士,拿着盖有法国皇太子宫印的通行证,从那条道经过,发现他已经被围困,一队枪骑兵半路向我们突袭,把我们作为俘虏送到国王那里;那国王得意扬扬,急于报复,下令立即砍掉我们大家的脑袋;要不是那公爵比他的发怒的父王更富于荣誉感,及时把我们拯救出来,我们肯定已经死掉;但我们临走之前,他却说,"向你们的国王致意,叫他为他的儿子准备一场葬礼:今天我们的刀剑要砍断他的生

---

① 应为"约翰·德·蒙德福"。

命线①;他还来不及想到,我们就会去找他,向他回敬他所造成的那些不愉快。"听他说完,我们就离开了,不敢回答一声:我们的心已死去,我们的脸色仓皇而惨白,走着走着,终于爬上了一座小山,从那儿亲眼观察一下局势,我们原先忧心忡忡,现在沉重的心情却更增加了三倍;因为那儿,陛下,哦,那儿,我们发现在山谷下面,躺满了双方将士的尸体。法国人已把他们的战壕修成一个环形,每道防栅的开阔前沿布满了黄铜大炮;那儿是一支万马奔腾的大军,方阵形的长矛有两倍以上;石弓和致命的标枪乱飞。而在中央,宛如天涯海角之内的一个小点,好像海面鼓起的一个泡沫,松树林里一根小树棍,或者紧紧绑在桩子上的一头熊,驰名天下的爱德华就站在那里,还在预料那些法国狗什么时候会一口咬住他的肉体。② 说时迟,那时快,招致死亡的丧钟敲响了:大炮放起来了,以震颤的嗓音摇撼着他们所在的那座山,然后喇叭的尖叫声响彻天际;双方交火了,我们再也分不清敌友,黑暗的混乱如此错综复杂,我们叹息着把泪眼转向一旁,像化为烟雾的火药一样黝黑。就这样,我担心,我实在不该讲了爱德华阵亡这个最不合时宜的消息。

菲利帕王后　天哪,这就是我到法国来所受到的欢迎吗?这就是我应与我的爱子相晤的时刻所预期享有的安慰吗?亲爱的奈德,我真希望你的母亲在海上就给免除了这致命的悲伤。③

爱德华王　别伤心,菲利帕;眼泪不能把他喊回来,如果他从那

---

① 据西方古代传说,三位命运女神分别负责纺织、决定长短和剪断每个凡人的生命线。
② 使狗逗熊,是养熊者常玩的把戏。
③ 菲利帕王后希望自己在海上淹毙,以免活着听见这个"噩耗"。

儿被带走了。缓解一下,像我这样,温柔的王后;他希望以猛烈的、闻所未闻的、悲惨的报复,叫我为我的儿子准备葬礼,我会照办的;但是,法国所有的贵族都得成为送丧者,都得哭出血泪来,直到他们空虚的血管干枯为止。他的棺台的支架得用他们的骨骼来做,掩盖他的泥土得是他们城市的灰烬,他的丧钟得是垂死者们的哀嚎,而代替他坟头的蜡烛的,得是我们悲悼我们英雄儿子的亡故的时刻,由一百五十座城堡燃起的烈焰。

　　　　幕后奏起一阵花腔之后,一名信使上。

信　　使　大喜大喜,陛下,请登御座!雄伟的令人敬畏的威尔士亲王,血腥战神的伟大侍从,法国人的恐怖,他的国家的声望,像一位罗马贵族凯旋归来了;在他的马镫旁,法国的约翰王,连同他的儿子,作为俘虏被捆绑着,低声下气地徒步走来了,他手拿着自己的王冠,要戴到你的头上,宣称你为王了。

爱德华王　把丧旗撕下来!菲利帕,揩干你的眼睛。——吹起喇叭!欢迎不兰他日奈王朝的主人①归来!

　　　　一阵宏大的花腔。爱德华王子,连同作为俘虏的约翰王和腓力王子、奥德利和阿尔托瓦上。

正如久失而复得的事物,我的儿子就这样令他的父亲心花怒放,我的心灵至今还为他困惑不已。

菲利帕王后　就让这作为一种象征来表达我的快乐,我的内心感情不容我讲话。(吻他。)

爱德华王子　我仁慈的父王,请接受这件礼物,(呈上法国王冠)这

---

① "不兰他日奈王朝的主人",指爱德华王子,他以其英勇行为证明,他是这个自亨利二世开始的英国光荣王朝的合格成员。

件征服的花环和战争的奖赏,是我们冒极大的生命危险才得到
的,今天以前它可是无价之宝。请陛下安享你应得的权利吧,
我就此向你奉献这些俘虏,我们这场争战的主要原因。

爱德华王　哈哈,法国的约翰,我看你很守诺言:你答应在我们
来不及想的时候来看我们,你果真做到了;但是,如果你开
头就像现在这样做,有多少安居乐业的城镇会完完整整地
存在下去,可不幸都变成断瓦残垣了?你本来可以挽救多
少人的生命,可不幸他们都过早地沉入坟墓了?

约翰王　爱德华,别列举那些不可挽回的事情;告诉我,你想得
到什么样的赎金?

爱德华王　你的赎金么,你到来世总会知道;不过,你先得过
海到英国去,去看看它会提供什么样的款待;无论发生什
么,总不会像我们到法国以来的处境那样坏。

约翰王　倒楣的人!这个下场我原被预告过①,可我误解了预
言家的话。

爱德华王子　父啊,你的仁慈曾经是爱德华最坚固的盾牌,现在
他向你做出这样的祈祷——(在祷告声中下跪)既然你过去
乐于选择我作为你显示力量的工具,唯愿你将允许,在那个
小岛上诞生和成长的更多王子王孙,仍可凭借同样的胜利
而名闻天下!② 至于我本人,我所负的血淋淋的创伤,我在

---

① 指前幕约翰王所误解的那个暧昧性预言。
② "父啊"、"你"似应指天神、造物主;"爱德华"指他自己,也可指爱德华三世。"小岛"指英国本土。这一段是爱德华王子为未来英国的扩张武功而祈祷。此后,他作为爱德华三世长子,被封为(法国西南部)阿基坦与加斯可涅亲王,并从其父接管法国南部所有英国领地;六年和平后,远征西班牙,染恶疾于1371年返英,次年交出阿基坦与加斯可涅爵位,1376年病逝,其子继承爱德华三世王位,是为查理二世。

战场上警戒过的困倦的夜晚,我经常从事的危险的战斗,向我提出的可怕的威胁,暑热寒冷及其他种种不快,但愿我现在能二十倍地重复这一切,以便后世读到我的温柔青春的痛苦交往,会因此被鼓动起如此坚毅的决心,不仅是法兰西的领土,同样还有西班牙、土耳其以及其他国家,一旦引起美丽英格兰合理的愤怒,都会在你面前颤栗而退却。

爱德华王 英国王公大人们,我们这里宣布一次稍息,一次痛苦武斗的间歇:把你们的刀剑插回鞘里,活动一下你们疲倦的肢体,检点一下你们的战利品;在这个海港城市休息一两天之后,上帝允许的话,我们就乘船回英国去;我相信我们,三个国王,两个亲王和一个王后,将在一个幸运的时刻平安到达。

全体下。

两位贵亲戚

绿　　原译

剧 中 人 物

忒修斯　雅典君主
希波吕忒　阿玛宗族女王，忒修斯的新娘
伊米莉娅　又称埃米莉，希波吕忒的妹妹
皮里图斯　忒修斯的朋友
巴拉蒙 ⎫
阿奇特 ⎭ 两位贵族亲戚，表兄弟，底比斯国王克瑞翁的外甥
海门　司婚姻之神
歌童一名
阿蒂修斯　雅典一军人
三位王后　底比斯被围攻期间阵亡的诸王的孀妇
瓦莱琉斯　一底比斯人
传令官一名
伊米莉娅的伴妇
一位雅典绅士
信使多名
六位骑士　三位伴随阿奇特，三位伴随巴拉蒙
仆役一名
管理忒修斯的监狱的看守一名

监狱看守的女儿

监狱看守的兄弟

监狱看守女儿的求婚者

监狱看守的两位朋友

医生一名

六个乡下人　一个作狒狒打扮

吉拉尔德　教师

内尔　一村姑

另外四村姑　弗莉茨,马德琳,卢斯,巴巴拉

蒂莫西　手鼓手

宁芙、随从、侍女多人,刽子手,警卫

开 场 白

喇叭奏花腔。开场白演员上。

开场白演员

　　新戏与处女何其相似:
　　二者只须完美无疵,
　　总不乏问津的主顾,
　　所费不赀也不在乎。
　　一出佳剧欣逢佳期,
　　亦将羞答答拜堂行礼,
　　战兢兢唯恐丧失童贞,
　　岂非闺女出嫁作新人:
　　经过神圣结合和初夜的张皇,
　　虽不似夫婿劳顿,亦不失旧日端庄。
　　唯愿我们的戏文也是这样,一点不假
　　它有一位高尚的作者,一位文雅
　　而饱学的诗人,无上美名早已传遍
　　波河与银色特伦特河之间。①

---

①　波河在意大利北部平原;特伦特河在英国,从斯塔福德郡北部流向亨伯河。

本剧故事出自乔叟,名流之翘楚,①
是他使之流芳直至永久。
如果它的高贵品质我们保不住,
这孩儿最初听到的就是一声嘘,
更将震撼那位老先生的遗骸,
令他在九泉之下大喊大叫,"哦快快
把那家伙的糟糠粗秕从我身上簸掉,
他败坏了我的声誉,使我的名著落到
比唱本《罗宾汉》还不如!"②我们正怕
这一点,因为要向他高攀,说句老实话,
未免太狂妄,努力一辈子也觉不够,
驽钝如我辈,在这深水中浮游,
几乎喘不过气来。恳请看官伸长
援助之手,我们必将抢风掉向
设法自救。务乞诸位垂顾
这些戏文,虽不及前辈之技艺,亦不负
两小时的苦辛。保证他的遗骸安眠,
看官满意。万一我们连一点点
清淡时刻都维持不住,那才后悔莫及:
我们亏损惨重,只好关张大吉。

喇叭奏花腔。下。

---

① 本剧故事借自乔叟的《坎特伯雷故事集》中的《骑士的故事》。
② 指关于这位绿林好汉的民间故事。

第 一 幕

第一场 雅典一神庙前

　　音乐。海门持点燃火炬上,前有一白袍男童,边唱歌边撒花朵。海门身后,是一散披长发的宁芙①,戴麦穗花环。其后是忒修斯②,两旁是另两名头戴麦穗花冠的宁芙。再后是希波吕忒③,新娘,由皮里图斯④和另一人引导着,后者持花环,戴在同样披长发的新娘头上。伊米莉娅牵新娘衣裾后随。最后是阿蒂修斯及其他随从。

歌　童　（行进中歌唱）

　　　　　玫瑰玫瑰,刺儿掐光,

　　　　不仅气息芬芳,

　　　　　而且色彩鲜艳;

　　　　石竹石竹,香气清淡,

---

① 宁芙,希腊神话中居于山林水泽的仙女。
② 忒修斯,希腊神话中著名英雄。
③ 希波吕忒,希腊神话中,忒修斯来到阿玛宗女人国,与希波吕忒一见钟情,同返阿蒂卡(雅典)成婚。
④ 皮里图斯,希腊神话中著名英雄,与忒修斯一见如故,发誓永远友好。

雏菊不香,雅趣盎然,
　　麝香草真个甜;

樱草花,春神初生子,
快乐阳春的信使,
　　还有朦胧小蓝铃;
野樱草,在摇篮,
金盏花,在坟园,
　　飞燕草真齐整;

自然之子皆芳香,
躺在新人双脚旁,
(撒花)
　　感官蒙赐福。
空中天使一批批,
歌喉宛转羽衣丽,
　　流连不肯去。

食腐乌鸦,造谣布谷,
报凶老鸹,白头红嘴乌,
　　还有喜鹊叫喳喳,
别在新人屋顶唱不休,
更别帮他们闹别扭,
　　赶快飞走吧。

　　三位服丧王后挂深色面纱戴王冠上。王后甲跪在忒修斯脚下;王后乙跪在希波吕忒脚下;王后丙跪在伊米莉娅面前。

王后甲　（向忒修斯）为了慈悲心肠和名门高风的缘故,请垂听并关注我的申诉。

王后乙　（向希波吕忒）看在令堂的面上,并为了你的子宫能如愿多育宁馨儿,请垂听并关注我的申诉。

王后丙　（向伊米莉娅）为了朱庇特使之荣幸登上你的婚床的那个人的爱情,为了纯洁的童贞,请为我们和我们的苦难充当辩护人吧。这件善举定会将你所有记录在案的罪孽从冥间那本记过簿上勾销掉。

忒修斯　（向王后甲）伤心的夫人,请起。

希波吕忒　（向王后乙）请起身。

伊米莉娅　（向王后丙）别向我下跪。任何受难的妇女,只要我能帮助,我都义不容辞。

忒修斯　（向王后甲）你们的要求是什么？你为大伙儿说一下。

王后甲　（仍跪着）我们是三位王后,我们的君王都牺牲在残忍的克瑞翁的盛怒之下;他们正在底比斯污秽的旷野忍受着渡鸦的巨喙、鸢鸟的利爪和老鸹的尖嘴的啄食①。他不允许我们去焚化他们的遗骸,去把他们的骨灰盛进瓮里,也不允许我们把那些腐烂尸体从神圣福玻斯②的慧眼之下移走,而让我们的被害君王的秽气污染四方的气流。哦,发发慈悲吧,公爵陛下！你大地的净化者,请抽出你为世界行善的令人敬畏的利剑;把我们故王的遗骸归还我们吧,我们好把它们安葬;请以无限的仁慈关怀一下:我们戴着冠冕的头颅上无片瓦遮盖,除了狮子、熊罴及万物所共有的苍穹。

---

① 克瑞翁,希腊神话中,原为底比斯国王俄狄浦斯的舅父,七雄围攻底比斯失败后,登上王位,将犯境阵亡诸雄暴尸野外,供野狗、飞鸟啄食。
② 福玻斯,日神阿波罗的别名。

忒修斯　请别跪了。我给你讲得入了迷，才听任你的膝头吃了亏。我听说了你们故君的命运，感到如此悲伤，不由得引起为他们报仇雪恨的愿望。卡帕尼乌斯①是你的君主：他娶你的那一天，正值我今天结婚的同一季节，我是在战神马尔斯的祭坛旁遇见你的新郎的。你那时真漂亮，朱诺的披风也不及你的长发漂亮，披在她身上也不见得更华美。你的麦穗花环那时既没掉粒，也没枯萎；幸运让脸颊现出酒窝向你微笑；我们的亲戚赫库勒斯②，那时为你的美目所制服，竟放下了他的大棒。他跌倒在他的尼密亚狮的毛皮上，发誓说他连肌腱都融化了。哦，忧伤和时光，可怕的消磨者，你将吞噬一切！

王后甲　（仍跪着）我希望某个天神，某个天神把他的慈悲投入你的大男子气概，再将力量注进去，好推动你成为我们的殡葬承办人。

忒修斯　哦，别再跪了，未亡人：（王后甲起身）要跪还是向戴头盔的贝隆娜③跪下吧，并为我，你的士兵，祝福吧。我已心烦意乱了。（转身。）

王后乙　（仍跪着）尊敬的希波吕忒，最令人恐惧的阿玛宗族女战士，你杀死了獠牙如镰刀的野猪，你以又白又壮的手臂几乎使男性成为你们女性的俘虏，但是这个男性，你的夫君，

---

① 卡帕尼乌斯，希腊神话中，攻打底比斯的七雄之一，阿耳戈斯国王，剧中王后甲之夫。

② 赫库勒斯，希腊神话中最伟大的英雄，曾建十二项奇功：第一项为扼杀涅墨亚河谷猛狮；第九项为向阿玛宗族开战，夺取女王希波吕忒的金腰带。忒修斯七岁曾见过赫，暗中决心向这位英雄看齐；他称赫为"亲戚"，但似无血缘关系。

③ 贝隆娜，战神马尔斯之妻，故为女战神。

他生来就以天性最初赋予的夫纲维护伦常，却使你缩回到你正将冲决的懿范以内，既压制了你的精力，又压制了你的性情；同样能以怜悯平衡严峻的女战士，我知道你对他有比他对你大得多的力量，你拥有他的膂力，还拥有他的爱情，他是你无论说什么都忠实执行的奴仆；亲爱的淑女典型，请转告他，我们正为炽烈的战火所烤灼，只有在他的利剑的阴影下才感到一点清凉。求他把他的庇荫伸向我们的头顶吧。请用一个女人的声调、像我们三个中任何一个这样的女人的声调说话吧。尽情痛哭，直到欲哭无泪。陪我们下一跪吧：不过膝盖点地的时间不能长过一只被撕断脑袋的鸽子的动作。告诉他，如果他在那处处凝血的战场躺着发胀，向太阳龇牙咧嘴，冲着月亮冷笑，你会怎么办。

希波吕忒　可怜的夫人，别再说了。我正要到他那儿去，欣然和你们一道，把这项善举进行到底，我实在再愿意不过了。我的夫君深深为你们的苦难所打动。让他考虑一下吧。我马上就说。

　　　王后乙起身。

王后丙　（仍向伊米莉娅跪着）哦，我的诉状原是以冰冷的形式写成，却为灼热的忧伤融化成泪滴了；足见无从表达的悲痛是更其令人难受的。

伊米莉娅　请站起来：你的忧伤写在你的脸颊上。

王后丙　哦，忧伤，你在那儿是读不出我的忧伤的；它在这儿，在我的眼睛里，通过我的泪水，你可以看见我的双眼，宛如清澈河流里起皱的卵石。（起身）小姐，小姐，唉唉！——要想知道大地所有的宝藏，还得深入大地的中心；要想钓取我的最小一条鱼，就给钓丝系上铅坠儿，往我心底去钓吧。哦，原谅我:困境绝地虽说磨炼一些人的心智,却把我变成了一个傻子。

伊米莉娅　求你什么也别说,求你了。淋在雨里,却感觉不到也看不见雨的人,是不会知道什么叫做干和湿的。如果你是某位画家的素描初稿,我就会把你买下来,好琢磨如何描绘一种致命的悲伤,这真是一次刻骨铭心的实物示教啊。但是,唉,我们是天然的同性姊妹,你的忧伤如此强烈地打动了我,也一定会在我姊夫心中引起回响,哪怕它是石头做的,也会把它温热到产生怜悯。请放心吧。

忒修斯　到神庙里去。神圣的婚礼一点也不能马虎。

王后甲　哦,这次庆典会比你的请愿者们的战争持续得更久,花费也更大。记住你的令名如洪钟鸣响在世人耳中:你做事从来迅速而不草率;你的最初念头胜似别人的冥思苦想;你的预谋胜似他们的行动。但是,天哪,你的行动比鱼鹰捕鱼还要快,还没挨着就把它们逮住了。想想吧,亲爱的君主,想想我们被害的君王躺在什么床上啊。

王后乙　我们的夫君根本没有床榻,我们睡得多么凄凉。

王后丙　根本没有适合死者的床榻。那些厌倦今生今世的光明而拿绳索、利刃、毒酒、悬崖对自己充当死神最可怕的代理人的人们,慈悲为怀的人类也会给他们一抔黄土。

王后甲　我们的夫君却躺在烈日之下发胀起疱,他们在世可都是贤良的君王啊。

忒修斯　那倒不假,我会给你们的故君墓葬,从而使你们得到安慰;但要做到,还须跟克瑞翁较量一番。

王后甲　要较量随时都得准备着。现在就要行动起来,明天热力就消失了。那时徒劳的苦役只好白流一通汗水了;现在他十分自负,做梦也想不到,我们正站在你的威势面前,用泪水漂洗我们神圣的祈求,以便把诉状说清楚。

王后乙　现在你就可以去捉他,他给胜利灌醉了。

王后丙　他的军队好吃懒做。

忒修斯　阿蒂修斯,你最懂得为这次行动挑选适当的人手,组织最精锐的部队,决定执行任务的人数,那就快去征用我们最优良的装备吧;同时我们还要迅速完成我们的终身大事,实现向命运挑战的婚约。

王后甲　(向另二后)未亡人们,牵起手来;让我们给我们的忧伤当寡妇吧;拖延使我们的希望日益渺茫了。

三王后　一路平安。

王后乙　我们来得不凑巧;可忧伤何时才能像未受折磨的见识,为最成功的请愿选择最适当的时刻呢?

忒修斯　嘿,可敬的夫人们,我要去参加的这个仪式,比任何战事更伟大;比起我过去完成的、将来要应付的一切战斗来,它对我有更重大的意义。

王后甲　这越发说明,我们的申诉一定会受到轻忽。当她的双臂能够拴住朱庇特,不让他去参加诸神大会,就一定会靠认可的月光把你搂抱——哦,当她的樱桃小口将其芳香涂在你善于品味的双唇上时,你何尝想到腐烂了的国王或者哭肿了脸的王后呢?你怎么会关心你没有感觉到的东西,你所感觉的一切怕只能让战神马尔斯一脚踢开他的战鼓吧?哦,你只要和她同床一夜,其中每小时都要你拿一百小时作抵押,除了婚宴盼咐你做的一切,你一定把什么都忘得一干二净。

希波吕忒　(向忒修斯)虽然你未必会那么忘乎所以,虽然我遗憾自己当了这样一个请愿者——我依然认为,如果我不舍弃会产生更深切渴望的欢乐,去医治夫人们亟须立即治疗的过度伤痛,我就会身受她们的谴责。(跪下)因此,夫君,我这里试图提出我的祈求,你认为它们有点说服力也罢,判决它们永远沉默也罢,务请推迟我们正在进行的这件大事,把你的盾牌挂在胸前,挂在那永归我所有的颈项上,我愿慷慨地把它借出去,为那些可怜的王后效效劳。

三王后 (向伊米莉娅)哦,帮帮忙吧,我们的大事迫切需要你一跪。

伊米莉娅 (向忒修斯跪下)我姐姐的祈求那样坚决,那样迅速而又出乎天性,如果你不以同样的态度接受它,从今以后我就不敢向你要求任何什么了,也没有勇气去找一个丈夫了。

忒修斯 请站起来。(众起身)我正在央求自己去做你们跪着要我做的事情。——皮里图斯,请将新娘引去,去向诸神祈祷成功和凯旋;预定的婚礼不能省略任何细节。——王后们,跟着你们的战士来吧。(向阿蒂修斯)按照从前的吩咐,你去吧,带领你能征集到的人马,到奥里斯河畔和我们会合,我们会在那儿组成一支大军,足以从事一项更其宏伟的事业。(阿蒂修斯下)(向希波吕忒)既然我们的话题是十万火急,就让我在你的红唇上印下这个吻,亲爱的,把它作为我的标记。(向参加婚礼的人群)你们都走吧,我要目送你们离去。(向伊米莉娅)再见,我美丽的妹妹。——皮里图斯,把喜宴办丰盛些,一小时也不要省掉。

皮里图斯 阁下,我会紧跟你的脚步。等到你凯旋,喜宴才会大放光彩。

忒修斯 老兄,我指令你不要离开雅典一步。不等你们办完这场筵席,我们就会回来的。我求你千万别节省。——再一次向大家告别。

> 希波吕忒、伊米莉娅、皮里图斯及随从人员下,向神庙走去。

王后甲　看来你仍然保持很好的口碑。

王后乙　并且赢得了与战神马尔斯相当的神明身份——

王后丙　即使你是凡人,不能超过战神,却能使情欲服从神明的荣誉;据说,神明们自己也在这种情欲的奴役下呻吟呢。

忒修斯　我们既然是人,就应当像人一样做;如果耽于肉欲,我们就会丧失人的称号。振作起来吧,夫人们。现在让我们去争取你们的安慰。

> 喇叭奏花腔。众下。

第二场　底比斯。王宫

> 巴拉蒙和阿奇特上。

阿奇特　论交情比论血缘更亲密的、亲爱的巴拉蒙,还没有因年齿渐长而变得凉薄的、我最亲近的表兄,让我们离开底比斯这座城和城里的各种诱惑吧,免得我们青春的光彩进一步遭到污染。我们生活在这里,不论是保持节制还是纵欲,都是很可耻的;因为如不顺应潮流游去,就难免有灭顶之灾,至少也是寸步难移,而要随波逐流,我们又会遇上旋涡,不是跟着转就是淹死;即使挣扎出来,也不过是苟延残喘,疲惫不堪。

巴拉蒙　你的忠告可以用实例来证明。当初我们上学校,走在底比斯街道上,会看见多么不可思议的破败景象!疮痍满目,废甲遍地,这就是好战分子的收获,他把荣誉和金锭作为他用武的目标,虽然打赢了,可一样也没弄到手;现在他被他为之一战的和平扔在一旁,战神的祭坛如此被藐视,谁还会向它上供呢?我一看见这景象,内心就会流血,唯愿伟大的朱诺重发她古老的醋劲①,让士兵别闲着,和平也好为了暴食而清泻②,重新起用她的慈悲心肠,现在它还很硬,比争斗或战争可能更凶狠。

阿奇特　你说走调儿了吧?在底比斯的盘陀路上,除了士兵,你就见不到什么破败景象么?你刚才说什么来着,仿佛你遇见过各种疮痍。难道除了不被重视的士兵,你就不觉得有什么值得你同情么?

巴拉蒙　当然有,我哪儿见到疮痍都会同情,但最可怜的还是满身大汗从事光荣劳动的人们,他们为了凉快一下,给浇了一身冰水。

阿奇特　我刚才说的不是这个。这可是在底比斯不受尊重的美德。我说的是底比斯,我们住在这里,又想保持我们的节操,是多么危险啊;这里每一种邪恶都有一个漂亮的外表;每一件虚有其表的善行都是一种确凿的邪恶;在这里,要不是跟他们一模一样,就会成为异己分子,而和他们沆瀣一气,又会变成十足的魔鬼。

巴拉蒙　除非我们担心猴子会来辅导,我们总有能力控制我们的生活方式。何必要仿效别人的步法呢,那在忠于自身的地方是不受欢迎的?何必要爱好别人的说话方式呢,既然我以自己的方式可以让人听得明明白白;何况我说的还是

---

① 天后朱诺是许多战争(包括特洛亚战争)的煽动者,故云。
② 指和平时期人丁兴旺,需要战争来使人口减少。

真话？为什么我要受到高尚品格的约束,非去追随那个追随他的裁缝的人不可呢,说不定到头来被追随者又去赶新浪头了？再给我说说,为什么我的理发匠就该倒楣,连带我可怜的下巴也跟着倒楣,只因它刚巧没有剪成某个红人的样式？可有什么法规命令我的佩剑不得挂在髋部,而应吊在手上晃来晃去呢,或者街道还并不脏,就得装模作样地踮脚走路呢？要么我是驾辕的领头马,我可不是什么驽马亦步亦趋。这些轻伤小痛还用不着车前草来敷;撕裂我的胸怀直到心头的是——

阿奇特　我们的舅父克瑞翁。

巴拉蒙　就是他,一个无法无天的暴君,他的胜利使神灵不受敬畏,使邪恶确信天下没有什么是它的威力所不及;几乎使宗教信仰化为狂热,一味神化变幻莫测的机遇;他把别人所能完成的一切全归之于自己的勇气和威风;他命令人们上火线,打赢了仗,利益和光荣全属于他;他是个不怕为非作歹、却不敢行善的人。让我身上跟他有亲缘的血液给蚂蟥吸光吧！让那些蚂蟥带着那种腐朽品质一起溃烂,从我身上落下去！

阿奇特　心明眼亮的表兄,让我们离开他的朝廷吧,免得我们分担他那昭著的臭名;因为我们的牛奶总少不了牧场的味道,我们要就卑鄙无耻,要就犯上作乱——除非品质上和他沉瀣一气,我们在血缘上不是他的亲戚。

巴拉蒙　说得再对不过了。我想,他的耻辱的回音已经震聋上天正义的耳朵。寡妇们的哭喊重又退回到她们的喉咙,诸神并没有(瓦莱琉斯上)成为理所当然的听众。——瓦莱琉斯！

309

瓦莱琉斯　国王传你们;不过脚步放慢点,等他的脾气发完了再去。他正大发雷霆,连福玻斯撅折鞭柄,对拉日轮的天马大叫大喊①,和他比起来也不过是低声细语。

巴拉蒙　他一贯大惊小怪。又是什么事惹着他啦?

瓦莱琉斯　那个吓一下就让人心惊胆颤的忒修斯,向他提出了致命的挑战,宣布要把底比斯夷为废墟;马上就要来兑现他的愤怒的诺言了。

阿奇特　让他来吧。要不是他身上的神明使我们害怕②,他可一点也吓不倒我们。不过谁要是确信自己是在干坏事,因而行动上不免踌躇不前,那么这个人的才干便只有他平日的三分之一,我们每个人大抵都是这样。

巴拉蒙　这个问题不必穷究了。我们现在是为底比斯而战,不是为克瑞翁。但是对他保持中立也未免丢脸;和他作对又是背叛;所以,我们必须和他站在一起,听凭命运安排,它注定了我们一生,直到最后时刻。

阿奇特　只好这样了。据说这场战争正在进行中,是不是?要不,某项条件谈不拢,也会打起来吧?

瓦莱琉斯　已经打起来了,挑战者一到,政府就下动员令了。

巴拉蒙　让我们到国王那儿去,他的敌人干犯了国家的荣誉,虽说他只代表那种荣誉的四分之一;我们冒险流出的血液,即使不过是为了我们的健康,那也不算白费,毋宁是作为代价付出来。但是,天哪,打起来了就会身不由己,不知到底会造成怎样的破坏啊?

---

① 阿波罗因其子法厄同强驾日轮马车致死而不胜悲愤。
② 指他代表神圣正义为阵亡诸王的遗孀复仇而来。

阿奇特　让结局，那个从不犯错误的仲裁者，告诉我们吧，那时我们就会知道一切，让我们听从我们命运的召唤吧。

众下。

第三场　雅典城门前

皮里图斯、希波吕忒、伊米莉娅上。

皮里图斯　再不远送了。

希波吕忒　再见，阁下。再次向我们伟大的君主表示祝愿，我对他的胜利不会有任何胆怯的怀疑；但我希望他的兵力多多益善，以便必要时好对付不祥的命运。赶快到他那儿去吧，优秀的将帅不厌兵多将广。

皮里图斯　虽然我知道他的海洋并不需要我的涓滴，但涓滴还得到那儿稍尽绵薄。(向伊米莉娅)我亲爱的姑娘，愿上天向最婉顺的人儿身上注入最美好的感情，高高供在你宝贵的心头！

伊米莉娅　多谢，阁下。请代我向我们显赫的兄长致意，我将为他的神速进军向伟大的贝隆娜祈祷；既然在我们尘世，任何申请要得到理解，就不能没有贡品，我将向她奉献我听说她所中意的一切。我们的心在他的部队里，在他的营帐里。

希波吕忒　在他的胸怀里。我们曾经是军人，我们不会哭泣，即使我们的朋友戴上头盔，或者准备出海，或者谈到婴儿被刺穿在长矛上，或者谈到有些妇女杀掉她们的幼儿，然后哭泣，然后用泪水把它们煮熟，然后吃掉。那么，如果你待下来想看我们中间有没有这样的老娘们，我们会把你永远扣留在这里。

皮里图斯　我去打这场仗,一定给你们带来和平,那时和平再用不着乞求了。(下。)

伊米莉娅　他多渴望追随他的朋友啊。自从忒修斯离去以来,他的打猎、赛马虽然也要求认真和技巧,他却都干得马马虎虎,刚刚及格,根本不计较什么得失;但是,他手里应付一件事,脑子里却在指挥另一件事,他一心二用,能够同时照顾两件截然不同的事情。我们伟大的君主离去以来,你可曾观察过他?

希波吕忒　认真细致地观察过;而且为此很欢喜他。他们两人曾经寄住在许多又危险又贫困的角落里,跟威胁与匮乏斗争过;他们曾经驾着小艇,划过激流险滩,它们咆哮汹涌的波涛至少是令人心惊胆颤的;他们还一同在死神的巢穴作过战;但是,命运每次都让他们平安过关。他们友谊的纽带是那么真诚,那么长久,是由那么灵巧的一根手指结扎、编织、缠绕起来的,可能有点磨损,但决不会裂断。我想,忒修斯要是把他的内心感情分作两半,公平对待每一方,恐怕他自己也说不明白,他究竟最爱谁。

伊米莉娅　毫无疑问,总有他最爱的一个,要说这个不是你,就太没道理可讲了。我也经历过这样的时刻,我结交了一个耍伴,你们打仗去了,她却进了坟墓,使这个眠床引以为荣,还告别了月神①,分手时月神显得苍白,那时我们都只有十一岁。

希波吕忒　她是弗拉雯娜吧。

伊米莉娅　是的。你说到皮里图斯和忒修斯的友情:这种友情

---

① 月神黛安娜是处女的保护神。

更有基础,更成熟,更有牢固的见识支撑住,他们互相需要可以说浇灌了他们缠在一起的友情根须;可我和她(一谈起来我就会叹气)是两个不懂事的小家伙,像土、风、水、火这些元素一样,不知什么叫爱,也不知为什么要爱,只不过为爱而爱,倒因此产生了神奇的效果,我们的灵魂竟这样互相影响。她欢喜的一切,我都跟着称赞,她不欢喜的,我就鄙弃,从不察看一下。我往往采一朵花,放在胸前(哦,那时刚刚发身,花儿正好搁住),她也想得不得了,终于也采了一朵,同样放在那天真的摇篮里,让它们在那里像凤凰一样,死在芳香之中①。我头上没有一样装饰不是她的花样,她的情趣(她随便穿戴点什么,都是很漂亮),我都仿效着,作为我最认真的打扮。我的耳朵要是偷听到什么新曲子,或者偶然哼出一支自编的小调,嗬,她的心神就会在上面流连忘返(毋宁还要加以发挥),连在睡梦中都唱个不停。这种练习(每个笨蛋都知道,这是作为古老激情的假冒品而流行开来的②)的结果就是,少女之间的真诚情爱可能胜过异性之间的性爱。

希波吕忒　你简直喘不过气来,像这样一句赶一句,不过是说你(像弗拉雯娜姑娘一样)决不会去爱任何叫做男子的人。

伊米莉娅　我相信我不会。

希波吕忒　哎呀,傻妹妹,我可不相信你会做到这一点(虽然我知道你相信你自己),正如我不会信任一个病人的胃口,它

---

① 据说凤凰以香木自焚,从灰烬中重生。
② "古老激情(emportement)的假冒品",系据"滨河"版注;据《莎士比亚疑作》(*The Shakesperare Apocrypha*)一书注,又解作"古老训诫(homily)的拙劣模仿"。

即使再怎么想吃也提不起兴致来。但是，妹妹，你要知道，我要是成熟到能够接受你的劝导，你讲了这么多，早就足以把我拖开十分高贵的忒修斯的拥抱了，可我现在还要进屋，为他的幸运下跪祈祷，我深信我们比他的皮里图斯更能占据他心中的高位。

伊米莉娅　我不反对你的信念，但我继续坚持我自己的。

众下。

第四场　底比斯城前的战场。尸骸遍地

小木号。幕后战斗；退却号；花腔。忒修斯率众凯旋而上。三王后迎接，五体投地。

王后甲　愿你吉星高照。

王后乙　愿天地永远与你为友。

王后丙　凡降临在你身上的一切幸福，我都高呼"阿门！"

忒修斯　大公无私的众神啊，你们从高耸入云的上界俯视我们芸芸众生，看见谁有过失，当即予以惩处。快去查询你们故君的遗骸吧，以三倍的礼仪给他们荣耀；他们昂贵的葬礼由我们承担费用，不得出一点差错。我们会派人来照料你们的体面，矫正我们仓促留下的每桩不周之处。那么，再见，愿你们多蒙上天垂青！（众王后下。传令官上；随从人员以二担架抬巴拉蒙和阿奇特上）那两人是谁？

传令官　从装备来判断，他们都很高贵。有的底比斯人说，他们是两姊妹的儿子，国王的外甥。

忒修斯　以战神的头盔发誓，我在战场上见过他们，就像两头浑身涂满猎物鲜血的狮子，从惶恐的部队中间杀了出来。我

一直盯着他们;因为他们是值得天神一顾的目标。我问过他们的名字,那俘虏告诉我什么来着?

传令官　容禀,他们叫阿奇特和巴拉蒙。

忒修斯　对的,是他们,他们两个。他们还没死吧?

传令官　可也算不上活着;要是他们一受伤就给逮住,说不定已经复原了。不过他们还在呼吸,还可以称作为"人"。

忒修斯　那就把他们像人一样对待吧。这种人的酒渣都胜似别人的酒浆千万倍。把我们的外科大夫都请来抢救他们,放手使用我们最有效的镇痛香膏,不要吝惜;他们的生命对于我们比底比斯更有价值。本来我宁愿他们死去,也不愿他们摆脱这种狼狈状况,显得生气勃勃,健康而自由;但是,我们四万倍地愿意他们给我们当俘虏,而不是死去。快把他们从我们这里的亲切空气中抬走吧,这种空气对他们并不亲切①,像人对人一样地照顾他们吧;为了我们的缘故,还要多出一点力,因为我已经体验过种种恐怖,愤怒,朋友的吩咐,爱情的挑逗,热情奋发,情妇的虐待,对自由的向往,一阵狂热,疯癫,还设置过一个没有上列外力强制、单凭天性驱使是无法到达的目标,因为意志的软弱会压倒理智的力量②。为了我们的爱情和伟大阿波罗的慈悲③,让我们最优秀的医生提供他们最高明的医术吧。——带队进城,在那儿收拾残局,我们好在部队前面赶回雅典。

　　　　花腔。众下。

----

①　"亲切空气",即新鲜空气,据云对伤口愈合不利,故"并不亲切"。
②　如无外力干预,软弱的意志容易击败理智。
③　阿波罗还是健康守护神。

第五场 同前战场的另一部分

音乐。众王后率侍从,伴随三位故君的灵柩,在送葬的肃穆气氛中上……

〔歌曲〕

把骨灰瓮和薰香拿走,
烟雾和叹息遮暗了白昼;
我们的悲伤看来比死亡更致命;
香膏,和香料,和哀痛的面目,
神圣的小瓶里装满了泪珠,
旷野空中激荡着哭喊一声声!

都来吧,一切悲哀而又庄重的景观,
它们是慧眼欢乐的仇怨!
我们什么也不召唤除了灾难:
我们什么也不召唤……

王后丙　这送葬的小路通向你老家的墓园:愿欢乐回到你身边!愿你安眠!

王后乙　这条路通向你的家园。

王后甲　这条路通向你的家园。上天让一千条歧路通向一个确定的结局。

王后丙　这世界是一个迷途纵横的城市,死亡是市场让人人在此相遇。

分别退场。

第 二 幕

第一场 雅典。一座花园,背景为一监狱

监狱看守和求婚者上。

看　守　我在世可省不出多少钱;当然会丢几个给你们,可也不多。唉,我管的这座监狱,虽说是关押大人物的,可他们很少光顾:这真是马哈鱼一条没到手,倒先捞了大批小杂鱼。人家都说我混得不错,这种传闻怎么能当真?我要真像他们说的那样就好了。哎唷,手头这点钱,不管有多少,我一旦死了,不都是我女儿的吗?

求婚者　先生,您给多少是多少,我决不会多要。我还一定遵守诺言,给您女儿分财产。

看　守　好了,这件事等婚礼办了再谈。可她满口答应了你吗?(看守的女儿拿着铺地的灯心草上)只要她答应,我可没话说。

求婚者　她答应了,先生。瞧她来了。

看　守　你的朋友和我刚巧提到你,谈的老话题。现在不谈了;等宫廷里忙过了,我们马上就来了结这件事。眼下要小心照看那两个囚犯。我告诉你们,他们都是王孙公子呢。

女　儿　这些灯心草是给他们房间铺地的。他们给关起来,真

可惜；他们要是跑掉了，那一样可惜。我想，他们会有耐性，使任何苦难害臊的。监狱本身会以他们为荣，他们在囚室里会创造一个属于他们自己的世界。

看　守　都说他们是一对十足的男子汉。

女　儿　凭良心说，我认为这个说法把他们看扁了，他们可比一般男子汉要高出一大截呢。

看　守　听说他们在战场上唯一肯动真格的。

女　儿　可不是，很可能，因为他们作为受难者都是高尚的，硬是化囚禁为自由，化悲惨为欢乐，把折磨变成可以开玩笑的玩物。真不知道他们成了胜利者，会是个什么样子，一定老是那么高尚。

看　守　是那样吗？

女　儿　我觉得他们根本没有想到自己在坐牢，正如我不会认为自己在统治雅典一样。他们胃口很好，满面春风，谈天说地，就是一句不提自己的监禁和灾难。有时候其中一个会发出半声叹息，仿佛殉节赴义一样，另一个立即报之以亲切的责备，我真恨不得自己也叹息一下，好挨这样一顿骂，或者至少作为一个叹息者，好得到安慰。

求婚者　我从没见过他们。

看　守　公爵本人夜晚还悄悄来过，(巴拉蒙和阿奇特出现在舞台上层窗口①)别人也来过。究竟是什么缘故，我可不知道。瞧，他们就在那儿。阿奇特在朝外望呢。

女　儿　不，先生，不，那是巴拉蒙。阿奇特要矮些——(指着阿奇特)你可以看到他的身子一部分。

---

① 舞台一分为二，下层(稍近)为花园，上层(稍远)为监狱一囚室。

看　守　去你的,别那么指指点点。他们不愿意望我们。别让他们瞅着了。

女　儿　瞅着他们真开心。主啊,男人怎么有这么大差别!

看守,求婚者和看守女儿同下。

第二场　同 前 场

巴拉蒙和阿奇特身着镣铐上(舞台上层,监狱一囚室)。

巴拉蒙　你好,高贵的表弟?

阿奇特　你好,先生?

巴拉蒙　唔,壮得可以嘲笑苦难,还经得起战争的风险。我可担心,我们永远要当囚犯了,表弟。

阿奇特　这话我相信,我已经耐心地把下半生留了下来,准备交给那个厄运。

巴拉蒙　哦,阿奇特表弟,现在底比斯在哪儿?我们高贵的祖国在哪儿?我们的朋友和亲人又在哪儿?我们再也见不着那一切安慰了,再也看不到像扬帆远航的巨舰那样的、挂满情人们的彩色纪念品、争取参加荣誉竞技的强壮小伙子了;那时我们和他们一起出发,像一阵东风,把他们都抛到身后去,有如懒散的云朵,而巴拉蒙和阿奇特,即使随便摆动一下腿,就超过了人们的称赞,他们来不及祝愿我们荣获锦标,我们就已经夺得了它们。哦,我们再也不会像荣誉的孪生子,运用我们的武器,感受胯下的烈马像骄傲的海洋一样颠簸。我们的利剑(要没给红眼战神佩戴过才好),现在从我们身边给收走了,年深日久一定会生锈,就只好装点那些仇恨我们的神道的庙宇了。这双手就再也不能把它们像闪电一样拔出来,冲锋陷阵,摧毁敌军了。

阿奇特　是呀,巴拉蒙,那些希望跟我们一起给关在这儿了。我们呆在这儿,我们青春的魅力一定会像早临的春天一样萎谢。我们一定会给关到垂垂老矣,最令人伤心的是,巴拉蒙,我们都还没有结婚哪。决不会有个钟情的妻子,带着千百个小爱神,搂着我们的脖子狂吻了;我们不会有后代,晚年不会有儿孙承欢膝下,更不会把他们当小鹰一样,教他们勇敢地凝望着光亮的武器①,说"记住你们的父辈是什么人,去征服敌人吧!"眼睛漂亮的姑娘们一定会为我们的放逐而哭泣,会在她们的歌曲里诅咒永远盲目的命运女神,直到她羞愧地看出她给青春与天性做了怎样一件错事。这就是我们的整个世界:我们在这里,除了两人互相认识,什么也不知道,除了诉说我们的灾祸的钟声,什么也听不见;葡萄树还会生长,我们再也见不着它了;夏天还会来,连同它的一切乐趣,可冷得要命的冬天会在这儿长住不去。

巴拉蒙　说得太对了,阿奇特。我们再也不能嗾唤我们那些以回声震撼深山老林的底比斯猎狗了;再也不能向发怒的野猪挥舞我们尖利的投枪,尽管它给我们千锤百炼的飞镖击中,像一只帕提亚人的箭②从我们的豪兴之下逃走。我们两人身上的全副武艺(高贵胸襟的食物和营养)会在这儿消磨殆尽;最后我们将作为忧伤与愚昧的产物死去,这是对于荣誉的一大诅咒。

阿奇特　可是,表兄,即使从这些苦难的底层,从命运使我们身受

---

①　据说鹰能凝视太阳而不眼花。
②　帕提亚为伊朗北部古国,即古代安息国。帕提亚人作战,退却时善于射箭掩护自身。

的一切之中,我也看见有两件足以自慰的事,纯粹是诸神的两点赐福,如果他们高兴的话——一是让我们保持一种勇敢的耐性,二是让我们两人一起享受忧伤。只要巴拉蒙和我在一起,如果我认为这是我们的囚牢,那就让我死去吧。

巴拉蒙　当然啰,表弟,我们的命运给搓在一起,这才是主要的福分。千真万确,两个高贵躯体里面的两个灵魂,假定在蒙受莫测事故的折磨,只要它们生长在一起,就决不会沉没;姑且说有可能,他们也一定不会。只有甘愿屈从命运的人,才会像睡眠一样容易死去,而且一了百了。

阿奇特　我们充分利用一下这个人人憎恨的地方,好吗?

巴拉蒙　怎么利用呢,好性子的表弟?

阿奇特　让我们把这座监狱设想成神圣的庇护所,免得我们受到坏人的腐蚀。我们还年轻,渴望走上荣誉的正路,而行动自由与交游广泛,是纯洁心灵的毒药,很可能像女人一样缠着我们离开那些正路。除了靠想象力创造一点幸福,我们还有什么幸福可言呢?我们像这样给关在一起,彼此就是一座挖不尽的矿山;我们彼此是配偶,不断产生新的爱;我们彼此是父亲,是朋友,是相知;我们合起来就是家庭:我是你的后嗣,你是我的后嗣,这个地方就是我们的继承物。任何严酷的压迫者都不敢把它从我们这里拿走;这里只要一点点耐性,我们就可以长久相爱地活下去。任何暴食暴饮找不到我们头上;战争之手伤不了这里什么人,海洋也吞噬不了他们的青春。假如我们自由了,你我的妻子,或者事务,可能合法地把我们分开,争吵会耗尽我们的精力,恶人的忌妒会离间我们的交情;表兄,我还可能病倒在你从不知道的什么地方,甚至就此死去,你也来不及高抬贵手关闭我的眼睑,或者为我向诸神祈祷。如果我们离开了这里,会有千百次机会把我们两人分开。

巴拉蒙　我感谢你,阿奇特表弟,你使我几乎迷上了我的囚禁生活。生活在监狱外面,不论什么地方,该是多么不幸啊!我想,那会像一头牲口。我觉得这个小庭院更令人满意,所有那些引诱人们追求虚荣的赏心乐事,我都看透了,我可以告诉世人,都不过是华而不实的幻影,随着时光老人一去不复返。从前在克瑞翁的朝廷里,罪恶就是正义,贪婪与无知就是伟人们的德行,我们那时又曾经是什么样子呢?阿奇特表弟,要不是诸神垂爱,为我们找到这块地方,我们早就像他们,那些邪恶的老人,一样死去了,没有人为他们哭丧,他们的墓志铭就是众人的诅咒。还要我说下去吗?

阿奇特　我愿意你一直说下去。

巴拉蒙　你就听着吧。有没有这样的先例,两个相爱的人比我们还更其相爱,阿奇特?

阿奇特　肯定不会有。

巴拉蒙　我不认为我们有朝一日会丧失友谊。

阿奇特　我们至死也不会,(伊米莉娅及其女侍〔在下层〕上。巴拉蒙看见她,沉默不语)死后我们的灵魂一定被领到那些永远相爱的人们中间去。说下去,先生。

伊米莉娅　(向其女侍)这座花园处处令人赏心悦目。这是什么花?

女　侍　它叫纳克索斯①,小姐。

---

① 纳克索斯,原为希腊神话中美少年,因慕恋自己映在水中的身影以致淹死而变成水仙花,后在西方文学中用作水仙花名。

伊米莉娅　这当然是个漂亮小伙子,可也是个爱上自己的傻瓜。难道姑娘们还不够么?

阿奇特　(向巴拉蒙)请说下去。

巴拉蒙　好的。

伊米莉娅　(向女侍)还是她们个个狠心肠?

女　侍　对这样漂亮的小伙子,她们的心肠狠不起来。

伊米莉娅　你大概也狠不起来。

女　侍　我想我也一样,小姐。

伊米莉娅　这才是个好妞儿!不过还得留心你的好意。

女　侍　怎么呢,小姐?

伊米莉娅　男人都是些鲁莽家伙。

阿奇特　你还说下去吗,表兄?

伊米莉娅　你会不会用丝线绣这样的花,妞儿?

女　侍　会。

伊米莉娅　我想要一件绣满这种花的长袍,还有这些花:这是一种中看的颜色,绣在裙子上不也很出众吗,妞儿?

女　侍　美极了,小姐。

阿奇特　(向巴拉蒙)表兄,表兄,你怎么啦,先生?喂,巴拉蒙!

巴拉蒙　到现在我才觉得自己在坐牢,阿奇特。

阿奇特　哎呀,怎么回事,伙计?

巴拉蒙　瞧吧,惊叹吧!(阿奇特看见伊米莉娅)天哪,她是一个女神。

阿奇特　哈!

巴拉蒙　五体投地吧;她是一个女神,阿奇特。

伊米莉娅　(向女侍)所有的花朵中,我认为玫瑰花最好。

女　侍　为什么呢,文雅的小姐?

伊米莉娅　她是姑娘的象征;西风①向她温存求爱时,她开放得何等端庄,以她童贞的羞赧映红了太阳!可当粗暴而急躁的北风向她刮来,那时她却像贞操本身一样,将她的美貌重新收藏在蓓蕾里,让它去找低贱的野蔷薇。

女　侍　可是,好小姐,有时她未免端庄得过分,结果因此而凋谢。一个姑娘即使再讲廉耻,也不欢喜拿她来做榜样。

伊米莉娅　你真下流。

阿奇特　(向巴拉蒙)她漂亮得出奇。

巴拉蒙　她是硕果仅存的美人。

伊米莉娅　太阳老高了,我们进屋去吧。把这些花拿好,我们要看看,艺术能够怎样接近它们的颜色。我开心极了,现在就能笑。

女　侍　我相信,我能躺下来②。

伊米莉娅　随身还带一个吧?

女　侍　那是我们约好了的,小姐。

伊米莉娅　好吧,赞成。(和同下。)

巴拉蒙　你对这位美人怎么看?

阿奇特　是个尤物。

巴拉蒙　只是一个尤物吗?

阿奇特　是的,是个天下无双的美人。

巴拉蒙　一个男子会不会如痴如醉地爱她呢?

阿奇特　你怎么样我说不上来;可我真是这样。我这双该死的眼睛!现在我才感到镣铐的累赘了。

---

① 西风,此处指和煦的春风。
② "躺下来",系借用一种古老纸牌戏名,即"笑着(把牌)放下来",此处及前后暗示一些猥亵的双关语。

巴拉蒙　那么你爱上她了？

阿奇特　谁会不呢？

巴拉蒙　而且想得到她？

阿奇特　胜过想得到自由。

巴拉蒙　是我先看见她的。

阿奇特　那算不了什么。

巴拉蒙　可那很重要。

阿奇特　我也看见了她。

巴拉蒙　是的，但你不可以爱她。

阿奇特　我才不愿像你那样崇拜她，把她当作超凡脱俗的女神；我把她当作女人来爱，来享受。因此我们两人都可以爱。

巴拉蒙　你根本不可以爱。

阿奇特　根本不可以爱！谁能拒绝我？

巴拉蒙　是我最先看见她；是我最先用眼睛占有她身上向世人显示的所有美色。如果你爱上了她，或者图谋毁灭我的愿望，那么，阿奇特，你就是个背信弃义者，是个像你对她的占有权一样虚伪的家伙。一旦你想打她的主意，我就会断绝我们之间的友谊、血缘和全部联系。

阿奇特　是的，我爱她，即使把阿奇特一家人的性命都押上去，我也要爱她；我用我的灵魂爱她；如果那样会失去你，那也只好告别了，巴拉蒙。我再说一遍，我爱她，而且在爱她的时候坚持认为，我跟任何巴拉蒙一样，或者跟任何活着的人之子一样，是个高尚的自由的情人，对她的美貌具有同样正当的权利。

巴拉蒙　我曾经称你为朋友吧？

阿奇特　是的，你还发现我也够朋友。为什么你这样生气呢？

让我冷静地同你商量一下：难道我不是你的血液、你的灵魂的一部分么？你曾经告诉我，我就是巴拉蒙，你就是阿奇特。

巴拉蒙　是的。

阿奇特　难道我不会有我的朋友体验过的那些欢乐、忧愁、愤怒、恐惧等等情感么？

巴拉蒙　你可能会有。

阿奇特　那么，为什么你表现得那么狡猾，那么古怪，独自一个人爱着，不像一位高贵的亲戚呢？老实说，你认为我连让她瞧一眼都不配么？

巴拉蒙　我不这样认为；可你要是追求那一眼，一定要她来瞧你，那就不正当了。

阿奇特　因为另一个人先看见敌人，我就得静静站着，抛弃自己的荣誉，而不向前冲锋么？

巴拉蒙　是的，如果敌人只有一个。

阿奇特　可要是那一个宁愿同我交手呢？

巴拉蒙　那也得要他这样说了，你才可以自由行动；否则，如果你去追求她，那就像仇恨祖国而遭受唾骂的人，是个臭名昭著的恶棍了。

阿奇特　你疯了吧。

巴拉蒙　我不得不疯，除非你为人正派，阿奇特，这对我大有关系；我疯起来，要是威胁到你，把你杀掉，那也是合情合理的。

阿奇特　呸，先生！你太孩子气了。我要爱她，我不得不爱，我应当爱，而且我敢爱——这一切可是合理合法的。

巴拉蒙　哦，真希望，真希望你这个虚伪的家伙和你的朋友有这样的幸运,能得到一小时的自由,我们手里各自握着一柄利剑,我会很快教训你,从别人那里偷窃情感是怎么回事!你干这件事,比扒手还卑劣。要是你再把脑袋从这扇窗口伸出去,我凭着这点骨气,一定把你活活钉死在上面!

阿奇特　你不敢,傻瓜,你也不能够,你虚弱得很。把我的头伸出去?我会把我的身子扔出去呢。下次我见到她,会跳到花园里去,(看守〔在舞台上层〕上)投到她怀里去,气死你。

巴拉蒙　别讲了;看守来了。只要我活着,总会拿手铐把你的脑袋砸开花。

阿奇特　你砸吧。

看　守　请原谅,先生们。

巴拉蒙　贵干,可敬的看守?

看　守　阿奇特老爷,你得马上到公爵那儿去;原故我还不知道。

阿奇特　随时可以走,看守。

看　守　巴拉蒙王爷,我得把你漂亮的表弟暂时从你身边带走。

　　　　(和阿奇特同下。)

巴拉蒙　什么时候你高兴,连我的性命你也会带走的。为什么叫他去呢?可能是叫他去和她成亲吧;他英俊有为,说不定公爵注意到他的门阀和身份。可他很不老实!怎么一个朋友会靠不住呢?如果让他弄到那么高贵又那么漂亮一位太太,那么老实人就再也别去恋爱了。我只想再见一次这个美人儿。有福的花园啊,果实和花朵更有福呢,她明媚的眼睛照着你们,你们可真风华正茂呢!不管今后我一生命运如何,我情愿变成那里一棵小树,一棵繁花盛开的小杏树!这样我才好舒展开来,把我放肆的胳膊伸进她的窗户里去,我才好给她送去可供神灵佐餐的鲜果;只要她尝一尝,青春和欢乐就会在她身上成倍增长;如果她还不够十全十美,我会使她在本性上近似神灵,让神灵也敬畏她;(看守〔在舞台上层〕上)那时,我相信她会爱我的。怎么了,看守,阿奇特上哪儿啦?

看　守　给流放了。皮里图斯亲王为他求到了自由;但他得拿生命发誓,再也不踏进这个王国一步。

巴拉蒙　(旁白)他是个有福的人!他又会看见底比斯,会号召勇敢的年轻人拿起武器,他叫他们冲锋,他们就会像烈火一样扑向前去。阿奇特一定会交上好运,要是他敢于成为一位杰出的情人,还敢在战场上为她打一仗的话;如果他失去了她,他必定是个冷淡的懦夫。如果他是高贵的阿奇特,他一举一动会多么勇敢,去赢得她的欢心——法门成千上万!假如我自由了,我也会干出种种英勇的伟业,让这位小姐,这个忸怩害羞的处女,鼓起勇气来,设法把我抢走。

看　守　大人,对你我还奉命——

巴拉蒙　把我处决?

看　守　不是,是要把大人从这个地方挪动一下;这儿窗户开得太大了。

巴拉蒙　让他们见鬼去,他们对我存心不良!还不如把我杀了。

看　守　我杀了你,再去上绞架!

巴拉蒙　凭天日发誓,我要手里有把剑,就会杀掉你。

看　守　那为什么呢,大人?

巴拉蒙　你不断送些不值一提的、鸡毛蒜皮似的消息来,你不配活。我可不走。

看　守　你一定得走,大人。

巴拉蒙　我还能够看见花园吗？

看　守　不能够。

巴拉蒙　那我下了决心,我可不走。

看　守　那我不得不强迫你了;还因为你是危险人物,我得给你再加一副镣铐。

巴拉蒙　那就加吧,好看守。我会把它们摇晃得让你们睡不成觉,我会给你们跳一通新式的摩里斯舞①。我非走不可么？

看　守　别无办法。

巴拉蒙　(旁白)再见了,亲切的窗户。愿狂风永不伤害你！哦,我的小姐,如果你感觉过什么是悲伤,就请想象一下我多么痛苦！——好吧;来把我埋掉吧。

巴拉蒙和看守同下。

第三场　雅典附近乡村

阿奇特上。

阿奇特　从王国流放么？这可是我非感谢他们不可的一件恩典,一种慈悲;可是再也没有机会自由欣赏那张我愿为之一死的脸庞了——哦,这可是一桩深谋远虑的刑罚,一次难以想象的死亡！即使我又老又坏,我所有的罪过也不可能把这样一种报复揽到自己身上来。巴拉蒙！你现在可占先了;你留下来,每天早晨可以看见她那明媚的眼睛冲着你的窗口闪耀,给你注入生命力;你可以饱餐一位高贵美人的秀

---

① 摩里斯舞,一种浑身挂满铃铛的传统舞蹈。此处所谓"新式的",系指以镣铐代替铃铛。

色,那是大自然从未超过、也永不会超过的秀色。仁慈的诸神啊! 巴拉蒙是何等幸福! 十有八九,他会上前跟她讲话,如果她既美丽又温柔,我知道她就属于他了;他有一条驯服风暴、并使顽石点头的舌头。不论发生什么,最糟也不过一死:我决不离开这个王国。我知道我自己不过是一堆废墟,已经无可修整。我一走,他就会得到她。我决定改头换面来完成我自己,否则结束我的命运。我会看见她,会挨近她,或者死掉:无论什么结果,我都高兴。

四乡民上,前面一人手持花环。阿奇特站在一旁。

乡民甲　哥儿们,我会去的,一定。

乡民乙　我也会去。

乡民丙　我也去。

乡民丁　那就一起走吧,伙计们! 不过挨一顿溇罢了。今儿让犁头歇一天,明儿用马尾巴搔搔痒就行了。

乡民甲　我相信,会让我老婆恨得像火鸡似的。反正是那么回事,我受得了,让她嘀咕去。

乡民乙　明儿晚上爬到她船上去,给她仓里装得满满的,不就又好了吗。

乡民丙　可不是,只要把根教鞭给她捏住,你就会看见她怎样取得一次新教训,做个乖婆娘。我们都按照安排来庆祝五月节?

乡民丁　按照安排? 有什么不行的?

乡民丙　阿卡斯会去的。

乡民乙　还有森诺瓦,还有莱卡斯,他们三个在绿树下跳舞,什么小伙子也赶不上;你们可知道,还有什么娘们儿吗,哈? 可你们认为,那位挑肥拣瘦的教师会守信用吗? 要晓得,样样都得他来干。

乡民丙　他要是不来,就得吃下一本角帖书①。去他娘的!他跟制革匠女儿摽得太紧,不会错过这次机会不来的;她还得看看公爵,她还得跳舞呢。

乡民丁　我们也会使劲跳吧?

乡民乙　雅典全城小伙子都赶不上我们,我一会儿在这儿,一会儿在那儿,到我们镇上去,一会儿又跳回来了。哈,伙计们,为我们织工鼓掌叫好哇!②

乡民甲　这舞得在林子里跳。

乡民丁　不见得吧!

乡民乙　肯定要在林子里跳;我们这里有学问的人这样说的——他本人就要在那里代表我们,把公爵极其巧妙地奉承一番。他在林子里才了不起,把他弄到平原上来,他的学问就吃不开了。

乡民丙　我们就要看比赛了,接着每个人来对付我们!好伙计,趁那些小姐太太还没看见我们,我们怎么也得排练排练,好好排练吧,天晓得会玩出什么花样来。

乡民丁　赞成。比赛一完,我们就开演。去吧,小伙子们,等一等!

阿奇特　(上前)对不起,朋友们,请问你们上哪儿去?

乡民丁　上哪儿去?怎么问起这类问题来?

阿奇特　是呀,我正是不知道,才问的呀。

乡民丙　去看比赛,朋友。

---

① 角帖书,古代儿童初级读本,只印有一页字母表,用透明角片作框保护着。
② 跳舞乡民乙为织工。当时织工多为清教徒,遇事喜念《赞美诗》。

乡民乙　你是哪儿长大的,怎么这也不知道?

阿奇特　并不远,先生。今天可有这样的比赛?

乡民甲　是的,当真,有哇;是你从没见过的。公爵本人都要亲临现场。

阿奇特　有些什么消遣的呢?

乡民乙　摔跤啦,赛跑啦。(向别人)这是个有趣的家伙。

乡民丙　(向阿奇特)你不一块儿去吗?

阿奇特　现在还不去,先生。

乡民丁　好吧,先生,你慢慢来吧。(向别人)喂,小伙子们。

乡民甲　我琢磨着,这家伙腰杆儿有点功夫,瞧他那副摔跤的架势。

乡民乙　他要敢试一下,我情愿给吊死。去他娘的,十足的笨蛋!他摔跤?让他炒鸡蛋去吧!喂,咱们走,伙计们。(四乡民同下。)

阿奇特　这是我想也不敢想的天赐良机。我本来就会摔跤,好手都承认我了不起;跑起来,比麦田里把沉甸甸的麦穗刮得卷起来的风还快,而且一直跑下去。我何妨打扮成一个穷汉,到那儿去碰碰运气。说不定我额头上也会戴上花环,侥幸留在我可能看得见她的地方,谁知道呢?(下。)

第四场　雅典。狱内一室

看守女儿独自上。

女　儿　怎么我就爱上了这位贵人呢?多半他不会欢喜我。我出身低贱,我爸是他那牢房的普通看守,他可是个亲王呢。嫁他没有指望,当他的姘头又太犯傻。真丢脸!姑娘家一到十五岁,什么难关都给碰上了!先是我看见了他:一看见他,我就认为他是个美男子;他身上那么多招女人欢喜的东西(要是他肯拿出来的话),还是这双眼睛从没见过的。接着,我同情他;说句良心话,任何年轻姑娘,但凡梦想把自己的女儿身托付给一个如意郎君,都会同情他的。后来,我爱上了他,要死要活地爱,没完没了地爱;他还有个表弟,跟他一样漂亮;可我心里只有巴拉蒙,主啊,怎么他搞得人七上八下!黄昏时分听他唱歌,简直像上了天堂!可他唱的都是些悲伤的歌。没有哪个贵人说话比他更中听。早上我进来给他送水,他先弯了弯他的贵体,然后这样向我致意:"美丽、温柔的姑娘,早安。愿你的善良为你找到一个称心的丈夫!"有一次,他还亲了我,此后十来天我更加喜爱我的嘴唇了。唯愿他每天这样亲我才好!他很伤心,看见他不幸,我也伤心。我该怎么办,才使得他知道我爱他呢?我多想得到他的爱啊!比如说,我大着胆子把他放掉?可法律又会怎么说呢?咳,顾了法律,就顾不了亲人!我要放他走,不是今晚就是明儿,一定要他爱我。(下。)

第五场 雅典。一片空地

  幕后短号奏花腔片刻,并有叫喊声。忒修斯,希波吕忒,皮里图斯,伊米莉娅,戴花环的乔装阿奇特和侍从上。

忒修斯 你干得很帅。赫库勒斯以后,我还没见过肌肉比你更健壮的人。不管你是什么人,你跑得最快,论摔跤,也是这几次数得着的。

阿奇特 让你高兴,我感到荣幸。

忒修斯　你在哪个国家长大的？

阿奇特　就在本国；不过很远，爵爷。

忒修斯　你有贵族身份吗？

阿奇特　家父说过有的，还教过我那些上流习惯。

忒修斯　你是他的继承人吗？

阿奇特　是他最小的儿子，先生。

忒修斯　那么，你的父亲一定是个享福的封翁了。你拿什么证明自己呢？

阿奇特　所有贵族技艺，我都略知一二：我懂得怎么养鹰，猎狗调教得一唤呜呜直叫一大群；我不敢夸口马术如何高明，但认识我的人都说这是我的强项；最后，也是最主要的，大家一贯认为我是一名军人。

忒修斯　你倒十全十美。

皮里图斯　的的确确，是个地道的男子汉！

伊米莉娅　果真是。

皮里图斯　（向希波吕忒）你觉得他如何，夫人？

希波吕忒　我欣赏他；我还没见过一个年轻人像他这样高贵，如果他讲的是真话。

伊米莉娅　要相信，他母亲是个非常标致的女人，我觉得他的脸就像他母亲。

希波吕忒　可是他的身体和热烈的心胸证明他有一位勇敢的父亲。

皮里图斯　请注意，他的优点就像被掩蔽的太阳，穿透了他卑微的服装。

希波吕忒　他肯定出身名门。

忒修斯　（向阿奇特）什么原故使你到这个地方来，先生？

阿奇特　高贵的忒修斯,是为了争取名位,为了给这样一次设备完善的、与你的声望相称的奇观竭尽绵薄,因为在全世界,只有在你的朝廷里,才能有公正的荣誉。

皮里图斯　他的话都讲得很得体。

忒修斯　(向阿奇特)先生,我们非常感谢你的光临,也不会让你失望。皮里图斯,这位英俊的绅士就由你来安排。

皮里图斯　谢谢,忒修斯。(向阿奇特)不管你是什么人,你是我的,我将安排你去做一件最高尚的公务,去伺候这位小姐,这位聪明的少女。请尊敬她的美德。你用你的长处为她的华诞增添了光彩,你当然就为她所有。请吻她的纤手,先生。

阿奇特　先生,你是一位高贵的施予者。(向伊米莉娅)最亲爱的美人,让我这样打上我永誓忠诚的封印吧。(吻她的手)当你的仆人,你最不足取的奴才,惹你生气时,就叫他去死吧,他不敢不死。

伊米莉娅　那太残忍了。如果你有功劳,我会很快看见的。你是我的,我使用你,会比你的身份多少更好些。

皮里图斯　(向阿奇特)我将让人把你装备起来,你说你懂骑术,我不得不求你今儿下午骑骑马了,不过那是一匹烈马。

阿奇特　我更欢喜烈马,大人,这样我才不会在马鞍上冻僵。

忒修斯　(向希波吕忒)亲爱的,你得准备好,还有你,伊米莉娅,(向皮里图斯)还有你,朋友,还有大家,明儿日出时分,到黛安娜①的林子去庆祝花团锦簇的五月佳节。(向阿奇特)好

---

① 黛安娜,罗马神话中的月神,代表贞洁和狩猎;相当于希腊神话中的阿特米丝。

好伺候你的女主人，先生。埃米莉，我希望他不至于步行去。

伊米莉娅　我有马而让他步行，那可是一桩耻辱，先生。（向阿奇特）你自己选择吧，你随时要什么，尽管让我知道。只要你忠诚服务，我敢向你保证，你会得到一个仁慈的女主人。

阿奇特　如果我不忠诚，让我受到家父所憎恶的两样——耻辱和鞭打吧。

忒修斯　走吧，带路；你已赢得了这项权利。这是一定的；你会得到跟你所赢得的荣誉相称的一切当然权益；否则就是不公正了。（向伊米莉娅）妹妹，原谅我瞎想，你有这样一个仆人，如果我是女人，就会把他当作主人的。不过，你聪明得很。

伊米莉娅　我希望自己聪明得不至于那样，先生。

喇叭奏花腔。众下。

第六场　雅典。监狱前面

看守女儿独自上。

女　儿　让所有公爵和所有魔鬼吼叫去吧，他自由了！我为他冒了险，把他带出来了，带到离这里一英里的一个小林子里。我送他到那儿，那儿有一株比别的树都高的大雪松，紧挨着小河，铺展开来就像株法国梧桐。他得在那儿躲起来，等我给他送去锉子和食物，因为他的铁手镯还没弄脱呢。哦，爱神，你是怎样一个大无畏的孩子！我父亲宁肯忍受冰冷的镣铐，也不敢这样做。可我爱他，爱得顾不上爱，顾不上理智，也不顾见识和安全。我让他明白了这一点。我不在乎,我一不做二不休。要是法律找上了我,把我判刑好了,总有些姑娘,好心的姐妹们,会为我唱挽歌,让后人记住我死得多么高贵,简直死得像烈士。我下了决心,他走到哪儿,我跟到哪儿。他肯定不会那么没有男子气,把我扔在这里。如果他这样扔我,姑娘们就再也不会轻信男人了。可是,我为他做了这么多,他还没有谢我一声呢,更没有吻我一下,想起来真不是味儿。当时我劝他越狱,简直劝不动,他顾虑重重,生怕搞不好会连累我和我父亲。可我希望,他多想一想,我的这份情意就会在他身上扎根,扎得更深更深。他想把我怎么样,就让他怎么样吧,只要他对我亲热,因为他一定会亲热我的,要不我就会到处说,还当着他的面,说他根本不是男子汉。我马上就会为他张罗那些必需品,还要收拾一下我的衣物,什么羊肠小道我都敢走,只要他跟我在一起。我会像个影子,永远留在他身边。一小时之内,整个监狱会闹得人仰马翻。那时我可在吻着他们寻找的那人呢。再见吧,爸爸;要是再多几个这样的囚犯和这样的女儿,恐怕你只得把你自己关起来。现在我去找他了。(下。)

第 三 幕

第一场 雅典附近一树林

各处短号声。人们庆祝五月节的喧闹和呼叫。阿奇特独自上。

阿奇特　公爵把希波吕忒给丢了;各人都走上了岔路。这是专为百花盛开的五月举办的一次隆重的庆典,为了把它办得完美无缺,雅典人才舍得花钱。哦,伊米莉娅女王,比五月还要鲜艳,比它枝头金黄蓓蕾或者草原上、花园里的涂彩花样还要芳香! 真的,我们还可向任何宁芙的河岸挑战,尽管她使流水变得像花朵一样! 哦,你,林子里,世界上的珍宝,你到哪儿,哪儿都有福了。唯愿我,这个可怜人,很快介入你的沉思,引起你某种纯洁的思虑! 碰上这样一位女主人,可不是三倍的机缘么,真是喜出望外。告诉我吧,仅次于我的君主埃米莉的命运女神,我还可以得意到什么程度呢? 她热切地关注我,让我挨近她;就在这个美好的早晨,一年最新颖的一个早晨,又送给我两匹马;这两匹骏马,就是两个国王在互相争夺王权的战场上,也会拿它们来打赌。天哪,天哪,可怜的巴拉蒙表兄,可怜的囚徒,你简直梦想不到我的幸运,才自以为你那样挨近伊米莉娅,要比我更幸福。你以为我在底比斯,虽然自由了,可是很倒楣。可你要是知道,我的女主人怎样对我轻言细语,我怎样耳听她的话语,活在她的眼睛里,哦,表兄,你又会陷入怎样一团怒火之中啊!

    巴拉蒙身带镣铐从丛林中出;向阿奇特弯起握拳的手。

巴拉蒙 你这个叛徒亲戚,要是我摆脱了这些囚禁标志,手里拿着一把剑,你才会察觉到我的一团怒火了!千咒万骂合成一句,我,和我的爱情的公道,会使你成为众所周知的叛徒!你表面上温文尔雅,实际上最奸狡欺诈!你带有出身高贵的标志,实际上最不讲廉耻!尽管血缘上是近亲,你是个最虚伪的老表,你还说她是你的吗?我会带着镣铐,用这双没有武器的空手来证明,你在撒谎,你是个十足的爱情窃贼,是个一文不值的空头贵族,连称作坏蛋都不配!要是我有一把剑,又能扔脱这双跐拉板儿——

阿奇特 亲爱的巴拉蒙表兄——

巴拉蒙 别来这一套,骗子阿奇特,还是讲些与你对我的行为相称的话吧。

阿奇特 我胸口的血流里找不到你想用来搞臭我的任何下流品质,我才这样平心静气地给你回话:是你的怒火犯了错误,这对你不利,对我也没有好处。荣誉和诚实,我一直珍惜而又信赖,尽管你在我身上视而不见,我仍会以这种态度坚持我的行为。请大大方方讲出你的伤心事吧,因为你是在跟你的同辈谈问题,他宣称要以一个真正贵族的胸怀和宝剑来扫清他自己的道路。

巴拉蒙 你可敢,阿奇特!

阿奇特　老表,老表,我究竟敢到什么地步,你早就明白了;你亲眼见过我用剑对付过恫吓。当然,再遇到一次恫吓,你也不会听见我的勇气受到怀疑,但是你总该打破沉默了,虽然是在避难所。

巴拉蒙　先生,我已看见你活动在一个足以证明你的男子气概的位置上;你被称作一个好骑士,一个勇敢的骑士。但是,只要有一天下雨,这一星期就称不上晴朗。人们只要屈从背信弃义,就会丧失英勇气质,打起仗来就像被迫还手的熊,要不拴住就会一溜烟逃掉。

阿奇特　老表,你倒不如冲着镜子说这番话,并且照着做,何必说给现在瞧不起你的这只耳朵听呢。

巴拉蒙　到我这儿来,把这副冰冷的镣铐给我去掉,给我一把剑,锈的也可以,再行行好让我饱餐一顿;然后,你手持利剑,站在我面前,只要再说一声伊米莉娅是你的,我就宽恕你对我犯下的罪过,哪怕你打败了我,取走了我的生命,黄泉路上那些雄赳赳死去的勇士们向我打听人间的新闻,我也只会告诉他们,你才勇敢而高贵。

阿奇特　放心吧,回到你那山楂树丛小屋里去。我会利用黑夜的方便,带着新鲜食物到这儿来;这些累赘家伙我会锉掉;还会给你带来衣装和消除牢房臭气的香水;然后,你舒展一下身子,只要说一声"阿奇特,我准备好了",剑和盔甲摆在那儿,由你选择。

巴拉蒙　哦,这样高贵的人有哪个敢干一桩犯罪的事情?除了阿奇特没有一个,所以说,除了这个阿奇特,没有一个这样大胆。

阿奇特　亲爱的巴拉蒙——

巴拉蒙　我相信你,相信你的提议。我只有照你的提议去做,先生;至于你本人,我不说假话,就想把我的剑刃插在你身上。

　　　　幕后吹号角。又吹短号。

阿奇特　你听,号角:快躲进你的豁口去,免得我们之间这场比剑还没交手就报废了。把手给我握一下,再见吧。我会把你要的每样东西都拿来。希望你好好休养,强壮起来。

巴拉蒙　请遵守你的诺言;皱着眉头把事情办好。你肯定不欢喜我;那就对我粗鲁些,少来这些油腔滑调。凭天发誓,我每讲一句话,都恨不得给你一拳,我的愤怒是理智排解不了的。

阿奇特　我说话坦白,但请原谅我说得生硬。我用靴刺踢我的马,可我并不是在骂它;高兴也好,生气也好,我都是一副面孔。(幕后吹号角)听吧,先生,他们在召唤散开了的人们去就餐。你一定猜到,我在那里谋得一个职务。

巴拉蒙　先生,你这份殷勤并不使上天高兴,我还知道你这职务是以不正当手段捞到的。

阿奇特　就算我手段正当吧,我也相信我们之间这个讨厌的问题,是得放点血才能解决的。我是原告,要求你把这件诉讼还是交给你的宝剑吧,再也不要谈它了。

巴拉蒙　不过,还有一句话:你现在又要去盯住我的情人吧,你得注意,她是我的——

阿奇特　不是——

巴拉蒙　不,请问——你说拿食物给我吃,把我养壮;可你现在去看一个太阳,太阳却能使它照到的一切变得强壮;你这不是占了我的上风吗?不过,你尽管去享用吧,我会坚持要求赔偿的。再见。

341

各自下,巴拉蒙进入丛林。

第二场　林子另一端

看守女儿拿锉刀独自上。

女　　儿　他搞错了我所指的灌木丛,想当然地走开了。现在差不多天亮了;没关系——唯愿永远是黑夜,黑暗统治世界才好!听,是狼叫!我身上忧伤压倒了恐惧,除了一件事,我对什么都不关心,那就是巴拉蒙的安危。我不在乎狼群会不会一口吞了我,只要他能得到这把锉。我喊他一声怎么样?我不能喊。要是喊了呢?如果他不答应,我倒会把狼叫过来,那可害了他。这个漫漫长夜我听见了许多奇怪的嚎叫;难道猛兽不会把他吃掉吗?他没有武器,又不能跑,镣铐叮叮当当会让野物听见,它们听觉都很灵,知道一个人带没带家伙,能够闻出什么地方有抵抗。我只能假定,他已经给撕成碎片了。许多野兽嚎成一团,然后把他吃掉了。再糟也不过如此,大着胆子为他敲丧钟吧。可我该怎么办呢?他这一死,可以说一了百了。不,不,我撒谎:我爸一定会因为他逃跑,给他们绞死,我自己得去乞讨了,如果我珍惜生命,否认自己的行为,但我不会这样做,哪怕死上多少次也不会。我简直糊涂了:这两天我什么也没吃,只喝了点水。我的眼睛除了挤出一点泪水,一直没有闭过。天哪,让我的生命融化吧,免得我神志不清,去跳水,去自杀,去上吊。哦,我的血肉之躯,已经全垮了,因为它最好的支柱倾斜了!那么,该走哪条路呢?最好的路就是,下一步到坟墓去的路;每走错一步都会遇到折磨。瞧,月亮下去了,蟋蟀在唧唧叫,夜猫子在黎明呼唤!所有任务都完成了,除了我没有完成的一项。可要紧的就是这一项——要有个结果,那就全有了。(下。)

第三场　同第一场

　　　　阿奇特携一包袱(内藏肉、酒和锉刀)上。

阿奇特　想必到了地方。嗬,巴拉蒙表兄!

　　　　巴拉蒙从林中出。

巴拉蒙　阿奇特?

阿奇特　是我。我给你送食物和锉刀来了。出来吧,别怕。这儿没有忒修斯。

巴拉蒙　也没有像他那样诚实的人吧,阿奇特。

阿奇特　别瞎扯,我们以后辩论那件事。来吧,放勇敢些,你不会死得那么下作的。这儿,先生,喝吧——我知道你很虚弱——我等一下再跟你细谈。

巴拉蒙　阿奇特,莫非你要毒害我。

阿奇特　也许吧;不过我先得吓唬你。坐下吧,请,别再搞这些愚蠢的谈判;我们既然久负盛名,就别当傻子和懦夫一味空谈了。为你的健康,先生。(饮酒。)

巴拉蒙　干杯。

阿奇特　那么请坐下来,我以你身上全部诚实和荣誉央求你,千万别提这个女人。那会打扰我们,我们会有足够的时间。

巴拉蒙　好吧,先生,我为你干杯。(饮酒。)

阿奇特　痛痛快快喝一大口,会使人血液流畅。你不觉得身上暖和起来了吗?

巴拉蒙　且慢,再喝一两口才可告诉你。(饮酒。)

阿奇特　别省着,表哥,公爵那儿有的是。吃点什么吧。

巴拉蒙　好的。(吃食物。)

阿奇特　我高兴你有这么好的胃口。

巴拉蒙　我更高兴我的胃口碰上这么好的肉。

阿奇特　寄住在这个荒野的林子里,岂不有点荒唐,表兄?

巴拉蒙　对于那些心地野蛮的人,可以这样说。

阿奇特　你吃的食物味道如何?我看你饿得很,不需要什么调料了。

巴拉蒙　不怎么需要。不过,就是需要,你的调料也太酸了①,好表弟。这是什么?

阿奇特　鹿肉。

巴拉蒙　鹿肉可补人。再给我一点酒。来,阿奇特,为我们当年认识的小妞们干杯!(饮酒)内务大臣的女儿,你还记得她吗?

阿奇特　你先干,表兄。

巴拉蒙　她爱过一个黑头发男人。

阿奇特　她是爱过;怎么呢,先生?

巴拉蒙　我还听见有人叫他阿奇特,而且——

阿奇特　说出来,我不在乎!

巴拉蒙　她跟他在凉亭里幽会:她在那儿干了些什么,表弟?是在玩小键琴②吧?

---

① 两人都引用成语对话:阿奇特引用的是"饥饿是最好的调料";巴拉蒙引用的是"好肉遇上了酸调料",即苦乐相间。二人均有心讽刺对方。

② "小键琴",指十六七世纪常见的无腿小钢琴;此词与"处女"的形容词在拼法上相同,故有一语双关的猥亵意义。

阿奇特　她是玩过几下子,先生。

巴拉蒙　使她呻吟了个把月;或者两个月,或者三个月,或者十个月。

阿奇特　元帅的妹妹也有她这一手,我记得的,表兄,要不就是谣传。你可为她干杯?

巴拉蒙　可以。(二人饮酒。)

阿奇特　那是个漂亮的黑皮肤姑娘。有一回,小伙子们去打猎,在一个林子里,有棵又宽又大的山毛榉;那附近还流传一段故事呢。唉,唉!

巴拉蒙　拼着这条命,我也要说,是为了埃米莉!傻子,少开这种牵强的玩笑!我再说一遍,你刚才是为埃米莉叹气。卑鄙的表弟,你敢先破坏协议?

阿奇特　你大错特错。

巴拉蒙　凭天地发誓,你身上没有半点诚实可言。

阿奇特　那么我只好离开你了;你现在是个老顽固。

巴拉蒙　是你把我逼成这样的,叛徒!

阿奇特　(指着包袱)锉刀,衬衣,香水,所有需要的东西全在这儿。大约两小时以后我再来,把平息一切纷争的那件东西带来。

巴拉蒙　剑和盔甲。

阿奇特　别吓唬我。你现在太不正派了;再见。把你那些装饰品都取下来,你什么也不缺少了。

巴拉蒙　这小子——

阿奇特　我再也不听。(下。)

巴拉蒙　你要敢来,一定会死。(下。)

第四场　林子另一端

看守女儿上。

女　儿　我冷得很,星星也都出来了,小星星和所有看来像亮晶晶小纽扣似的星星。太阳已经看见了我的愚蠢。巴拉蒙!唉,别提他;他在天堂里了。我现在在哪儿?那里是大海,还有一条船。晃动得好凶啊!水底下有块礁石在盯着呢;唷,唷,它撞上它了——唷,唷,唷!撞出了一个洞,老大一个洞。他们怎样在叫喊!让船顺风漂流吧,要不你们都玩儿完。扯起一两面大横帆,抢风掉向吧,小伙子们!晚安,晚安,你们走了。我饿得很:唯愿找得到一只嫩青蛙!他会告诉我世界各地的消息。然后我要用海扇壳做成一艘大货船,先向东开,再向东北,去找小人国的国王,他算命算得准极了。我父亲明儿早上,八九不离十,就会上绞颈架了;我一句话也不会说。(唱。)

　　　　　　我要裁我的绿上衣,裁到膝盖上一尺,
　　　　　　我还要剪我的黄头发,剪到眼睛下一寸,
　　　　　　嗨,哝呢,哝呢,哝呢①。

　　　　　　要他给我买匹小白马,白马白马短尾巴,
　　　　　　让我骑着走遍天涯海角去找他。
　　　　　　嗨,哝呢,哝呢,哝呢。

---

① 古代民歌每节收尾的叠句,本身无意义,曾用以代表淫词秽语。

哦,真想有一根刺,好让我像夜莺一样把胸脯扑上去①。否则我会熟睡得像一只陀螺。(下。)

第五场　林子另一端

教师(吉拉尔德),四乡民扮摩里斯舞蹈者,另一乡民扮狒狒,五村姑,及一手鼓手上。

教　师　呸,呸,你们这些人,何其沉闷乏味而又冥顽不灵!我的入门须知,已给你们条分缕析这么久,像给你们喂奶一样,用点辞藻来说,我的学问的精华与精髓都倒给你们了,可你们还在嚷嚷,"哪儿?""怎样?""为什么?"你们这些粗绒布似的本领,贱棉布似的见识,我不是说过"要这样","要那样","然后再这样",怎么没有一个人懂得呢?呜呼造物主,助我者其天乎!② 你们都是低能儿!唔唔,我就站在这儿;公爵就到这儿来;你们大伙儿,全躲进树丛里去。公爵驾临,我去迎接,对他讲些高深的话语,和许多精巧字眼;他听着,点点头,哼了哼,然后喊道,"无与伦比!"于是我继续讲下去。最后我把帽子向上一扔,注意!那时你们就得像从前墨勒埃格和野猪一样③,整整齐齐地跑出来,跑到他的面前来;你们要一对对跟真正的情侣一样,体体面面、甜甜蜜蜜排成一个整体,然后,用点词藻来说,开始翩跹起舞,小伙子们。

---

① 据说夜莺为了防止夜间睡着,便把胸脯扑向一根刺。
② 原文均为拉丁文。教师处处讲拉丁文,表示自己有学问。
③ 墨勒埃格,希腊神话中的英雄,参加过卡吕冬国围攻巨大野猪的著名狩猎。教师拿"野猪"比喻乡村演员,显示他对后者的蔑视。

乡民甲　我们会跳得甜甜蜜蜜的,吉老师。

乡民乙　排队吧。鼓手哪儿去了?

乡民丙　喂,蒂莫西!

鼓　手　这儿哪,疯小子们,你们跳吧,我准备着呢。

教　师　可我说,他们的女伴呢?

乡民丁　弗莉茨和马德琳在这儿。

乡民乙　还有白腿小卢斯和蹦蹦跳跳的巴巴拉。

乡民甲　还有从不辜负老师的雀斑内尔。

教　师　你们的丝带呢,姑娘们?身子要滑动,姿势轻快灵敏,时不时飞吻一下,跳跃一下。

内　尔　让我们自己排练吧,先生。

教　师　乐队别的人呢?

乡民丙　按照你的命令分散了。

教　师　那么配起对来,看还缺什么人。狒狒哪儿去了?(向狒狒)朋友,尾巴留神点,别冒犯太太小姐,也别闹笑话;你翻筋斗,一定要大胆,要有男子气,咆哮起来要掌握分寸。

狒　狒　是,先生。

教　师　这儿又少一个舞伴。真不知伊于胡底①?

乡民丁　我们倒楣算是倒到了家;样样事都吹灯拔蜡。

教　师　正如饱学之士所云,这叫做端水洗屋瓦,白费力气,②吾人岂非其愚不可及也③。

乡民乙　就是那个瞧不起人的家伙,无耻的贱货,女裁缝的丫头西塞莉,她原先答应得好好的,说会来会来。下回我给她做

---

①③　原文为拉丁文,出自西塞罗揭露阴谋家卡蒂琳的著名演说的第一句:"卡蒂琳,你滥用我们的耐性还要有多久?"

②　端水洗屋瓦,为拉丁谚语。

　　　　手套,一定拿狗皮来做。不行,她骗我一次——你是知道的,阿卡斯,她拿酒和面包发过誓,说她决不失信。
教　师　一位饱学的诗人说,唯鳝与女人善骗人①,除非你拿牙齿咬住它的尾巴。就礼貌而言,这就叫做"前提错误"②。
乡民甲　莫非杨梅疮发了!她现在倒往后退?
乡民丙　我们咋办呢,先生?
教　师　一筹莫展。我们的事业已经一败涂地,真是呜呼哀哉,一败涂地。
乡民丁　我们镇子的名望正靠这场表演,偏偏这时候来拆烂污,来闹别扭!要走就走吧,我可记住你,我会让你够瞧的!
　　　　看守女儿上。
女　儿　(唱)
　　　　　　乔治·阿鲁从南来,
　　　　　　　　从巴巴里的海边来呀;
　　　　　　他遇见打仗的勇士们,
　　　　　　　　一个,两个,三个呀。

　　　　　　万岁,万岁,你快乐的勇士们!
　　　　　　　　你们现在往哪儿去呀?
　　　　　　哦,让我跟你们做个伴
　　　　　　　　一直走到海湾去呀。③

　　　　　　有三个傻子为一只小猫头鹰

---

① 鳝与女人善骗人,出自谚语,并非诗人名句。
② 本意为礼貌上的一大缺陷,有如逻辑中的前提错误。
③ 据原注,可能由民歌《乔治·阿鲁和赛马》改编。

闹得不可开交：

一个说它是猫头鹰，

另一个说不像，不像，

第三个说它是只老鹰，

身上给摘掉了铃铛。①

乡民丙　这儿来了个蛮好看的疯女子，老师，来得正是时候，她疯得像三月间发情的兔子。要是能让她参加跳舞，我们又成功了。我保证，她的弹跳好得不得了。

乡民甲　一个疯女子？我们成功了，伙计们！

教　师　那么，你是疯了吗，好姑娘？

女　儿　要不疯我才难过咧。把你的手给我。

教　师　为什么？

女　儿　我会给你算命。（观察他的手）你是个傻子。数十②——我难倒了他。嗡嗡嗡！朋友，你可吃不得白面包；吃了，你的牙齿会大出血。我们跳跳舞，可好？我认得你，你是个小炉匠。小炉匠师傅，除了你该补的，别再补洞了。

教　师　苍天在上③我是个小炉匠吗，小姐？

女　儿　要不就是个魔术师。给我召个魔鬼来吧，让他用铃铛和骨头伴奏，表演《谁路过》。④

教　师　去拦住她，好好劝她，让她同意留下来。"吾已完成一杰作，非神怒或烈火所可毁者也。"⑤奏乐，引她进来。

---

① 最早的儿歌之一。
② 让人数自己的手指，古代英国民间测验智力的一种方式。
③ 原文为拉丁文。
④ 《谁路过》，出处待考。
⑤ 原文为拉丁文，出自奥维德的《变形记》。

乡民乙　来吧,姑娘,咱们跳一个。

女　儿　我要领头跳。

乡民丙　你领吧,领吧。

教　师　既要有说服力,又显得老练。(号角声)去吧,小伙子们!我听见号角了。让我安静地想一下,注意你们扮演的角色。(除教师外,众下)愿智慧女神赐我以灵感!

　　　　忒修斯,皮里图斯,希波吕忒,伊米莉娅,阿奇特及随从上。

忒修斯　鹿从这条路走了。

教　师　请留步,请赏光。

忒修斯　这是怎么回事?

皮里图斯　肯定是乡民表演节目,先生。

忒修斯　(向教师)好吧,先生,请演下去,我们会欣赏的。女士们,请就座,我们不妨瞧瞧。

教　师　英勇的公爵,万岁!可爱的女士们,万岁!

忒修斯　这可是个冻死人的开场①。

教　师　承蒙诸位光临,我们这场乡村游艺可谓三生有幸。我们几个聚在一道,嘴尖的家伙叫我们乡巴佬,且说老实话,决不蒙哄,我们是快活的一群,或称乌合之众,或称戏班子,或者雅一点,自命合唱队,亦未必难副,我们正是来为殿下跳一场摩里斯舞。鄙人忝居"教习"职务,负责矫正一切谬误,用桦树枝打小淘气的屁股,又用笞杖把大淘气的锐气煞住,今天特来向大人敬献小技,聊表微意。优雅的公爵啊,你英名赫赫,令人望风披靡,从狄斯到代达鲁斯,令人处处

---

① 前句"万岁!"原文 All hail! 其中的 hail,又可解作"冰雹"。忒修斯借此开一句玩笑。

碰壁,①但请大人对你可怜的祝颂者略予提携,请以你炯炯目光垂顾一下这强悍的"摩尔"——庞然大物——后加一个"斯"字——二者相粘即成"摩尔斯",②这就是小人们来此的缘故。首先,我不揣鄙陋,粗俗而又邋遢,向高贵的殿下陈述本游艺团体精心排练之节目的大意,并将拙作呈献于大人的足下。其次出场的是五月佳节大老爷和聪明的夫人,外带丫环和小厮,他们夜间还得找个静悄悄的帷子。然后是我的店老板和他的娘子胖乎乎,欢迎劳顿的旅客出钱住宿,同时打手势通知店小二虚报账目。然后是喝母牛产后初乳的小丑来凑趣儿,再就是傻瓜,狒狒,拖个长尾巴,外加一个长嘟噜,以及诸色人等③,一齐跳一场摩尔斯舞。只要大人说声"行",我们马上就开幕。

忒修斯　行,行,怎么都行,亲爱的老师。

皮里图斯　请上演吧。

教　师　(敲击乐器指挥全体)上场了,孩子们;④出来吧,跳起来。(扬起帽子)奏乐。

　　教师引进五月老爷,五月夫人;小厮,丫环;乡村小丑或牧人,村姑;店老板,老板娘;公狒狒,母狒狒;男傻瓜,看守女儿扮女傻瓜。所有角色打扮得栩栩如生,男子从一门出,姑娘们从另一门出。全体齐跳摩尔斯舞。

　　　　女士们,如果我们欢欢喜喜,

---

① 狄斯系罗马神话中的冥王;代达鲁斯系克里特岛一巧匠,曾建迷宫囚禁牛头怪。据原注,二者相连并无深意,仅取其头韵相近而已。
② 据原注建议,教师先举一牌上书"摩尔"(或画一摩尔人像),继于其侧举另一牌上书"斯",以与说白内容相适应。
③④　原文为拉丁文。

演个"得里"让你们满意,
又一个"得里",再加一个"当",①
就算教师我没有出洋相。
如果我们还能让公爵高兴,
不过是小的们尽了责任,
但请赏赐一根两根树,
明年又可用作五月柱,②
趁又一年还没有过完,
我们会逗大人开怀大笑,我们全戏班。

忒修斯　拿二十根去吧,老师。(向希波吕忒)你以为如何,亲爱的?

希波吕忒　空前地高兴,先生。

伊米莉娅　这是一场精彩的舞蹈,就说开场白,也没听见过比这更好的。

忒修斯　教师,谢谢你。来人,看赏。

皮里图斯　这是一点小意思,给你们漆五月柱用。(给他们钱。)

忒修斯　好了,我们再去打猎。

教　师　愿你猎的公鹿活得长,
愿你的猎狗快又壮;
愿你宰鹿十分方便,
愿太太们都吃到鹿鞭。(忒修斯一行下。幕后吹喇叭)好了,我们成功了。托每位男女神仙保佑,③你们跳得好极了,姑娘们。

---

① "得里"、"当"本身无意义,常见于民歌叠句。
② 西方五朔节,竖五月柱,饰以花朵与彩条,少男少女歌舞于其下。
③ 原文为拉丁文。

众下。

第六场　同第四场

　　巴拉蒙从丛林中上。

巴拉蒙　我的表弟答应了,这个时分再来看我,并带两柄剑和两副精制盔甲来。如果他失信,他就既不是男子汉,也不是军人。他离开我的时候,我还认为我失去的体力,一个星期也复不了元,我正为自己的体力短缺而情绪低落,垂头丧气。谢谢你哪,阿奇特,你还算是个公正的敌人;我吃了这些美餐,觉得自己又能够同风险较量一番了。要是再拖延下去,给世人听见了,他们就会笑话,说我躺着蹲膘,像个猪猡,根本不是军人,打不了仗。所以,今天这个享福的早晨,只能是最后一个了;如果我拿住他不肯给我的那柄剑,我就要用它把他杀死。这就是公道。但愿爱情和幸运归我所有!

　　(阿奇特携盔甲与剑上)哦,早安。

阿奇特　早安,高尚的亲人。

巴拉蒙　给你添太多麻烦了,先生。

阿奇特　多礼的表兄,太多麻烦不过是对荣誉欠的债务,也是我的义务。

巴拉蒙　唯愿你在一切方面都是这样,先生! 就像你迫使我在你身上发现一个行善的敌人一样,我本希望你亲切如一位亲人,我可以用拥抱、而不是用刀剑来感谢你。

阿奇特　这两样只要用得好,我以为都是高尚的回报。

巴拉蒙　那我就要报答你了。

阿奇特　按这些公平条件向我挑战吧,你就不止给我显示了个情人;别再生气了,因为你会爱上任何体面的事物。我们生来并不是为了讲空话的,老兄。我们武装起来,两个都严阵以待,那时让我们的怒火,像两股狂潮相遇,从我们身上猛烈喷发吧;那时,这位美人究竟为谁而生,是为你还是为我,这个问题很快可见分晓,根本用不着我们相互谴责,相互嘲骂,相互藐视,以及小姑娘、小学生才会玩的相互噘嘴的把戏。请你穿戴起来,可以吗,先生?不然,你要是觉得还不合适,还没具备旧日的体力,我可以等待,表兄,每天得空就来同你谈天,帮助你恢复健康。对你本人我还是讲交情的,我真希望当初我没有说过我爱她,哪怕我想她想死了;但是,既然爱上了这样一位小姐,而且知道自己爱得有道理,我是决不会逃避的。

巴拉蒙　阿奇特,你是个勇敢的敌人,除了你的表兄我,没有人够格杀你。我已经身强力壮了,你选择武器吧。

阿奇特　你先选择,先生。

巴拉蒙　你想事事高人一等么,还是故意这样做,想我饶你?

阿奇特　表兄,你这样想,可就错了,因为我是个军人,我不会饶你的。

巴拉蒙　说得好。

阿奇特　你会见到真格的。

巴拉蒙　那么,我是一个诚实的人,满怀正当的感情来恋爱,我会狠狠地报复你。(选中一副盔甲)我就拿这副。

阿奇特　(指剩下一副)那么这副是我的。我先给你穿戴吧。

巴拉蒙　请。(阿奇特帮巴拉蒙穿戴盔甲)请告诉我,这副好盔甲是打哪儿弄来的?

阿奇特　它是公爵的。说老实话,我偷来的。夹痛了你吧?

巴拉蒙　没有。

阿奇特　不太重吧?

巴拉蒙　我原先穿的要轻些,不过我会适应的。

阿奇特　我来扣紧它。

巴拉蒙　千万要扣紧。

阿奇特　想不想要一件护心甲?

巴拉蒙　不,不,我们不用马。我看,你倒乐意马战。

阿奇特　我无所谓。

巴拉蒙　的确,我也无所谓。好表弟,带扣可要扣得紧紧的。

阿奇特　包你没错。

巴拉蒙　现在给我戴头盔。

阿奇特　你光着胳膊打吗?

巴拉蒙　我们这样会更灵活些。

阿奇特　总得用长手套吧。那副太小了,请戴我的,好表兄。

巴拉蒙　谢谢你,阿奇特。我显得怎么样?消瘦多了吧?

阿奇特　说实在的,不怎么瘦。爱情没有过分折磨你。

巴拉蒙　我向你保证,我会一击中的。

阿奇特　好吧,别手软。我会给你机会的,亲爱的表兄。

巴拉蒙　现在给你穿戴了,先生。(帮阿奇特穿戴盔甲)这副盔甲我看跟三位国王阵亡那天你穿过的一模一样,只是轻一点。

阿奇特　那是一副很好的盔甲,我记得清清楚楚,那一天你超过了我,表兄;我从没见过那样的豪迈气概。正当你冲杀敌军左翼,我也催马赶了上来,我骑的可是一匹真正的骏马。

巴拉蒙　是一匹骏马,一匹机灵的栗色马,我记得。

阿奇特　是的,可我是白费气力;你超过了我,我简直望尘莫及。但是,以你为榜样,我毕竟也有所斩获。

巴拉蒙　更靠你自己的能耐。你很谦虚,表弟。

阿奇特　当我看见你首先冲杀的时候,还以为部队里发出了一阵可怕的霹雳。

巴拉蒙　可在霹雳的前面,还飞逝着你的豪气的闪电呢。等一等;这东西是不是太紧了?

阿奇特　不,不,正好。

巴拉蒙　除了我的剑,我不愿用任何东西伤害你;擦伤你一点,对我都很不光彩。

阿奇特　现在我也准备好了。

巴拉蒙　那么,站远点。

阿奇特　拿我的剑吧,我觉得它更好使。

巴拉蒙　谢谢你。我不要,你留着吧,你的生命靠它呢。这里有一把,只要能使就行,我不再要求什么,尽管我满怀希望。我的目标和荣誉会守护着我!

阿奇特　我的爱情守护着我!(二人鞠躬,分头前进又站定)还有别的什么要说吗?

巴拉蒙　只有一句话,再没有别的:你是我姨妈的儿子,我们希望流的血是共有的,我身上有你的血,你身上也有我的血。我的剑在我手里,如果你杀死了我,诸神和我都会宽恕你。如果为那些光荣长眠的人准备了一块墓地,我希望战死者疲倦的灵魂可能获得它。勇敢地战斗吧,表弟。把你高贵的手给我。

阿奇特　这儿,巴拉蒙:这只手再也不会带着这样的友谊接近你了。

巴拉蒙　我以你为荣。

阿奇特　如果我倒下了,就诅咒我吧,说我是个懦夫,因为除了

357

懦夫，没有谁敢在这些公正的考验中死去。再次告别了，我的表兄。

巴拉蒙　再见，阿奇特。

　　　　相斗。幕后号角声；二人站住。

阿奇特　瞧，表兄，瞧，我们的愚蠢毁了我们。

巴拉蒙　为什么？

阿奇特　这是公爵在打猎，我给你讲过。我们要是被发现了，那就糟了。为了荣誉的缘故，你马上全身而退，回到你的丛林里去吧，先生。我们想死的话，有的是时间，文雅的表兄。如果你被人看见了，马上就会因越狱而死，而我，如果你泄露了我，我也会因藐视法令而亡。然后全世界都会鄙视我们，说我们虽然有一个高贵的分歧，处理起来却很卑劣。

巴拉蒙　不，不，表弟，我再也不想躲躲藏藏，也不想把这桩伟大的冒险推延到下一次。我知道你的狡猾，我也知道你的动机。现在谁给吓倒了，就让谁丢脸！你就提防着吧——

阿奇特　莫非你疯了？

巴拉蒙　正是没有疯，我才要利用我目前的这个时刻；比起决斗的运气来，我并不害怕将要来临的威胁。软弱的表弟，要知道我爱伊米莉娅，因此我要埋葬你和其他一切障碍。

阿奇特　无论发生什么事，巴拉蒙，你都得知道，我敢于面对死亡，看做谈话或睡眠一样。只有这件事让我害怕，法律有权决定我们的结局。会要你的命！

巴拉蒙　小心你自己的，阿奇特。

　　　　再次相斗。号角声。忒修斯、希波吕忒、伊米莉娅、皮里图斯及随从上。忒修斯分开巴拉蒙和阿奇特。

忒修斯　你们是些怎样愚昧而又疯狂的恶毒的叛徒，居然违抗我的法律文本,没有我的允许也没有监斗武官在场,①就像被指定的骑士那样争斗?以卡斯脱②的名义起誓,两个都得处死。

巴拉蒙　请遵守诺言,忒修斯。我们当然是两个叛徒,是两个藐视你和你的善行美德的人。我是从你的监狱里逃出来的巴拉蒙,我不可能爱戴你,好好想一下,该怎么处置我吧;这是阿奇特;踏上你的土地的叛徒,没有一个比他更大胆;看起来像朋友的,没有一个比他更虚伪。这就是那个经人求情③而被流放的人,就是他轻蔑你,轻蔑你敢作敢为的一切;就是他这样乔装打扮,违抗你的敕令,追求你的姨妹,那明亮的吉星,美丽的伊米莉娅;如果权利在于一见钟情,并以灵魂相许的话,那么我理所当然就是她的仆人,而且敢于认为她属于我。作为一个最忠实的情人,我现在要求阿奇特对他的这种背信弃义做出抵偿。如果你真像人们说的那样伟大而善良,是一切伤害行为的公正的裁决者,那就请说一声,"再打下去!"忒修斯,你会看到我完成这样一项你本人也将羡慕的正义事业,然后你再将我处死,我恳求你这样做。

皮里图斯　天哪,这真是非凡人所能及也。

忒修斯　我已经起了誓。

阿奇特　我并不寻求你的仁慈的口气,忒修斯。你叫我去死,我马上就会去死,一点也不惊慌。可这个人称我为叛徒,我得说几句:如果爱就叫叛逆,为这样一位绝色美人服役就叫叛

---

①　监斗武官,中世纪主管骑士比武,要求严格按照规定仪式进行的武官。
②　卡斯脱,及其孪生兄弟玻吕克斯,系勒达所生的宙斯二子。
③　经皮里图斯求情,见第二幕第二场。

逆，那么我既然爱得最深，宁愿怀着忠诚死去，我既然到这儿来拿生命证实这一点，我既然最忠实地、最好地为她效过力，我既然敢于杀死这位不让我爱她的表兄，这样就让我成为最大的叛徒吧，你这样叫使我高兴。至于藐视你的敕令，公爵，请你去问那位小姐，她为什么要那么美丽，她的眼睛为什么命令我留在这儿爱她；如果她说我是"叛徒"，那我就是一个只合死了没人埋的恶棍。

巴拉蒙　哦，忒修斯，即使你对我们两个都不发慈悲，也得同情一下我们吧。既然你是公正的，就请对我们塞住你高贵的耳朵吧；既然你是英勇的，那么为了你的表兄的灵魂（他的十二项神功已经流芳百世），①就让我们两个同时一起死去吧，公爵。只请让他死得比我稍早一点，我好告诉我的灵魂，他休想得到她了。

忒修斯　我答应你如愿以偿；因为，说真的，你表弟犯的罪要大十倍，因为我给他的恩惠要比你看见的更多，先生，你的罪过没有他的大。这里任何人都不得为他们说情，这两个人日落之前都得长眠。

希波吕忒　（向伊米莉娅）唉唉，天可怜见！妹妹，机不可失，有话就快说吧，别让人封住你的口。否则为了这两个遭难的表兄弟，你那张脸蛋儿会受到后世的诅咒。

伊米莉娅　亲爱的姐姐，我的脸上找不到对他们的恼怒，但也没有使他们灭亡的祸根：是他们自己的眼睛招的灾，把他们杀害了；不过，我仍然会像女人那样怜悯他们，（下跪）除非我争取到宽赦，我将长跪不起。亲爱的姐姐，帮助我完成这桩

---

① 指赫库勒斯。据某种传说，他是忒修斯的亲戚。

善行吧,所有妇女都会出力支持我们。(希波吕忒下跪)最高贵的王兄——

希波吕忒　先生,凭着我俩的夫妻情分——

伊米莉娅　凭着你自己洁白无瑕的荣誉——

希波吕忒　凭着你给我的那份信任,那只美丽的手,和那颗诚实的心——

伊米莉娅　凭着你对另外任何一个人都会产生同情,凭着你自己无限的美德——

希波吕忒　凭着你的豪迈气概,凭着我曾经使你满意的每个贞节的夜晚——

忒修斯　这都是些什么奇怪的戏法。

皮里图斯　不止是她们,我也要参加进来。(下跪)凭着我们的全部友谊,先生,凭着我们共同经历的全部危险,凭着你最爱的一切:战争和这位可爱的夫人——

伊米莉娅　凭着你拒绝一个害臊的姑娘总会浑身发抖——

希波吕忒　凭着你自己的眼睛,凭着你起誓的力量,断言我超过一切妇女,几乎超过一切男人,但我仍然屈服了,忒修斯——

皮里图斯　最重要的是,凭着你最高贵的灵魂,它不能缺少应有的慈悲,我首先请求。

希波吕忒　再请听我的祈祷。

伊米莉娅　最后让我恳求,先生。

皮里图斯　请大发慈悲。

希波吕忒　慈悲。

伊米莉娅　对这两位王子发发慈悲。

忒修斯　你们使我的信心动摇了。就说我对他们两个产生了怜

361

悯,你们又想怎么办呢?

伊米莉娅　赦免他们的死罪,但将他们流放。

忒修斯　你真是个妇道人家,姨妹;你有怜悯心,却缺少智力来使用它。如果你想要他们活下去,就得想一个比流放更其安全的办法。试问这两个能够活下去么,他们爱得要死要活,能不互相残杀么?每天他们会为你打来打去,每小时用他们的剑让众人议论你的清白。放聪明些,就此忘掉他们吧;这关系到你的名誉,同样关系到我的誓言。我说过,他们都得死。与其让他们互相残杀,不如让他们伏法而亡。不要毁了我的荣誉。

伊米莉娅　哦,高贵的姐夫,那个誓言是仓促做出的,而且是在你生气的时刻,你的理智不会支持它的。如果这样的誓约内容代表坚强的意志,只怕全世界都得毁灭。此外,我还保留你的另一个誓言,足以抵消你的这一个,它更有权威性,我相信也更有情有义,不是一时冲动做出的,而是经过深思熟虑。

忒修斯　那是什么誓言呢,姨妹?

皮里图斯　(向伊米莉娅)要争到点子上,勇敢的小姐。

伊米莉娅　那个誓言就是:你决不会拒绝我的任何要求,只要我提得适当,而你满足起来无伤于你的体面。现在我要你实现你的誓言了;如果你做不到,请想想你会怎样伤害你的荣誉(因为我现在就在恳求你了,先生,除了你的怜悯,我什么话都听不进),他们被处死又会怎样败坏我的名声;还请想一下,我能让任何爱我的人为我而死吗?难道人们会因为直挺的万紫千红的新枝也可能枯萎,便把它们都剪掉吗?这可是残忍的智慧。哦,忒修斯公爵,如果你的誓言得以成

立,那么曾经为这两个人呻吟过的美丽的母亲们,曾经恋爱
过的渴慕的少女们,都会诅咒我和我的美貌,并在她们为这
两个表兄弟所唱的挽歌中鄙视我的残忍,呼唤灾祸落在我
头上,直到我简直成为妇女们的笑柄。为了上天的缘故,请
赦免他们的死罪,把他们流放吧。

忒修斯　按照什么条件呢?

伊米莉娅　让他们起誓,再也不要把我作为争斗的目标,或者再
也不要记住我,不要踏上你的国土,无论他们到了哪儿,彼
此永远成为陌生人。

巴拉蒙　就是把我剁成碎片,我也不会起这个誓。要我忘记爱
她吗?哦,诸神在上,让人人唾弃我吧。你的流放我倒不嫌
恶,这样我们可以正正当当提着剑,一路打下去;否则别浪
费时光,干脆把我们杀了吧。我非爱不可,一定要爱,而且
为了那种爱,我一定要、也一定敢杀死这个表弟,用世界上
任何武器。

忒修斯　你呢,阿奇特,你接受这些条件吗?

巴拉蒙　他要接受了,就是个坏蛋。

皮里图斯　这才是些男子汉!

阿奇特　不,决不接受,公爵。对我说来,这比用卑鄙手段杀死
我还要糟糕。虽然我认为我决不会享有她,但却要维护我
的感情的荣誉,并为她而死,尽管你们把死说成一个魔鬼。

忒修斯　怎么办呢?我现在也觉得他们可怜。

皮里图斯　别让你的怜悯心又消失了,先生。

忒修斯　说说看,伊米莉娅,如果他们中间死了一个,总有一个
非死不可,你同意让另一个做你的丈夫吗?他们不能两个
都得到你。他们是王子,像你自己的眼睛一样优美,像传说

中所说的一样高贵。瞧瞧他们吧,如果你可以爱,就把这场纠纷结束掉。我同意。(向巴拉蒙和阿奇特)你们也同意吗,两位王子?

巴拉蒙
阿奇特　以我们的全部灵魂同意。

忒修斯　那么,她拒绝的那一个就必须死。

巴拉蒙
阿奇特　随你设想什么死法都可以,公爵。

巴拉蒙　如果我死于她的宣判,那我就死得荣幸,尚未出世的情人们都会颂扬我的遗体。

阿奇特　如果她拒绝了我,我的坟墓还会与我成亲,士兵们都会吟诵我的墓志铭。

忒修斯　(向伊米莉娅)那么,你就选择吧。

伊米莉娅　我无法选择,先生,他们两个都太优秀了。对我来说,一根头发都不应该从他们身上落下来。

希波吕忒　(向忒修斯)该把他们怎么办呢?

忒修斯　我命令如下,并以我的荣誉起誓,这个命令必须执行,否则二人均得处死。(向巴拉蒙和阿奇特)你们二人均须回到故国,一月之内,由三名公正的骑士陪同,重返此地,我将在这里树立一个角锥形的柱子;二人中间谁当着我们在场这些人的面,运用公正的骑士般的膂力,迫使他的表兄弟接触到这根柱子,他就可以享有她;另一个连同他的三个朋友都得丢掉脑袋;他还不能抱怨死得不公道,也不能认为他死了,对这位小姐还有什么合法的要求。你们同意这个条件吗?

巴拉蒙　同意。喂,阿奇特表弟,那个时刻到来之前,我们还是朋友。

阿奇特　我拥抱你。

忒修斯　（向伊米莉娅）你同意吗,姨妹？

伊米莉娅　是的,我非同意不可,先生,否则两个都得死去。

忒修斯　（向巴拉蒙和阿奇特）再来握一次手。注意,你们都是上流人士,这场争吵暂且停息下来,直到预定的时刻,抱定你们的宗旨吧。

巴拉蒙　我们不敢辜负你,忒修斯。

忒修斯　好吧,我现在以对王子和朋友的礼遇接待你们。你们回来的时候,谁赢了我就为他在这儿安家；谁输了,我也会在他的棺前哭一场。

众下。丛林在表演过程中被移去。

第四幕

第一场　雅典。监狱一室

　　看守及其朋友上。

看　守　没有听见别的什么？关于巴拉蒙越狱,说到我什么没有？好先生,想一想吧。

朋友甲　什么也没听见,事情还没全部了结我就回家了。不过,离开之前,我倒听说,他们两个很可能得到赦免,因为希波吕忒,和眼睛漂亮的埃米莉,都下跪求情,表现出那么动人的哀怜,使得公爵犹犹豫豫,不知是坚持自己轻率的誓言好,还是听从那两位女士温柔的同情好;真正高贵的皮里图斯亲王,可以说是公爵的半颗心,为了支援她们,也参加进来说项,因此我希望一切都会顺利起来。我也没听见谁提到你的名字,或者他的逃跑。

看　守　愿上天保佑,情况就这样才好。

　　朋友乙上。

朋友乙　大大放心吧,伙计;我给你捎来好消息。

看　守　欢迎之至。

朋友乙　巴拉蒙开脱了你,为你求得了宽赦,还交代了他是怎样逃掉的,用的什么手段——原来是你女儿放了他,她也得到了宽赦;那个囚徒为了不让人说他对她忘恩负义,还给了她一笔钱做嫁妆——大大的一笔,我可以保证。

看　守　你是个好人,总是捎来好消息。

朋友甲　怎么收场的呢?

朋友乙　哼,该怎么样就怎么样:从不求人的人,一求就准,她们的申请完全得到满足:囚犯们都活下来了。

朋友甲　我知道会这样处理的。

朋友乙　不过,还有新条件,到适当时候你会听到的。

看　守　希望条件宽大。

朋友乙　都很体面,宽大到什么程度,就不知道了。

朋友甲　会知道的。

　　　　求婚者上。

求婚者　哎,呀,先生,你女儿哪儿去了?

看　守　你干吗问这个?

求婚者　哦,先生,你是什么时候看见她的?

朋友乙　瞧他的神情!

看　守　今天早上。

求婚者　她好吗?她健康吗?先生,她什么时候睡的?

朋友甲　这可是些怪问题。

看　守　我想她是不大好,你让我想起来了,可不是吗,就是今天,我问她一些问题,她答得跟平常大不一样,那么幼稚,那么愚蠢,就像个傻子,像个白痴,我很生气。可是,她怎么啦,先生?

求婚者　没有什么,只是我可怜她。不过,你得知道才好,由我来说,还是由不大爱她的人来说,都无所谓。

367

看　守　怎么啦,先生?

朋友甲　不合适?

朋友乙　不舒服?

求婚者　是的,先生,她不大好;简直叫人不相信,她疯了。

朋友甲　不可能。

求婚者　相信你马上发现这是真的。

看　守　你告诉我的情况,我猜到了一半。愿神灵安慰她!要就是她爱上了巴拉蒙,要就是害怕我为他的越狱而遭难,要就是两个原因都有。

求婚者　差不多。

看　守　可为什么这样火烧眉毛呢,先生?

求婚者　我这就告诉你。刚才我在宫殿后面大湖边上钓鱼,正耐心等待鱼儿上钩的当儿,听见有声音,一个尖锐的声音,从长满芦苇和菖蒲的对岸传来,我竖起耳朵仔细听,清清楚楚听出是在唱歌,唱得细声细气,不是小孩就是个女人。我便放下钓竿,让它自己去钓,自己起身走近去,仍然看不见谁在唱歌,叫芦苇和灯心草给遮住了。我停下来,听她唱的什么词儿,这时从渔人们砍出来的一小片沼泽地,我才看见那是你女儿。

看　守　请说下去,先生。

求婚者　她唱了许多,可都没有意思;只是我听见她老重复这句话,"巴拉蒙走了,到林子里采桑葚去了。明天我就会找到他。"

朋友甲　妙人儿!

求婚者　"他的镣铐会出卖他,他会给逮住,我该怎么办呢?我要带一群姑娘,一百个像我一样钟情的黑眼睛妞儿,头戴水仙花做的花冠,嘴唇像樱桃,脸颊像玫瑰,我们一起到公爵面前跳个滑稽舞,请求宽恕巴拉蒙。"这时她还说到你,先生:说你明儿早上一定会掉脑袋,她一定采花来葬你,还要把你的坟墓弄得漂漂亮亮。然后,她一个劲儿唱"杨柳,杨柳,杨柳",①插空又是"巴拉蒙,英俊的巴拉蒙",又是"巴拉蒙那个优秀的青年"。她坐的地方,水漫到了膝盖;她蓬乱的卷发用一个香蒲花环绾着;她周围尽是五颜六色的水生鲜花,我觉得她就像给湖泊供水的美丽的林泉女神宁芙,或者是新近从天而降的彩虹女神艾丽丝。她拿附近长着的灯心草做指环,对它们说些最悦耳的题铭:"此环戴,真情在,""环可去,情不渝",还有不少;然后她哭起来,又唱歌,又叹气,又以同样的低语微笑着,吻她的手。

朋友乙　唉,好可怜!

求婚者　我向她走去。她看见我,马上就往水里跳。我把她救了起来,让她安全地回到岸上;可她转眼就溜掉了,大喊大叫地往城里跑去,跑得那样快,当真,把我远远抛在身后。我从远处看见,有三四个人去拦她,其中一个我认识,是你的兄弟;她就在那儿被拦住,倒了下来,大概再也跑不了。我让他们陪着她,自己就到这儿来向你们报信。(看守的兄弟,女儿及其他人上)他们来了。

女　儿　(唱)"光明难再,尽情欢爱,"……这支歌可好听?

兄　弟　哦,非常好听!

女　儿　我还能唱二十支。

---

① 见《奥瑟罗》第四幕第三场,苔丝德蒙娜也唱过这支歌。

369

兄　弟　我想你能够。

女　儿　是的,我真能够。我能唱《扫把歌》和《可爱的罗宾》。① 你是不是裁缝?

兄　弟　是裁缝。

女　儿　我的结婚礼服在哪儿?

兄　弟　我明儿带来。

女　儿　一大清早就带来,晚了我要出门,去找姑娘们,去给乐队付钱,因为我在鸡叫前后就得失去女儿身,要不穿礼服,日子就过得不顺溜了。(唱)"哦,美丽的,哦,温柔的,……"

兄　弟　(向看守)你可得耐心对付。

看　守　一点不错。

女　儿　晚安,老少爷们,请问可听说有个青年叫巴拉蒙的吗?

看　守　听说过,姑娘,我们认识他呢。

女　儿　可是一位优美的年轻绅士?

看　守　是的,宝贝。

兄　弟　千万别回驳她,那她会闹起来,比现在还要凶。

朋友甲　(向看守女儿)是的,他是个好青年。

女　儿　哦,他是吗?你有个妹妹吗?

朋友甲　有。

女　儿　她可不能嫁给他,就这样告诉她,因为我知道,她会上当的。你最好盯着她一点,因为她一看见他,就会跑掉,一小时不到,就会受骗,就会玩儿完。我们镇上所有年轻姑娘都爱上了他,可我嘲笑她们,睬也不睬她们。这可是个聪明

---

① 见《哈姆莱特》第四幕第五场,奥菲莉娅唱过《可爱的罗宾》的一行。

的办法?

朋友甲　是的。

女　儿　至少有两百个现在跟他怀了孩子——肯定有四百个。这些丑事,我可闭嘴不谈,闭得像个蚌壳。怀的孩子一定都是男的,他在这方面很有一手;到了十岁,那些孩子都得给阉割掉,好当音乐家①,歌颂忒修斯的武功。

朋友乙　这真奇怪。

女　儿　像过去听见什么一样,可别说出来。

朋友甲　不说不说。

女　儿　她们从全国各地跑来找他。我保证他昨儿晚上就搞了不老少,至少打发了二十个。只要他来劲儿,两个小时就叫她们个个都美滋滋的。

看　守　她完了,不可救药了。

兄　弟　决不会的,老哥!

女　儿　(向看守)到这儿来,你是个聪明人。

朋友甲　她认得他么?

朋友乙　不认得了,要认得就好!

女　儿　你是船主吧?

看　守　是的。

女　儿　你的罗盘在哪儿?

看　守　在这儿。

女　儿　把它指向北。现在把船冲着林子开去,巴拉蒙躺在那儿想我呢。让我来管索具。喂喂,起锚,我的宝贝儿,高兴起来吧。

---

① 被阉割的男孩,嗓子尖细,故云"好当音乐家"。

众　　人　噢,噢,噢!起锚了!风正好。扯紧帆脚索!升起主帆!你的口哨呢,船主?

兄　　弟　把船朝里开。

看　　守　开到顶上去,小伙子!

兄　　弟　舵手在哪儿?

朋友甲　在这儿。

女　　儿　你看见什么了?

朋友乙　一座漂亮的林子。

女　　儿　朝林子开去,船主。抢风前进!(唱。)

　　　　　当月神以其借来的光……

　　　　众下。

第二场　雅典。宫内一室

　　　　伊米莉娅持画二幅独自上。

伊米莉娅　我还可以把那些伤口包扎起来,免得它们这样张开着,把血流尽,直至死亡。我得做出选择,结束他们的争斗。决不能让这样两个英俊的青年为我而死,决不能让他们哭泣的母亲跟着她们儿子冰凉的遗骸,咒骂我的残忍。天哪,阿奇特有多么温柔的一张脸!聪明的大自然拥有最优秀的天资,所有那些美质都由她播进了贵人们的血统之中,如果她到人间成为一个普通女子,即使带有少女们娇羞的矜持,她无疑也会为这个男人而疯狂。这个青年王子有怎样一双眼睛,有怎样热烈的光彩和敏锐的风情啊!爱神本人就坐在这双眼睛里微笑,正是这另一个放荡的甘尼米德使朱庇特欲火中烧,大神才强迫把这个美童抓到天上来,放在他身旁,成为一个灿烂的星座。① 他有怎样一副前额,显示怎样宽广的威风啊,拱起来就像大眼睛朱诺的,但要温柔得多,比彼洛普斯的肩膀还要光滑!② 声望和荣誉我想正是从这儿,恰像从指向苍穹的海岬,振翅飞翔,向下界众生歌唱神灵和足以与之媲美的人类的爱情和战斗。和他相比,巴拉蒙不过是他的陪衬,一个暗淡的影子而已;他又黑又瘦,目光迟钝,仿佛死了母亲似的;他性情沉静,从不激动,从无活力,像阿奇特的那种轻快的敏捷,他一丝儿也没有。不过,我们认为是错失的这些表现,也许对他倒很合适:纳克索斯是个忧郁的小伙子,可是美若天人。哦,谁能猜透女人的癖性呢?我是个傻子,已经拿不定主意,我无从选择,我那么愚蠢地撒了谎,女人们该打我一顿才是。巴拉蒙,我跪下来请你原谅,你才是唯一的美男子,你这双眼睛,这双美的明灯,指挥着又威胁着爱神,哪个少女胆敢违抗它们呢?这张褐色的男子汉的脸,是何等粗豪、庄重而又撩人啊!哦,爱神,从此时此刻起,只有这一种肤色才称得上肤色。躺在那儿吧,阿奇特,和他相比,你不过是给掉包留下的丑孩子,一个吉卜赛,而他才是贵人呢。我糊涂了,简直忘乎所以。我已不再打算毕生保持童贞;③如果姐夫刚才来问我爱谁,我会说我已为阿奇特而入迷;现在如果姐姐来问我,我却更迷

---

① 甘尼米德在希腊神话中系一美少年,被大神宙斯抢到天上,作为他的侍酒童子,后来成为宝瓶星座。"另一个"按字面似指"爱神"或"眼睛",实际上是指阿奇特。

② 彼洛普斯在希腊神话中系吕底亚国王坦特勒斯之子,其父曾砍断他的肢体,作为祭品供奉神灵,因而在地狱永受饥渴之苦。他的被砍左臂后来被换成一只用象牙做的假肩。

③ 参阅第一幕第三场。

上了巴拉蒙。让两个站在一起：姐夫，现在你来问我——天哪，我不知道！好姐姐，你来问我——我还得想一想！嗜好真是充满孩子气，有两个好看的玩意儿，同样好玩，可分不出高下，只好嚷着两个都要！(一侍从上)怎么回事，先生？

侍　　从　我从你姐夫、高贵的公爵那儿捎信给你，小姐。骑士们到了。

伊米莉娅　是来结束纷争的吗？

侍　　从　是的。

伊米莉娅　唯愿我先结束了才好！我究竟犯了什么罪过啊，贞洁的黛安娜，现在得让我清白的青春溅上王子们的鲜血？得让我的贞操成为祭坛，得让爱我者的生命在上面成为我的不幸的美貌的牺牲品？须知使母亲们欢悦的儿子们中间，还没有哪两个比他们更伟大、更优秀啊。

忒修斯、希波吕忒、皮里图斯及随从们上。

忒修斯　把他们带进来，尽可能快一些，我很想见到他们。(二人下)(对伊米莉娅)你两个竞争的情人回来了，还带来他们公正的骑士。美丽的姨妹，你现在必须爱他们中间的一个了。

伊米莉娅　我宁愿得到他们两个，一个也不应当为我而过早死亡。

忒修斯　谁见过他们？

皮里图斯　我刚才见过。

侍　　从　我也见过。

信使上。

忒修斯　(向信使)你从哪儿来，先生？

信　　使　从骑士们那儿。

忒修斯　你既然看见他们,就请说说他们怎么样。

信　使　遵命,先生,我将如实谈谈我的观感。单从外观来判断,我从没有见过或者读到过,有比他们带来的这六位更其勇敢的骑士了。阿奇特身边的第一位骑士,一看就是一个壮汉,他的相貌告诉人们,他是一位王子,他的肤色近乎深褐而非黝黑;严峻而高贵,表明他勇敢,无畏,藐视任何艰险。目光环扫,显示内心热烈如焚,看起来就像一头怒狮;他的长发披在身后,又黑又亮,宛如乌鸦的翅膀;他的双肩宽阔而强壮,胳膊又粗又长,腰间以精致的佩带挂着一柄剑,眉头一皱,便可用来保证他的意志。我凭良心说,没有比他更好的战士之友。

忒修斯　你把他评述得很好。

皮里图斯　我看比巴拉蒙的第一骑士还差得远。

忒修斯　那么,请谈谈他吧,朋友。

皮里图斯　我猜他也是个王子,身份也许还更高一些;因为他的外貌具备高官厚爵的一切风致。他比他所说的那位骑士要更魁梧些,不过脸面亲切得多;他的肤色红润,有如成熟的葡萄。他无疑意识到他为何而战①,因此更易于把这个目标视为己有。他脸上露出对于成功的充分自信,当他愤怒起来,浑身却贯穿着稳固的豪勇,指挥他的武器去完成漂亮的战功,却没有一点过激的痕迹。他不知恐惧为何物,从未流露过这种软弱的气质。他一头黄发,又硬又卷,像繁茂的常春藤纠缠在一起,雷霆也拆它不开。他的脸色有如好战

---

① 即为爱情而战。

处女①的号衣,纯红与白皙相间,因为他还没有长胡子的福气;他那左右顾盼的眼睛里坐着胜利女神,仿佛她就是来表扬他的豪勇的。他的鼻子高耸,是一种高贵的特征;他的红唇,在打完仗之后,正适于小姐们亲吻。

伊米莉娅　难道这些人也必须死么?

皮里图斯　他说起话来,声如号角。他所有轮廓恰如男子所希望——强壮而整洁。他手持千锤百炼的金柄大斧。他的年龄约摸二十五岁。

信　使　还有一个,是个小个子,但性格粗豪,看来跟任何骑士一样杰出。这样的身材让人抱更美好的希望,我还从没见过的。

皮里图斯　哦,可是那个脸上长雀斑的?

信　使　就是他,大人。他们不都是好样儿的么?

皮里图斯　是的,他们是不错。

信　使　我觉得,他们如此稀罕,品格又好,真是自然界伟大而又精美的艺术品。他的发色较浅,不是女性的金黄,而是近乎红褐的一种男性的颜色;体态壮实而矫健,显示了一个活跃的灵魂;他的双臂十分健壮,坚强的肌腱缓缓隆起,直到佩带肩章处,有如刚现身的孕妇,这说明他爱好劳作,从不在乎武器的重量;他静则不屈不挠,动则有如猛虎。他长着一双灰色眼睛,得胜处往往流露怜悯;还敏于发现战机,一旦抓到手,立即加以利用。他从不害人,但也不让人害他。他是个圆脸,一笑就是一个情人,皱起眉头,就成为士兵。他头戴胜利者的橡叶冠,里面藏着他夫人的表记。他的年

---

① 指女战神贝隆娜。

龄约摸三十六岁。手上拿着一根镶着银质浮雕的长矛。

忒修斯　他们都是这样吗？

皮里图斯　都是体面的世家子弟。

忒修斯　现在我真是太想见到他们了。(向希波吕忒)夫人,你就要看见男子汉战斗了。

希波吕忒　我希望看到这场战斗,但不是它的起因,我的君主。他们要是为两个王国的王权而战,倒可以称为勇士。可叹爱情竟然会这样暴虐。(向伊米莉娅)哦,软心肠的妹妹,你是怎么想的呢？现在别哭,等他们流出血来再哭吧。小妞儿,一定是这样。

忒修斯　(向伊米莉娅)你的美貌使他们更加坚强。(向皮里图斯)尊敬的朋友,我把这场比武交给你主持;请下命令,把赛场收拾得适合骑士们的需要。

皮里图斯　是的,先生。

忒修斯　嘻,我要去会会他们。我不能等了。关于他们的汇报使我激动不已,非见到他们不可。好朋友,一切按王家气派办理。

皮里图斯　一定办得富丽堂皇。

伊米莉娅　(旁白)可怜的妞儿,去哭吧,无论谁打赢了,都会由于你的罪过,丧失一个高贵的表兄弟。

众下。

第三场　雅典。狱中一室

看守、求婚者、医生上。

医　生　她神志不清,随着月亮的圆缺时好时坏,是不是？

看 守　她一直处在一种不碍事的失常状态中,睡得很少,全然没有食欲,除了经常喝水,总梦见另一个世界,一个更好的世界;不论她叽叽咕咕,一言半句,讲些什么,总少不了夹着巴拉蒙这个名字,什么事情都拿它来填塞,好像它能解决一切问题。(看守女儿上)瞧,她来了,你得观察一下她的行为。

女　儿　我全忘了;末尾的叠句是"哨—呐,哨—呐",不是伊米莉娅的老师吉拉多,是写不出来的。他真是异想天开,竟以为站着可以走路,因为在另一个世界里,黛多会看见巴拉蒙,那时她就会跟埃涅阿斯吹了。①

医　生　这是些什么胡说啊?可怜可怜!

看　守　成天都是这样。

女　儿　要行使我给你讲的这种魔法,你得衔一枚银币在舌尖上,要不就过不了河。② 那时,你要有机会到升天的灵魂那儿去,可有得好看的了! 我们这些伤透了肝③、给爱情砸得粉碎的姑娘们,要是到了那儿,成天无事可做,只好跟着普罗塞派茵去采花。④ 那时我要给巴拉蒙扎个花球,让他注意我,然后——

医　生　她倒疯得挺俏皮的! 再观察一下。

女　儿　的确,我告诉你;我们这些升天的灵魂,有时也去玩"绕麦堆"。⑤ 唉,另一个地方的灵魂,生活可过得够呛,火

---

① 黛多系古代迦太基女王,与埃涅阿斯相恋,后者离去后自焚而死。详见罗马诗人所著史诗《埃涅伊德》。
② 指将亡魂渡到阴界的冥河。死者口中银币是给冥河船夫查隆的船资。
③ 西方古代认为肝脏是感情的所在地。
④ 普罗塞派茵(即普西芬尼),罗马神话中的冥后。
⑤ "绕麦堆",西方古代一种农村游戏,由几对少年男女组成,一对留在被称为"地狱"的中间,伸手捕捉在四周奔跑的另外两对。

烧呀,油煎呀,水煮呀,嘶嘶响呀,哇哇叫呀,喋喋不休呀,咒天骂地呀!哦,他们受的刑罚可真厉害!千万要小心:谁要是发了疯,上了吊,投了水,都得到那儿去,托朱庇特保佑!到了那儿就给扔进一个大锅里,里面煮着铅汁和高利贷者的脂肪,跟一百万个扒手煮在一起,像老煮也煮不烂的腊肉一样。(下。)

医　生　她的脑子真会胡诌!

　　　　看守女儿上。

女　儿　那些让姑娘们怀孩子的达官贵人们,也都在这里。他们得站在齐肚脐的火堆里,站在齐胸口的冰堆里,什么部位害了人,就用火来烧,什么部位骗了人,就用冰来冻。人们这才觉得,为了这样一点小事,当真会受到非常严厉的惩罚。相信我吧,为了免得受罪,人们宁愿娶一个患麻风的女巫,我向你保证。

医　生　她怎么还这样胡思乱想呢!这可不是根深蒂固的疯癫,而是最缠绵、最深沉的忧郁症。

女　儿　听那儿一个傲慢的夫人和一个傲慢的城里太太在一块儿嚎哭!要是我把这场面称作好玩,那我真是禽兽不如。一个喊,"这烟啰!"另一个喊,"这火哟!"一个喊,"哦,是我幕后搞的鬼!"然后嚎哭起来,另一个痛骂来求情的人和她的花园房屋。(唱)我要真诚,我的星星,我的命运……(下。)

看　守　你认为她怎么样,先生?

医　生　我看她是痰迷心窍,我可爱莫能助。

看　守　天哪,那该怎么办?

医　生　你可知道,在遇见巴拉蒙之前,她爱过什么男人没有?

看　　守　我曾经十分希望,她会看中这位绅士,我的朋友。

求婚者　我也确实这样想过,还认为自己做了一桩漂亮的买卖,就是拿出我的家产一半,让她和我现而今货真价实地处于平等的地位。

医　　生　她的眼睛使用过度,干扰了其他感官。它们可能康复、稳定下来,执行其预先规定的功能,但是目前却处于最严重的迷乱状态。这一点你必须做到:把她关在一个不能有所照明、只能漏进一点光线的地方。① 再让她的朋友,年轻的先生你,借用巴拉蒙的名字,陪她一起用餐,和她谈恋爱。这样会引起她的注意,因为这正是她的心病所在;若是别的东西插在她的心和眼睛之间,就会使她的疯病产生反常的行为和笑闹。给她唱些青年人的爱情歌曲,就像她说巴拉蒙在监狱里唱过的那些。到她那儿去,要用当令的鲜花打扮起来,还要抹上闻起来令人爽心的混合香水。这一切都与巴拉蒙相协调,因为巴拉蒙就会唱,巴拉蒙就香喷喷,而且十全十美。要求和她一起用餐,为她切肉,为她干杯,而且从头到尾挽和着向她求爱和接受她的爱。打听一下哪些姑娘曾经是她的伴侣和玩友,让她们嘴里挂着巴拉蒙到她那儿去,还带着一些纪念品露面,仿佛暗示是用来向他求爱的。她现在正处于只能以虚幻防治的虚幻之中。这才可能诱导她吃东西,睡觉,才可能使她身上失衡的一切恢复过去的法规。我不知多少次见过这个方案产生效验,这一次就更对它抱有很大希望了。照办的过程中,我还会来复诊的。让我们就这样贯彻下去;早点把病治好,无疑也会使大家心安。

众下。

---

① 据云黑屋子有助于治疗疯癫。

第 五 幕

第一场 雅典。马尔斯、维纳斯,和
黛安娜①神庙前

设置祭坛。喇叭奏花腔。忒修斯、皮里图斯、希波吕忒、随从上。

忒修斯 现在让他们进来,在神灵面前提出他们虔诚的祈祷吧。让庙里燃起圣火,照得通明,让祭坛在神圣的云雾中将腾起的香烟送给我们头上的神明。应做的事情一样也不可忽略。(短号花腔)从事高尚工作的人们要尊敬那些爱护他们的神明。

巴拉蒙偕三骑士从一门上,阿奇特偕三骑士从另一门上。

皮里图斯 先生,他们进来了。
忒修斯 英勇豪强的仇敌们,共有王家血统的对手们,你们今天来到这里,是为了熄灭燃烧在你们之间的亲情,现在且把你们的愤怒摆开一小时,在你们的援助者、万物敬畏的神灵的祭坛面前,像鸽子一样弓下你们倔强的身躯。你们的怒火

---

① 分别为战神、爱神和月神兼猎神。

超出了凡人的性质;对你们的援助也是这样。既然神灵在关注你们,那就正大光明地决斗吧。我让你们先去祈祷,并把我的祝愿分配给你们。

皮里图斯　愿荣誉落在最可钦佩的战士头上!

　　　忒修斯及其随从下。

巴拉蒙　沙漏正在往下滴,不到我们中间一个断了气,它是滴不完的。你只能这样来想,如果我身上有什么东西在这件事情上老跟我对着干,例如一只眼睛反对另一只,一只胳膊压着另一只,我就只得把那闹别扭的一只毁掉;表弟,我会这样做的,虽然它是我身体的一部分。那么,从这一点可以推断,我该怎样对待你了。

阿奇特　我正努力把你的名字、你往日的情谊、我们的亲戚关系从我的记忆中一齐推出去;而在原地代之以我一心想毁掉的某种东西。那么,让我们扬起风帆,把这些船只开到上天注定我们要去的港口去吧。

巴拉蒙　说得好。在我转身之前,让我拥抱你,表弟。(二人拥抱)只怕我们再也不会拥抱了。

阿奇特　告个别吧。

巴拉蒙　好,就这样;再见了,表弟。

阿奇特　再见,先生。(巴拉蒙偕骑士下)骑士们,亲人们,情人们,是的,准备为我而牺牲的朋友们,马尔斯的真正崇拜者们!是他的气魄在你们身上排除了恐惧的种子,甚至恐惧的观念,后者被排除得比前者还要远些——请跟我一起去朝见我们自称是他的崇拜者的神灵吧。去向他祈求狮子的心和老虎的气势,是的,还有它们的凶猛,是的,还有它们的速度——我是指前进的速度,至于退却时则希望我们成为蜗牛才好。你们知道,我的锦标必须从血泊中夺取;还须由膂力和高超武功为我戴上花环,它们还将在花环上面缀以群芳之后。① 然后,我们再向他、那位将兵营变成灌满人血的水塘的尊神祈祷——请帮助我,请聚精会神地向他礼拜吧。(众人跪在祭坛前,五体投地,然后重新跪定)(向马尔斯祈祷)强大的尊神,你曾以你的威力将绿色海洋变成鲜红;你的降临将由彗星预示,你在广漠战场所造成的蹂躏将由暴露地面的髑髅来宣布,你的呼气吹倒了农神丰收的果实,你以强壮的手臂从蓝天白云处推倒了砖砌的塔楼,这些塔楼既加固了也摧毁了城市的石墙:我是你的学生,你的战鼓最年轻的追随者,今天请以军事技术教导我,使我得以按照你的赞扬高举我的旗帜,并由你命名为今天的主人。伟大的马尔斯,请将表明你的恩惠的信物给我吧。(众人匍匐如前,甲胄铿锵声可闻,偶有短促雷鸣,有如战争爆发,众起立,向祭坛鞠躬)哦,堕落时代之伟大的矫正者,腐败国度的震撼者,你含糊古老称号之杰出的决定者,你用鲜血医疗生病的地球,你处治人口过剩的世界!我有幸得到你的徽章,并以你的名义勇敢地实现我的计划。——(向骑士们)我们走吧。(偕骑士下。)

　　巴拉蒙偕骑士上,行礼如前。

巴拉蒙 (向骑士们)我们的星辰必将以新火而闪耀。否则今天就得熄灭。我们的主题就是爱情,如果爱情女神许可,她还将给我们以胜利。那么,把你们的精神和我的精神融合起来,你们高尚的慷慨行为使你们为我的目标甘冒个人的危

---

① "群芳之后"暗示伊米莉娅。

险。让我们把我们的行动交托给维纳斯女神吧，祈求她的威灵保佑我们这一方。(众人跪在维纳斯祭坛前，五体投地，然后重新跪定如前)(向维纳斯祈祷)向你欢呼，至高无上的神秘女王①！你有力量使最凶悍的暴君解除愤怒，甚至哭得像一名少女；你有能力即令匆匆一瞥而使马尔斯的战鼓喑哑，使准备战斗的号召变为悄声低语；你能使一个瘸子挥舞拐杖，比医神阿波罗更快地把他治愈；你可以迫使国王向他的子民俯首称臣，诱导昏庸老朽们翩翩起舞；秃顶的单身汉，青年时期像调皮的儿童穿过篝火，安全地跳过了你的火焰，到他七十岁你仍能抓住他，使他不顾沙哑喉咙惹人嘲笑，滥唱青年人的恋歌。有什么神灵般的力量是你没有力量制服的呢？你给日神福玻斯添加的火焰比他自己的更其炽热；天火烤焦了他凡间的儿子，你的火却烤焦了他。② 有人说，狩猎女神泪流满面，浑身冰凉，开始把她的神弓扔掉，长吁短叹。③ 我是你的立誓效忠的士兵，请让我蒙受你的恩典吧，你的驾轭虽比铅块还重，比荨麻还刺人，我肩负起它来，仿佛戴上了一圈玫瑰花。我从未以污秽的语言违抗过你的法律，从未泄露过秘密，因为我什么秘密也不知道；即使知道一切秘密，我也不会泄露。我从未诱骗过别人的妻子，也不会阅读放荡才子们毁谤性的黄色作品。我从未在盛宴上设法暴露一位美妇的隐私，听见一些假笑的先生说这些话，我都脸红。对于自夸艳福的登徒子们，我从来没有好颜色，

---

① 称维纳斯为"神秘女王"，是因为保密在爱律中为主要美德，后文将详述。
② 日神的"凡间的儿子"是法厄同，参阅第一幕第二场注。
③ 猎神黛安娜，又是奉行独身的贞洁女神。此处指她后来爱上美貌牧童安狄米恩。

总是热辣辣地质问他们有没有母亲;我是有母亲的,她是一个女人,他们玷污的正是女人。我对他们说,我认识一个八十老翁,他娶了一个十四岁的少女做新娘——是你的力量把生命注入了尘土。老年常犯的痉挛使他的两腿由直变弯,痛风使他的手指结成硬块,磨人的抽搐几乎把球状的眼睛从眼眶内抽了出来,看来他身上过去的生命都变成了折磨。可这副骷髅却使那个年轻漂亮的媳妇为他生了一个儿子,我相信这孩子是他的,因为她起誓是他的,谁会不相信她呢?总而言之,对那些吹嘘自己淫荡行为的家伙,我抵触;对那些只吹而未干过的,我蔑视;对那些想干而不能的,我高兴。是的,我不欢喜以最下流方式传播别人阴私的人,也不欢喜以最放肆的语言张扬隐秘的人。我就是这样一个人,我可以起誓,任何情人都不会叹息得比我更真诚。哦,最温柔最亲切的女神,请保佑我在这场斗争中获得胜利吧,这才是纯真爱情应得的奖赏,请将表明你伟大恩惠的信物赐给我吧。(音乐可闻;鸽子拍翅可见。①众人重新五体投地,然后跪定)哦,你统治着从十一岁到九十岁的凡人的情怀,你的猎场就是这个世界,我们这些群氓就是你的猎物。我谨向你致谢,为了这件美妙的信物,它正放在我纯洁真诚的心头,保证能武装我的躯体从事这场斗争。(向骑士们)让我们起立,向女神鞠躬。(众人鞠躬)时间到了。(众下。)

  直笛轻奏。伊米莉娅着白衣上,长发披肩,并戴麦穗花环;一白衣女侍发插鲜花,牵其衣裙;另一女侍持香烟缭绕的银鹿形香炉前行;银鹿置于黛安娜祭坛上,诸女侍退立,伊米莉娅燃香;众

---

① 鸽子是爱神的圣物。

行屈膝礼,并下跪。

伊米莉娅 哦,神圣、虚幻、冷漠、恒定的女王,欢乐的弃绝者,缄默、沉思、温柔、孤独、白皙如童女、纯洁如飞雪,你不容许你的女骑士们有更多的血液,除了使她们羞赧的那一点,而羞赧正是她们骑士团的袍服:我,你的祭司,正恭顺地跪在你的祭坛面前。哦,请以你从未见过污秽事物的珍贵的绿色眼睛垂顾一下你的童贞修女;哦,神圣的银色的女主人,请以你从未听过粗俗词语、从未允许淫猥声音进入的耳朵垂听一下我的搀和着神圣恐惧的祈求。这是我最后一次的处女礼拜;我已穿上了新娘的礼服,但仍怀着处女的心情。我已被派定了一位丈夫,但不知道他是谁。我得从两个中间挑选一个,并为他的成功祈祷,可我从不善于挑选。我的两只眼睛非要丧失一只不可,可它们是同样的宝贵,哪一只我都不能丧失;那个死去的可是未经判决的啊。因此,最端庄的女王,在这两个候选人中间,请让那最爱我、最有资格为我所爱的一个来摘去我的麦穗花冠吧,否则请允许我保有原来的身份和品质,好继续留在你的团队里。(银鹿从祭坛下面消失,原处升起一株玫瑰树,上有玫瑰一朵)(对女侍们)请看我们掌管潮汐的将军①从她那神圣的祭坛以崇敬的动作举起了什么:倒是一朵玫瑰花!如果这个预兆果真来自女神,这场争斗肯定会把这两位勇敢的骑士都毁掉,而我,一朵纯洁的花,只得独自生长,没有人来采摘了。(乐器铿然作响,玫瑰从树上谢落,树从祭坛下消失)玫瑰谢了,树也倒了。哦,女主人,你这是开革了我。我想,我会被人采摘的,但我

---

① 指月神黛安娜。

不知道你自己的意愿:请解释你的奥秘吧。(对侍女们)我希望她高兴,她的预兆是仁慈的。

众人行屈膝礼下。

第二场　雅典。监狱—黑室

医生,看守,和着巴拉蒙衣冠的求婚者上。

医　生　我给你开的这个方子对她有点疗效吗?

求婚者　哦,很有疗效;陪伴她的姑娘们说我就是巴拉蒙,她差不多相信了。就在半小时之前,她还微笑着来找我,问我想吃点什么,我什么时候想亲亲她。我告诉她,想马上就亲,于是亲了她两次。

医　生　这就好。亲二十次只怕更好,因为主要就靠这个药方来治她的病。

求婚者　她还告诉我,她今晚要陪我熬夜,她很清楚我什么时候会来劲儿。

医　生　那就让她陪吧,你的劲儿来了,就伺候她一个够,马上就去吧。

求婚者　她还要我唱歌呢。

医　生　你唱了没有?

求婚者　没有。

医　生　那太糟糕了。你应当事事迎合她才是。

求婚者　哎呀,我没有嗓子,先生,她听了不会满意的。

医　生　哪怕你嚷嚷一通,也没有关系。今后随她求你做什么,你都得答应。她要你陪她睡觉,你也不能拒绝。

看　守　那可不行,医生。

医　　生　这是在给她治病嘛。

看　　守　对不起,可先得讲点名节呀。

医　　生　那不过是杞人忧天。切莫为了名节误了孩子。先这样治病要紧;今后要讲名节,她还可以嫁人嘛。

看　　守　谢谢你,医生。

医　　生　请把她带进来,让我们瞧瞧她怎样了。

看　　守　我这就去,还告诉她,她的巴拉蒙在等她;不过,医生,我还是觉得,你这个方子不大妥。(下。)

医　　生　去吧,去吧!你们这些当父亲的都是大傻瓜。她的名节!我们会给她吃药的,等到发现了……

求婚者　唔,你认为她不大清白吗,先生?

医　　生　她好大了?

求婚者　她十八岁。

医　　生　可能没事,不过反正都一样,对我们的目的没有关系。不管她父亲说什么,如果你觉察到,她的情绪有我说的那么一点意思,就是肉体上的——你懂我的话吗?

求婚者　懂,懂,先生。

医　　生　那就满足她的欲望吧,满足到家才好。就靠这项动作来治好她的病,她所感染的那种忧郁症。

求婚者　我跟你想到一块去了,医生。

　　　　　看守,看守女儿,侍女上。

医　　生　你会发现就是这么回事。她来了,务必迁就她。(和求婚者站开去。)

看　　守　(向女儿)喂,孩子,你的情人巴拉蒙等你咧,他这一小时一直在等着见你。

女　　儿　谢谢他有礼貌的耐性,他是个好绅士,我跟他难舍难分。你没见过他给我的马吧?

看　守　见过了。

女　儿　你欢喜它吗?

看　守　它很漂亮。

女　儿　你没见过它跳舞吧?

看　守　没见过。

女　儿　我可常见到。它跳得很好,很美。跳起捷格舞①来,不管是跟秃尾马还是长尾马相比,它都把你转得像陀螺。

看　守　那真是好。

女　儿　它跳摩尔斯,一小时跳二十英里,我要是会猜,那会把全教区的跳马高手②跳断腿,还会按着"爱之光"③的调子飞跑。你看这匹马怎样?

看　守　有这些本领,我看简直可以把它牵来打网球。

女　儿　哎呀,那算不了什么。

看　守　它还能读书写字吗?

女　儿　写得一手好字,连干草饲料账自己都会算。哪个马夫想虚报账目蒙混他,还得起早床。你知道公爵养的那匹栗色母马吧?

看　守　非常清楚。

女　儿　她非常迷恋巴拉蒙给我的这匹马,可怜的牲口,可这匹马像它的主人一样,冷冷淡淡,待理不理。

看　守　她可有什么嫁妆呢?

---

① 一种轻松快速的三步舞。
② 摩尔斯舞中的一员,服装似马,模仿马的动作助兴。
③ 一曲著名歌曲,曾见于莎剧《无事生非》第三幕第四场和《维洛那二绅士》第一幕第二场。

女　　儿　大约两百捆干草,二十斛燕麦,可他决不会要她的。他咬着舌头一声长嘶,准能把一匹磨坊母马勾引到手,他会把她搞死的。

医　　生　她讲些什么废话!

看　　守　请安吧,你的情郎到了。

　　　　　求婚者上前。

求 婚 者　美人儿,你好?多好的姑娘!这儿问安了!

女　　儿　只要老实公正,就可左右鄙人。到世界尽头还有多远,哥儿们?

医　　生　唔,一天的路程,妞儿。

女　　儿　(向求婚者)你肯陪我一起去吗?

求 婚 者　我们去那儿干吗呢,妞儿?

女　　儿　嘿,玩板球呀。还有别的什么可玩呢?

求 婚 者　如果我们到那儿去举行婚礼,我倒愿意去。

女　　儿　当真,我向你担保,我们会在那儿找到一个瞎眼牧师,他敢为我们主持婚礼,这儿的牧师穷讲究,而且很蠢。此外,我爸明儿就得给绞死,那会给我们的好事抹黑的。你不是巴拉蒙吧?

求 婚 者　你不认识我了?

女　　儿　认识,可你不欢喜我。我什么都没有,除了这条旧裙子和两件粗衬衣。

求 婚 者　那没关系,我愿意娶你。

女　　儿　你真愿意吗?

求 婚 者　是的,用这只漂亮的手起誓,我愿意。

女　　儿　那我们就要上床了。

求 婚 者　你什么时候愿意都可以。(吻她。)

女　　儿　哦,先生,你欢喜咬人。(将吻抹去。)

求婚者　你怎么擦掉我的吻呢?

女　　儿　这是个香吻,把我擦得香喷喷,好结婚呀。(指着医生)这不是你的表弟阿奇特吗?

医　　生　是的,乖乖,我很高兴我表兄巴拉蒙选中了你这样漂亮的姑娘。

女　　儿　你认为他会要我吗?

医　　生　会的,毫无疑问。

女　　儿　(向看守)你也这样想吗?

看　　守　是的。

女　　儿　我们会有许多孩子。(向医生)天哪,你长得好壮啊!希望我的巴拉蒙也会长,长得漂漂亮亮,现在他自由了。唉,可怜的娃儿,他吃得粗,住得坏,身子给整垮了,可我要亲他,把他亲得再壮实起来。

　　　　　——信使上。

信　　使　你们在这儿干吗呢?你们会错过空前最壮丽的场面。

看　　守　他们到了比武场吗?

信　　使　到了。你在那儿还有任务呢。

看　　守　我马上就去。(向众人)只好请你们呆在这儿了。

医　　生　不,我跟你一道去,我不愿错过这场比武。

看　　守　你觉得她的病情如何?

医　　生　我向你保证,三四天之内我会让她复原。(看守随信使下)(向求婚者)你可不能离开她,还得按照这个方子把她稳定下去。

求婚者　我一定。

医　　生　我们来把她哄进去。

391

求婚者　来吧,亲爱的,我们去用餐,然后玩纸牌。
女　儿　我们还亲吻吗?
求婚者　亲一百次。
女　儿　再亲二十次,可好?
求婚者　好,再亲二十次。
女　儿　然后咱们一块儿睡觉吗?
医　生　答应她的要求。
求婚者　是的,不错,我们会。
女　儿　你可不能弄痛我。
求婚者　我一定不,宝贝。
女　儿　你要把我弄痛了,亲爱的,我会喊的。

　　　　众下。

第三场　比武场附近一地

　　喇叭奏花腔。忒修斯,希波吕忒,伊米莉娅,皮里图斯,及若干随从上。

伊米莉娅　我再也不想走了。
皮里图斯　你肯错过这场比武吗?
伊米莉娅　我宁可看见一只鹪鹩袭击一只苍蝇,也不愿去看这场决斗。每一击落下来都威胁到一个勇敢的生命,每一砍都为它落下的地方而痛惜,它响起来不像刀剑,更像丧钟。我要留在这儿,让我的听觉因将要发生的事情受惩罚,也就够了,总不能充耳不闻,听还是要听的,却不愿让可以避免的可怕景观污染我的眼睛。
皮里图斯　(向忒修斯)先生,仁慈的主上,你的姨妹不肯走了。

忒修斯　哦,她非去不可。她一定得看看那些光荣业绩,即使在画家笔下,它们有时也是令人难忘的。造化现在就要创作和表演这段故事了,人们凭着眼睛和耳朵都可以成为证人。(向伊米莉娅)你必须在场,你是胜利者的奖赏,是最后点缀这个待决头衔的报酬和花环。

伊米莉娅　原谅我,我即使到场,也会视而不见的。

忒修斯　你必须到场;这场考验好比在黑夜进行,你是唯一放光的星星。

伊米莉娅　我已经熄灭了,①那道照耀他们互相残杀的光,恐怕只有恶意。历来作为恐怖之母,受千百万人诅咒的黑暗,如果现在把它的黑色罩衣笼在两人身上,让他们谁也看不见谁,这样倒可以为它自己博得一点好名声,从而抵消它所犯的种种谋杀罪行。

希波吕忒　你一定得去。

伊米莉娅　说真话,我不去。

忒修斯　咳,骑士们一定要看着你的眼睛,才能激发起豪情来。要知道,你是这场战争的宝库,必须你在场,才好为战功付出报酬。

伊米莉娅　先生,原谅我,原来一个王国的称号是可以在它境外经受考验的。

忒修斯　好了,好了,悉听尊便。跟你一起的那些人看来可以把他们的任务交给任何敌人了。

希波吕忒　再见,妹妹,我大概要比你略早一点认识你的丈夫。我祈祷众神从这两个中间为你选择他们认为最好的一个。

---

① 参阅本幕第一场巴拉蒙向陪同骑士所说台词第一句。

除伊米莉娅外,众下。伊米莉娅拿出两幅画像,一幅从其右侧,一幅从其左侧。

伊米莉娅　阿奇特仪表堂堂,但眼睛像紧绷的弩弓,软鞘中的利刃;慈悲与刚毅在脸上如形影不离。巴拉蒙有一种最慑服人的神色,他的额头布满皱纹,似乎要埋掉他皱眉相向的一切,但有时又并非如此,倒是随着思想的性质而改变;他的眼睛会久久凝视着它的对象;忧郁非常适合他的气质。阿奇特的欢乐也是这样,但巴拉蒙的忧伤也是一种欢乐,二者如此交集,仿佛欢乐使他忧伤,而忧伤又使他欢乐;那些附着在别人身上很不适合的阴暗情绪,在他身上反倒得其所哉了。(短号。喇叭吹冲锋号)听呀,那儿鼓舞士气的踢马刺是怎样激励着王子们表现自己啊!阿奇特可能赢得我,但是巴拉蒙又可能伤了阿奇特,使他破相以至永远残废。这样一次意外事件,多么令人遗憾?如果我在场的话,说不定我也会造成伤害,因为他们会用眼睛瞟视我的座位,这样一来就可能疏于防范,或者丧失一次当时需要的攻击。看来我不在那儿,反倒更好些。哦,招来这样的伤害,倒不如从没出生更好啊!(短号。幕后一阵呼喊和喧闹,叫"巴拉蒙得分!"①仆役上)胜负如何?

仆　役　喊的是"巴拉蒙得分!"

伊米莉娅　那么是他赢了。一向可能是——他总显得温文尔雅而又胜券在握,无疑是男人中的魁首。请你快去看看,告诉我情况怎样了。

欢呼声和短号声。幕后叫"巴拉蒙得分!"

---

① 原文为"一个巴拉蒙!"

仆　役　还是"巴拉蒙!"

伊米莉娅　快去打听。(仆役下)可怜的仆人①,你输了。我右边还挂着你的画像,左边是巴拉蒙的。为什么要这样,我也不明白;我这样摆法,没有别的意思,不过是偶然罢了。心脏在左边,巴拉蒙碰上了最吉利的机会。(幕后又一阵叫喊和欢呼,短号)这一阵大喊大叫,肯定是战斗宣告结束。

　　　　仆役上。

仆　役　他们说,巴拉蒙先把阿奇特的身子逼到擂台边边上,大家才一致高呼"巴拉蒙得分!"但马上助手们奋勇抢救,两个勇敢的竞争者转眼间又交起手来。

伊米莉娅　他们两个要是变成一个人——嘿,那样构成的男人,就没有一个女人配得上。他们特有的高贵品质,即使个别来说,也使世上任何淑女相形见绌了。(短号声。幕后叫喊"阿奇特!阿奇特!")又在欢呼吧?还是喊的"巴拉蒙"?

仆　役　不,现在是喊"阿奇特"。

伊米莉娅　请你注意喊声;把两只耳朵竖起来听。

　　　　短号声。一大阵欢呼和叫喊,"阿奇特!胜利!"

仆　役　喊的是"阿奇特!"和"胜利!"听,"阿奇特!胜利!"管乐器宣布战斗圆满结束。

伊米莉娅　一眼就看得出来,阿奇特可不是毛孩子。老天有眼,他那丰富而华贵的精神从他全身透露出来,胜似亚麻包不住烈火,胜似粗陋堤岸挡不住狂风使之怒吼的波涛。我原来确实认为好巴拉蒙会失败,可我不知道为什么我会这样想。我们的理智并不是先知,幻想反倒常常是。他们散场

---

① 阿奇特决斗前原系伊米莉娅的"仆人"。

了。唉,可怜的巴拉蒙!(放下画像。)

  短号声。忒修斯,希波吕忒,皮里图斯,胜利者阿奇特,及随从上。

忒修斯　瞧,我们的妹妹还在颤抖不安地期待着。最美丽的埃米莉,诸神以他们神圣的裁决,将这位骑士给了你:他是好样儿的,总是冲在前面。(向阿奇特和伊米莉娅)把你们的手给我。(向阿奇特)你接受她作妻子,(向伊米莉娅)你接受他作丈夫,(向二人)愿你们山盟海誓,白头偕老。

阿奇特　埃米莉,为了得到你,我失去了除你之外最可宝贵的一切,但是拿你的价值来评估,我所付出的价格还是很低廉的。

忒修斯　(向伊米莉娅)哦,亲爱的妹妹,他刚才提到一位总是踢刺着高贵骏马的勇敢的骑士。肯定是诸神要他独身死去,免得他留在世上的子孙太像神明了。他的表现那样使我着迷,以致我觉得,阿尔塞得斯①跟他相比,不过是一大堆铅块。如果我除了一般地表扬他,还可以照样表扬他的每个部分,你的阿奇特也不会有所损失;因为他尽管那样优秀,却遇上了比他更优秀的对手。我听说有两只好胜的夜莺,以它们相互竞争的歌喉叩击着黑夜的耳朵,一会儿是这一只嘹亮些,马上是另一只,接着又是前一只,不久又给对方压倒了,简直难以判断它们之间谁唱得更好。这两位表兄弟之间,也是很久很久相持不下,直到上天好不容易决出了一个胜利者。(向阿奇特)高高兴兴戴上你所赢得的花环吧。至于失败者,我们马上也会给他们应有的公道,因为我

---

① 阿尔塞得斯,即赫库勒斯。这是他的姓氏。

知道他们的生命只会使他们痛苦。就在这里执行吧。那场面不适于我们观看,我们还是快快活活,又带点悲哀,从这儿走开。(向阿奇特)拥抱你赢得的奖品吧,我知道你是不会失掉她的。希波吕忒,我看见你的一只眼睛含着一滴泪水,就要流出来了。

伊米莉娅　这就是胜利吗?哦,诸位天神在上,你们的慈悲哪儿去了?要不是你们意旨认为必须如此,命令我活着来安慰这个失去朋友的、悲惨的王子,他割弃了一个比所有妇女更有价值的生命,我倒是应当而且甘愿死去。

希波吕忒　四只眼睛如此看中一个人,以致两只必须为此而瞎掉,这真是令人遗憾无穷。

忒修斯　事情就是这样。

　　　喇叭奏花腔。众下。

第四场　同　前　场

　　　巴拉蒙及其三骑士双臂被缚上,周围有警卫;看守和携有断头墩并利斧的刽子手同上。

巴拉蒙　有许多人活得失去了世人的爱戴;不错,许多父亲就是这样和他的孩子一起活着。这样想来,我们不免有所安慰:我们死了,并不缺少世人的同情;由于他们良好的祝愿,我们虽死犹生;我们防止了老年可厌的痛苦,躲脱了弥留之际等待白头存活者的痛风和感冒;我们年轻无恙地走向神明,决不踟蹰在累累陈年罪孽的重荷之下。我们这样当然比那些长命者更令诸神喜爱,并让我们和他们一起品尝玉液琼浆,因为我们是更其清洁的灵魂。我亲爱的亲人们,你们为了这点可怜的安慰而舍弃生命,可实在太不值得啊。

骑士甲　什么结局会更有意义呢?胜利者比我们走运而已,他们的锦标转瞬即逝,会跟我们一样必死无疑。他们并不比我们多有一丝一毫荣誉。

骑士乙　让我们告别吧,并以我们的耐性气一气趔趔趄趄的命运女神,她走得最稳当的时候都显得摇摇欲坠。

骑士丙　喂!谁来开头?

巴拉蒙　就让那个把你们引上这场筵席的人先为你们大家尝尝味道吧。(向看守)啊哈,朋友,我的朋友,你那温柔的女儿给过我一次自由;现在你会看见我永远得到自由了。请问,她近况如何?听说她不合适;她那种病使我相当难过。

看　守　先生,她已完全康复,不久就要结婚了。

巴拉蒙　拿我短暂的生命起誓,我非常高兴这件好事。这是我高兴听到的最后一件事,请你这样告诉她。代我向她问好,并把这点小意思为她添点嫁妆。(交钱袋。)

骑士甲　慢点,让我们大家凑个份子。

骑士乙　是个闺女吧?

巴拉蒙　我认为,肯定是的,一个很好的妞儿,她对我的情义,是我还不完,也说不尽的。

众骑士　请代我们向她问好。(分别交出钱袋。)

看　守　愿神明报答你们大家,并使她感恩不尽。

巴拉蒙　永别了;让我的生命跟我的告别同样短促吧。(躺在断头墩上。)

骑士甲　带个头吧,勇敢的表兄。

骑士乙和丙　我们会高高兴兴跟上来的。

　　　　　幕后一阵喧闹,大喊"快跑!救人!住手!"

信使匆匆上。

信　使　住手！住手！哦，住手，住手，住手！

皮里图斯匆匆上。

皮里图斯　住手，嗬！你要是那么快下手，你的急速就会受到诅咒。高贵的巴拉蒙，诸神还要你活下去，要在你的生命中显示他们的荣耀。

巴拉蒙　这可能吗，连维纳斯我都说过是不诚实的？到底怎么回事？

皮里图斯　起身吧，高尚的先生，请听最甜美也最辛酸的消息。

巴拉蒙起立。

巴拉蒙　是什么把我们从梦中惊醒？

皮里图斯　那么请听：你的表弟骑上埃米莉当初给他的一匹马，一匹没有一根白毛的黑马——有人说，这种马再好，有了这个标志，就贬低了它的身价，很多人都不肯买它；这个迷信现在倒得到了印证——阿奇特骑在这匹马上，在雅典的石头路上疾驰，那防滑尖铁不是在践踏，而是在轻掠；因为这马恨不得一步跨出一英里远，如果这样会使它的骑手高兴，并以它为荣的话。正当它这样打着拍子，在燧石大道上飞奔，仿佛按照自己铁蹄奏出的音乐舞蹈着（正如人们常说，音乐起源于铁器），这时不知是怎样一块忌妒的燧石，冷得像古老的土星①，又像它被毒火缠住，于是迸出了一粒火星，或者是一片猛烈的硫黄，是不是为这个目的而存心安排的，我无从推测——那性如烈火的烈马于是大发脾气，随着性子大捣其乱，又是弹跳，又是直立；它原受过训练，动作很

---

① 古代西方占星学家认为，在土星影响下降生的人具有冷淡、忧郁的气质。

有调教,现在忘得一干二净;尖锐的踢马刺一扎,便像猪猡一样乱叫,不但一点不服,反而直咬嚼子;使尽劣马的一切卑鄙办法大吵大闹,硬要把稳坐在鞍上的主人颠下来。当什么办法都不管用,嚼子咬不断,肚带挣不脱,骑手两脚夹着它,似乎生长在鞍上,各种前后颠簸都无法把他连根拔除的时候——它便前蹄腾空,用后蹄直立起来,使阿奇特的两腿高过了头部,似乎靠特技悬在空中。他的胜利者的花环那时从头上落了下来;劣马立刻向后翻倒过来,它的全部重量便成了骑手的负荷。他还活着,但像一只仍然浮着、随时会在另一个浪头下面沉没的船。他很想跟你谈谈。瞧,他来了。

  忒修斯,希波吕忒,伊米莉娅和由侍从用椅子抬着的阿奇特上。

巴拉蒙 我们的亲情的下场多悲惨!神明是强大的,阿奇特。如果你的心,你的高贵的男子汉的心,还没有破碎,请给我讲几句最后的话吧;我是巴拉蒙,一个怀着爱心为你送终的人。

阿奇特 娶伊米莉娅吧,全世界的欢乐将随她一起为你所有。伸出你的手来;永别了。我已数到我最后的时辰;我过去不诚实①,但决没有背叛。原谅我,表哥。让美丽的伊米莉娅吻我一下。(他们亲吻)完了。娶她吧。我死了。(死去。)

巴拉蒙 愿你英勇的灵魂进入福地!

伊米莉娅 (向阿奇特的遗体)我来阖上你的眼睛,王子;愿升天的灵魂和你在一起!你是一个大好人,只要我活着,每年的

---

① 参阅后文忒修斯的说明。

这一天我都会哭一场。

巴拉蒙　我要对它致敬。

忒修斯　你们当初就是在这块地方打斗的;我就在这儿把你们分开。你活了下来,让我们向众神致谢。他的角色演完了,虽然太短促,他却演得很精彩;你的寿命延长了,上天极乐的甘露喷在你身上。强有力的维纳斯盛装了她的祭坛,并把你的情人赐给了你。我们的主人马尔斯履行他的神谕,并把竞争的特赦权给了阿奇特。这样,神灵们表现了应有的公道。——把他抬走吧。

　　　　侍从抬阿奇特的遗体下。

巴拉蒙　哦,表弟,为什么我们竟想得到这样一些东西,它们的代价就是我们必须失掉我们希望得到的东西!什么也不能买到宝贵的爱情,除非失掉宝贵的爱情!

忒修斯　命运从没玩过一场更不可捉摸的游戏。被征服者凯旋了,胜利者失败了;但是,在进程中,众神都非常公正。巴拉蒙,你的表弟已经承认,你对这位小姐的确拥有权利,因为是你先看见她,并且当即宣布了你的爱慕。他把她作为你的被偷走的珍宝物归原主,希望你的心灵对他宽恕,送他离开人世。众神从我手中夺走了我的审判职能,他们自己变成了判决执行者。把你的小姐带走吧;把陪伴你的骑士们从断头架上叫回来,我要和他们交朋友。这一两天让我们面带悲戚,为阿奇特的葬礼举行感恩祷告;葬礼完毕,我们都要装出新郎的面容,和巴拉蒙一起微笑;仅仅一小时以前,我曾经深深为他难过,同样为阿奇特高兴,现在我为他而高兴,却为阿奇特难过了。啊,你们上天的魔法师们,你们究竟要把我们变成什么东西呢!我们为我们缺少的一切

401

欢笑,为我们拥有的一切悲伤,我们在某种意义上仍然是孩子。让我们为现存的一切感恩戴德,那些我们无从探究的事物也不再同你们争辩了。让我们散去,随遇而安,因时制宜吧。①

喇叭奏花腔。众下。

---

① 意即为阿奇特的葬礼而悲伤,为巴拉蒙的婚礼而高兴吧。

收 场 白

收场白演员上。

收场白演员

现在想问一问看官,这出戏文如何,
在下我像小学生一样,实在不好说;
为此不胜惶惑。且请诸位稍安毋躁,
让我往池座瞧瞧。怎么竟没人微笑?
看来这就难办。总该有人欣赏台上
某个年少靓女,何妨起身亮一亮相——
怪哉又没有人——如果哪一位愿意,
尽可装模作样大喝倒彩,直至封闭
我们的财源。看来想拦你也拦不成。
让最坏下场来临吧!阁下是否称心?
但请不要误会——我不会自以为是——
没有理由冒失。如果我们讲的故事,
虽然拿不出手,却多少令诸位满意
(因为它本打算实现这正当的目的)
我们也就了却心愿;敢说不久你们
还将观赏更多优秀戏文,借以延伸

看官历来的垂爱。我们将不惮其烦竭诚为君服务。先生们,晚安晚安。

喇叭奏花腔。下。